*Gerçek aşk söz konusu olduğunda,
hiçbir şey karmaşık değildir.*

ARKADYA YAYINLARI

YAĞMUR SONRASI
SARAH JIO
Özgün adı: The Bungalow

Yayın Yönetmeni: Bülent Oktay
İngilizceden çeviren: Duygu Parsadan
Editör: Yasemin Büte
Son okuma: Çağla Dirice
Sayfa Tasarım: Ayşe Çalışkan
Kapak Tasarım: İlknur Muştu

EKOSAN MATBAACILIK
Litros yolu 2. Matbaacılar Sitesi 2NF8
Topkapı - Zeytinburnu

Cilt: Ekosan Matbaacılık, İstanbul

YAYINEVİ SERTİFİKA NO: 16229
MATBAA SERTİFİKA NO: 19039

1. Baskı: Nisan 2013
3. Baskı: Mart 2014
ISBN: 978-975-999-674-1
© Sarah Jio, 2011

Bu kitabın Türkçe yayın hakları Jenny Meyer Literary Agency'den alınmış olup Beyaz Balina Yayınları'na aittir. Yayınevinin izni olmaksızın kısmen ya da tamamen alıntı yapılamaz, hiçbir şekilde kopya edilemez, çoğaltılamaz ve yayımlanamaz.

ARKADYA YAYINLARI
Maltepe Mah. Davutpaşa Cad. MB İş Merkezi
No: 14 Kat: 1 D: 1 Zeytinburnu / İstanbul
Tel.: 0212 – 544 41 41 / 544 66 68 / 544 66 69
Faks: 0212 – 544 66 70
info@arkadya.net

Genel Dağıtım: **YELPAZE DAĞITIM**
Tel.: 0212 544 46 46 / 544 32 02 – 03
Faks: 0212 544 87 86
E-posta: info@yelpaze.com.tr

Arkadya Yayınları, Beyaz Balina Yayınları'nın tescilli markasıdır.

Yağmur Sonrası

SARAH JIO

İngilizceden Çeviren
Duygu Parsadan

*Jason ve kendi bungalovumuzun hatıraları için.
Seni seviyorum.*

Bir mektup kâğıdı, ince bir zarfın içine kondu ve kapağına şöyle bir dil sürüldükten sonra, zarf kapatılıp adresine yollandı. Mektup, istenilen posta kutusuna ulaşmadan önce onlarca elden geçip binlerce kilometre seyahat etti. Sonra da istenmeyen bir kataloğun yirmi dokuzuncu ve otuzuncu sayfaları arasına yerleşerek, kataloğu içindeki hazineyle birlikte çöp sepetine atacak olan masum alıcısını beklemeye başladı. Tamamen boşalmamış süt kutularının, bir önceki güne ait gazetenin ve boş bir şarap şişesinin arasında, hayat değiştirecek bir mektup sessizce beklemekteydi.

İşte o mektup, benim içindi.

Giriş

"**Merhaba?**" Aşina olduğum bu ses karşısında biraz irkilerek gözlerimi açtım. Hoş ama bir o kadar da yersiz bir sesti bu... Evet, bu, torunum Jennifer'dı. İyi ama neredeyim ben? Daha doğrusu, Jennifer neden *buradaydı*? Kafam karışmış bir halde gözlerimi kırpıştırdım. Rüyamda uçsuz bucaksız kumsalı ve hindistancevizi ağaçlarını görüyordum. Burası, bilinçaltımın sürekli ziyaret etmeye çalıştığı yerdi, ancak bu defa onu anılarımın arşivlerinde bulabildiğim için şanslıydım.

Elbette o da oradaydı. Üzerinde üniformasıyla öylece duruyor, dalgalar kıyıya vururken çekingen bir şekilde bana gülümsüyordu. Kuvvetlice kıyıya çarpan dalgaların sesini ve hemen ardından kumu öpen milyonlarca köpüğün çıkardığı fışırtıyı duyabiliyordum. Gözlerimi sıkıca kapattım ve onu, hızla dağılan uyku sisinin arasında beklerken buldum. *Gitme*, diye yalvardım tüm kalbimle. *Kal. Kal lütfen.* Beni çağıran gülümseyişi ve bana doğru uzattığı kollarıyla söz dinler bir şekilde yeniden beliriverdi. O an kalbimde, uzun zamandır hissetmediğim tanıdık bir çarpıntı hissettim. Özlemin ta kendisiydi bu...

Ve sonra, bir anda ortadan kayboldu.

Bir iç çektim ve kendi kendime söylenerek saatime baktım. Üç buçuk. Kitap okurken uyuyakalmış olmalıydım. Bir kez daha... Bir anda uyuyup kalmak, yaşlı insanların lanetiydi. Biraz mahcup bir şekilde TV koltuğumda doğruldum ve halsizlik çökmeden önce okumakta olduğum romana uzandım. Ellerimden kayıp kapağı yukarı bakacak şekilde yere düşmüş ve sayfaları da bir yelpaze gibi açılmıştı.

Söz konusu torunum Jennifer, terasa çıkarak yanıma geldi. O sırada sokaktan hızla geçen bir kamyon, huzurumu daha da kaçırmıştı. "Ah, işte buradasın," dedi, tıpkı büyükbabası gibi dumanlı, kahverengi gözleriyle bana gülümseyerek. Bir kot pantolonla siyah bir kazak giymiş, incecik beline de açık yeşil bir kemer takmıştı. Çene hizasında kesilmiş sarı saçları, gün ışığını yansıtıyordu. Jennifer, ne kadar güzel olduğunun farkında değildi.

"Selam, tatlım," diyerek elimi ona uzattım. Sonra da terasa bir göz gezdirerek sade, toprak saksılar içindeki uçuk mavi menekşelere baktım. Çamurda oynarken yakalanmış utangaç ve pişman çocuklar gibi başlarını topraktan çıkarmış halleriyle epey sevimli görünüyorlardı. Washington Gölü ve uzaklardaki Seattle silueti güzeldi. Evet, ama tıpkı bir dişçinin ofisine astığı resim gibi soğuk ve sertti. Kaşlarımı çattım. Çırılçıplak beyaz duvarları olan ve klozetin hemen yanında kırmızı bir acil yardım çağrısı düğmesi bulunan bu minicik apartman dairesinde yaşamaya nasıl başlamıştım ben?

"Bir şey buldum," dedi Jennifer. Sesi, beni düşüncelerimin arasından çekip çıkarmıştı. "Çöp kutusunun içinde."

Bir tutam kalmış beyaz saçımı düzelttim. "Ne buldun, tatlım?"

"Bir mektup," dedi. "Önemsiz postaların arasına karışmış olmalı."

Aniden gelen bir esnemeyi bastırmaya çalıştıysam da engel olamadım. "Masanın üzerine bırakıver. Sonra bakarım." İçeri girip kanepeye oturdum ve bakışlarımı mutfaktan penceredeki yansımama çevirdim. *Yaşlı bir kadın.* Bu kadına aşina olsam da her gördüğümde bir kez daha hayrete düşmeden edemiyordum. *Ne zaman bu hale geldim ben*, diye geçirdim içimden, ellerimi yüzümdeki kırışıklıklarda gezdirirken.

Jennifer yanıma oturdu. Washington Üniversitesi'ndeki son senesiydi ve kendine sıra dışı bir makale konusu seçmişti: Kampüslerinde bulunan anlaşılması güç bir sanat eseri. 1964 yılında kimliği belirsiz bir heykeltıraş tarafından bağışlanan bu bronz heykel, üzerinde *Gurur ve Sözler* yazılı bir pankart tutan genç bir çifti yansıtıyordu. Bu heykelden büyülenen Jennifer, heykeltıraşın özgeçmişini ve eserin ardındaki hikâyeyi öğrenmeyi umuyordu. Gelgelelim, üç ay süren araştırmaları sonucunda çok az şey bulabilmişti.

"Bugün araştırmanla ilgili bir şeyler bulabildin mi, tatlım?"

"Hiçbir şey," diye yanıt verdi Jennifer suratını asarak. "Bu çok sinir bozucu. Bazı cevaplar bulabilmek için çok çalışmıştım." Başını iki yana sallayarak omzunu silkti. "Bunu kabullenmekten nefret ediyorum ama sanırım izleri kaybettim."

Bir sanat eseri tarafından büyülenmek nasıl bir şeydir, biliyordum. Jennifer bilmiyordu, fakat hayatımın büyük bir kısmını uzun zaman önce ellerimde tuttuğum bir tablo uğruna beyhude araştırmalar yaparak harcamıştım. Kalbim o tabloyu bir kez daha görmek için yanıp tutuşuyordu. Nihayet sanat tüccarları ve koleksiyoncularla çalışarak geçirdiğim bir ömürden sonra, resim artık aklıma gelmez olmuştu.

"Boş vermenin zor olduğunu biliyorum, hayatım," dedim tatlılıkla. Bu projenin onun için ne kadar önemli olduğunun farkındaydım. Ellerini tutarak konuşmama devam ettim. "Ama bazı hikâyelerin anlatılmaması gerekir."

Jennifer, bana katıldığını belirtircesine başını salladı. "Haklı olabilirsin, büyükanne," dedi bir iç çekerek. "Ama bunun peşini bırakmaya hazır değilim. Henüz değil. O pankarttaki yazı... Onun bir anlamı olmalı. Ve heykeldeki adamın elinde tuttuğu o kutu, kilitli ve arşivlerde de bir anahtar kaydı bulamadılar. Bu da," diyerek durdu, ardından umutla gülümsedi, "o kutunun içinde bir şey olabileceği anlamına geliyor."

"Azmine hayranım, hayatım," dedim, boynumdaki altın zinciri sıkıca kavrayarak. Ucunda taşıdığı madalyonu onca yıldır koruyan zincirdi bu. Ve o koruyucu bekçinin içinde neyin saklı olduğunu, yalnızca bir başka ruh biliyordu.

Jennifer tekrar masaya doğru yürüdü. "Mektubu unutma," dedi zarfı göstererek. "Şu pulun güzelliğine bir bak. Bu mektup..." Sustu ve posta mührüne baktı. "...*Tahiti*'den."

Jennifer'ın elindeki mektubu görebilmek için gözlerimi kısmış bakarken, kalp atışlarımın hızlandığını hissedebiliyordum.

"Büyükanne, Tahiti'de tanıdığın *kim* var?"

"Bakayım şuna," dedim yavaşça yaklaşarak.

Çöpteki süt kartonuna değdiği için ıslanan ve dün akşamki şarap yüzünden üzerinde kırmızı benekler olan sade, beyaz zarfı inceledim. Hayır, ne bu elyazısını ne de gönderenin adresini tanıyordum. *Bana Tahiti'den kim yazıyor olabilir ki? Ve neden? Neden şimdi?*

Merakla tepemde dikilen Jennifer, "Açmayacak mısın?" diye sordu.

Zarfı defalarca çevirip parmaklarımı sarı elbiseli, Tahitili bir kızı gösteren egzotik pulun üzerinde gezdirirken, ellerim titriyordu. Güçlükle yutkundum ve yükselen sel suları gibi zihnime sızmaya başlayan hatıraları boşaltmaya çalıştım. Ama zihnimdeki kum torbaları onları uzak tutmaya yetmiyordu. Daha fazla karşı koyamayıp zarfı hızlı ve tek bir hareketle yırtarak açtım.

Sevgili Bayan Godfrey,

Rahatsızlık verdiğim için beni affedin. Sizi bulmam uzun yıllarımı aldı. Savaş sırasında Bora Bora'da görev yapan bir kara kuvvetleri hemşiresi olduğunuzu öğrendim. Eğer yanılmıyorsam, eğer gerçekten aradığım kişiyseniz, sizinle acilen konuşmaya ihtiyacım var. Tahiti'de büyümüş bir kız olarak, bana çocukluğumdan beri rahatsızlık veren bir sırrı çözmek amacıyla yeniden buraya döndüm. 1943 yılının bir akşamında, Bora Bora'nın sakin ve sessiz kumsallarından birinde korkunç bir cinayet işlendi. Facia beni öyle derinden etkiledi ki adayı birçok yönden sonsuza dek değiştiren bu olayın öncesinde yaşananlar hakkında bir kitap yazıyorum.

Orduda görev alanların bir kaydını buldum ve sizin o gün, yani bu facianın yaşandığı gün, izinde olduğunuzu fark ettim. Acaba o gece tesadüfen kumsalda gördüğünüz bir şey ya da birilerini hatırlayabilir misiniz? Üzerinden uzun yıllar geçti, ama belki bir şeyler anımsayabilirsiniz. En ufak bir ayrıntı bile adalet arayışıma yardımcı olabilir. Umarım bu ricamı dikkate alır ve benimle iletişime geçersiniz.

Ayrıca, eğer aklınızdan adayı tekrar ziyaret etmeyi geçirecek olursanız, burada bulduğum size ait bir şey var; yeniden görmek isteyeceğiniz bir şey. Onu size göstermeyi her şeyden çok isterim.

*Saygılarımla,
Genevieve Thorpe*

Gözlerimi elimdeki mektuba dikerek uzun uzun baktım. Genevieve Thorpe. Hayır, bu kadını tanımıyordum. *Bir yabancı.* Ve şimdi de gelmiş, rahatsızlık verici şeyleri kurcalıyordu. Başımı iki yana salladım. *Görmezlikten gel*, dedim kendime. Uzun zaman olmuştu. O günlere nasıl geri dönebilirdim ki? O anıları sil baştan nasıl yaşardım? Anıları uzaklaştırmak isteğiyle gözlerimi sımsıkı kapadım. *Evet, yalnızca görmezlikten gelebilirim.* Sonuçta bu yasal bir sorgulama ya da bir cezai soruşturma değildi. Bu kadına, bu *yabancıya* hiçbir şey borçlu değildim. Zarfı çöp kutusuna atıp bunu unutabilirdim. Ama sonra, mektubun son birkaç satırını hatırladım. "Eğer aklınızdan adayı tekrar ziyaret etmeyi geçirecek olursanız, burada bulduğum size ait bir şey var; yeniden görmek isteyeceğiniz bir şey." Zaten zayıf olan kalbim, bu düşünce karşısında hızla çarpmaya başlamıştı. *Adayı tekrar ziyaret etmek mi? Hem de bu yaşımda?*

"Büyükanne, sen iyi misin?" diye sordu Jennifer, kolunu omzuma atarak.

"İyiyim," dedim, bir yandan kendimi toparlamaya çalışıyordum.

"Konuşmak ister misin?"

Başımı iki yana salladım ve mektubu, sehpanın üzerindeki bulmaca kitabının arasına tıkıştırdım.

Jennifer çantasını alıp karıştırmaya başladı. Sonra da içinden büyük, kırış kırış olmuş ve yıpranmış bir zarf çıkardı. "Sana bir şey göstermek istiyorum," dedi. "Aslında şimdilik bekleyecektim, ama," diyerek derin bir nefes aldı, "sanırım zamanı geldi."

Zarfı bana uzattı.

"Ne bu?"

"İçine bak," dedi Jennifer yavaşça.

Zarfı açıp içindeki bir yığın siyah-beyaz fotoğrafı çıkardım. En üsttekini anında tanımıştım. "Bu benim!" diye bağırdım, beyaz hemşire kıyafetleri içindeki genç kadını göstererek. Fotoğrafta, uzaklarda bir hindistancevizi ağacı görünüyordu. Ah, bundan neredeyse yetmiş yıl önce adaya ayak bastığım ilk gün, palmiye ağaçlarına nasıl da hayretle bakakalmıştım. Başımı kaldırıp Jennifer'a baktım. "Bunları nereden buldun?"

Dikkatle yüzümü inceleyen Jennifer, "Babam buldu," diye yanıt verdi. "Bazı eski kutuları karıştırıyordu. Bu fotoğraflar da o kutuların içindeydi. Onları sana getirmemi istedi."

Bir sonraki fotoğrafa geçerken kalbim beklentiyle dolmuştu. Çocukluk arkadaşım Kitty, kumsaldaki ters çevrilmiş bir kanonun üzerinde oturmuş ve ayaklarını bir film yıldızı gibi uzatmıştı. Kitty, bir film yıldızı *olabilirdi*. Eski arkadaşımı düşününce, kalbimde tanıdık bir acı hissettim; zamanın iyileştiremediği bir acı...

Zarfın içinden çıkan birkaç fotoğraf daha vardı. Birçoğu kumsaldan manzaralara, dağlara ve çiçeklerle kaplı yemyeşil alanlara aitti. Ama son fotoğrafa baktığımda adeta donup kaldım. *Westry.* İşte orada, üniformasının en üst düğmesi iliklenmemiş, başı hafifçe sağa yatmış bir şekilde duruyordu.

Hemen arkasında da bungalovun palmiye ağacından örülmüş duvarı görünüyordu. *Bizim bungalovumuz.* Hayatım boyunca binlerce fotoğraf çekmiş ve birçoğunu unutmuş olabilirdim, ama bu onlardan biri değildi. Bu fotoğrafla ilgili her şeyi -o akşam havadaki deniz suyunun ve ay ışığında açan frezyaların kokusunu bile- hatırlıyordum. Objektifin ardındaki gözlerim gözleriyle buluştuğunda, kalbimde hissettiğim o duyguyu da hatırlıyordum. Zaten ne olduysa, ondan sonra olmuştu.

"Onu seviyordun, değil mi büyükanne?" Jennifer'ın sesi öyle yumuşak ve yatıştırıcıydı ki verdiğim kararın sarsıldığını hissettim.

"Seviyordum," dedim.

"Hâlâ onu düşündüğün oluyor mu?"

Başımı olumlu anlamda salladım. "Evet. Her zaman düşünüyorum."

Jennifer iri iri açtığı gözleriyle bana bakıyordu. "Büyükanne, Tahiti'de neler oldu? Bu adamla aranızda ne geçti? Ve şu mektup... Neden seni bu kadar etkiledi?" Sonra da duraklayıp elimi tuttu. "Lütfen anlat bana."

Tamam dercesine başımı salladım. *Ona anlatmamın ne zararı olur ki?* Ben yaşlı bir kadındım. Artık bu işin herhangi bir sonucu olmazdı ve olsa bile onu atlatabilirdim. Bu sırları özgür bırakmak, onları tozlu bir tavan arasındaki yarasalar gibi uçurup göndermek için nasıl da can atıyordum. Parmağımı madalyonumun altın zincirinde gezdirerek başımı olumlu anlamda salladım. "Pekâlâ, hayatım," dedim. "Ama seni uyarmam gerek. Benden bir peri masalı bekleme."

Jennifer yanımdaki sandalyeye oturdu. "Bu iyi," dedi gülümseyerek. "Peri masallarından hiç hoşlanmam."

"Ve bu masalın kötü tarafları da var," dedim, verdiğim karardan ötürü tereddüt eder olmuştum.

Jennifer başını salladı. "Peki, mutlu bir sonu var mı?"

"Bundan pek emin değilim."

Kafası karışmış bir halde bana baktı.

Westry'nin fotoğrafını kaldırarak ışığa tuttum. "Hikâye henüz bitmedi."

Birinci Bölüm

Ağustos 1942

"Kitty Morgan, bana ciddi olmadığını söyle!" Naneli buzlu çay bardağımı, çatlatmaya yetecek kadar sert bir şekilde masaya bıraktım. Annem, Venedik kristali takımını mahvettiğimi öğrenince pek mutlu olmayacaktı.

"Son derece ciddiyim," dedi Kitty, bir zafer kazanmış edasıyla pis pis sırıtarak. Kalp şeklindeki yüzü ve kafasına özenle tutturduğu tokalarından fırlayan, bir türlü ehlileştiremediği o gür, sarı bukleleriyle Kitty'ye öfkelenmek oldukça zordu. Ama bu konuda geri adım atacak değildim.

"Bay Gelfman *evli* bir adam," dedim tasvip etmeyen bir ses tonuyla.

"James," dedi Kitty, adamın ilk adını dramatik bir şekilde uzatarak, "son derece mutsuz. Karısının sık sık ortadan kaybolup haftalarca geri gelmediğini biliyor muydun? Ona nereye gittiğini dahi söylemiyor. Kedilerine bile ondan daha çok önem veriyor."

Bir iç çektim ve annemlerin arka bahçesindeki kocaman ceviz ağacına asılı olan ahşap salıncak banka yaslandım. Kitty, tıpkı ilkokulda olduğumuz zamanlardaki gibi hemen yanımda oturuyordu. Başımı kaldırıp tepemizdeki ağaca baktım. Hafif sarıya çalan yaprakları, sonbaharın yaklaşmakta olduğunu gösteriyordu. *Bir* şeyler neden değişmek zorunda ki? Kitty ile birer öğrenci olduğumuz ve eve kol kola gelip, kitaplarımızı mutfak masasına bırakır bırakmaz hızla salıncağa koşturarak, yemek vaktine kadar birbirimize sırlarımızı anlattığımız o günler daha dün gibiydi. Şimdiyse, yirmi bir yaşında birer yetişkin kadın olarak ikimizin de tahmin edemediği bir şeylerin eşiğindeydik işte.

"Kitty," diyerek ondan yana döndüm. "Anlamıyor musun?"

"Neyi anlamıyor muyum?" Kitty, pembe fırfırlı elbisesi ve akşamüzerinin nemli havası yüzünden her zamankinden çok asileşen azılı bukleleriyle, bir gül yaprağını andırıyordu. Onu Bay Gelfman'dan veya âşık olmaya niyetlendiği herhangi bir adamdan korumak istiyordum. Çünkü hiçbiri en iyi arkadaşıma layık olamazdı; özellikle de evli olanlar.

Boğazımı temizledim. *Bay Gelfman'ın namını bilmiyor mu*, diye geçirdim içimden. Lakeside'ın en havalı öğretmeni olduğu lisede, ona kendini göstermek için taklalar atan kız sürüsünü muhakkak hatırlıyor olmalıydı. Bay Gelfman, Elizabeth Barrett Browning'in 'Nasıl Severim Seni' adlı şiirini okurken, İngiliz Edebiyatı dersindeki her kız onunla göz teması kurabilmeyi umardı. Bana göre tüm bunlar, kızlara özgü bir eğlenceydi. Peki ya Kitty, beş yıl önce Kathleen Mansfield'ın başına gelen olayı unutmuş muydu? Utangaç, koca memeli ve son derece ahmak bir kız olan Kathleen de Bay Gelfman'ın büyüsüne kapılanlardan biriydi. Öğle tatillerinde öğretmenler odasının etrafında dolanıp durur, okuldan sonra da Bay Gelfman'ı beklerdi. Herkes onları merak edip dururdu, özellikle de kız arkadaşlarımızdan biri Kathleen'i bir akşam Bay Gelfman ile parkta gördükten sonra. Ardından Kathleen birdenbire okula gelmez olmuştu. Ağabeyi, onun büyükannesi ile yaşamak için Iowa'ya gittiğini söylemişti. Fakat hepimiz sebebinin ne olduğunu biliyorduk.

Kollarımı göğsümde kavuşturarak, "Kitty, Bay Gelfman gibi adamların yalnızca tek bir amacı vardır," dedim. "Sanırım ikimiz de bunun ne olduğunu biliyoruz."

Kitty'nin yanakları pespembe bir hal aldı. "Anne Calloway! James hakkında nasıl böyle bir şey ima edersin?"

"Ben hiçbir şey *ima* etmiyorum. Sadece seni seviyorum. Sen benim en iyi arkadaşımsın ve incindiğini görmek istemem."

Kitty morali bozuk bir şekilde ayaklarını sallarken, birkaç dakika boyunca sessizce sallanıp durduk. Elimi elbisemin cebine atıp içindeki mektubu sıkıca kavradım. Onu bu sabah postaneden almıştım ve odama sıvışıp okumak için can atıyordum. Mektup, Güney Pasifik'te hizmet verdiği Kara Kuvvetleri Hemşire Sınıfı'ndan her hafta olan biteni yazan, hemşirelik okulundaki arkadaşım Norah'dandı. İkisi de kolay sinirlenen bir yapıya sahip olduğundan, birlikte olduğumuz son yarıyılda Norah ve Kitty'nin arası açılmıştı. Bu yüzden Kitty'ye mektuplardan bahsetmemeyi seçmiştim. Üstelik Norah'nın savaş hakkında anlattıklarının ve tropikal bölgenin beni nasıl cezp ettiğini Kitty'ye belli edemezdim. Mektupları, sanki bir romanın sayfalarıymış gibi okuyordum. Öyle ki bir yanım yeni aldığım hemşirelik diplomamı kapıp orada Norah'ya katılmanın, evdeki hayatımdan ve beni bekleyen kararlardan kaçmanın hayalini kuruyordu. Yine de bunun hayal ürünü bir fikir, bir rüya olduğunu biliyordum. Sonuçta şehir merkezinde gönüllü olarak çalışarak, konserve kutusu toplayarak ve koruma projelerini destekleyerek, savaş çalışmalarına yardımcı olabilirdim. Düğünümden sadece birkaç hafta önce, tropiklerdeki bir savaş alanında dolanıp durmanın ne kadar mantıksız olduğunu düşünerek başımı iki yana salladım. İyi ki Kitty'ye bunun hakkında tek bir kelime dahi etmemiştim.

"Sadece kıskanıyorsun," dedi Kitty kibirli bir şekilde.

"Saçmalık," diye tersledim, Norah'nın mektubunu cebimin derinliklerine iterek. Gökyüzünde yükselen yaz güneşi, sol elimdeki pırlanta yüzüğe çarparak göz kamaştırıcı bir parıltı oluşturuyordu. Bu ışıltı, karanlık bir gecedeki deniz fenerinin ışığı kadar dikkat çekiciydi ve nişanlı olduğum gerçeğinin kaçınılmaz bir hatırlatıcısıydı. "Bir aydan kısa bir süre içinde Gerard ile evleniyorum," dedim. "Ve bundan daha mutlu olamazdım."

Kitty kaşlarını çattı. "Hayatında başka bir şeyler yapmak istemez miydin?" diye sordu. Sanki bir sonraki kelimeler, söylemesi oldukça güç ve can sıkıcı şeylermiş gibi durakladıktan sonra devam etti. "Yani, Bayan Gerard Godfrey olmadan önce?"

Başımı iki yana sallayarak karşı çıktım. "Tatlım, bu evlilik, intihar değil."

Kitty'nin bakışları, benden uzaklaşarak bahçedeki bir gül ağacına takıldı. "Öyle de denebilir," diye mırıldandı kendi kendine.

Bir iç çekerek salıncağa yaslandım.

"Affedersin," diye fısıldadı Kitty, yeniden bana dönmüştü. "Ben yalnızca mutlu olmanı istiyorum."

Elini tuttum. "Mutlu olacağım, Kitty. Keşke sen de bunu görebilseydin."

Çimenlerden gelen ayak seslerini duyunca, yardımcımız Maxine'i görebilmek için sesin geldiği tarafa baktım. İşte, elinde tepsisiyle yaklaşıyordu. Üzeri dolu bir gümüş tepsiyi sadece tek eliyle taşıyor ve bize doğru yürüyordu. Babam, her zaman onun zarif biri olduğunu söylerdi ve gerçekten öyleydi de. Yürümüyor, adeta havada süzülüyordu.

"Size bir şeyler getireyim mi, kızlar?" diye sordu Maxine o güzel, ağır aksanlı sesiyle. Görünüşü, küçüklüğümden bu yana neredeyse hiç değişmemişti. Yumuşak yüz hatları, kocaman, parlak, yeşil gözleri ve vanilya kokan yanaklarıyla ufak tefek bir kadındı. Artık hafifçe kırlaşmaya başlayan saçları, düzenli bir şekilde topuz yapılmış ve tek bir teli bile dışarı fırlamamıştı. İnce beline, her zaman temiz ve yeni kolalandığı her halinden belli olan, beyaz bir önlük takardı. Civardaki çoğu ailenin hizmetçileri olsa da *Fransız* bir yardımcı çalıştıran tek ev bizimkiydi ve bu durum, annemin briç partilerinde hemen dikkat çekmesini sağlardı.

"Böyle iyiyiz, Maxine. Teşekkürler," dedim, kolumu onunkine dolayarak.

"Aslında, bir şey var," diye araya girdi Kitty. "Anne'i Gerard ile evlenmemesi konusunda ikna edebilirsin. Onu sevmiyor."

"Bu doğru mu, Antoinette?" diye sordu Maxine. Evimize çalışmaya geldiği gün daha beş yaşındaydım. Beni şöyle bir süzdükten sonra, "Sende Anne yüzü yok. Bundan sonra sana Antoinette diyeceğim," demişti. Bu isme bayılmıştım.

"Tabii ki değil," diye yanıt verdim çabucak. "Sadece Kitty'nin *huysuzluklarından* biri işte." Kitty'ye hoşnutsuz bir bakış atarak devam ettim. "Ben Seattle'daki en şanslı kızım. Gerard Godfrey ile evleniyorum."

Gerçekten de şanslıydım. Gerard, uzun boyluydu ve köşeli yüz hatları, koyu kahverengi saçları, uyumlu gözleriyle birlikte son derece yakışıklıydı. Benim için bir önemi olmasa da oldukça varlıklıydı. Öte yandan annem, onun yirmi yedi yaşında First Marine Bankası'nın en genç müdür yardımcısı olma ayrıcalığını yakaladığını sık sık hatırlatıp duruyordu ki bu da babasının yerini devraldığında, Gerard'ın bir servete konacağı anlamına geliyordu. Gerard Godfrey'den gelen bir teklifi reddetmek için aptal bir kadın olmanız gerekirdi. Ve aynı ceviz ağacının altında bana evlenme teklifi ettiğinde, hiç düşünmeden evet demiştim.

Annem haberi duyduğunda sevinçten deliye dönmüştü. O ve Bayan Godfrey, hiç şüphesiz ben henüz bir bebekken evliliğimizi planlamışlardı bile. Callowayler, Godfreyler ile evlenirlerdi. Bu, tıpkı kahve ile krema kadar doğal bir şeydi.

Maxine, buzlu çay sürahisini alıp bardaklarımızı doldurdu. "Antoinette," dedi yavaşça, "sana hiç kız kardeşim Jeanette'nin hikâyesini anlatmış mıydım?"

"Hayır," dedim. "Bir kız kardeşin olduğunu bile bilmiyordum." O an Maxine hakkında bilmediğim çok şey olduğunu fark ettim.

"Evet," dedi sessizce, düşünceli görünüyordu. "Bir çocuğu sevmişti, Lyon'lu köylü bir çocuktu bu. Birbirlerine delicesine âşıklardı. Ama anne ve babamız, onu başka bir adamın kollarına itti; fabrikalarda yeterli bir maaşla çalışan bir adama. Böylece o da köylü çocuktan ayrılıp, fabrika işçisiyle evlendi."

"Ne kadar üzücü," dedim. "Peki, onu hiç yeniden gördü mü?"

"Hayır," diye cevap verdi Maxine. "Ve son derece mutsuzdu."

Ayağa kalktım ve kemeri belden biraz sıkan mavi elbisemi düzelttim. Annem bu elbiseyi, alışveriş için gittiği Avrupa gezilerinden birinden getirmişti. Her seferinde bana fazlasıyla küçük gelen kıyafetler almak gibi bir alışkanlığı vardı. "Gerçekten çok üzücü. Jeanette için çok üzüldüm. Fakat bunun benim hayatımla bir ilgisi yok. Biliyorsun, ben Gerard'ı seviyorum. Benim için ondan başka kimse yok."

"Elbette, Gerard'ı seviyorsun," dedi Maxine, çimlere düşen bir peçeteyi almak için eğilerek. "Onunla birlikte büyüdün. O, senin erkek kardeşin gibi."

Kardeş. Bu kelime, bilhassa evleneceğim adamı tanımlarken kullanıldığında tüyler ürperticiydi. Bir an için tüm bedenimi bir titreme almıştı.

"Tatlım," diye devam etti Maxine. Bakışlarımı yakalayarak gülümsedi. "Bu senin hayatın ve senin kalbin. Ve eğer başka biri yok diyorsan, bu doğru olabilir. Ben sadece, belki de kendine o insanı bulmak için yeterli zamanı tanımamışsındır diye diyorum."

"O insan?"

"Gerçek aşkın," dedi Maxine. Bu iki kelime, oldukça doğal ve gerçekçi bir şekilde dilinden dökülüvermişti. Bu denli derin ve yoğun duyguların, onu arayan herkes için bulunabilir bir şey olduğunu ima ediyordu. Tıpkı koparılmaya hazır bir halde dalında sallanan olgun bir meyve gibi...

Aniden bir ürperti gelse de suçu, hafif hafif esmekte olan rüzgâra atarak başımı iki yana salladım. "Ben peri masallarına ya da beyaz atlı prenslere inanmam. Aşkın bir tercih olduğuna inanırım. Biriyle tanışırsın. Ondan hoşlanırsın. Ve onu sevmeye karar verirsin. Bu kadar basit."

Kitty gözlerini devirerek, "Hiç romantik değil," diye sızlandı.

"Maxine," dedim, "peki ya sen? Sen hiç âşık oldun mu?"

Eline aldığı bir bezi çay tepsisinin üzerinde gezdirerek, bardaklarımızın bıraktığı izleri sildi. "Evet," dedi başını kaldırmaksızın.

Meraktan gözüm dönmüş bir halde, bu adamın anılarının canını acıtabileceğini bile düşünmeksizin devam ettim. "Amerikalı mıydı yoksa Fransız mı? Neden onunla evlenmedin?"

Maxine hemen cevap vermedi. Tam sorduğum sorular için pişman olmuştum ki dudaklarını araladı. "Onunla evlenmedim, çünkü zaten bir başkasıyla evliydi."

Terastan gelen babamın ayak seslerini duyunca, üçümüz de yukarı baktık. Babam, sigarasını tüttürerek yanımıza indi. "Selam, ufaklık," dedi gür gri bıyığının altından bana gülümseyerek. "Salı gününe kadar gelmeyeceğini sanıyordum."

Gülümseyerek karşılık verdim. "Kitty, bir önceki trene binmemiz için beni ikna etti."

O bahar, Portland Devlet Üniversitesi'ndeki derslerimi vermiştim. Ama Kitty ve ben, hemşirelik diplomamızı almadan önce staj yapmamız için iki ay daha orada kalmıştık. Bu diplomalarla ne yapacağımız, ailelerimiz için büyük merak konusuydu. Tabii, hepsi de onları gerçekten kullanmamamızı umuyorlardı.

Öte yandan Gerard, eğitimli bir hemşireyle nişanlı olma meselesini tek kelimeyle komik buluyordu. Annelerimiz de, tanıdığımız diğer kadınlar da çalışmıyorlardı. Gerard, hastaneye gidip gelirken bana eşlik etmesi için tutacağımız şoföre vereceğimiz ücretin, alacağım maaştan daha fazla olacağını söyleyerek bana takılıyordu. Yine de istediğim şey beyaz bir başlık takıp hastalarla ilgilenmekse, bana destek olacağına söz vermişti.

Doğruyu söylemek gerekirse, ne istediğimi ben de bilmiyordum. Hemşireliği seçmiştim çünkü tanıdığım kadınların hayatlarında gördüğüm ve nefret ettiğim her şeye karşı tam bir tezat teşkil ediyordu. Annem, kendini yemek davetlerine ve modaya adamıştı. Liseden sonra tasasızca Paris ve Venedik'in tadını çıkaran okul arkadaşlarım ise zengin bir koca bulup gençliklerindeki hayat tarzını devam ettirmeye bakıyorlardı.

Hayır, ben bu kalıba uymuyordum. Bu kalıbın sınırları bana dar geliyordu. Bütün zorluklarıyla bana bir şeyler ifade edebilen tek şey hemşirelikti. Çünkü bu, hayatımın büyük bir kısmı boyunca boş kalan bir parçamı -parayla hiçbir ilgisi olmayan bir şekilde, başkalarına yardım etmek isteyen o boşluğumu- doldurmayı vaat ediyordu.

Maxine boğazını temizleyerek, "Ben de tam gidiyordum," dedi babama. Sonra da bir çırpıda tepsisini aldı. "Size bir şey getirmemi ister misiniz, Bay Calloway?"

"Hayır, Maxine," diye cevap verdi babam. "Böyle iyiyim. Teşekkür ederim." Babamın Maxine ile konuşma şeklini seviyordum. Onunla her zaman kibar ve nazik bir şekilde konuşurdu, asla annem gibi aksi ve aceleci değildi.

Maxine başını salladı ve zümrüt yeşili çimenlerin üzerinde uzaklaşarak eve girdi.

Kitty, endişeli gözlerle babama baktı. "Bay Calloway?"

"Evet, Kitty?"

"Birçok erkeğin daha gönderileceğini duydum," diyerek yutkundu, "yani, savaş için. Trende gelirken gazetede okumuştum. Seattle'dan çağrılacak birileri de olup olmadığını biliyor musunuz?"

"Bunu söylemek için henüz çok erken, Kitty Cat," dedi babam, ilkokulda ona taktığı ismi kullanarak. "Ama Avrupa'daki gelişmelere bakacak olursak, sanırım daha çok erkeğin savaşa gittiğine şahit olacağız. Geçenlerde, kasabada Stephen Radcliffe'e rastladım ve perşembe günü Larson kardeşlerin de yola çıkacağını öğrendim."

O an göğsümün sıkıştığını hissettim. "Terry ve Larry mi?"

Babam, ciddi bir şekilde başını sallayarak beni onayladı.

Kitty ve benden bir yaş küçük olan ikiz kardeşler, savaşa gidiyorlardı. *Savaş.* İnanılır gibi değildi. İlkokuldayken, saç örgülerimi çekiştirdikleri o günler daha dün gibi değil miydi? Terry, utangaç bir çocuktu ve yanakları çillerle doluydu. Ondan biraz daha uzun olan Larry ise, daha az çilliydi ve adeta doğuştan komedyendi. İkisi de kızıl saçlı olan bu kardeşler, neredeyse hiç birbirinden ayrı görülmezdi. Savaş meydanında da birbirlerinin yanında olmalarına izin verilir mi, merak ediyordum. Bu düşünceyi bastırmaya çalışıyormuş gibi gözlerimi kapadım, ama bir türlü gitmek bilmiyordu. *Savaş meydanı...*

Babam sanki aklımı okumuş gibi, "Eğer Gerard'ın da gideceğinden endişe ediyorsan, endişelenme," dedi.

Elbette, Gerard da tanıdığım her erkek gibi güçlü ve cesurdu. Ama ne kadar denersem deneyeyim, onu üzerinde takım elbisesi olmadan bir bankanın dışında hayal edemiyordum. Her ne kadar bu savaştan uzak kalmasını istesem de bir yanım içten içe onu üniforma içinde ve para haricinde bir şeye karşı savaşırken görmeyi arzuluyordu.

"Ailesinin toplumdaki konumu oldukça önemli," diye devam etti babam. "George Godfrey, onun savaşa çağrılmamasına dikkat edecektir."

Kalbimde yaşadığım çelişkiden nefret ediyordum; Gerard'ın korunuyor olması beni avutuyorken, aynı zamanda hiç hoşuma gitmiyordu. Yoksul ailelerin erkekleri milli bir amaç uğruna savaşmak zorundayken, ayrıcalıklı bir azınlığın anlamsız sebeplerden ötürü bir kenara sıyrılması hiç adil değildi. Elbette önemli bir bankacı olan ve sağlığı gittikçe kötüye giden George Godfrey, eski bir senatördü ve Gerard, onun bankadaki görevlerini yerine getirecek olan sıradaki kişiydi. Öyle olsa bile Gerard, sıcacık ofisindeki dönen deri koltuğunda rahatça otururken, Larson kardeşleri karakışın ortasında, Avrupa'da bir sığınakta savaşırken hayal etmek, oldukça rahatsızlık vericiydi.

Babam gözlerimdeki endişeyi okuyabilmişti. "Kaygılanmayı bırak. Seni endişeli görmekten nefret ediyorum."

Kitty, kucağına koyduğu ellerine bakıyordu. Onun da Bay Gelfman'ı düşünüp düşünmediğini merak ediyordum. *O da savaşa katılacak mıydı?* Bay Gelfman, otuz sekiz yaşından büyük olamazdı; hiç şüphesiz savaşmak için elverişli bir yaştaydı. Keşke bu savaşa bir son verebilseydim, diye düşünerek bir iç çektim. Savaşla ilgili kötü haberler ortalıkta gezinip duruyor, sonra da bir gölge gibi içeri süzülüyor ve en güzel yaz akşamlarını bile berbat ediyordu.

"Annen akşam yemeğini şehir merkezinde yiyecek," dedi babam, eve kuşku dolu bir bakış atarak. Bakışlarındaki tereddüt, gözleri benimkilerle buluşur buluşmaz kayboldu. "Bana bu akşam siz bayanlarla yemek yeme ayrıcalığını tanır mıydınız acaba?"

Kitty, olumsuzca başını salladı. "Bir randevum var," dedi belli belirsiz.

"Üzgünüm, baba. Ben de Gerard ile yiyeceğim."

Babam anladığını belirtircesine başını salladı, aniden duygulanmış gibi görünüyordu. "Kendinize bir bakın, ikiniz de büyümüşsünüz de kendi planlarınız var. Şuracıkta oyuncak bebeklerinizle oynadığınız günler daha dün gibi."

Doğruyu söylemek gerekirse, o günleri çok özlüyordum. Kâğıt bebekler, giyinip kuşanmalar ve terastaki çay partileri etrafında dönen, huzurlu ve karmaşık olmayan günler... Tenime işleyen rüzgârdan korunmak için hırkamın düğmelerini ilikledim. Değişim rüzgârının ta kendisiydi bu.

"Haydi, içeri girelim," dedim Kitty'nin elini tutarak.

"Tamam," dedi tatlılıkla. İşte şimdi yeniden Kitty ve Anne olmuştuk.

Masamızın üzerinde alçak bir bulut gibi yükselen sigara dumanı yüzünden gözlerim yanıyordu. Seattle'daki herkesin cumartesi geceleri dans etmek için geldikleri Cabaña Kulüp'te oldukça loş bir ortam hâkimdi. Etrafı görebilmek umuduyla gözlerimi kıstım.

Kitty, bana mavi kâğıtla paketlenmiş bir kutu uzattı. Üzerindeki altın rengi kurdeleye göz gezdirerek, "Bu ne?" diye sordum.

"Senin için," dedi sırıtarak.

Soru soran gözlerle önce Kitty'ye, sonra da kutuya bakmamın ardından kurdeleyi dikkatlice çözüp ambalajı açtım. Beyaz bir mücevher kutusunun kapağını kaldırıp içindeki pamuğu kenara ittiğimde, parlak bir şeyle karşılaştım.

"Kitty?"

"Bir broş," dedi. "Arkadaşlık broşu. Çocukken taktığımız o küçük yüzükleri hatırlıyor musun?"

Başımı olumlu anlamda salladım. Gözlerimdeki yanma hissi duman yüzünden miydi, yoksa eski günlerin anıları yüzünden miydi, emin değildim.

"Artık yetişkin versiyonlarına sahip olmamız gerektiğini düşündüm," diye açıkladı Kitty. O sırada omzuna dökülen bir tutam saçı geriye itince, elbisesiyle uyumlu bir broş ortaya çıktı. "Gördün mü? Bende de bir tane var."

Elimde tuttuğum yuvarlak ve üzerinde küçük, mavi taşlarla işlenmiş bir gül resmi olan, gümüş broşu inceledim. Kulübün loş ışıkları altında pırıl pırıl parlıyordu. Arkasını çevirince, kabartma bir yazı gördüm: *Anne'e sevgilerle, Kitty.*

"Bu gerçekten çok güzel," diyerek broşu elbiseme tutturdum.

Kitty gülümseyerek, "Umarım bu, arkadaşlığımızın bir sembolü olur," dedi. "Birbirimizden asla sır saklamayacağımızı, zamanın ya da koşulların aramızdaki hiçbir şeyi değiştiremeyeceğini bize hatırlatır."

Ona katılırcasına başımı salladım. "Bunu daima takacağım."

Kitty'nin yüzünde yine bir gülümseme belirmişti. "Ben de öyle."

Sodalarımızı yudumlayıp, oldukça hareketli olan kulübe göz gezdirmeye başladık. Arkadaşlarımız, okul arkadaşlarımız ve tanıdıklarımız, belki de onları bekleyen şeylerden önceki son cumartesi gecesinin tadını çıkarıyorlardı. Savaş... Evlilik... Bilinmeyen şeyler... Tüm bunları düşünerek güçlükle yutkundum.

"Ethel ile David Barton'a bak," diye fısıldadı Kitty kulağıma. Sonra da barda birbirlerine sokulmuş olan ikisini işaret etti. "Elleri Ethel'ın her yerinde," diye ekledi, uzun bir süre onlara bakakalmıştı.

"Ethel, kendinden utanmalı," diyerek olumsuzca başımı salladım. "O, Henry ile nişanlı. Henry, okul için şehir dışında değil miydi?"

Kitty, başıyla beni doğruladı. Ama kınayan bakışlarımı yansıtmak yerine, Kitty'nin yüzü bambaşka bir hikâye anlatıyordu. "Seni *böylesine* çok sevebilecek biri olsun istemez miydin?" diye sordu dalgın bir şekilde.

Yüzümü buruşturdum. "Tatlım, bu aşk değil."

"Tabii ki öyle," dedi, elini yanağına dayayarak. Birlikte çiftin el ele, dans pistine doğru yürüyüşünü izledik. "David, onun için deli oluyor."

"Kesinlikle deli oluyor," dedim. "Ama ona âşık değil."

Kitty omzunu silkti. "Ama birbirlerine karşı tutkulular."

Çantamdan pudramı çıkarıp burnumu pudraladım. Gerard, az sonra burada olurdu. "Tutku, aptallar içindir," diyerek, pudra kutusunu sertçe kapattım.

"Belki de öyledir," diye cevap verdi Kitty. "Ama yine de şansımı deneyeceğim."

"Kitty!"

"Ne?"

"Böyle konuşma."

"Nasıl konuşmayayım?"

"*Hafif* bir kadın gibi."

Kitty kıkırdadığı sırada Gerard da bankadaki iş arkadaşı Max ile birlikte masamıza gelmişti. Max kısa boylu, kıvırcık saçlı, sade ve güvenilir yüzlü biriydi. Kitty'de gözü olduğu da son derece belliydi.

"Neye gülüyorsan bizimle de paylaş, Kitty," dedi Gerard sırıtarak. Onun bu oldukça çekici ve kendinden emin gülümseyişini seviyordum. Gri bir takım elbise giymiş olan Gerard, masamızın yanında dikilmiş, gevşeyen kol düğmesini düzeltiyordu. Max ise hazır olda bekliyor, gözlerini Kitty'ye dikmiş bir vaziyette çoban köpeği gibi soluyordu.

"Sen söylesene, Anne," dedi Kitty, bana meydan okurcasına sırıtarak.

Sinsi sinsi gülümseyerek boğazımı temizledim. "Evet, Kitty de tam şey diyordu... Max ve kendisinin, bizden daha iyi dans edeceklerini söylüyordu." Zafer kazanmış bir ifadeyle Kitty'ye baktım. "Buna inanabiliyor musun, Gerard?"

Gerard gülerken, Max'in de gözleri parlamıştı. "Bu şekilde devam etmesine izin veremeyiz, değil mi hayatım?" diye sordu Gerard. Sonra dans pistine bakarak elini bana uzattı. "Dans edelim mi?"

Orkestra çalmaya başladı. Ağzı kulaklarında olan Max, beceriksizce ayağa kalktı. Kitty, Max'in uzattığı elini tutarken bana bakarak gözlerini devirmişti.

Gerard, kollarını nazikçe belime doladı. Beni böyle sağlam ve kendinden emin bir şekilde tutmasını seviyordum.

"Gerard?" diye fısıldadım kulağına.

"Efendim, hayatım?" Gerard, çok iyi dans ederdi. Mali konularda da tıpkı dans konusunda olduğu kadar iyiydi; bütçesinde tek bir kuruş bile eksik olmazdı.

"Sen, benim için...?" Tam olarak ne soracağımı düşünmek için bir süre durakladım. "Benim için *tutku* hissediyor musun?"

"Tutku mu?" diye sordu Gerard, kahkahasını bastırarak. "Seni komik şey. Tabii ki hissediyorum." Bana biraz daha sıkı sarıldı.

Ama bu cevap beni tatmin etmemişti. "Gerçekten tutku hissediyor musun?"

Gerard durdu ve ellerimi nazikçe çenesine doğru çekti. "Sana olan aşkımdan şüphe etmiyorsun, değil mi? Anne, seni dünyadaki her şeyden, her şeyden çok sevdiğimi şimdiye dek anlamış olmalısın."

Başımı olumlu anlamda sallayarak gözlerimi kapadım. Birkaç dakika sonra müzik durdu ve bir yenisi çalmaya başladı. Bu seferki daha yavaştı. Gerard'a biraz daha sokuldum. Ona o kadar yakındım ki kalp atışlarını hissedebiliyordum. Onun da benimkini hissedebildiğine emindim. Kendimizi klarnetin büyüleyici melodisine kaptırmışken, attığımız her adımda aramızda bir *tutku* olduğuna emin oluyordum. Elbette tutkuluyduk. Gerard bana sırılsıklam âşıktı, ben de ona. Bu tür şüpheler ne kadar da saçmaydı. Tüm bunları aklıma soktuğu için Kitty'yi suçluyordum. *Kitty.* Ona bir göz atarak Max ile mutsuz bir şekilde dans edişini izledim. Tam da o sırada, dans pistinde Bay Gelfman beliriverdi. Doğruca Kitty'ye doğru yürüdü ve Max'e bir şeyler söyledikten sonra Kitty'yi kollarına aldı. Max ise mahzun bir şekilde hızla dans pistinden uzaklaştı.

"Kitty'nin *James Gelfman* ile ne işi var?" diye sordu Gerard, kaşlarını çatarak.

"Bu hiç hoşuma gitmiyor," dedim, Bay Gelfman'ın, Kitty'yi dans pistinde oyuncak bir bebek gibi döndürüşünü seyrederken. Elleri, Kitty'nin belinden çok aşağıdaydı ve onu oldukça sıkı tutuyordu. O an zavallı Kathleen'i düşünerek irkildim.

"Gidelim haydi," dedim Gerard'a.

"Bu kadar erken mi?" diye sordu. "Ama daha yemek bile yemedik."

"Maxine, buzluğa birkaç sandviç bırakmıştı," diye cevapladım. "Canım daha fazla dans etmek istemiyor."

"Kitty yüzünden mi?" diye sordu.

Başımı sallayarak onu onayladım. Artık hiçbir şeyin Kitty'yi durduramayacağını biliyordum. Her şeyi son derece netleştirmişti. Fakat en iyi arkadaşımın kalbini ve onurunu, ona layık olmayan bir adama -ona layık olmayan *evli* bir adama- verişini seyredersem, kahrolacaktım. Gelgelelim, hikâyenin daha fazlası da vardı. Kalbim çoktan farkında olsa da aklımın bir türlü kabullenmediği bir şeydi bu: Kitty'yi kıskanıyordum. Onun hissettiklerini *hissetmek* istiyordum. Ve korkarım, hiçbir zaman hissedemeyecektim.

Kapıdaki görevlinin uzattığı mavi, kadife ceketimi aldım ve Gerard'ın koluna girdim. Sıcak. Güvenli. Korunaklı… Birlikte kapıdan çıkarken, kendime ne kadar şanslı olduğumu söylüyordum.

Gerard eve dönüş yolunda ev konusunu konuşmak istedi. Şehirde bir apartman dairesi mi, yoksa Windermere'de, gençliğimizi geçirdiğimiz o varlıklı muhitte, ailelerimize yakın bir ev mi satın alacaktık? Apartman dairesi, bankaya yakındı. Ayrıca Beşinci Cadde'de yaşamak da çok keyifli olur, diye neşeyle söylendi Gerard. Öte yandan Buskirk Ailesi, dört adet çatı penceresi olan büyük, Tudor tarzı evlerini bu sonbahar satacaklardı. Onu alıp restore edebilir, yardımcılar ve bebek için de ek odalar inşa edebilirdik. *Bebek* için.

Gerard durmaksızın konuşmaya devam ederken, arabanın içindeki hava aniden ısınmaya başlamıştı. İçerisi çok sıcaktı. Önümde uzayıp giden yol bulanıklaşıyor, sokak lambaları birden fazlaymış gibi görünüyordu. Neyim vardı benim? *Neden nefes alamıyorum*, diye geçirdim içimden. Başım dönerken kendime hâkim olabilmek için kapının kolunu sıkıca kavradım.

"İyi misin, hayatım?"

"Sanırım biraz hava almam gerek," diyerek pencereyi indirdim.

Gerard hafifçe kolumu okşayarak, "Affedersin, tatlım, seni bunalttım mı?" diye sordu.

"Biraz," diye yanıtladım. "Sadece verilmesi gereken çok fazla karar var. Bunları teker teker ele alamaz mıyız?"

"Elbette alabiliriz," dedi. "Öyleyse, şimdilik daha fazla ev hakkında konuşmak yok."

Gerard direksiyonu Windermere'e doğru çevirip girişin iki yanında bulunan, ışıklandırılmış görkemli sütunları geçti. İçeride oldukça bakımlı bir tapınak vardı. Bahçıvanlar, çiçeklerle ve çimenlerle tek bir eğri yaprak kalmayacak şekilde ilgilenmek için saatlerini harcıyor, mürebbiyeler de çocuklara aynı şekilde ilgi gösteriyorlardı. Ardından Gilmore Bulvarı'nda bulunan, Gerard'ın ailesine ait gri malikânenin ve

Larsonların, etrafı şimşir çitlerle ve İtalya'dan getirilen büyük, taş vazolarla çevrili beyaz köşkünün önünden geçtik. *Neyim var benim böyle?* İşte beni seven ve bana alıştığım o güzel, konforlu hayatı yaşatmak isteyen bir adam, diye azarladım kendimi.

Gerard evimizin garaj yoluna park ettikten sonra, birlikte eve girip doğruca karanlık mutfağa yöneldik. "Maxine, büyük ihtimalle uyumuştur," dedim saatime bakarak. Saat, dokuz buçuğu gösteriyordu. Maxine, her zaman saat dokuzda, alt kattaki odasına çekilirdi.

"Sandviç ister misin?" diye sordum Gerard'a.

"Hayır, iyiyim," dedi, kolundaki Rolex saatine göz atarak. O saati, yirmi beşinci doğum gününde ben hediye etmiştim.

Ayak seslerini duyunca ikimiz de kapıya baktık.

"Baba?" diye seslendim, mutfağın köşesinden dikkatle bakarken. Fakat karanlıkta merdivenlerden inen gölge, bir erkeğe değil, bir kadına aitti.

"Anne?" Koridorun ışığını yaktığımda yanıldığımı fark ettim.

"Annen henüz eve gelmedi," dedi Maxine. "Sadece banyona havlu yerleştiriyordum. Francesca bugün gelmedi, o yüzden sabah havlusuz kalmayasın istedim."

"Ah, Maxine," dedim. "Bu geç saatte *havlularım* için endişelenmene inanamıyorum. Bunu kabul edemem! Gidip biraz dinlen, lütfen. Çok fazla çalışıyorsun."

Maxine saate bakmak için döndüğünde, gözlerinde birer damla yaş gördüğümü sandım. *Ağlıyor muydu, yoksa yalnızca günün yorgunluğu muydu?*

"Sanırım size iyi geceler desem iyi olacak," dedi başıyla beni onaylayarak. "Tabii, herhangi bir şeye ihtiyacınız yoksa?"

"Hayır," dedim. "Biz iyiyiz. Tatlı rüyalar, Maxine." Küçük bir kızken yaptığım gibi kollarımı boynuna dolayarak, vanilya kokulu yanaklarının kokusunu içime çektim.

Maxine çıktıktan sonra, Gerard beni çabucak ve hafif bir şekilde öptü. *Neden beni daha uzun öpmüyor ki*, diye geçirdim içimden. "Geç oldu," dedi. "Sanırım artık ben de gitmeliyim."

"Gitmek zorunda mısın?" diye sordum, onu kendime çekerek. Bir yandan da başka niyetlerle salondaki kanepeye göz gezdiriyordum.

"Dinlenmemiz lazım," diyerek başını iki yana salladı. "Yarın büyük bir gün olacak."

"Büyük bir gün mü?"

Gerard şüpheli gözlerle bana bakarak, "Parti," dedi. "Unuttun mu?"

O ana kadar unutmuştum. Gerard'ın ailesi, bizim için evlerinde bir nişan partisi veriyordu. Parti, babamın golf kulübünün sahasındaki gibi kusursuzca biçilmiş çimleri olan o kocaman bahçede verilecekti. Bir orkestra ve buzdan heykeller olacak, kriket oynanacak ve beyaz eldivenli garsonlar, tabaklar dolusu minik sandviçler dağıtacaklardı.

"Yalnızca güzel bir elbise giy ve saat ikide orada ol," dedi Gerard gülümseyerek.

"Bunu yapabilirim."

"İyi geceler, sevgilim," diyerek dışarı çıktı.

Orada öylece durup Gerard'ın arabasının uzaklaşmasını izledim. Ta ki motorun sesi, ağustos gecesinin o ağır sessizliği tarafından yutulana kadar.

İkinci Bölüm

"Maxine!" Gözlerimi açıp birkaç kez kırpıştırdım. Sersem bir halde, sesin sahibini çıkarmaya çalışıyordum. Yüksek, tiz, biraz kızgın, ama daha çok öfkeli ve kesinlikle usanmış bir sesti bu.

Annem. Eve gelmişti.

"Sana Anne'in bugün mavi elbiseyi giyeceğini söylemiştim. Neden ütülenmemiş?" Ses şimdi daha yakından, yatak odamın kapısının önünden geliyordu.

Yorganı bir kenara itip doğruldum ve ayaklarımı isteksizce soğuk, ahşap zemine koymadan önce sabahlığıma uzandım. *Zavallı Maxine.* Böyle bağırılmayı hiç hak etmiyordu. Bir kez daha...

Kapıyı açtım. "Anne," dedim temkinli bir şekilde. Onun kıyafet seçimlerine karşı çıkılmaması gerektiğini iyi biliyordum. Ağır adımlarla sahanlığa çıktım. "Sanırım bugün kırmızı elbisemi giyeceğim. Paris'ten aldığını."

Sahanlıkta birkaç adım uzağımda duran annem önce gülümsedi, sonra da Maxine'e sinirli bir bakış atarak perdeleri hızla çekip açtı. "Ah, günaydın, hayatım," dedi bana doğru yürüyerek.

"Uyandığını bilmiyordum." Kollarını uzatıp yüzümü ellerinin arasına aldı. "Yorgun görünüyorsun, tatlım. Dün gece geç saate kadar dışarıda mıydın? Gerard ile birlikte mi?" Gerard'ın ismini, sanki çikolatalı bir pastadan bahsediyormuş gibi daima heyecanla söylerdi. Bir defaya mahsus da olsa, Gerard Godfrey ile kendisinin evlenmek isteyeceğini aklımdan geçirmedim desem, yalan söylemiş olurdum.

Başımı iki yana salladım. "Hayır, dün gece erken yattım."

Gözlerimin altındaki şişlikleri işaret etti. "Öyleyse bu koyu halkalar ne?"

"Uyuyamadım," diye cevap verdim.

Maxine, elinde bir elbise askısıyla ürkekçe yaklaştı. "Antoinette," dedi. "Bahsettiğin elbise bu mu?"

Evet dercesine başımı salladım.

"Onu bu şekilde çağırmanı istemiyorum, Maxine," diye çıkıştı annem. "O artık küçük bir kız değil. Evlenmek üzere olan bir kadın. Lütfen ona kendi ismiyle seslen."

Maxine annemin sözlerini başıyla onayladı.

"Anne," diye bağırdım elimi Maxine'e uzatarak. "Antoinette diye çağrılmak *hoşuma* gidiyor."

Annem omzunu silkti. Kulaklarından yeni bir çift elmas küpe sarkıyordu. "Pekâlâ, sanırım bu artık önemli değil. Önümüzdeki ay, şimdiye kadarki en önemli isim, Bayan Gerard Godfrey olacaksın."

Koltukaltlarımda bir karıncalanma hissettim. Gözlerim Maxine'in gözleriyle buluştuğunda, birbirimizi anlayan bir bakış paylaştık.

"Kırmızı elbiseyi giymek zorunda mısın, hayatım?" diye devam etti annem, başını sağa yatırarak. Annem, güzel bir kadındı, benim olup olabileceğimden çok daha güzeldi. Bunu gençliğimden beri biliyordum. "Bunun senin rengin olduğundan emin değilim."

Maxine, doğrudan anemin gözlerinin içine baktı. Bu, çok sık yaptığı bir şey değildi. "Bence ona çok yakışıyor, Bayan Calloway," diyerek tartışmayı noktaladı.

Annem omzunu silkti. "Peki öyleyse, ne istiyorsan onu giy, ama Godfreylere gitmek için iki saat içinde çıkmamız gerekiyor. Hazırlanmaya başlasan iyi edersin." Koridorun yarısına varmıştı ki yeniden Maxine'e ve bana doğru döndü. "Ve saçlarını da topla, hayatım. O şekilde çok daha göz alıcı oluyorsun."

Peki dercesine başımı salladım. Annem bütün moda dergilerine aboneydi. Ayrıca her yıl, New York ve Paris'teki podyum defilelerine katılırdı. Görünüşüne diğer annelerden çok daha fazla önem verirdi. Her zaman özel tasarım kıyafetler giyer, mükemmel saç şekilleri uygular ve son moda aksesuvarlar takardı. Peki, tüm bunlar ne içindi? Babam neredeyse hiç fark etmezdi. Ve annem ne kadar çok kıyafet alırsa, o kadar mutsuz görünürdü.

Annem bizi duyamayacağı kadar uzaklaştıktan sonra, gözlerimi devirerek Maxine'e baktım. "Yine *aksiliği* üzerinde, değil mi?"

Maxine elbiseyi bana uzattı. Gözlerinden, annemin kibirli tavrı yüzünden hâlâ canının yandığını anlayabiliyordum. Birlikte odama girdikten sonra, kapıyı kapattım.

Elbisemi üzerime tuttum. "Bu elbisenin uygun olduğundan emin misin?"

"Senin canını sıkan ne, Antoniette?" diye sordu Maxine. Bakışlarının, tenimi delip geçtiğini hissediyordum ve benden, henüz vermeye hazır olmadığım bir cevap bekliyordu.

Ahşap döşemedeki çıplak ayaklarıma baktım. "Bilmiyorum," dedim, biraz tereddüt ederek. "Bütün bunların çok hızlı olduğundan endişe ediyorum."

Maxine anlayışla başını salladı. "Nişandan mı bahsediyorsun?"

"Evet," dedim. "Gerard'ı seviyorum, gerçekten seviyorum. O çok iyi bir adam."

"O, iyi bir adam," dedi sadece, devam etmeme fırsat bırakmayarak.

Yatağa oturup yorgun başımı yatak başlığına yasladım. "Kimsenin dört dörtlük olamayacağını biliyorum," dedim, "ama bazen doğru şeyi yapsaydı, onu daha çok sevip daha derin duygular besler miydim diye merak ediyorum."

Maxine elbiseyi kapıya asarak, "Savaşa katılsaydı mı?" diye sordu.

Onu başımla onayladım. "Sadece onunla, yani bizimle ilgili bir şeyler farklı olsun isterdim."

"Ne gibi şeyler, hayatım?"

"Diğer kadınların, savaşa katılan erkekleriyle gurur duyması gibi ben de onunla gurur duymak istiyorum," diyerek bir an durakladım ve tanıdığım diğer çiftleri düşündüm. "Ona karşı tutku hissetmek istiyorum." Sonra da gergin bir şekilde kıkırdadım. "Kitty, aramızda yeterince tutku olmadığını düşünüyor."

"Pekâlâ," dedi Maxine, yüzünde beklenti hâkimdi. "Sen de öyle düşünüyor musun?"

Bu düşünceyi başımdan savmadan önce, "Bilmiyorum," diye yanıtladım. "Şu söylediklerime bir bak. Bu şekilde konuştuğum için ne kötü bir nişanlıyım ben böyle." Başımı iki yana salladım. "Gerard, adeta gerçekleşen bir rüya. Ona sahip olduğum için çok şanslıyım. Artık rolümü oynamamın vakti geldi."

Maxine'in gözleri benimkilerle buluştuğunda, içinde yanan ateşi görebiliyordum. "*Asla* bu şekilde konuşmamalısın, Antoniette," dedi ağır aksanlı sesiyle. Her bir kelimeyi olabildiğince açık ve net söylemişti. "Hayatında hiçbir zaman bir rol oynayamazsın, özellikle de aşk söz konusu olduğunda."

Ben küçük bir çocukken yaptığı gibi, kolunu omzuma attı ve yanağını yanağıma dayadı. "Sadece kendin ol," dedi. "Ve kalbinin sesini asla kulak ardı etme. O sesi dinlemek canını yaksa ya da aklını karıştırsa bile."

Bir iç çekerek yüzümü omzuna gömdüm. "Maxine, neden bana bunları söylüyorsun? Neden şimdi?"

Zorla gülümsemesine rağmen, Maxine'in yüzünden pişmanlık akıyordu. "Çünkü ben kalbimin sesini dinlemedim. Ve keşke dinleseydim."

Gerard'ın annesi, Grace Godfrey, heybetli bir görüntüye sahipti. Gerard'ı oldukça yakışıklı gösteren koyu renk gözler ve sert yüz hatları, annesinde ürkütücü ve uyumsuz bir görüntü oluşturuyordu. Ama ne zaman gülümsese, o sert yüz hatları anında yumuşayıveriyordu. Küçük bir kızken, arada bir annemin Bayan Godfrey'ye benzemesini dilerdim. Bayan Godfrey, varlıklı oluşuna ve konumuna rağmen, becerikli ve kendi halinde biriydi. Bir zamanlar çevresindeki tüm kadınlar çocuklarını yetiştirme görevinin çoğunu yardımcılarına bırakmışken, o bunu yapmamıştı. Çocuklukları boyunca, Godfrey kardeşlerden biri ne zaman düşüp dizini yaralasa, Bayan

Godfrey dadıyı uzaklaştırır ve yaralı çocuğunu nazikçe öperek yarasını kendi elleriyle sarardı.

İlkokuldayken, annemin babama, "Bayan Godfrey neden dadının işini yapmasına izin vermiyor, bilmiyorum," diye sızlandığına kulak misafiri olmuştum.

Annem, babam ve ben, o akşamüzeri Godfreylerin bahçesine girdiğimiz sırada, Bayan Godfrey kendisinden beklendiği üzere, garsonların terastaki bir buz heykelini bahçedeki bir masaya taşımasına yardım ediyordu. Heykel, kocaman bir ördek ve onu takip eden üç yavrusundan oluşuyordu.

"Dur, sana yardım edeyim," diye seslendi babam arkamdan.

"Grace, dikkat et," diye lafa karıştı annem. "Bir yerini sakatlayacaksın."

Bayan Godfrey, neredeyse düşmek üzere olan ördeği babamın ellerine tam da zamanında bıraktı.

"Teşekkür ederim," dedi anneme dönmeden önce. "Merhaba, Luellen, Anne. Parti için güzel bir gün, değil mi?"

"Evet," dedim, yalnızca tek bir bulutun gezindiği masmavi gökyüzüne göz atarak. Çimenlerle kaplı kocaman alan masalarla doluydu ve eflatun masa örtülerinin her birinin üzerinde, içlerinde beş adet mor ortanca bulunan birer vazo vardı. "Bunlar..." diyerek durakladım. Benim için, Gerard için ve yaklaşan birlikteliğimiz için hazırlanan bu sevgi gösterisinden dolayı aniden duygulanmıştım. "Bütün bunlar çok güzel."

"Beğendiğine sevindim," dedi Bayan Godfrey, güçlü kolunu benimkine dolayarak. "Gerard terasta seni bekliyor, hayatım."

Uzakta, bir şezlonga uzanmış ve babasıyla sigara tüttürmekte olan Gerard'ı görebiliyordum. Annemin magazin dergilerinden birinden fırlamış gibi zeki, yakışıklı ve güçlüydü. Beni gördüğünde çabucak ayağa kalkarak sigarasını söndürdü. "Anne," diye seslendi el sallayarak, "hemen geliyorum."

Elbisemin kuşağını düzeltirken, Maxine'in kelimeleri kulağımda çınlayıp duruyordu. "Hayatında hiçbir zaman bir rol oynayamazsın, özellikle de aşk söz konusu olduğunda." *İyi, ama herkes bir rol oynar, öyle değil mi? Annem. Babam. Bir bakıma, Kitty. Hatta Maxine bile. Neden benden farklı davranmam beklensin ki?*

Birkaç dakika sonra, belimde Gerard'ın kollarını hissettim. "Sen," diye fısıldadı kulağıma, "şimdiye dek gördüğüm en güzel kadınsın."

Yüzüm kızarmıştı. "Gerçekten öyle mi düşünüyorsun?"

"Öyle olduğunu biliyorum," diye cevap verdi. "Bu elbiseyi nereden buldun? Rüya gibisin."

"Senin için giydim," dedim. "İstedim ki-"

"Bir dakika, şu gelen Ethan Waggoner mı?" Gerard gözlerini kısarak bahçe kapısından giren adama ve yanındaki karnı burnunda olan karısına baktı. "Böldüğüm için affedersin, sevgilim, ama bu gelen üniversiteden eski bir arkadaşım. Seni tanıştırayım."

Öğleden sonrası tanışma fasıllarıyla ve hal hatır sormalarla geçmişti. Öyle ki Gerard'ı göremiyordum bile. Ara sıra karşıdan el sallıyor ya da geçerken yanağıma bir öpücük konduruyordu. Hiç şüphesiz nişan partileri, nişanlanan çiftler için değildi.

Akşam yemeği zili çaldığında, bütün öğlen boyunca Kitty'yi görmediğimi fark ederek etrafıma bakındım. *Bu çok tuhaf, bu partiyi haftalar öncesinden biliyordu*, diye geçirdim içimden. Yemek boyunca, Gerard ile hemen yanımızdaki baş masada bulunan yeri, garip bir şekilde boş kalmıştı. Ve orkestra, gecenin ilk şarkısı olan 'You Go to My Head'i* çalmaya başladığında, ben de endişelenmeye başlamıştım.

"Gerard," diye fısıldadım kulağına, dans pistine doğru yöneldiğimiz sırada. Bu sıcak gecede, bin çift gözün üzerimizde olduğunu hissedebiliyordum. Onlara aldırış etmemeye çalıştım. "Kitty, hâlâ ortalarda görünmüyor. Onu merak etmeye başladım."

"Muhtemelen geç kalmıştır," dedi, hiç de endişelenmişe benzemiyordu. "Kitty'yi bilirsin."

Doğru, Kitty gideceği yere çoğu zaman geç kalırdı. Ama *beş saat* geç kaldığı hiç görülmemişti... hem de en iyi arkadaşının nişan partisine. Hayır, yolunda olmayan bir şeyler vardı. Bunu hissedebiliyordum.

Gerard beni dans pistinde mükemmel bir şekilde yönlendirirken, başımı omzuna yasladım. Gözlerimi kapattım ve her zaman yaptığım gibi bir kez bile kontrolü ele geçirmeden, beni yönlendirmesine izin vererek şarkının sözlerini dinlemeye başladım.

Başımı döndürüyor ve bir nakarat gibi aklımdan çıkmıyorsun... Gerard da benim başımı döndürüyor muydu?

"Gerard," diye fısıldadım, "savaş hakkında ne düşünüyorsun? Ya da savaşa katılmak hakkında?"

Gerard bana bakmak için geriledi. "Hayatım, eğer benim de çağrılacağımdan endişe ediyorsan, lütfen endişelenme. Babam o konuyla çoktan ilgilendi."

---

* *İng.* Başımı Döndürüyorsun. (Çev. N.)

Kaşlarımı çattım. "Ah," dedim, sözlerimi dikkatli seçmek için biraz duraklayarak. "Peki, bazı şeyler seni hiç endişelendirmiyor mu? Yani..."

"Ne gibi şeyler?"

Düşüncelerim, bahçe girişinde gözucuyla gördüğüm bir karaltı tarafından kesildi. Biri el sallayıp dikkatimi çekmeye çalışıyordu. Dans pistinin ışıkları yüzünden bulanık görüyor olsam da odaklanmak için gözlerimi iyice kıstım. *Kitty.* İşte orada, bahçe kapısının ardında duruyordu. *Kapı kilitli mi,* diye sordum kendi kendime. *Neden içeri girmiyor?* Bir mendille gözünü kuruladı. *Hayır, yolunda olmayan bir şeyler var.*

Şarkı sona erdi ve birkaç çift daha dans pistine gelerek bize katıldı. Gerard'a sokularak, "Dansa biraz ara vermemizin bir mahsuru var mı?" diye sordum.

Gerard bana şaşkın bir şekilde gülümseyip, başıyla onayladıktan sonra doğruca bahçe kapısına koştum. Kitty'yi kaldırıma çökmüş, başını dizlerine gömmüş bir halde buldum.

"Kitty, ne oldu?" Başını kaldırdığında, gözyaşlarına bulanmış makyajının yanaklarından aktığını ve gözlerinin ağlamaktan kıpkırmızı olduğunu gördüm.

"Benim korkunç, berbat bir arkadaş olduğumu düşünüyor olmalısın," dedi hıçkırarak, sonra da yüzünü yeniden dizlerine gömdü.

Dağılan saçlarını tekrar tokalarına tutturarak düzelttim. Ama faydası yoktu. Bukleleri, daha önce hiç görmediğim bir şekilde darmadağınıktı. "Tabii ki öyle düşünmüyorum, tatlım," dedim. "Sorun ne? Anlat bana."

"Seni bu şekilde ektiğim için çok üzgünüm, Anne," dedi burnunu çekerek. "Benim çok kötü bir arkadaş olduğumu düşünmüş olmalısın. Öyleyim de. Ben zavallı, aşağılık bir arkadaşım." Daha çok hıçkırmaya başlayınca, cebimden temiz bir mendil çıkarıp ona uzattım.

"Sen aşağılık bir arkadaş değilsin," dedim. "Sen benim en iyi arkadaşımsın."

Kitty, burnunu sildi ve son derece kederli gözlerle bana baktı. Hüzün dolu bakışlarında, çaresizlik yüzünden her şeyi göze alan bir parıltı yakaladım. Karşımda, büyük bir kararın eşiğinde olan bir kadın duruyordu. Bakışlarımı başka yöne çevirdim.

"Buraya geleli saatler oluyor," dedi Kitty. "Ama içeri giremedim."

"Neden?"

Tekrar burnunu sildi. "Çünkü gittiğini görmeye dayanamıyorum."

"Ama ben hiçbir yere gitmiyorum, Kitty."

"Aynen öyle," dedi. "Gidiyorsun. Evleniyorsun. Değişiyorsun. Ve senin için mutlu olmam gerektiğini bildiğim halde tek düşünebildiğim şey seni nasıl kaybettiğim."

"Ah, Kitty," dedim. "Beni asla *kaybetmeyeceksin*."

Başını olumlu anlamda sallayarak, "Ama öyle olacak," dedi Kitty. "Ve olması gereken de bu. Ben sadece, henüz buna alışamadım." Çitin diğer tarafındaki partiyi işaret etti. "Bu gece oraya katılamamamın sebebi bu. Çok özür dilerim, Anne."

Elini tutarak, "Hayır," dedim. "Özür dilemene gerek yok." Elbisemin eteğiyle gözünden süzülen bir damla yaşı sildim.

"Anne," dedi biraz soğuk bir şekilde. "Sana söylemem gereken bir şey var."

Elini bıraktım. "Nedir?"

"Bu hoşuna gitmeyecek."

"Yine de söyle," dedim, kendimi duyacağım şeye karşı hazırlıyordum.

"Geleceğimle ilgili büyük bir karar aldım," dedi ve boğazını temizledi. "Sen yola devam ediyorsun, ben de etmeliyim."

"Kitty, ne demek istiyorsun?"

Rahatlamak için derin bir nefes aldı. "Birlikte hemşirelik okuluna kaydolduğumuzda yaptığımız anlaşmayı hatırlıyor musun?"

Başımı olumlu anlamda salladım. "Evet. Sonumuzun annelerimiz gibi olmayacağına dair yemin etmiştik."

"Kesinlikle," dedi, doğruca ileriye bakıyordu. "Ve daha farklı, daha anlamlı hayatlarımız olacağına dair."

Kaşlarımı çattım. "Kitty, eğer ima ettiğin şey Gerard ile evlenerek-"

"Hayır," dedi çabucak. "Öyle bir şey demek istemedim. Sadece, bu becerimle hayatımda bir şeyler *yapabilirmişim* gibi geliyor... büyük anlamı olan bir şeyler. Bir süredir bunu düşünüyordum, savaş söylentilerini ilk duyduğumuzdan beri. Ama bu gece yapmam gereken şey çok açık, Anne."

Kucağımdaki ellerimi sıkıca birbirine kenetledim.

"Gidiyorum," dedi Kitty. "Uzağa, Güney Pasifik'e. Savaş çalışmalarına yardımcı olmak için Kara Kuvvetleri Hemşire Sınıfı'na katılıyorum. Bugün, şehir merkezindeki gönüllü kayıt merkezindeydim. Anne, onların eğitimli hemşirelere ihtiyacı var. Hem de çok ihtiyaçları var. Bu, nihayet kayda değer bir şey yapmam için bir fırsat olabilir."

Kalbim heyecanla dolmuştu. Norah'nın mektubunda adalarla ilgili anlattıkları zihnime hücum etmişti: Bunaltıcı, sıcak gecelerde, elinizi uzatsanız dokunacakmışsınız hissi yaratan yıldızlar, adanın güzelliği ve gizemi, her köşede sinsice dolaşan savaşın yarattığı ölüm korkusu... Erkekler... Ve ben, tüm bunların nasıl bir şey olduğunu yalnızca hayal etmeye cesaret edebilmişken, Kitty'nin sessizce gitme planları yaptığına dair en ufak fikrim olmamıştı.

Bir çakıltaşını tekmeleyerek sokağa fırlattım. "Emin misin?"

"Evet," dedi usulca.

Bir iç çektim.

"Dinle," diye devam etti Kitty. "Sen evleniyorsun. Herkes evleniyor, okula ya da bir yerlere gidiyor. Burada boş boş oturup her şeyin değişmesini seyretmeyeceğim. Ben de bu değişimin bir parçası olmak istiyorum."

Evet, biz dahil olmak istesek de istemesek de hepimiz bu değişimden etkileniyorduk. Ona ne kadar yaklaşırsak, o kadar canımız yanıyordu. Ve şimdi bu değişimin gözünün içine bakarken, kalbimde görmezlikten gelemediğim bir acı hissediyordum.

"Elbette yabani bir adaya kaçarak *yabani* insanlarla haşır neşir olma ve askerlerin arasında yaşama fikri annemin hiç hoşuna gitmedi," diye devam etti Kitty. "Ama umurumda değil. Kimsenin ne düşündüğü umurumda bile değil, bir tek" -ses tonu şimdi daha temkinliydi- "sen hariç."

Kitty'nin gideceği gerçeğini düşünmeye dayanamıyordum. Ama bunun sebebi 'yabaniler' ya da adadaki erkekler değildi. Gerçi ikincisinin, beni biraz endişelendirdiği doğruydu. Hayır, Kitty'nin gidip kendini dünyanın diğer ucuna atmasına katlanamazdım. Tabii, bunu bensiz yaptığı sürece.

"Norah ile mektuplaşıyorum," diye itiraf ettim nihayet.

Kitty gücenmiş görünse de bir anda gözleri parladı. "O şu an Güney Pasifik'te, değil mi?"

"Evet," dedim. "Benim de kaydolmamı istiyor."

Kitty sırıttı. "Anlaşılan yanlış kıza zaman harcıyor."

"Belki de öyle değildir," dedim usulca.

Sadece haftalar kalmış olan düğün günümü düşündüm. Bütün o küçük detaylar, bir film şeridi gibi gözümün önünden geçiyordu. Fransız ipeğinden yapılma gelinliğim. Mavi bir çorap bağı. Şekerleme kaplı, beş katlı bir pasta. Dantel masa örtüleri. Nedimenin çiçekleri. Beyaz şakayıklar ve eflatun güller... Aniden irkildim. *Yanımda Kitty olmadan nasıl evlenebilirim?*

Oturduğum yerde doğrulup başımı onaylarcasına salladım. "Seninle geliyorum," dedim gayet sakin bir şekilde.

Kitty'nin gözleri sevinçle parladı. "Anne! Hayır, daha neler. Düğün ne olacak? Bir hafta içinde gitmek zorundayız ve görev süresi de en az dokuz ay, belki de daha fazla."

Omzumu silktim. "Onların hemşirelere ihtiyacı var, değil mi?" Kalbim heyecanla, beklentiyle ve aynı zamanda korkuyla çarpıyordu.

Kitty başıyla beni onaylarken, bir yandan da burnunu çekiyordu. "Evet," dedi. "Kayıt işlemlerini yapan memur, Pasifik'te işlerin kızıştığını ve hemşirelere aşırı derecede ihtiyaçları olduğunu söyledi."

Gülümsedim. "Hayatının macerasına bensiz başlamana izin verseydim, ne biçim bir arkadaş olurdum ben?"

Kitty kollarını boynuma doladı. Bir sonraki şarkı boyunca, kaldırımda öylece oturduk. Ardından bir şarkı daha... Partiden duyulan müzik, sanki başka bir dünyadan geliyor gibiydi. Bir bakıma öyleydi de. Kırpılmış defne ağaçlarından oluşan çit, kesinlik ve belirsizliğin arasındaki sınırı temsil ediyordu.

"Düğün arifesinde nişanlısını kaçırıp götürdüğüm için Gerard beni asla affetmeyecek," dedi Kitty.

Başımı sallayarak karşı çıktım. "Bu doğru değil. Beni esir almıyorsun. Ben istediğim için geliyorum."

Omzumun üzerinden arkamızdaki partiye göz attım. Kararımın, beraberinde bazı sonuçlar getireceğini biliyordum. Annemin aklı başından gidecekti. Babam, beni uyaracaktı. Ve Gerard... *Gerard*. Bir iç çektim. Şüphesiz, kendisi rahatça evinde otururken, nişanlısının savaş bölgesine gidiyor oluşunu kabul etmesi güç bir şey olarak görecekti. Ayrıca inciceğini de biliyordum ki beni en çok endişelendiren şey buydu zaten. Ama şimdi bunları düşünemezdim. Eğer beni seviyorsa, gerçekten seviyorsa, bekleyecekti. Beklemezse de bunu zamanı geldiğinde düşünecektim.

Geçen her dakika kararımın daha da kesinleştiğini hissediyordum. Kitty ile Güney Pasifik'e gitmeliydim. İyi ama tam olarak neden? Sorunun cevabı hâlâ belirsizdi. Yine de belli olan tek bir şey vardı: Bu yeni macerada, sadece bir rol oynuyor olmayacaktım.

Üçüncü Bölüm

Kitty dirseğiyle beni dürttüğünde, ağırlaşmış gözkapaklarımı sızlanarak açtım. "Pencereden dışarı bak," diye ciyakladı Kitty sevinçle. "Neredeyse geldik!"

Gemiyle vardığımız bir adadan kuzeye gitmek için uçağa bineli kırk beş dakika olmuştu. Dört gün süren gemi yolculuğu boyunca, deniz tutması yüzünden perişan olmuş ve yeniden karaya ayak basmak için can atmıştım. Küçük uçağın içine bir göz gezdirdim; her yer gri ve metalikti. Burası, adeta erkeklere göre bir yerdi. Yine de kokpitteki pilotlar ve sıhhi izinden dönen, incecik, uzun boylu, kızılımsı sarı saçları olan, yeni ütülenmiş üniformalı bir asker dışında, uçak tamamen hemşirelerle doluydu.

"Bak!" diye bir çığlık kopardı Kitty, elini kalbinin üzerine koyarak. "Daha önce hiç bu kadar güzel bir şey görmüş müydün?"

Küçük pencereden dışarı bakmak için Kitty'ye doğru eğildim. Aşağıdaki manzarayı görür görmez, bir an için nefesim kesildi. Aşağıda, bembeyaz kuma doğru uzanan inanılmaz derecede açık mavi bir su ve zümrüt yeşili yamaçlar görünüyordu. Manzara karşısında nefesimin kesilebileceğini hiç düşünmemiştim. Doğruyu söylemek gerekirse, çok fazla şey beklemiyordum. Elbette, şu an ABD'ye giden bir gemide olan Norah, adanın büyüleyiciliğinden bolca bahsetmişti. Ama gazeteler tamamen farklı bir hikâye anlatıyordu. Dayanılmaz tropikal sıcaklık, kötü koşullar, sefalet ve askerlerin içinde savaştığı sivrisineklerle dolu bataklıklarıyla, burası 'tam bir cehennem' olarak tanımlanıyordu. Gelgelelim, pencereden görünen manzara, bu tanıma hiç de uymuyordu. Hayır, bu ada başka, tamamen farklı bir şeydi.

Aklıma Gerard ve uçağa bindiğim sırada yüzünde hâkim olan o ifade geldi; üzgün, emin olmayan, biraz da ürkmüş. Partiden bir sonraki gün ona gideceğimi söylediğimde, bu duruma hiç tepki göstermemişti. Fakat gözlerinde endişe hâkimdi.

Elbette, beni gitmekten vazgeçirmeyi denemişti. Bu çabaları olumlu sonuç vermeyince, nihayet elimi sıkıca tutup gülümsemeye çalışmıştı. "Döndüğünde seni bekliyor olacağım. Bunu hiçbir şey değiştirmeyecek," diye de belirtmişti.

Yola çıkmadan önce yaptığımız uzun konuşmadan sonra, evliliğimizi bir yıl ertelemeye karar vermiştik. Annem haberi duyduğunda yıkılmış ve ağlamak için yatak odasına koşturmuştu. Babamın nasıl hissettiğini anlamak ise biraz daha zordu. Godfreylerdeki partiden sonra, akşama dek beklemiştim. Babam, akşam yemeğinden hemen önce çalışma odasında viskisini yudumluyordu. Alnında terden küçük boncuklar göze çarpıyordu. "Bunu yapmak istediğine emin misin, ufaklık?" diye sordu.

"Eminim," dedim. "Sadece bana *doğru* şeymiş gibi geliyor. Bunu başka türlü açıklayamam."

Babam anladığını belirtmek için başını salladıktan sonra bir sigara yakıp, dumanını açık pencereden dışarı üfledi. Gözlerinde hafif bir ışıltı belirdi. "Keşke sendeki cesaret bende olsaydı."

"Baba–"

"Pekâlâ, daha fazla konuşmaya gerek yok," dedi aniden, sonra da sigarasını bir kül tablasına bastırarak söndürdü. Bastırdığı sigarasıyla birlikte odada hâkim olan o duygusal havayı da söndürmüştü. "Akşam yemeğini kaçırmak istemeyiz. Maxine, *croque monsieur** yapıyor." Fakat o gece, babam yemeğinden yalnızca bir ısırık alabilmişti.

Elbisemi düzelttim. Kitty'ninki yeni ütülenmiş gibi görünürken, benimki nasıl olmuş da bu kadar buruşmuştu? *Buraya gelmekle hata mı yaptım*, diye geçirirken içimden kaşlarım çatılmıştı. Ellerimi kucağımda birleştirip aşağıdaki manzaraya göz gezdirdim. En azından yılın büyük bir bölümü burası benim yeni evim olacaktı.

Adada amirimiz olacak olan Başhemşire Constance Hildebrand, uçağın ön tarafındaki yerinden ayağa kalktı ve genç hemşirelerden oluşan gruba sertçe göz gezdirdi. Hemşire başlığının altına gelişigüzel sokuşturulmuş gri saçları olan, oldukça iriyarı bir kadındı. Başlığı kafasına öyle sıkı tutturulmuştu ki ona acı veriyor gibi görünüyordu. Başhemşire Hildebrand'ın yumuşak bir tarafı varsa bile onu da kilit altında tuttuğu çok belliydi. "Neredeyse adaya vardık," dedi. Uçağın içi oldukça gürültülüydü ve bağırarak konuşuyor olmasına rağmen, ne dediğini tam olarak anlayabilmek için

---

* Fransız mutfağına özgü, jambon ve erimiş peynirle yapılan bir çeşit tost. (Çev. N.)

dudaklarını okumak zorunda kalıyordum. "Adanın güzelliğine kanmayın. Burası bir keyif yeri değil," diyerek konuşmasına devam etti. "Düşündüğünüzden çok daha fazla çalışıp ter dökeceksiniz. Burada sıcaklık dayanılmaz, nem ise boğucudur. Eğer sivrisinekler sizi yemezse, yerliler yiyecektir. Kıyıya yakın olanlar dost canlısıdır, fakat daha öteye gideyim demeyin. Karargâha çok da uzak olmayan bölgelerde, hâlâ yamyam kabileler yaşamakta."

Koridor tarafındaki diğer kadınlara göz attım. Başhemşire Hildebrand boğazını temizlerken, gözlerini fal taşı gibi açmış ve korkmuş bir halde onu dinliyorlardı. "Yorgun olduğunuzu biliyorum ama yapılacak işler var," dedi Başhemşire Hildebrand. "Kalacağınız yerleri bulun, yıkanın ve saat ikide benimle revirde buluşun. Bu arada küçük bir uyarı: Adada gelişinizi bekleyen bir hayli erkek olacak ve yerli kadınları saymazsak, çok uzun bir zamandır kadın görmüyorlar." Söylediklerini vurgulamak için başını iki yana salladı. "Onlarla göz teması kurmayın. Size karşı bir beyefendi gibi davranmalılar."

O sırada ön sıradaki kızlardan biri aniden pudrasını çıkarıp burnunu pudraladıktan sonra kırmızı rujunu tazeledi.

Kitty sırıtarak bana doğru eğildi. "Adada tam iki bin erkek var," diye fısıldadı. "Ve biz sadece kırk beş kişiyiz."

Kaşlarımı çatarak Kitty'ye baktım. Benim tek düşünebildiğim Başhemşire Hildebrand'ın ürkütücü uyarılarıyken, o nasıl oluyor da aklının erkeklere kaymasına izin verebiliyordu? "Sence gerçekten *yamyamlar* var mı?"

"Hayır," dedi Kitty kendinden emin bir şekilde. "Sadece bizi korkutmaya çalışıyor."

Kendimi rahatlatmak için başımı salladım. "Ayrıca," dedim, "Norah mektuplarında sivrisineklerle ilgili hiçbir şey söylememişti."

Kitty bana katıldığını belirtircesine başını salladı. "Meredith Lewis -hani Jillian'ın kız kardeşi- yakınlardaki bir başka adadaydı. Buraya ilk birliklerle birlikte gelmişti ve yamyam söylentilerinin tamamen uydurma olduğunu söylemişti."

Gelgelelim, Kitty'nin söyledikleri beni avutmaktan çok kalbime bir şarapnel gibi saplanmıştı. Meredith Lewis, lisedeyken Gerard'ın sınıfındaydı. Okul yıllığı fotoğraflarında, Gerard'ın hemen yanında otururdu ve bu anılar, şimdi evi özlememe neden olmuştu. Kalbim aniden tereddütle dolsa da titreyip sallanmaya başlayan uçakla birlikte o düşüncelerim de kaybolup gitmişti.

Uçak gürültüyle yere inip okyanusa son derece yakın görünen pistte hızla ilerlerken, Kitty ile el ele tutuştuk. Bir an için bir mermi gibi hızla okyanusa fırlamamız, oldukça olasıymış gibi göründü. İçimden sessizce dua etmeye başladım.

"İşte başlıyoruz," diye fısıldadım kendi kendime, uçaktan inmek için diğer kadınlarla birlikte tek sıra halinde ilerlerken.

Arkamdan Kitty'nin omzuma dokunan elini hissettim. "Benimle geldiğin için teşekkür ederim," diye fısıldadı. "Geldiğine memnun olacaksın, söz veriyorum."

Teker teker merdivenleri inip uçak pistine ayak bastık. İner inmez, yüzüme sıcak ve nemli bir esinti çarptı. Nefes aldığımda, neredeyse ciğerlerimde yükselen buharı hissedebiliyordum. Uçaktan inmeden önce burnunu pudralayan hemşire hemen hemen sağımdaydı. Yüzü şimdi nemden yapış yapış ve oldukça parlak görünüyordu. O anda yanağından süzülen bir ter damlası, gözümden kaçmadı. Çantama pudramı da atma isteğine karşı direnirken, kendime burada nasıl görüneceğimin bir önemi olmadığını hatırlatıp durmuştum; çünkü ben nişanlıydım.

Pistin diğer ucuna baktığımda, Başhemşire Hildebrand'ın haklı olduğunu gördüm. En azından erkekler hakkında... Koyu yeşil üniformalardan oluşan bir kalabalık, arılar gibi akın akın pistin etrafına üşüşüyordu. Daha cüretkâr olanlar ıslık çalarken, diğerleri ağızlarında sigaralarıyla askeri araçlara yaslanıp yalnızca izliyordu.

"Daha önce hiç kadın görmemiş gibiler," diye fısıldadı Kitty. Kalabalığın önünde göğsünü şişirip kendinden emin bir şekilde bize gülümseyen askere, gözlerini kırpıştırarak baktı. Sonra da olması gerektiğinden biraz daha yüksek bir sesle, "Çok tatlı," diye ekledi.

Başhemşire Hildebrand, bize doğru döndü. "Bayanlar, sizleri Albay Donahue ile tanıştırayım," diyerek, üniformasında en az bir düzine madalya ve rozet bulunan bir adama baktı. Adam asfalt piste adım attığında, askerler de anında hizaya girdiler. Kalabalığı bir sessizlik almıştı ve hemşireler, bize doğru yaklaşan albayı büyülenmiş bir şekilde seyrediyorlardı. Albay kırk yaşlarındaydı, belki biraz daha yaşlı olabilirdi. Bronz bir teni, yer yer grilerin göze çarptığı koyu renk saçları ve inkâr edilemeyecek kadar çarpıcı gözleri vardı. Üniformasının içinde oldukça güçlü ve sanırım biraz da korkutucu görünüyordu.

"Başhemşire Hildebrand, bayanlar," dedi ve şapkasını hafifçe kaldırarak bizi selamladı. "Sizlere, Bora Bora'ya hoş geldiniz, demek istiyorum. Ülkemize sunmuş olduğunuz hizmetlerinizden dolayı sizlere minnettarız. Hem kendim hem de bu adada görevli bütün askerler adına, sizlere canı gönülden teşekkür ediyorum." Askerlere dönerek, "Rahat," diye bağırmasıyla birlikte bütün erkekler alkışlamaya başladılar.

"Ne mükemmel bir centilmen," diye fısıldadı Kitty. Bunu söylerken gözlerini albayın üzerinden ayırmamıştı.

Omzumu silktim. Hava şimdi çok daha sıcaktı ve güneş ışınları, uçaktan ilk indiğimizde fark etmediğim kadar yoğun bir şekilde üzerimize iniyordu. Asfalttan yansıyan ışınlar, sıcağın acımasız bir şekilde etrafımızda dönüp durmasına neden oluyordu. Kitty, usulca yanıma sokuldu. Önce yakınlardaki bir askeri araçta çalan Ella Fitzgerald'ı duyabilmek için yaklaştığını sandım. Ama ona doğru döndüğümde, yanaklarının bembeyaz, kollarının ise iki yana sarkmış olduğunu gördüm. "Kitty," dedim elini tutarak, "sen iyi misin?"

Kitty'nin gözkapaklarının titremesiyle birlikte, dizleri de aniden bükülüverdi. Neyse ki düştüğü sırada onu yakalayabilmiştim, ancak onu asıl kurtaran, adaya göre fazla süslü elbiselerle tıka basa doldurmuş olduğu çantasıydı. Çanta, adeta bir yastık görevi görerek başını asfalta çarpmasını engellemişti. Başı kucağımda, pistin sıcak asfaltında öylece yatıyordu.

"Kitty!" diye bağırdım, bir yandan da içgüdüsel olarak mavi elbisesinin eteğini çekerek bacaklarını örtmeye çalışıyordum.

"Amonyak tuzu!" diye bağırdı Başhemşire Hildebrand, kadınların oluşturduğu çemberi yararak yanımıza gelmişti. Sonra da küçük, yeşil bir cam şişe getirip Kitty'nin burnuna tuttu. "Başına güneş geçti," dedi duygusuz bir şekilde. "Zamanla buna alışacaktır."

Albay Donahue, Başhemşire Hildebrand'ın yanında beliriverdi. "Bir sedye getir!" diye bağırdı uçağın yanındaki bir adama. "Çabuk ol."

"Albay Donahue," dedi Başhemşire Hildebrand, "sadece basit bir güneş çarpması. İyi olacaktır."

Albay, Kitty'yi sahiplenici bir bakışla süzdü. "Yine de iyi olduğundan emin olmak isterim."

"Nasıl isterseniz," diye cevap verdi Başhemşire Hildebrand.

Birkaç dakika içinde iki adam bir sedyeyle çıkageldiler ve kendine gelen, fakat oldukça dermansız görünen Kitty'yi sedyeye yerleştirdiler.

"Anne," dedi Kitty bana doğru dönerek, "ne oldu?"

Ben cevap vermeye kalmadan Albay Donahue, Kitty'nin yanında bitiverdi. "Tropikal bölgede bayılanlar, daima en hoş bayanlar olmuştur," dedi sırıtarak.

Albayın sesinin tonundan hiç hoşlanmamıştım, ancak Kitty'nin gözleri anında parlayıverdi. "Ne kadar utanç verici. Çok uzun süredir baygın mıyım?"

Albay gülümseyerek karşılık verdi. Toplanan kalabalık o kadar fazlaydı ki artık etrafımı göremiyordum. "Sadece, adaya gelişinizin şerefine düzenleyeceğimiz dans gecesi haberini kaçıracak kadar uzundu," dedi. Bunu, sanki gece yalnızca Kitty'nin şerefine düzenlenecekmiş gibi söylemişti.

Kitty'nin gülümseyişi, rütbeli bir albay için fazla cilveliydi. "Dans mı?" diye mırıldandı zayıf bir şekilde.

"Evet, dans," dedi Albay Donahue, ardından kalabalığa döndü. "Beyler, doğru duydunuz, bu akşam saat sekizde."

"Teşekkürler," diyen Kitty, gülümsemeden duramıyordu.

"Benim için bir zevk," diye cevap verdi albay nazikçe.

"Yalnız, bir iyilik isteyeceğim."

"Elbette," dedi Kitty, hâlâ gözlerinin içi gülüyordu.

"Bana bir dans lütfeder misiniz?"

Askerler sedyeyi kalabalığın arasında ilerletmeye başlarken, Kitty, "Çok isterim," diye cevap verdi.

Kitty, yeni bir ortama nasıl girileceğini daima bilirdi.

Bir süre sonra kalabalık hareket etmeye başladı. Ayaklarımın dibindeki valizime ve Kitty'nin kocaman çantasına bakarak kendi kendime sızlandım. Adamlar dağılmıştı ve şimdi ikisini de tek başına taşımak zorundaydım.

"Buna inanabiliyor musun?" diyen bir ses duydum arkamdan. Arkamı dönünce yeni hemşirelerden biriyle karşılaştım. Kumral, yumuşak ve dalgalı saçları, *Life* dergisindeki Rita Hayworth'ü andırıyordu. Ama benzerlik, bununla sınırlıydı.

"Efendim?" dedim ne dediğinden emin olamayarak.

"Arkadaşın, albayın ilgisini çekmek için iyi iş çevirdi," diyerek sırıttı. Elbisesinin en üst düğmesinden dışarı fırlamış bir parça dantel göze çarpıyordu. Bunu bilerek yapıp yapmadığını merak etmiştim.

Hemen ardından, bir başka hemşire daha belirdi. Parlak, koyu renk saçları, mütevazı bir gülümsemesi ve yüzünde de arkadaşına katıldığını belirten bir ifade vardı.

"Ah hayır, hayır," dedim. "Kitty'nin kasten bayıldığını ima etmiyorsunuz, değil mi?"

"Aynen öyle söylüyorum," diye cevap verdi kumral saçlı hemşire. Bu ikilide, sözü geçenin kendisi olduğu belliydi. "Bu gibi olaylar kendiliğinden oluvermez. Belli ki bunu planlamıştı."

"Kesinlikle planlamamıştı," diyerek karşı çıktım. "Bana soracak olursanız, onu kıskandınız."

Koyu renk saçları olan hemşire şaşkınlıkla irkilirken, diğeri kendinden emin bir şekilde omuz silkti. "Günün birinde bize teşekkür edeceksin."

"Ne için?" diye sordum kuşkuyla.

"Küçük arkadaşının neler yapabileceğine dair seni uyardığımız için. Böyle birini erkeğimden uzak tutmadığım sürece, ona asla güvenmezdim."

Hiçbir şey demeyip yalnızca başımı iki yana sallayarak yürümeye devam ettim. Biri diğerinden çok daha ağır olan iki çantayla elimden geldiğince hızlı yürümeye çalışıyordum.

"Ne kadar kabayız," diye seslendi kumral hemşire. Fakat ardından beklediğim özür gelmedi. "Neredeyse kendimi tanıtmayı unutuyordum. Ben Stella, bu da Liz," dedi esmer arkadaşını göstererek.

Ona aldırmayarak yürümeye devam ettim.

"Peki ya sen?"

"Anne," diye bağırdım, arkama dönmemiştim bile.

Hemşirelerin kalacağı kışladaki barakamız son derece sadeydi. Sadece kabaca inşa edilmiş iki yatak, bir makyaj masası ve ikimizin paylaşacağı bir de dolap vardı. Yakıcı güneş yüzünden rengi solan incecik pamuk perdeler, açık sarıya dönmüşlerdi. Onlar da ışığı ya da erkeklerin meraklı bakışlarını uzak tutmakta yetersiz görünüyorlardı. İçeri girdiğimde Kitty'yi yatağın üzerine çıkmış, duvara çivi çakarken buldum. "Sence buraya bir resim assam nasıl olur?" diye sordu, başını hafifçe yana yatırarak. "Annemle babamın bir resmini asmayı düşünüyorum da."

Kitty'nin çantasını gürültüyle yere bırakıp alnımı sildim. "Bence iyi," dedim ifadesiz bir şekilde. "Şimdi daha iyisin sanırım."

"Evet, teşekkürler, hayatım," dedi Kitty. "Seni o kalabalığın içinde öylece bıraktığım için kendimi kötü hissettim. Ama Albay Donahue çok ısrar etti."

Albayın ismini duymaktan usanmaya başlamış olsam da bunu belli etmemeye dikkat ediyordum. "İyi olduğuna sevindim."

Kitty, ikinci kattaki küçük odamızda bir kuş gibi uçuşuyor ve odayı nasıl düzenleyeceğimizle ilgili çene çalıyordu. Dediğine göre yedek çarşaflardan biri, harika bir perde olabilirdi. Ayrıca çay içmek için bir yerlere mutlaka bir fiskos masası yerleştirmeliydik. *Tabii*. Peki ya duvarların rengi, çok hoş ve huzur verici değil miydi? *Evet, hastane odası duvarı gibi bej renkte. Gerçekten çok huzur verici...*

Benim içinse oda rutubetli ve yabancıydı. Lacivert-beyaz çizgili iki yatak, örtüsüzdü ve üzerlerinde gözle görülür lekeler vardı. Yatakların üzerinde eski püskü, düzgünce katlanmış çarşaflar duruyordu. Bu düşünce bana çok çocukça gelse de aniden Maxine'i özlemiştim. Burada olsaydı anında atılıp yatakları yapar ve rahatlamamız için bize iki fincan çay hazırlardı.

Şimdiyse tek başınaydım.

"Anne, bu gece bir dans düzenleneceğine inanabiliyor musun? Bir dans! Ve Albay Donahue *benimle* dans etmek istiyor!"

İşte yine o isim. *İyi de neden beni bu kadar etkiliyor ki? Albaya güvenmiyor muyum, yoksa hislerimde yanılıyor muyum?* Stella ve Liz'in, uçak pistinde söylediklerini hatırladım. Kitty'yi kıskanmışlardı. Ve benim de onu kıskandığım düşüncesi hiç hoşuma gitmiyordu.

Kitty'nin erkeklerle arası, benim hiç olmadığım kadar iyiydi. Gerard'ı düşünerek, nişan yüzüğümü sıcak yüzünden şişen parmağımda döndürmeye başladım.

"Evet, eğlenceli olacak, değil mi?" diye lafa karıştım, elimden geldiğince neşeli görünmeye çalışıyordum.

Kitty, "Sarı elbisemi giyeceğim," diyerek valizine koşturdu. Sarı renk ona son derece yakışıyordu. Özellikle de sözünü ettiği elbisesinin içinde harika görünüyordu. O elbiseyi altı kez giydiğini görmüştüm. Hatta en son gördüğümde, Bay Gelfman'ın kolları elbisenin üst kısmını sıkıca sarmalamıştı. Kitty, Seattle'dan ayrıldığımız sırada Bay Gelfman için çok üzülüyordu. Ama tuhaftır ki ada, anılarını anında silmiş gibi görünüyordu. Bense, benimkileri koruyacağıma yeminliydim.

Kitty aynaya baktı ve elbisesini üzerine tutarak kırışıklıklarını düzeltti. Zaten adanın rutubeti, bütün kırışıklıkları yok etmeye yeterdi. "Bilmiyorum," dedi. "Belki de mavi olanı giymeliyim, geçen bahar Frederick&Lenson'dan aldığımızı. Sanırım o biraz daha gösterişsiz."

Başımı iki yana salladım. "Hayır," dedim, Liz ve Stella'yı düşünerek. Onlara –aynı zamanda kendime– kıskanç olmadığımı ve mümkün olduğunca iyi bir arkadaş olduğumu kanıtlamaya kararlıydım. *Onu bu yüzden buraya kadar takip ettim,* diye hatırlattım kendime. "Sarı olanı giy. Onun içinde baş döndürücü görünüyorsun."

Kitty, dansın en güzel kadını olacaktı. Gece boyunca eğlenceli vakit geçirerek hayatını yaşayacaktı. Ve ben, onun adına mutlu olacaktım.

⁂

Revir, giriş kapısının üzerinde kızıl bir haç bulunan, beyaz bir binaydı. İçerisi sabun, ipeka ve biraz da metil alkol kokuyordu. Öğleden sonra revire en son varan kişiler olarak, Kitty ile birlikte bir çember şeklinde oturan kadınların arasına sokulduk. Herkes, tropikal bölgelerde yara tedavisinin nasıl yapılacağını bir hemşirenin kolunda uygulayarak gösteren Başhemşire Hildebrand'ı izliyordu. Sargılar saat yönünün tersine sarılmalı diyordu Başhemşire Hildebrand. Çok sıkı olmamalı, ama kanamayı durdurmaya yetecek kadar da sıkı olmalıydı. "Yaranın nefes alması gerek," dedi. "Çok az ya da çok fazla hava, enfeksiyon kapmasına sebep olur." Sonra duraklayarak pencereden dışarı, uzaktaki tepelere baktı. "Bilhassa bu kahrolası yerde."

Toplantının geri kalanını, sargı bezlerini küçücük desteler halinde sarıp uçaktan indirdiğimiz sandıklara doldurarak geçirdik. Bir gün açılacak olan yaraları düşünmemeye çalışarak, büyük rulolar halindeki keten bezlerini masaya sermeye başladım. Kitty sargı bezini bir ucundan, ben de diğer ucundan tutuyordum. Bir saatin sonunda parmaklarım ağrımaya başlamıştı.

Hepimizin konuşacak çok şeyi olmasına rağmen, Başhemşire Hildebrand'dan çekindiğimiz için ses çıkarmadan çalışıyorduk. Ne zaman ki yemek salonundaki bir sorunla ilgilenmek için ayrıldı, hemşireler de birer birer dile gelmeye başladılar.

"Şu Başhemşire Hildebrand, sert birine benziyor," dedi solumuzdaki bir kadın. Kitty ve benden birkaç yaş büyüktü ve saman rengi saçları, çillerle kaplı bir burnu, kocaman, dostça bakan gözleri vardı. Dudaklarını büzerek beceriksizce saklamaya çalıştığı çarpık dişleri, gülümseyince iyice ortaya çıkmıştı.

"Öyle," diyerek ona katıldım. "Anlamıyorum... Eğer buradan bu kadar çok nefret ediyorsa, neden gönüllü olmuş ki?"

"Burada bir geçmişi var," diye cevap verdi.

"'Geçmiş' demekle ne kastediyorsun?"

"Tüm bildiğim, anakarada bir başka hemşirenin bana anlattıkları." Sesini alçaltarak konuşmasına devam etti. "Burada daha önce de bulunmuş, çok uzun zaman önce. Ve kötü bir şey olmuş."

"Ne olmuş?"

"Tam olarak ne olduğunu bilmiyorum, ama bir tür skandal."

"Yani o bir suçlu mu!" diye bağırdı Kitty şaşkınlıkla.

Kadın omzunu silkti. "Kim bilir? Ama ben başhemşireyle tersleşmek istemezdim," dedi. Sonra da Kitty ve beni başıyla selamladı. "Ben Mary."

"Ben Anne."

"Ben de Kitty."

Mary, masanın üzerindeki sandığa bir başka sargı destesi tıkıştırdı. "Sizi buraya getiren nedir?"

Kitty tam ağzını açmıştı ki ben ondan önce davrandım. "Ülkemize hizmet etmek," diye yanıtladım, gayet sade ve basit bir şekilde.

Mary sırıtarak, "Hepimizin söylediği bu değil mi zaten?" diye sordu. "Hayır, burada olmanızın *gerçek* sebebini soruyorum. Hepimiz bir şeylerden kaçıyor ya da bir şeylerin peşine düşüyoruz. Peki, ya sizin hikâyeniz ne?" Herhalde sürekli çekiştirip durduğum için olacak, nişan yüzüğüme göz attı.

Ama bu defa, Kitty benden önce cevapladı. "Anne nişanlıydı," diye konuşmaya başlamıştı ki sözünü kestim.

"*Hâlâ* nişanlıyım," diye düzelttim.

"Evet, Anne *nişanlı*, ama benimle gelmek için düğününü erteledi." Kitty, minnettarlığını gösterircesine omzunu omzuma yasladı. "Bense karmakarışık duygular içindeydim. Kaçmam gerektiğini hissettim."

"Ben de öyle," diyerek sol elini gösterdi Mary. Parmağında yüzük yoktu. "Nişanlım, nişanı bozdu. Bir gün çıkageldi ve beni sevmediğini söyledi. Tam olarak ne demişti, bakayım?" Anıları gözden geçirircesine tavana baktı. "Evet," diye devam etti. "Dedi ki, 'Hayatım, seni seviyorum ama sana *âşık* değilim.' Sanki bu yetmezmiş gibi bir de en yakın arkadaşımla evleneceğini söyledi. Anlaşılan o ki aylardır görüşüyorlardı. Dürüst olacağım kızlar, tüm bu olanlar beni az kalsın tımarhaneye düşürüyordu, o kadar zordu ki... Bir sonraki hamlemi düşünebilecek kadar mantıklı bir hale geldiğimde, kasabayı terk etmem gerektiğini biliyordum. Acımı dindirmek için dünyanın en ücra köşesine gitmek istiyordum. Düğünümüz sonbaharda, San Francisco'daki Cartwright Oteli'nde yapılacaktı." Ellerine bakarak iç çekti. "*Muhteşem* olacaktı."

"Çok üzüldüm," dedim.

"Teşekkür ederim," diye cevap verdi Mary. "Artık bundan bahsetmek canımı yakmıyor, gerçekten." Bir başka sargıyı yuvarlamaya başladı. "Paris'e taşınacaktık," diye devam etti. "Yurtdışı hizmetinde görev alacaktı." Başını efkârlı bir şekilde iki yana salladı. "Edward'a hiç âşık olmamalıydım. Annem haklıydı. Benim için fazla yakışıklıydı." Omzunu silkti. Gözlerindeki acı kaybolmuş, yerini gerçekçiliğe bırakmıştı."Ve işte şimdi buradayım. Peki ya sen?" diyerek bana baktı. "Evleneceğin adamı seviyor musun?"

"Tabii ki seviyorum," dedim, bunu niyetlendiğimden biraz daha fazla savunur bir şekilde söylemiştim.

"Öyleyse neden onunla değilsin de buradasın?"

Neden onunla değil de buradayım, diye sordum kendime. *Cevabı gerçekten o kadar da basit mi?* Bir an için durup uzun uzun düşündüm. *Aradığım şey, tıpkı Kitty'ninki gibi bir macera mı? Yoksa Maxine'in sözünü dinleyip kendime bir şans veriyor ve bir şeylerin —ya da aman Tanrım, birinin— ben kaderimi çizmeden önce çıkagelmesini mi bekliyorum?* Başımı iki yana sallayarak kafamdaki düşünceleri savuşturdum. *Hayır, ben Kitty için buradayım. Evet, bu kadar açık ve basit.*

"Çünkü arkadaşımın bana ihtiyacı vardı," dedim, Kitty'nin elini tutarak.

"Bu çok hoş," dedi Mary. "Birbirinize sahip olduğunuz için gerçekten şanslısınız. Benim hiç böyle bir arkadaşım olmadı."

Gelmiş geçmiş en cömert ruha sahip olan Kitty, Mary'ye sıcak bir şekilde gülümsedi. "Bizimle arkadaş olabilirsin."

Mary'nin alımlı gülümsemesi, kusurlu dişlerini yeniden ortaya çıkardı. "Çok isterim," dedi, sandığa bir başka sargı bezi yerleştirirken. Aşağı yukarı yüz adet sargı bezi destelemiştik. Çok büyük bir marifet değildi, belki, ama yaptığımız işle gurur duyuyordum. Bora Bora'daki ilk günümüzde, sargı bezlerinden oluşan bir dağ yapmıştık. *Bir şeyler* yapıyorduk. Burada gerçekten yaşıyorduk.

Yemekhane, sıralar halinde dizilmiş uzun kafeterya masalarının bulunduğu sade bir binaydı ve hemşireler için ayrılmış iki masası vardı. Başhemşire Hildebrand erkeklerle birlikte yemeyeceğimizi belirtmişti. Yine de onlar bizim her hareketimizin farkındaydı, bizler de onların. Konserve jambon ve fasulyeden oluşan yemeğimizi yerken, erkeklerin bakışları bizi adeta delip geçiyordu.

"Bu yemek berbat," dedi Mary, çatalına batırdığı yeşil fasulyeyi kaldırıp ışığa doğru tutarken. "Bakın, taş kesmiş."

"Eve incecik döneceğiz," dedi Kitty, iyimser bir şekilde gülümseyerek.

Stella ve Liz tam karşımızda oturuyor olsalar da o gün Kitty hakkında yaptıkları yorumlardan sonra onları görmezlikten geliyordum. "Vay, vay," dedi Stella, üç erkeğin yemek yediği, köşedeki bir masayı işaret ederek. "Şuna bir bakın."

Benim kinimden habersiz olan Mary ve Kitty, Stella'nın neden bahsettiğini görmek için dönüp baktılar. "Adeta Clark Gable'ın kopyası," diyerek ona katıldı Kitty. "Kim olduğunu merak ettim."

"Onun adı Elliot," dedi Stella. "Bugün çantamı taşıyan onbaşı bizi tanıştırmıştı. Çok yakışıklı, değil mi?"

Mary başıyla onaylayarak, "Çok," dedi. Ağzındaki jambonu güçlükle yutmuştu.

"Ne kadar da kötü," diye devam etti Stella. "Duyduğuma göre, deliler gibi âşık olduğu bir kadın varmış. Evli bir kadın."

Hepimizin gözleri bir anda iri iri açılıvermişti.

"Burada istediği kadını seçebilirdi," diye devam etti Stella başını iki yana sallayarak. "Yine söylentilere göre, izinli olduğu günlerde yatağına çekilir, onu düşünerek günlüğüne bir şeyler yazarmış."

"Ne kadar romantik," dedi Kitty dalgın bir ifadeyle.

Başımla söylediklerini onayladım. "Bir kadını böylesine seven bir erkek çok nadir bulunur."

"Ya da çok aptaldır," diye lafa karıştı Stella. Ben tabağımdakileri didiklerken, o da Elliot'ın dikkatini çekme planları hakkında konuşup duruyordu.

O adamın, yani Elliot'ın oturduğu masaya bir kez daha baktım. Gerçekten de Clark Gable'a benziyordu. Koyu renk gözleri ve önü dalgalı, gür, simsiyah saçları olan, yakışıklı bir adamdı. Fakat gözlerim, onun yerine, solunda oturan diğer adama kaydı. Uzun boylu, ama pek de yapılı olmayan biriydi. Saçları, Elliot'a nazaran daha açık renkli ve seyrekti. Çilli teni, güneşte iyice bronzlaşmıştı. Sol eliyle yemeğini yerken, sağ eliyle de kendini kaptırdığı çok belli olan bir kitabı tutuyordu. Sayfayı çevirdiği sırada, başını kaldırdı. İşte o an, gözleri benimkilerle buluştu ve dudaklarında anlık bir tebessüm belirdi. Başımı hızla çevirdim. *Ne oluyor bana böyle?* Yaptığım nezaketsizlikten ötürü anında pişman olmuştum.

Jambonumdan zorla bir ısırık almaya çalışırken, yanaklarımın yandığını hissedebiliyordum. Boğazımdan yükselen öğürme refleksini bastırmak için elimden geleni yapıyordum. Az önceki bakışmamızı gören Stella, bana alaycı bir bakış atsa da yeniden sakinleşmeyi umarak başımı çevirdim.

Sivrisineklere rağmen tropik gecelerin, gündüzlerden daha iyi olduğuna karar vermiştim. Güneşin yokluğu, havayı biraz daha katlanılabilir kılıyordu. Ayrıca denizin taşıdığı serin bir esinti de vardı. Tabii bir de o parlak yıldızlar... Öyle yakın duruyorlardı ki elinizi uzatıp, çivit mavisi gökyüzünden bir yıldız koparabilirdiniz.

Şenliğin yapılacağı kamp merkezine giden çakıltaşlı yolda, Kitty ile kol kola yürüyorduk. O sarı elbisesini, bense kırmızı olanı giymiştim. Zaten onu da Kitty daha cesur bir şey giymem için ısrar edip durunca, son anda kabul etmiştim.

Çok uzun yürümüş sayılmazdık, belki de beş blok kadar yürümeye eşdeğerdi, fakat topuklu ayakkabılarla yol çok uzunmuş gibi gelmişti. Revirin önünden geçerken içeride yanan bir ışık fark ettik. *Acaba Başhemşire Hildebrand içeride midir,* diye geçirdim içimden. Oradan hızlıca uzaklaşıp erkeklerin kaldığı kışlaya doğru yaklaşırken, dışarıda sigara içen askerlerin ıslıklarını duymuyor gibi davranıyorduk.

Biraz uzaklaştığımız sırada Kitty aniden kolumu çekiştirdi. "Bak," diyerek, şimdiye dek gördüğüm en nefes kesici çiçeklerle dolu bir fundalığı işaret etti.

"Çok güzeller," dedim. "Ne bunlar?"

Kitty, kırmızı çiçeklerden birini kopardı. "Amber çiçeği," diyerek çiçeği sağ kulağının arkasına yerleştirdi ve bir tane de bana uzattı. "Fransız Polinezyası'nda, eğer kalbin doluysa çiçeği sol kulağına takarsın. Değilse de sağ kulağına."

"Bunu nereden biliyorsun?"

Kitty sırıttı. "Biliyorum işte."

Elimdeki kocaman çiçeğin göz alıcı güzellikteki kan kırmızısı yapraklarına baktım. "Öyleyse bunu sol kulağıma takmalıyım," dedim ve bir görev duygusuyla çiçeği kulağımın arkasına yerleştirdim.

"Ne hoş," dedi Kitty, uzaktaki eğreti dans pistini göstererek. Pist, yan yana getirilmiş kontrplaklardan oluşuyordu. "Şu minik süs ışıklarına bak."

Palmiye yapraklarından yapılmış çatı kirişlerine asılı minicik beyaz ışıklar, bir uçtan diğerine uzanıyordu. Bir grup hemşire çimenlerin üzerinde yürürken, bir kenarda toplanmış erkekler de kendi aralarında fısıldaşıyorlardı. Sahnedeki beş müzisyen enstrümanlarını akort ederken, bir sunucu mikrofonu eline aldı.

"Hemşire sınıfına küçük adamıza hoş geldiniz demek isterim," dedi sunucu. "Haydi onlara güzel vakit geçirtelim, beyler."

Bir kısım tezahürat ve alkışlardan sonra orkestra çalmaya başladı, ama kimse yerinden kımıldamıyordu. "Ne yapmamız gerekiyor?" diye fısıldadı Kitty. Nefesi, omzumu gıdıklamıştı.

"Hiçbir şey yapma," dedim. Bir yandan da keşke odamda kalıp kitap okusaydım, diye geçiriyordum içimden.

Stella ve Liz cesaret edip birkaç adım öne çıkınca, iki adam da aynısını yaptılar. Adamlardan biri diğerinden daha cesur çıkmıştı. "Bu dansı bana lütfeder misiniz?" diye sordu güneyli aksanıyla, kasıla kasıla Stella'ya doğru yürüyerek. Diğeri, Liz'in yanına yanaştı. İkisi de kabul ederek dans pistine yöneldiler.

"Şunlara bak," dedi Kitty. "Çok hızlılar."

Kitty, beni duyamayacak kadar kendinden geçmişti. Gözlerinin kimi aradığını biliyordum. Aniden, bir adam bize doğru –daha doğrusu Kitty'ye doğru– yaklaştı. Onu uçak pistinden tanımıştım.

"Çiçeğini gördüm," dedi, abartılı bir şekilde reverans yaparak. Nedense erkekler, Kitty'nin yanında bir tuhaflaşıyorlardı. "Ben Lance," diyerek elini Kitty'ye uzattı. Kitty de elini uzatarak Lance'in eline yapmacık bir öpücük kondurmasına izin verdi.

Gözlerimi devirerek Lance'e baktım. Kahverengi saçları ve sert yüz hatları olan, uzun boylu ve atletik yapılı biriydi. Çekingen gülümseyişi, ondan anında şüphe duymama sebep olmuştu.

"Ben Kitty," diyen Kitty'nin gururunun okşandığı her halinden belliydi.

Lance sırıttı. "Dans etmek ister misin?"

Kitty olumlu anlamda başını sallayınca, Lance onu hızla dans pistine çekerek beni kenarda bir başıma bıraktı. Ayağımla hafifçe yere vurup müziğe ritim tutuyordum. Orkestra, böyle ıssız bir yer için oldukça iyiydi. 'A String of Pearls*' adlı şarkının başlangıcını çalan klarneti duymamla birlikte, kolumda bir karıncalanma hissettim. Glenn Miller'ı en son Godfreylerin bahçesinde duymuştum. Nişan partimizde... Birdenbire kendimi yalnız, yersiz ve garip hissederek bir iç çektim. Elbisemi çekiştirdikten sonra başımdaki inatçı bir saç tokasını açıp, yeniden saçıma tutturdum. *Mary nerede?* Onu görebilmek için etrafıma bakınırken, bana bakan yabancı bir adamla göz göze geldim. *Tanrı'ya şükür ki çiçek sol kulağımda.*

Fakat adam doğruca yanıma yanaştı. Anlaşılan ne parmağımdaki yüzüğü ne de kulağımdaki çiçeğin anlamını önemsiyordu. Gömleği kırış kırıştı ve henüz ağzını açmamışken bile nefesindeki alkol kokusunu alabiliyordum. "Dans etmek ister misin?" diye sordu.

---

* *İng.* Bir İnci Dizisi. 1941 yılında kaydedilen bir Glenn Miller şarkısı. (Ed. N.)

"Teşekkür ederim," dedim kibarca, "ama hayır. Sanırım ben katılmayacağım."

"Bir kenarda oturamayacak kadar tatlısın," diyerek karşı çıktı. "Ayrıca *wahine*'lerden çok sıkıldım. Gerçek bir Amerikan kadınıyla dans etmek istiyorum." Elimi tutup beni dans pistine çekti.

"Şey," dedim, cesaretinden dolayı ürkmüş bir halde, "yapmasam daha iyi sanırım."

"Saçma," diyerek sırıttı. Nefesindeki ekşi bira –hem de fazlasıyla bira– kokusunu alabiliyordum.

Yanağını yanağıma bastırınca, çenesindeki kirli sakalı hissettim. "Çok tatlısın," dedi, orkestra yeni bir melodi çalmaya başlarken. *Lütfen, yavaş bir şarkı olmasın*, diye dua ediyordum. Elbiseme yapışan elleri sıcak ve nemliydi. Bana sarılışı her ne kadar boğucu olsa da kendimi tahammül etmeye zorluyordum. Olay çıkaramazdım. Sadece şarkı sone erene dek dayanmak zorundaydım.

Fakat şarkı sonra erdiğinde, bir başka adam yanıma yanaştı. Muhtemelen kavalyemin bir arkadaşıydı. Tempo hızlandığında, kendimi iki adamın arasında buluverdim. Biri beni kolumdan tutup döndürüyor ve diğerine fırlatıyordu. Bir top gibi bir ileri bir geri gidip geliyordum. Çaresizce Kitty'ye bakındığımda, Lance'in kollarında olduğunu gördüm. Mutlu ve eğleniyor görünüyordu. *Olay çıkarma*, dedim kendi kendime. Tam o esnada, bir elin göğüslerime değdiğini hissettim. *Kimin eliydi o?* Ayaklarımın hâlâ hareket ediyor olmasına rağmen, adeta donup kalmıştım. Gözlerim soldan sağa dönerken, bir başka el de belimi kavradı, ancak bu seferki daha sıkıydı. Etraf aniden dönmeye başlamıştı, belki de dönmeye başlayan bendim. Etrafım erkeklerle doluydu. Sıcak, terli... Nemli hava son derece ağırdı. Boğazımdan yükselen sesimi hissetsem de ağzımdan hiçbir şey çıkmıyordu. Derken bir boğuşma ve ardından büyük bir gümbürtü duyuldu. Biri yere düşmüştü. Müziğin durmasıyla birlikte esas kavalyemin etrafında bir kalabalık toplandı. Burnundan kan sızıyordu ve şuurunu kaybetmişti.

Dikkatleri üzerime çekmemeye çalışarak, kalabalığı yarıp dans pistinden uzaklaştım. Yanlış bir şey yapmamış olmama rağmen kendimi suçlu hissediyor ve takip edilmek istemiyordum. Doğruca kışlaya giden patikaya atıldım ve erkekler koğuşunun önünden geçerken, adımlarımı koşarcasına sıklaştırdım. Rüzgâr palmiye ağaçlarının arasında uğuldarken, gözlerimin yaşlarla dolduğunu hissettim. Bu kasvetli ses öyle tuhaf, öyle yabancıydı ki... Ceviz ağacını özlüyordum. Seattle'ı özlüyordum.

Çalıların arasından gelen bir sesle ürktüm ve yola devam etmek yerine, hiç düşünmeden revire yöneldim. Yetersiz ışıklandırılmış patika ve gece, yanımda Kitty olmadan son derece tehlikeli görünüyordu. *Kitty.* Onu orada öylece bıraktığım için bir an endişelendim. Yine de o iyi olmalıydı; Lance yeterince efendi birine benziyordu. Ya da ben kendimi öyle olduğuna inandırıyordum.

İçeride yanan ışığı görünce, Başhemşire Hildebrand'ı masasında otururken bulacağımı sandım. Ama onun yerinde bir adam oturuyordu. Akşam yemeğinde, yemekhanede gördüğüm adamdı bu.

Gülümsemesine, ürkmüş bir gülümsemeyle karşılık verdim.

"Merhaba," dedi revirin diğer ucundan. "Seni korkutmak istememiştim. Sadece bir sargı bezi arıyordum. Burada bulabileceğimi düşünmüştüm ama hepsini askerlerden saklamış olmalısınız."

Gözlerimi kısarak bakınca, elinin kanadığını fark ettim ve öğleden sonra desteleyip kaldırdığımız sargı bezlerinin bulunduğu sandığa koştum. "İşte," dedim birini çekip çıkarırken, "sana yardım edeyim."

Kendime utanmamam gerektiğini söylüyordum. Ben bir hemşireydim, o da bir hasta. Bu karşılıklı etkileşim yüzünden ya da hava karardıktan sonra bu adamla yalnız kaldığım için tuhaf hissetmeme hiç gerek yoktu.

"Ne oldu böyle?" diye sordum, metil alkolle ıslattığım bir sargı bezini hafifçe eline bastırırken.

Acıyla yüzünü buruştursa da gülümsemeye devam etti. "Görmedin mi?"

"Neyi görmedim mi?"

"Randy Connors'ın dans pistinde sana aklına estiği gibi davranmasını izlemeye katlanamadım," dedi.

"Randy Connors? Aklına estiği gibi davranmak mı? Anlamadım–"

"Ne? Elleri her yerindeydi."

Gayet açık bir durumdan bahsetmiş olsa da utançtan başımı eğmiş bir halde hâlâ yere bakıyordum.

Asker, çenemi tutarak başımı yukarı kaldırdı. "İşte bu yüzden ona yumruk attım."

Gülümsedim. "Ah," dedim, kendimi toparlamak için elimden geleni yapıyordum. *Gözlerimdeki yaşları fark etti mi?* "Demek sendin. Şey, öyleyse sana bir teşekkür borçluyum."

"Erkekleri bağışlamalısın," dedi. "Aylardır, sizler gibi kadınlar görmediler. Bazıları daha da uzun süredir. Çok uzun bir zamandır bu adadayız."

Askerin söylediği o *wahine* kelimesini hatırlamıştım. Onun söyleyişinden kulağa ahlaksız ve kaba bir kelime gibi gelmişti.

"*Wahine*'in ne anlama geldiğini biliyor musun acaba?"

Gözlerini kırpıştırdı. "Şey, evet," dedi. "Tahiti dilinde *kadın* demek."

Başımı olumlu anlamda salladım. "Bu erkekler yüzyıldır kadınlardan uzak kalmış olsa da umurumda değil. Bu, barbarlık yapmaları için bir mazeret değil."

"Değil," dedi. "Birçoğundan uzak durmamın sebebi de bu. Burada doğru düzgün çok az erkek var. Onlara karşı açık sözlü olmayı öğrenmelisin. Evindeyken nazlı davranabilir, nezaket ve soyluluk bekleyebilirsin. Ama burada değil. Tropikler, içimizdeki barbarlığı ortaya çıkarıyor. Ada, çekingenliğimizi köreltiyor. Seni değiştiriyor. Göreceksin."

"Pekâlâ," dedim gayet ilgisiz bir şekilde. Bir yandan da Başhemşire Hildebrand'ın öğrettiği gibi bir sargı beziyle parmaklarını sarıyordum. "Bir kere ben, bir şeyin sen değişmek istemediğin sürece seni değiştirebileceğine inanmam. Hiç özgür irade diye bir şey duymadın mı?"

"Elbette," dedi, oldukça eğleniyor gibi görünüyordu. "Ben sadece bu yerin insanlar hakkındaki gerçekleri su yüzüne çıkardığını söylüyorum. Taktığımız maskeleri çıkarıyor ve her birimizin özünü gözler önüne seriyor."

Sargıyı alüminyum bir çengelle tutturarak derin bir nefes verdim. "Bu dediğinden pek emin değilim," dedim. "Ama elinin işi tamamdır."

"Ben Westry," diyerek bandajlı elini uzattı. "Westry Green."
"Anne Calloway," dedim elini hafifçe sıkarak.
"Görüşürüz." Hiç oyalanmadan doğruca kapıya yöneldi.
"Görüşürüz," dedim. Bir an Westry'nin sol elinde kırmızı bir şey görür gibi oldum. Dışarı çıkıp kapıyı kapadığında, elimle kulağımı yokladım. Amber çiçeği gitmişti.

Dördüncü Bölüm

"Dün gece kaçta geldin?" diye sordum Kitty'ye ertesi sabah, odanın diğer ucundaki yatağımdan. Kalkalı en azından iki saat olmuştu ve onun uyanmasını bekleyerek kitap okuyordum.

Kitty, saate bir göz atarak başını tekrar yastığına gömdü. "Geç geldim," dedi, yastığın bastırdığı bir sesle.

"Saat neredeyse dokuz," dedim, bir yandan da adaya cuma günü varmakla ne kadar şanslı olduğumuzu düşünüyordum. İzinli olduğumuz gün, sadece cumartesileriydi. "Tek izin günümüzü uyuyarak geçirmene izin vermeyeceğim. Haydi, giyinelim!"

Kitty esneyerek yerinden doğruldu. "Saatin şimdiden dokuz olduğuna inanamıyorum."

"Evet, uykucu," dedim dolaba doğru yürürken. Bugün kumsalı keşfetmek istiyordum, bu nedenle üzerime hafif bir şeyler giyecektim.

Kitty çabucak ayağa kalktı. "Acele etmeliyim," dedi. "Lance bugün beni kasabaya götürecek."

Bir an yüreğimin ezildiğini hissettim. Sanırım Kitty, bunu anlayabilmişti.

"Sen de gelebilirsin," diye teklifte bulundu. "Lance, seni de davet etmişti."

"Geleyim de aranızda fazlalık mı olayım?" Başımı iki yana salladım. "Hayır, teşekkürler. İkiniz gidin."

Kitty başını iki yana sallayarak geceliğinin düğmelerini çözmeye başladı. Gecelik yere düştüğünde, yuvarlak, kusursuz göğüsleri ortaya çıktı. "Bizimle geliyorsun," dedi. "Birkaç kişi daha gelecek. Lance bir cip alacak. Elliot geliyor, Stella da öyle."

"Ne?" diye sordum. "Stella, Elliot'ı nasıl gelmeye ikna edebildi?"

"O yapmadı," dedi Kitty. "Lance yaptı."

Kitty'nin çıplak vücudunu meraklı gözlerden saklamak için perdeleri kapattım. "Başka gelen var mı?" Aklıma Westry gelmişti.

"Sanırım bu kadar," dedi Kitty, dolaba göz gezdirirken. "Dur bir dakika, aklında biri mi var?" Sesinde biraz muziplik seziliyordu.

Başımı hemen iki yana salladım. "Sadece Mary'yi düşünüyordum."

Kitty başını dolaptan kaldırmadı.

"Dün gece onu görmedim, sen gördün mü?" diye sordum.

"Hayır," diyerek dolaptan kısa kollu, bebek mavisi bir elbise çıkardı. "Sence bu nasıl?"

"Güzel," dedim, fakat yeni arkadaşımızın güvende olması, beni Kitty'nin elbiselerinden daha çok endişelendiriyordu. "Sence de Başhemşire Hildebrand ile gidip Mary iyi mi diye bir bakmamız gerekmez mi?"

Kitty omzunu silkti ve bir çift taba rengi topuklu ayakkabıyı havaya kaldırarak inceledi. "Peki, ya bu?"

"Hayır," dedim. "Mavi olanları giy. Daha sonra ayakların bana teşekkür edecek."

Kitty, elbisesini giymeden önce sutyenini takıp beyaz, ipek bir külot giydi.

"Bana Lance'ten bahsetsene," dedim, biraz temkinli bir şekilde. Bir yandan da fermuarını çekiyordum. "Ondan hoşlanıyor musun?"

"Evet," dedi Kitty, yine de sesinde hafif bir tereddüt hâkimdi sanki. "O harika biri."

"Dün gece albayla hiç dans ettin mi?" diye sordum, dolaptan sade, ışıl ışıl, taba rengi bir elbise seçerken.

Kitty, evet anlamında başını salladı. "Ettim," dedi gülümseyerek. "Ve harikaydı. Lance bu durumdan çok hoşlanmasa da kendinden rütbece yüksek birine karşı koyamazdı."

Duvarda asılı olan oval aynada kendime baktım. Sabahın sıcağı yüzünden yanaklarım kızarmıştı ve saçlarım son derece cansız görünüyordu. Nemli havayla yaptığımız savaşı, hiç şüphesiz nem kazanmıştı. Omzumu silkerek saçlarımı bir tokayla tutturdum. Ne de olsa şapka takacaktım.

"Hazır mısın?" diye sordu Kitty, çantasını alırken.

Dönüp Kitty'ye baktım. Yanakları benimkiler gibi kıpkırmızı değil, pembemsiydi. Saçlarını yana doğru tutturmuştu. Her zamankinden daha da dalgalı ve yabani olan saçları, onlara verdiği şekille oldukça çekici görünüyordu.

Tropikler ona yaramıştı.

"Hazırım," dedim, Kitty'nin peşi sıra kapıdan çıkarken.

Lance arabayı son derece hızlı kullanıyordu. Ön koltukta oturan Kitty, bundan etkilenmiş gibi görünmüyordu. Aksine, keyfi yerinde gibiydi. Arka koltuğa sıkışmış olan Stella, Elliot ve ben ise, Maxine'in kavanozlarındaki turşulara benziyorduk. Sıcacık koltuğa değen bacaklarım ter içinde kalmıştı ve Lance her gaza bastığında, uçmasın diye şapkama yapışıyordum. Adayı çevreleyen, çukurlarla dolu çakıltaşlı yol, herkese göre değildi. Toz öyle yoğundu ki keşke bir eşarp alsaydım diye geçirdim içimden.

"Önce şehir merkezine," dedi Lance. Son derece hevesli bir tur rehberi gibiydi. "Ve sonra da kumsala."

Kitty küçük bir alkış patlattı. Stella ise bakışlarını yoldan ayırmayan Elliot'a göz attı. "Şehre çok sık gelir misin?" diye sordu en tatlı ses tonuyla.

Elliot cevap vermedi.

"DİYORUM Kİ," diye tekrar etti Stella, bu kez motorun sesiyle yarışırcasına yüksek bir sesle konuşuyordu, "ŞEHRE ÇOK SIK GELİR MİSİN?"

Elliot önce ürkmüş, sonra da şaşırmış bir halde bize baktı. Sanki hangimizin konuştuğundan ve neden bu kadar bağırdığından emin değilmiş gibiydi.

"Hayır, çok sık değil," dedi, bakışlarını yeniden yola çevirmeden önce.

Stella somurtarak kollarını göğsünde kavuşturdu. Havada yağmur sonrası duyulan toprak kokusuyla karışık, tatlı, çiçek gibi, ne olduğunu çıkaramadığım bir koku vardı.

Lance, solumuzdaki etrafı çevrili bir araziyi göstererek, "Şunu görüyor musunuz?" diye sordu. Cipi yavaşlatınca, şapkamı biraz olsun bırakabildiğim için sevinmiştim çünkü kolum kasılmaya başlamıştı. "Bu bir vanilya tarlası. Dünyadaki vanilyaların neredeyse tamamı bu adadan ithal ediliyor."

Bu önemsiz bilgi gerçekten doğru muydu, yoksa Kitty'yi etkilemek için mi ortaya atmıştı, bilmiyordum. Fakat gerçek bir vanilya tarlası görme fikri, son derece heyecan vericiydi. Maxine'i düşündüm. Acaba sürekli Windermere'de yaşamaktan ve sadece "Teşekkürler, Maxine" ya da "Başka bir isteğimiz yok, Maxine," diyen annemle babama hizmet etmekten mutlu muydu?

"Bu yerin sahibi bir Amerikalı," diye devam etti Lance. "Adalı bir kızla evli."

Stella'nın gözleri iri iri açıldı. "Hepsinin yamyam olduklarını sanıyordum."

Elliot gözlerini yoldan çevirdi ve yeniden sessizliğe dalmadan önce bana bilmiş bir bakış attı.

Lance yola devam etti. Yol kenarı, yemyeşil palmiye ağaçlarının altına iliştirilmiş, kerestelerden yapılma derme çatma evlerle doluydu. Arada bir toprağı gagalayan bir horoz veya tavuk ya da evinin önünde koşturan çıplak bir çocuk görüyorduk. Ancak etrafta hiç yetişkin yoktu ve Başhemşire Hildebrand'ın bahsettiği yerlilerden birini görmeyi merakla bekliyordum.

Cip, adanın kuzey tarafına dönerek bir geminin demirlediği turkuvaz rengi koyu geçti. Her şey, *Robinson Crusoe*'nun bir sayfasından fırlamış gibiydi. Birkaç dakika sonra Lance arabayı yol kenarına çekerek, "İşte geldik," dedi.

Arabadan inip tozlu yola adımımı attım ve gözlerimi hemen ilerideki hareketli manzaraya çevirdim. Kıyıdan yalnızca birkaç kilometre uzakta bir savaşın devam ettiğini tahmin etmek imkânsızdı. Sıra sıra dizili masalar, egzotik meyve ve sebzelerle, el yapımı kolyelerle, sigara paketleri ve Coca-Cola şişeleriyle doluydu. Yanık tenli ve esrarengiz bakışlı yarı çıplak satıcılar, masaların ardında oturuyor, sıkkın ya da uykulu görünüyorlardı. Belki de her ikisi birdendi. Askerler ise etrafta koşturarak zar zor kazandıkları paralarını, gözlerine çarpan her türlü ıvır zıvıra harcıyorlardı.

"Bakın," dedi Stella, nefesi kesilmiş bir halde. Bize doğru yürüyen bir kadını işaret etti. Kadının göğüsleri tamamen çıplaktı ve tek bir örgü şeklinde ördüğü saçları, göğüslerinin arasında uzanıyordu. Beline doladığı yeşil bir şerit kumaşı, oldukça gevşek, bir o kadar da tehlikeli bir biçimde bağlamıştı. Sanki bizi tanıyormuşçasına yanımıza yaklaşırken, sol kulağındaki çiçeği fark ettim. Her ne kadar gözlerimi başka yöne çevirmeye çalıştıysam da göğüsleri ve oldukça koyu renkli meme uçları, bakışlarımı manyetik bir güçle kendilerine çekiyordu. Görüntüsünün Stella, Kitty, Elliot ve özellikle Lance'in üzerinde de aynı etkiyi oluşturduğu belliydi.

"Bay Lance," dedi kadın, taşıdığı çuvalı yere bırakırken. Ağır aksanlı sesi, hoş ve yumuşaktı. Belki on sekiz yaşında, belki de daha gençti. Çuvala eğilip bir paket Lucky Strikes çıkarırken, göğüsleri sallanıyordu. "Sigaranız," diyerek paketi uzattı.

Lance bu kadını, daha doğrusu bu kız çocuğunu nereden tanıyor?

"Teşekkürler," dedi Lance. Kitty, sigarasını alıp gömleğinin cebine tıkıştıran Lance'i dikkatle izledi. "Atea, burada bana Lucky Strikes bulabilen tek satıcı. Her perşembe, benim için bir paket ayırıyor."

Çırılçıplak göğüsleriyle öylece duran Atea, gururlanmış görünüyordu. Işıldayan gözleri ise Lance'den başkasına bakmıyordu.

Havadaki gerginlikten habersiz bir şekilde, "Bugün gelecek misin?" diye sordu.

"Bugün değil, Atea," dedi Lance, ona başıyla gitmesini işaret ederek. "İyi bir kız ol ve eğer yapabilirsen daha fazlasını bul. Birkaç gün içinde döneceğim." Atea'nın eline madeni bir para tutuşturduktan sonra Kitty'nin koluna uzandı. "Haydi, şimdi pazaryerinin geri kalanını gezelim."

"Bu tuhaftı," dedi Stella, birkaç dakika sonra bana doğru eğilerek.

Evet, tuhaftı, ama Kitty bize kulak misafiri olabilecekken bunu onunla tartışacak değildim. "Lance'in bir bayandan sigara almasının nesi bu kadar tuhaf?" diye sordum onun yerine.

Stella sırıtarak yürümeye devam etti ve parlak renkli boncukların olduğu bir masada durdu.

"İyi misin?" diye sordum Kitty'ye, Lance'in bizi duyamayacağı kadar uzaklaştığı bir ara.

"Elbette," dedi. "Neden?"

Güzel, diye geçirdim içimden. *Demek az önceki etkileşim, keyfini kaçırmamış. Öyleyse konuyu hiç açmayayım.* "Ah, hiçbir şey," dedim. "Sadece sıcaktan bunalmadığına emin olmak istemiştim."

Kitty, derin bir nefes alıp adanın nemli havasını içine çekerek gülümsedi. "Hayatımın en güzel anlarını yaşıyorum," dedi neşeli bir şekilde.

Stella, kumsala bir örtü sererek Elliot'ın hemen yanına oturmaya özen gösterdi. "Açlıktan ölüyorum, ya sen?" diye sordu, onun ilgisini çekmeye çalışarak. Fakat Elliot yalnızca omzunu silkerek, "Kahvaltıda çok yedim," diye mırıldandı. Sonra da dalgaların sürükleyip kumsala bıraktığı bir ağaç gövdesine yaslandı ve şapkasıyla gözlerini örterek sohbete bir son verdi.

Adanın diğer tarafından dolanıp karargâha yakın bir yerde durmuştuk. Piknik için bir palmiye ağacının gölgesini seçmiş olmamıza rağmen, bembeyaz kum hâlâ sıcağı yayıyordu. Ben bacaklarımı rahatsız edici bir şekilde kıvırırken, Kitty de bir somun ekmek, bir salkım muz, dört şişe Coca-Cola ve bir kalıp peynir çıkardı. Bunlar, pazardan topladığımız doğaçlama öğle yemeğimizi oluşturuyordu.

Kıyıya çarpan dalgaları izleyerek sessizce yemeğimizi yemeye başladık. Derken Kitty, denizi işaret ederek hepimizin hissettiği o şeyi dile getirdi. "Orada bir savaş olduğuna inanmak çok zor. Dünyanın bu köşesi, yok edilemeyecek kadar güzel."

Başımla onu onaylayarak bir muz daha aldım. Tadı, evdeki muzlardan farklı ve biraz daha ekşimsiydi. "Ama var," diye yanıtladım.

"Hem de büyük bir savaş," diye ekledi Lance. "Daha dün Japonlar üç uçağımızı düşürdü."

Stella endişelenmiş görünüyordu. "Sizce bu adada da savaşa şahit olacak mıyız?"

"Bence olabiliriz," dedi Lance ciddi bir ifadeyle. "Gerçi Albay Donahue hiç o yönden bakmıyor. O tam bir budala. Söylemedi demeyin, hepimizin uykuda olduğu bir gece Japonlar tepemizden geçip, hiç ummadığımız bir anda bizi bombalayacaklar."

Kitty kafasını kaldırıp endişeli gözlerle baktıktan sonra, başını iki yana salladı. "Albay Donahue bu adayı koruyacaktır."

Lance omzunu silkerek, "Sen öyle diyorsan, öyledir," dedi, ardından sırıtarak mırıldandı. "Ben bu harekâtı gözüm kapalı yürütürdüm."

Bu cümle, yirmi beş yaşındaki bir adam için fazla kibirliydi. Ama Kitty, onun ukalalığından etkilenmemiş olacak ki başını hafifçe Lance'in kucağına koydu. Lance'in gülümsemesine bakılırsa, bunun hoşuna gittiği belliydi.

Elliot çoktan horlamaya başlamış, Stella ise derin düşüncelere dalmıştı.

"Ben biraz yürüyeceğim," diyerek ayağa kalktım. Şapkamın kenarını düzeltip ayakkabılarımı çıkarırken, Kitty'nin gözleri sanki uyuyormuş gibi kapandı. "Geri döneceğim," desem de kimsenin beni dinlediğini sanmıyordum.

Kumsalda yürürken ara sıra bir taşı ya da denizkabuğunu incelemek için duruyor, denize doğru yatay bir şekilde uzanan palmiyelerin büyüme şekline hayretle bakıyordum. Yılların rüzgârları ve tropikal fırtınalar, gövdelerini olabildiğince yontmuştu, fakat deniz onları çağırdığı için bu şekilde büyüdüklerini düşünmek hoşuma gidiyordu. Bütün bunlar, Westry'nin bana adanın insanları değiştirmesi hakkında söylediklerini hatırlatmıştı. *Acaba bu adanın gücüne karşı koyabilecek miyim*, diye geçirdim aklımdan.

Ayağımı kuma gömdükten sonra kumu etrafa saçtım. Pazarda geçirdiğimiz hareketli sabahtan sonra, düşüncelerimle ve usulca kıyıya çarpan dalgalarla yalnız kalmak, kendimi iyi hissettirmişti. Issız kumsal, sanki sonsuzluğa uzanıyor gibiydi. Suya biraz daha yaklaştım. Denizin değdiği serin kumu ayağımda hissetmek, hoşuma gitmişti. Attığım her adım, ardımda küçük bir iz bırakıyordu.

Biraz ilerideki bir kayanın üzerine tüneyerek öten deniz kuşuna bakarken, bir dizi ayak izi dikkatimi çekti. Belli belirsiz, biraz eski, ama yine de taze ayak izleriydi bunlar. İyi ama *kimin?*

Onları takip etmek aptallık olur, dedim kendi kendime. *Ya bir yerliye aitse? Bir yamyama?* Başımı olumsuzca salladım. *Yalnızım. Geri dönmeliyim.* Yine de izler beni kendine, kayanın diğer tarafına çekiyordu. *Sadece birkaç adım daha.*

Ayak izleri, bej rengi, buruşuk bir örtüde son buldu. Örtünün üzerinde bir kitaptan başka hiçbir şey yoktu. Kumaşı görür görmez tanımıştım, çünkü askeriyenin dağıttığı bu standart örtünün aynısından kışladaki yatağımda da vardı. *Ama kimdi buradaki?*

Palmiyelerin arkasındaki çalılıklardan gelen bir hışırtı duyunca, çabucak arkamı döndüm.

"Selam," dedi biraz ileride aniden beliren bir adam. Yüzü, taşıdığı büyük bir palmiye yaprağının ardına gizlenmişti. Yaprağı kenara çektiğinde, onun Westry olduğunu gördüm.

"Merhaba," dedim, biraz şaşkın bir halde. Ancak acımasız bir yerliyle karşılaşmadığım için sevinmiştim.

"Beni mi takip ediyorsun?" dedi Westry muzip bir ifadeyle.

Bir an kendimi aptal gibi hissettim, ardından sinirlendim. "Tabii ki hayır!" dedim kibirli bir ses tonuyla. *Peşinden koştuğumu düşünmesine izin veremem.* "Sadece biraz gezintiye çıkmıştım. Hem aklıma gelmişken, gitmem gerek. Arkadaşlarım beni bekliyor."

Westry gülümseyerek, "Ah, gitme," dedi ve palmiye dalını kuma saplayarak altına oturdu. "Şu gölgenin güzelliğine bak. Oturmayacak mısın? Sadece bir dakikalığına?"

Gülümseyişine karşı koyabilmek imkânsızdı. Bir an için tereddüt etsem de dudağımın kenarlarının benden izinsiz yukarı doğru kıvrıldığını hissettim. "Tamam," dedim sırıtarak. "Sadece bir dakikalığına."

Westry dirseklerinin üzerine yaslanarak, "Güzel bir gün," dedi.

"Oldukça," dedim ve elbisemin eteğini aşağı çekiştirerek bacaklarımı örttüm.

"Hangi rüzgâr seni benim kumsalıma attı?"

"*Senin* kumsalın mı?"

"Evet," dedi Westry gayet ciddi bir şekilde. "Burayı ben keşfettim."

Küçük bir kahkaha attım. "Gerçekten çok komiksin."

"Burası el değmemiş bir kıyı boyu, bilirsin," diye devam etti Westry. "Tabii, yerliler en başından beri buradalar ve burası daima onların olacak. Ama dünyanın geri kalanı, buradan habersiz. Şimdilik, bu küçük cennet parçası benim." Sonra bir an duraksayarak bana baktı. "Pekâlâ, bizim. Yarısını almana izin veriyorum."

"Gerçekten çok cömertsin," dedim, ona ayak uydurarak.

"Savaş bittikten sonra ne yapacağım, biliyor musun?"

"Ne?"

"Kumsalın bu kısmını satın alacağım," dedi ciddi bir şekilde. "Gücümün yettiği kadarını. Bir ev inşa edip bir aile kuracağım, tam burada. Karım ve ben, verandamızda her sabah güneşin doğuşunu izleyip geceleri kıyıya çarpan dalgaları dinleyeceğiz."

"Kulağa oldukça romantik geliyor," dedim. "Ama bence blöf yapıyorsun. Gerçekten de bütün bunlar" –tam da o an, muhtemelen Japon savaş gemilerinin gezindiği Pasifik'i işaret ettim– "yani savaş bittikten sonra, *burada* yaşamak ister miydin?"

Westry evet dercesine başını salladı. "Kesinlikle," dedi. "Burası bir cennet."

Bir *cennetti*, diye hatırlattım kendime. "İyi ama geldiğin yerde seni bekleyen bir hayat yok mu?"

Westry hiç tereddüt etmeden, "Hayır," diye yanıtladı. "Ama *senin* var."

Bu bir soru değil, bir cümleydi. Parmağımdaki yüzüğü görmüştü.

"Var," dedim dürüstçe.

"Onu seviyor musun?"

"Nasıl bir soru bu böyle?"

"Basit bir soru," diyerek sırıttı Westry. "Ee, cevap nedir?"

"Tabii ki seviyorum," dedim bakışlarımı kaçırarak. *Neden bana böyle uzun uzun bakmak zorunda ki?*

"İyi biri mi?"

Başımı olumlu anlamda salladım. "İyi olmayan bir adamla evlenmezdim."

İyice yaklaşan dalgalar, örtümüze kadar uzanıp Westry'nin ayağa fırlamasına neden olunca, onun ardından ben de ayağa kalktım. "Kamp yerimizi biraz değiştirsek iyi olur, yoksa İhtiyar Deniz bizi yutacak," dedi.

Gülümsedim. "Gerçekten gitmem gerek. Arkadaşlarım beni bekliyor."

Westry tamam dercesine başını salladı. "Öyleyse sana eşlik edeyim."

Belki de şimdi etrafa Westry'nin gözünden baktığım için dönüş yolunda kıyı şeridi daha farklı görünüyordu. Yıllar sonra onu burada, bir ev, bir eş ve çıplak ayaklarıyla koşturan iki ya da üç çocuğuyla birlikte yaşarken hayal edip, kendi kendime gülümsedim.

"Elin nasıl?" diye sordum.

Göstermek için bana uzattığı elini tutup inceledim. Derinlerde bir yerde hissettiğim o kalp çarpıntısına kulak asmamayı tembihliyordum kendime.

"Sanırım yaşayacağım," diye yanıtladı Westry alaycı bir şekilde.

"Bu çok kirli," diye çıkıştım. "Döndüğümüz zaman bunu bana mutlaka değiştirtmelisin. Enfeksiyon kapma riskin var."

"Baş üstüne, hemşire," dedi şakacı bir şekilde.

Birkaç dakika sonra Westry, başıyla palmiyelerle dolu çalılıkların arasındaki bir şeyi işaret etti. Birlikte kumsalın bitip bitki örtüsünün başladığı yere kadar yaklaştık ve durduk. Devasa yaprakları olan, gölgeler içindeki yeşil bitkilerin çatısı altında kuşlar şarkı söylüyor, çeşit çeşit hayvanlar bağrışıyordu. Hayallerimdeki balta girmemiş orman, işte şimdi tam karşımdaydı.

"Şunu görüyor musun?"

Başımı olumsuzca salladım. "Neyi?"

"Yakından bak," dedi Westry.

"Hayır," diye fısıldadım. "Hiçbir şey görmüyorum."

Sırf pusuda bekleyen bir tehlikeden korktuğum için Westry'nin bana uzattığı elini tuttum. Kumsalın birkaç adım ötesinde peşi sıra onu takip ederken, nihayet bahsettiği şeyi gördüm: Çalıların hemen ardında, sazdan çatısı olan bir kulübeydi bu. Tıpkı yol kenarında gördüğümüz o evler gibi derme çatma bir şekilde yapılmış olmasına karşın, bu kulübenin başlı başına bir büyüleyiciliği vardı. Dışı bambu kamışlarından inşa edilmişti ve okyanusa bakan kısmında yer alan pencere şeklindeki boşluklar titizlikle açılmıştı. Tek bir menteşeye tutunan küçük bir kapı, hafif esintide gıcırdıyordu.

"Burada olmalı mıyız, bilemiyorum," diye fısıldadım.

"Neden olmayalım?" dedi Westry haylaz bir şekilde. "Mademki onu bulduk, içeride ne olduğunu görmeliyiz."

Ben karşı çıkmaya fırsat bulamadan Westry kapının önündeki küçük basamağa adımını attı. Tahtaya çarpan ayakkabısının çıkardığı sesle ürküp birkaç adım geri sıçradım.

Westry neredeyse yıkılacak olan kapıyı tek menteşesinden söküp, kumun üzerine bıraktı. İçeriye bir göz gezdirdikten sonra, bana dönerek göz kırptı. "Tehlike yok."

Westry basamağa çıkmama yardım ettikten sonra, sessizce içeriye göz gezdirdik. İçerideki duvarlar, V şeklinde birbirine tutturularak çok hoş bir biçimde örülmüş palmiye dallarından oluşuyordu ve renkleri solarak açık karamel bir renge bürünmüştü. Bu renk, koyu renkli maun bir sandalye ile tek çekmeceli küçük bir masaya harika bir fon oluşturuyordu. Westry çekmeceyi açıp içinden bir kitap, birkaç madeniyle kâğıt Fransız parası ve rutubetten dolayı sararararak kıvrılmış bir kâğıt parçası çıkardı. Kâğıdı görebilmem için havaya kaldırdı. "Fransızca okuyabiliyor musun?"

Başımı olumsuz anlamda salladım. "Keşke okuldayken daha fazla ilgilenseydim."

Westry, "Ben de," diyerek kâğıdı yeniden çekmeceye bıraktı.

Yalnızca bir kişinin sığabileceği büyüklükteki yatak, üzerindeki toz tabakasına rağmen oldukça düzenli görünüyordu. Sanki biri bir sabah uyanmış ve geri döneceği düşüncesiyle yatağını toplamış, fakat o dönüş asla gerçekleşmemişti.

Gözlerim, Westry'nin yüzü hariç her yerde dolanıyordu. Nişanlı bir kadın olarak, hakkında hiçbir şey bilmediğim bir askerle burada, bir yatak odasında baş başaydım.

Masanın altından çıkıp hızla kapı boşluğuna doğru koşturan, avucum büyüklüğündeki bir örümcek, beni daldığım derin düşüncelerden çekip çıkardı. O anda dehşet içinde yatağın üzerine sıçradım. "O şeyi gördün mü?" diye bir çığlık attım, sanki her an bir diğerinin ortaya fırlayacağından emindim.

"Onlar zararsızdır," dedi Westry sırıtarak. "Ayrıca sivrisinekleri yiyerek besleniyorlar, o yüzden bu yaratıklara teşekkür borçluyuz."

Temkinli bir şekilde yataktan indim. "Sence burada kim yaşıyordu?"

Westry denize baktı. "En iyi tahminimi mi bilmek istiyorsun?" Tekrar bungalova dönerek dikkatlice etrafı inceledi. "Kazazede bir denizci."

Başımı sallayarak onayladım. Bu, akla oldukça yatkın geliyordu. "Peki ya gemisine ne olmuştur?"

"Belki batmıştır."

"Öyleyse o kâğıdı ve" –çekmeceyi açıp koyu kahverengi, deri kapaklı kitabı çıkardım– "bu kitabı nasıl kurtardı?"

Westry, sanki kazazede denizcimizin akıbeti üzerine kafa yoruyormuşçasına işaret parmağıyla çenesine dokundu. "Belki de içinde birkaç eşyasının bulunduğu bir sırt çantası vardı." Masanın üzerindeki gaz lambasını işaret etti. "Bir lamba, bu kitap, bir kutu da bisküvi. Ve bu adaya ulaşana kadar üzerine tutunup sürükleneceği bir tahta parçası bulmayı başardı."

"O zaman kitap ıslanırdı."

"Islanmış olabilir. Ama onu güneşte kurutmuş olmalı," diyerek kitabın sayfalarını şöyle bir çevirdi Westry. Gerçekten de sayfalar su lekeleriyle kaplıydı. "Gördün mü?"

Başımla onun sözlerini onayladım. "İyi ama nereye gidiyordu ki? Fransız olduğu çok açık."

"Aynı zamanda yoksulmuş da," diye ekledi Westry, çekmecedeki az sayıda bozuk parayı işaret ederek.

"Bir korsan olabilir mi?"

Westry başını iki yana salladı. "Yerlilerin yaptığı süsler ve takılar, bir korsanın pek ilgisini çekmez."

Pencerelerdeki perdelere göz gezdirdim. Hava yüzünden yırtık pırtık olmalarına rağmen sanki şaraba batırılmış gibi hâlâ pırıl pırıl bordo rengindeydiler.

"Tamam, öyleyse adamımız yoksul, kazazede ve okumayı seven, Fransız bir denizci," diye yorum yaptım.

"Aynı zamanda içmeyi de seviyor," diye ekledi Westry, eline bir tıpayla mühürlenmiş, tozlu, yeşil bir cam şişe alarak. "Kırmızı şarap."

"Ve sanata da değer veriyor," diyerek, duvardaki bir resmi örten çuval bezini yavaşça aşağı çektim. Tuvale, nefes kesici bir manzara resmedilmişti. Masmavi bir deniz ile sapsarı amber çiçekleriyle dolu bir fundalığın arasında duran, tıpkı içinde bulunduğumuza benzer bir bungalovdu bu. Uzaklarda, belli belirsiz iki insan göze çarpıyordu.

"Tanrım," dedi Westry nefesi kesilmiş bir şekilde. "Bu çok güzel."

Ona katıldığımı belirtircesine başımı salladım. "Resimden anlar mısın?"

"Biraz," dedi. "Şuna daha yakından bakayım." Tabloyu incelemek için yatağa çıktı. "Bu," diyerek başını kaşıdı, "her nasılsa *tanıdık* geliyor."

Annem, bana Fransız empresyonistleri öğrettiği için kendisiyle ne kadar gurur duysa da şimdi sanat bilgimin yetersiz olmasından çekiniyordum. Yine de bir şey keşfetmiş olma ihtimalimizden dolayı oldukça eğleniyordum.

"Sence ressam *burada* mı yaşıyordu?"

"Belki de," dedi Westry, gözlerini resimden ayırmadan. "Kitap hangi yıl basılmış?"

Başparmağımla kitabın başlangıç sayfalarını çevirdim. "Buldum, işte burada. 1877."

"Bu, usta empresyonistlerden biri olabilir."

"Ciddi olamazsın," dedim resme hayranlıkla bakarak.

Westry sırıtarak, "Evet, bu gayet mümkün," diye cevap verdi. "Bu resmi ya da bir benzerini daha önce kitaplarda gördüğüme neredeyse eminim. Ve bu ada da dahil Pasifik'teki bütün bu adalar, Fransız ressamlar arasında popülerdi. Bu resim de o ustalardan herhangi birine ait olabilir." Gözleri heyecandan çılgına dönmüştü. "Bunun ne anlama geldiğini biliyorsun, değil mi?"

"Ne?"

"Bu yeri korumak zorundayız."

Başımı sallayarak onayladım. "Ama nasıl?"

"Burada bulunduğumuz süre boyunca bu bizim projemiz olacak," dedi Westry. "Burayı onarıp, eski haline getireceğiz."

"Öncelikle iyi bir temizliğe ihtiyacı var."

"Ve yeni bir kapıya," diye ekledi Westry.

"Perdeler de paçavraya dönmüş," dedim. "Yenilerini yapabilirim."

"Yani var mısın?" Westry'nin gözlerinde muzip bir ifade vardı.

Neden olmasın, diye geçirdim içimden. *Kitty'nin Lance ile geçirdiği saatleri böyle geçiştirebilirim.* "Varım," dedim. "Ama nereden vakit bulacağız? Ayrıca buraya nasıl geleceğiz?"

"Yürüyeceğiz," dedi basit bir şekilde. "Karargâh, kıyıya sekiz yüz metreden daha az mesafede. Dikkat çekmeden çıkabilir ve gittiğinin farkına bile varılmadan geri dönebilirsin. Bu yola açılan bir patika var, böylece aletleri ve tahtaları ciple getiririm. İyi bir planlama yapmamız gerekecek, ama bir çaresine bakacağız."

Westry kapıya doğru dönünce, ayağının altındaki zayıf bir tahta parçası gıcırdayarak içeri çöktü. Eğildi ve tahta parçasını sökerek yerinden çıkardı. Ortaya çürük çarık bir alt döşeme çıkmış ve yüzeyin hemen altında küçük bir oyuk belirmişti. "İşte," dedi. "Bu bizim 'posta kutumuz' olacak. Buraya sensiz geldiğim zamanlar sana mektup bırakacağım, sen de aynısını yapabilirsin."

Kalbim heyecanla çarpıyordu. Bungalov için, ressam için, yer döşemelerinin altına gizlenmeyi bekleyen mektuplar için, ama en çok da bütün bunlara yol açan adam için heyecanlanıyordum.

Westry, resmi örtüsünün içine sardı ve güvende durması için dikkatlice yatağın altına yerleştirdi.

"Son bir şey daha var," dedi.

"Nedir?"

"Bu yerden kimseye bahsedemeyiz, tek bir kişiye bile."

Bu muhteşem yeri Kitty'den saklama düşüncesi, yüreğimi acıtmıştı. Yine de onu burada, bu bungalovun içinde hayal edemiyordum. İçeride sadece birkaç dakika geçirmiş olsam da burası daha şimdiden kutsal ve bana özel bir yermiş gibi geliyordu. Kitty'nin broşuna dokununca, vicdan azabı hissettim. *Bilhassa birbirimizden sır saklamayacağımıza dair söz verdikten sonra, bu küçük kulübeyi kendime saklamak istemem doğru bir şey mi?*

"Ne diyorsun?" diye sordu Westry.

Broşu bırakıp başımı olumlu anlamda salladım. "Yemin ederim," dedim, bir yandan da Kitty'nin burayı bilmesinin gerekmediğine dair kendimi inandırmaya çalışıyordum... Hiç değilse şimdilik. "Kimseye söylemeyeceğim."

"Güzel. Dönüşte sana eşlik edebilir miyim?"

"Tabii," dedim. "Muhtemelen boğulup boğulmadığımı merak ediyorlardır."

"Ya da bir köpekbalığı tarafından yenip yenmediğini," diye ekledi Westry sırıtarak.

Adanın güzelliği, turkuvaz rengi suları ya da yemyeşil tepeleriyle sınırlı değildi. Bu yalnızca dış güzelliğiydi. Asıl büyüleyiciliği, hikâyelerinde saklıydı. Ve her taşının altında, başka bir hikâye beklemekteydi.

Beşinci Bölüm

"Westry hoş birine benziyor," dedi Kitty, o gün odamızın kapısını kapatır kapatmaz.

"Fena değil," dedim. Bir yandan da çıkardığım şapkamı dolabın en üst rafına yerleştirmekle uğraşıyordum.

"Nereli?"

Omzumu silktim. "Bilmem. Çok kısa konuştuk. Ama bana eşlik edecek kadar kibardı."

Emin olmak için arkamı dönüp bakmasam da Kitty'nin sırıttığını hissedebiliyordum. "Görünüşe göre Lance ve sen iyi anlaşıyorsunuz," diyerek konuyu değiştirdim.

"Evet," diye cevap verdi Kitty, karyolasının başlığına yaslanarak. "Ondan hoşlanıyorum. Hem de çok. Sadece" –duraklayıp başını iki yana salladı– "sadece Albay Donahue'dan bahsetme şekli pek hoşuma gitmiyor. Sence de ona daha fazla saygı göstermesi gerekmez mi?"

Omzumu silktim. Kitty için hangisinin daha iyi olacağına henüz karar verememiştim: Kendini beğenmiş bir asker mi, yoksa onun baskıcı albayı mı?

"Her neyse," diye devam etti Kitty. "Sanırım bu ufak bir ayrıntı. Hem Lance'in dikkat çekici birçok özelliği var."

Mesela sahte cesaret gösterileri gibi. Adalı kadınlarla düşüp kalkması gibi. Ya da kendini beğenmiş tavırları gibi.
"Evet," dedim bunların yerine. "Hem de çok."

"Anne," dedi Kitty, biraz utangaç bir şekilde. "Sana daha önce söyleme fırsatı bulamadım, ama dans gecesi Albay Donahue—"

Birinin gürültülü ve hızlı bir şekilde kapıya vurduğunu duyunca, ürkerek birbirimize baktık.

"Evet," diye seslendim, kapı tokmağını çevirirken.

Gelen Liz'di ve nefes nefese bir haldeydi. "Mary," dedi. "Revirde. Çabuk gelin."

Liz'in peşinden merdivenleri inerek kışlanın dışına çıktıktan sonra, hızlı adımlarla patikayı takip etmeye başladık. Revir çok uzakta değildi, fakat neredeyse koşarak gittiğimiz için, içeri girdiğimizde güçlükle nefes alıyorduk.

Başhemşire Hildebrand, orta yaşlı, seyrek saçlı ve gözlüklü bir hekim olan Doktor Livingston ile birlikte, Mary'nin yatağının başında bekliyordu. Mary, anormal bir şekilde solgun görünüyordu. Gözleri kapalıydı, fakat belli belirsiz şişip inen göğsü, bize hâlâ nefes aldığını gösteriyordu.

"Aman Tanrım," diye fısıldadım. "Ne oldu?"

Doktor, bir şırınga çıkarıp Mary'nin koluna berrak bir sıvı enjekte etti. İğne tenine battığında, Mary kımıldamadı bile.

"Kadınlardan biri onu odasında bulmuş," diye yanıtladı Başhemşire Hildebrand. "Yatağından düşmüş bir halde yatıyormuş. On altı saat boyunca orada öylece kalmış. Sıtma. Adaya ayak bastığı ilk gün kapmış olmalı."

"Sıtma," diye tekrarladım kendi kendime. Kelime kulağa çok yabancı gelse de hastalık işte tam burada, karşımızda duruyor ve tanımaya henüz yeni başladığımız güzel bir kızın hayatını tehdit ediyordu. Önünde upuzun bir gelecek olan ve Güney Pasifik'e her şeye yeniden başlamak için gelen bir kızdı bu. Ölmek için değil.

"Ateşi düştü," dedi Doktor Livingston. "Ama korkarım kalbini zayıf düşürdü. Artık beklemekten başka yapabileceğimiz bir şey yok."

Ellerim titriyordu. "Ama iyileşecek," dedim. "Kurtulacak. Kurtulmak zorunda."

Doktor Livingston bakışlarını başka yöne çevirdi.

Mary'yi, zavallı Mary'yi düşünüyordum. Uzun, belki de biraz fazla uzun boyluydu. Biraz çarpık dişleri vardı. Ve kırık bir de kalbi... Bize anlattığına göre nişanlısı onu terk etmişti ve kendini çok yalnız hissediyordu. *Hayır, onun yalnız ölmesine izin vermeyeceğim.*

"Kitty," dedim, "kışlaya gidip okuma gözlüklerim ile okuyacak herhangi bir şey getirebilir misin? Bulabildiğin tek şey o kahrolası *War Digest* dergisi olsa bile getir... Artık her ne bulabilirsen."

Kitty tamam dercesine başını salladı.

"Nöbet tutacağız," diyerek Başhemşire Hildebrand'dan yana döndüm. "Bir yatak çekip bu gece onun yanında kalabilir miyim?"

Başhemşire Hildebrand sözlerimi başıyla onayladı.

Kitty iki dergi, üç kitap –ikisi Liz'den, biri de Stella'dan– War Digest'in bir kopyası ve her ihtimale karşı bir de hemşirelik ders kitabıyla birlikte dönmüştü.

"Güzel," dedim, kapağı parçalanmış bir kitabı incelerken. "Ona sırayla kitap okuyacağız. Ta ki bilinci yerine gelene ya da..."

Kitty uzanarak elimi tuttu. "Anne, onun kurtulma ihtimali—"

"Yalnız ölmesine izin vermeyeceğim," dedim, gözümden akan bir damla yaşı silerek. "Kimse bunu hak etmez."

Kitty, beni anladığını belirtircesine başını salladı.

Kitabı masaya bırakıp, kapağında Rita Haywort'un olduğu *Vogue* dergisini elime aldım. Sonra da ilk sayfayı açarak bir reklamı okumaya başladım. "Bu bahar neden güzel bir görünüş elde etmeyesiniz? Eğer ucuza giyinmek ve göz alıcı, farklı aksesuvarlar takmak istiyorsanız, kışın aldığınız kilolardan kurtulmanın tam zamanı. Nightly Bile Beans sayesinde, 'uyurken' güvenle zayıflayabilirsiniz..."

Dört saat boyunca gözlerim bulanık görmeye başlayana dek, önümdeki her sayfanın her kelimesini okudum. Güneş battıktan sonra Kitty, sedyenin yanındaki masada duran küçük bir lambayı açtı ve bu kez o okumaya başladı. Birkaç saat sonra sesi kısılmaya başladığında da görevi yeniden bana devretti.

Sabah güneşinin ilk ışıkları revirin pencerelerine vurduğunda, üç dergi ve bir romanın dörtte üçünü bitirmiştik. İşte tam da o sırada, Mary'nin göz kapakları hafifçe kımıldamaya başladı.

Mary, yavaşça açtığı gözlerini tekrar kapattı. Bir dakika boyunca büyük bir beklentiyle onu seyrettik. Ve sonra bir dakika daha... Derken önce kolunu, ardından bacaklarını ve tekrar gözlerini hareket ettirdi. Bu defa gözlerini açmıştı ve doğruca bana bakıyordu.

"Neredeyim ben?" diye sordu bitkin bir şekilde.

"Revirdesin," diyerek, bir tutam sarı saçını kulağının arkasına yerleştirdim. "Sıtmaya tutulmuşsun, tatlım." Konuşurken gözyaşlarıma hâkim olmaya çalışıyordum. "Ama artık iyi olacaksın."

Mary odaya göz gezdirdikten sonra Kitty'ye ve sonra yeniden bana baktı. "Çok tuhaf bir rüya gördüm," dedi. "Parlak bir ışığa doğru yürümeye çalışıyordum ve sürekli bir ses duyuyordum. Ses beni kendine çekiyordu."

"Geri döndün mü peki?"

"Dönmek istemiyordum," dedi. "Yürümeye devam etmek istiyordum, ama ne zaman bir adım atacak olsam, ses beni çağırıyordu."

"Güzel," dedim ve bir bardak su içmesine yardım ettikten sonra, kollarını yeniden battaniyenin altına sokuşturdum. "Tatlım, bunları konuşmak için dünya kadar vaktimiz olacak, ama şimdi dinlenmeye ihtiyacın var."

Mary ile ilgilenmemiz, Başhemşire Hildebrand'ın bizi hemşirelik becerilerimiz konusunda tebrik etmesine yetmemişti, ama o günlük bizi görevden muaf tutmuştu. Kitty ile bu fırsatı dinlenerek değerlendirdik.

Yemekhaneden duyulan öğle yemeği ziliyle uyandığımda, öğlene kadar uyuduğumu fark ettim. Karnım guruldüyor olsa da hâlâ devam eden halsizliğim yüzünden yataktan çıkmak istemiyordum.

"Kitty?" diye seslendim başımı kaldırmadan. "Uyandın mı?"

Onu derin bir uykuda bulmayı umarak ağırlaşmış başımı yavaşça yana çevirdim. Ancak Kitty'nin yatağı derli topluydu ve kabarttığı iki yastığı, düzenli bir şekilde yatak başına yaslanmıştı.

Nerede bu? Yerimden doğrulup gerinirken, tuvalet masasının üzerine bırakılmış notu fark ettim.

> *Anne,*
> *Seni uyandırmak istemedim. Saat onda Lance ile kano gezintisi yapmak için çıktım. Öğleden sonra dönerim.*
>
> *Sevgiler,*
> *Kitty*

Lance ile sandal gezisi... Elbette bu, Kitty için son derece normal bir şeydi, yine de tedirgin olmuştum. *Bize yalnızca birkaç saat önce izin verildi,* diye geçirdim içimden. *Öyleyse Kitty, Lance ile plan yapacak vakti nereden buldu?* Bungalovu düşününce, küçük yatakhanemizin daha şimdiden sırlarla dolu olduğunu fark ettim.

Öğle yemeği zili ikinci kez çaldı; bu son çağrıydı. Eğer giyinip hızlıca koşarsam, zamanında yetişebilirdim. Ama komodinin üzerinde gördüğüm parlak, kırmızı bir elma, aklıma daha iyi bir fikir getirmişti.

Elmayı, Kitty'nin yemekhaneden getirdiği bir parça ekmek ve su dolu bir matarayla birlikte sırt çantama atıp, çantayı da omzuma astım. Ardından sessizce revirin girişine sokulup pencereden içeri bir göz attım. Stella, Liz ve diğer birkaç hemşire, içeride çalışıyorlardı. En iyi ihtimalle sıkılmış görünüyorlardı. Birkaçı, değişmesi gereken bir ampulle uğraşıyor, küçük bir grup da binadaki tek hastayla ilgileniyordu. Onun da sıyrılmış bir dizden başka hiçbir şeyi yokmuş gibi görünüyordu ve gülümseyişinden, bu ilginin hoşuna gittiği oldukça belliydi.

Beklediğim savaş ortamı bu değildi. Ama değişimin eli kulağındaydı. Albay Donahue'nun büyük bir harekât planladığına dair bir söylenti dolanıp duruyordu. Dolayısıyla, bunun işimizi ve dünyamızı nasıl etkileyeceğini merak ediyordum.

Kumsala giden patikanın yolunu tuttum. Westry, bungalovun karargâhın kuzeyine yalnızca sekiz yüz metre uzaklıkta olduğunu söylemişti ve haklı olmasını umuyordum.

Hızlı bir şekilde yürürken, sık sık omzumun üzerinden geriye bakıyordum. *Ya insanlar gizlice karargâhtan kaçtığımı düşünürlerse, böyle, tek başına?* Bu, kesinlikle Anne Calloway'in yapacağı bir şey değildi.

Köşeyi döner dönmez, bungalovun sazdan çatısını ayırt edebilmiştim. Tıpkı bıraktığımız gibi çalıların arasında bir yuvayı andırıyordu. Biraz daha yaklaştığımda, bir testere sesi duydum.

Korkudan kalbim adeta göğsümden fırlayacaktı. *Westry burada*, diye geçirdim aklımdan.

"Merhaba," dedim, bir zamanlar kapının asılı olduğu boşluğa, elimle tıklıyormuş gibi yaparak. "Evde kimse var mı?"

Westry alnını sildikten sonra, ellerindeki tahta tozunu silkeledi. "Ah, selam," dedi. "Sen gerçek misin, yoksa serap mı görüyorum? Sabahtan beri burada susuzum, o yüzden hayal mi görüyorum, yoksa kapıda güzel bir bayan mı bekliyor emin değilim. Lütfen bana ikincisinin doğru olduğunu söyle."

Sırıttım. "Hayal görmüyorsun," dedim, çantamdan matarayı çıkararak. "İşte, haydi iç."

Westry büyük bir yudum aldıktan sonra bir oh çekerek matarayı bana uzattı. "Kapıyı neredeyse tamir ettim," dedi. "Kapı çerçevesine uymuyordu. Sıcak hava yüzünden eğrilmiş olmalı. Kenarından birkaç santim eksilttim. Gördün mü? Malzeme deposundan da birkaç eski menteşe ayarladım." Malzemeleri, sanki bir hazineymiş gibi gururla bana gösterdi. "Bungalovumuzun doğru düzgün bir kapıya ihtiyacı var."

Gülümsedim. Burayı *bungalovumuz* olarak düşünmek hoşuma gidiyordu.

Çantamdan bir kutu deterjan ve birkaç eski bez parçası çıkardım. "Burayı biraz parlatabilirim diye düşündüm," dedim.

"Partiye katılmana sevindim," diyerek yeniden testeresinin başına geçti Westry.

Saat üçe kadar yerler tertemiz olmuştu ve Westry, kapıyı yerine sabitlemişti.

"Az kalsın unutuyordum," diyerek sırt çantasından eski püskü, pirinç bir kapı kulpu çıkardı. "Bunu takmak sadece bir saniyemi alacak."

Westry'nin kulpu kapıya takışını ve vidaları deliklerine sıkıştırmasını izledim.

"Anahtarımız," diyerek parlak bir anahtar gösterdi. "Şimdi onu saklayabileceğimiz iyi bir yer bulmamız gerek."

Camsız pencereleri işaret ettim. "Ama isteyen rahatlıkla içeri atlayabilir."

Westry başıyla onayladı. "Kesinlikle. En kısa zamanda pencereleri takacağız. Fakat her evin doğru düzgün bir anahtarı olması gerekir. Ama anahtarı nereye saklayacağız, işte mesele bu."

Westry'yi takip ederek kulübeden çıktıktan sonra, ikimiz de etrafımıza göz gezdirmeye başladık. "Şuraya ne dersin?" diye sordum, kumla kaplı bir noktayı işaret ederek. "Onu buraya gömebiliriz."

Westry başını iki yana salladı. "Orası birinin bakacağı ilk yer olur. Tıpkı paspasın altı gibi; her hırsız, ilk önce oraya bakması gerektiğini bilir." Sanki aklına bir fikir gelmiş gibi durakladı. "Bekle bir dakika," diyerek tekrar içeri koştu ve çantasından çıkardığı bir kitapla geri döndü. "Bunu kullanacağız."

"Bir kitap mı?"

Westry, "Evet," dedi, ardından kitabın kapağına tutturulmuş bir kurdeleyi dışarı çıkardı. Bu kurdele ayracın amacı, okura hangi sayfada kaldığını hatırlatmaktı, ama anlaşılan Westry'nin onunla başka planları vardı. Kurdeleyi sıkıca anahtarın ucuna bağladı ve yeniden kitabın arasına yerleştirdi. "İşte," dedi kitabı basamağın altına iterek. "Gizli yerimiz."

Dalgalar şimdi kıyıya daha bir gürültüyle çarpıyordu. "Sular yükseliyor," dedi Westry. "Benimle bunu izlemek ister misin?"

Bir an için tereddüt ettim. "Sanırım artık geri dönsem iyi olur." Kitty'ye bir not bırakmamıştım ve endişelenmesinden korkuyordum.

"Haydi ama," dedi Westry. "Birkaç dakika daha kalabilirsin."

"Tamam," diyerek teklifini kabul ettim. "Sadece birkaç dakika."

"İşte," diyen Westry, birkaç adım ötede, kumun üzerindeki bir ağaç parçasını işaret etti. "Koltuğumuz."

Bir önceki gün bungalovda bulduğu şarap şişesini aldı ve çantasından bakır bir kupa çıkararak yanıma oturdu. İkimiz de kuma oturmuş ve başımızı ardımızdaki ağaç parçasına yaslamıştık. Güçlü dalgaların çarpması sonucu yumuşacık olmuştu ve oldukça rahattı. "Kadeh kaldırıyorum," dedi Westry, çok eski olan şarabı kupaya doldururken. "Bungalovun hanımına."

Kupayı bana uzatınca, çekinerek bir yudum aldım. Suratım istemsizce buruşmuştu. "Yüzyıllık ekşi şaraba."

İkimiz de dalgaların büyüsüne kapılmış bir halde otururken, uzaklarda bir kuşun şarkısı duyuluyordu.

"Senin hakkında hiçbir şey bilmiyorum," dedim, ansızın ona doğru dönerek.

"Ben de senin hakkında hiçbir şey bilmiyorum," diye karşılık verdi Westry hemen.

"Sen başla."

Westry başıyla beni onaylayarak yerinde doğruldu. "Ohio'da doğdum," diye başladı. "Orada uzun süre kalmadım. Annem kızıl hastalığından ölünce, babamla batıya, San Francisco'ya taşındık. Babam, demiryollarında çalışan bir mühendisti. Onun peşinden oradan oraya sürükleniyor, her ay farklı bir okula kaydoluyordum."

"Yani doğru düzgün bir eğitimden uzak kaldın," dedim.

Westry omzunu silkti. "Bana sorarsan, birçoğundan daha iyi bir eğitim aldım. Ülkeyi gördüm. Tren yollarının yapılışını öğrendim."

"Peki ya şimdi? Bütün bunlar bittikten sonra yeniden buraya, yani adaya dönmek istediğini söyledin. Ama muhakkak başka amaçların, daha önce ilgileneceğin başka şeylerin vardır."

Westry'nin iri gözleri hayat ve olasılıklarla doluydu.

"Tam olarak bilemiyorum," dedi. "Okuluma dönüp babam gibi bir mühendis olabilirim. Ya da Fransa'ya gider, usta empresyonistler gibi resim yapmayı öğrenirim. Belki de sadece burada kalırım." Ardından başıyla bungalovu işaret etti.

"Ah, bunu yapamazsın," dedim. "Bu çok yalnız bir hayat olurdu!"

"Neden bunu yalnızlık olarak adlandırıyorsun ki?" diye karşı çıktı Westry. "İstediğim her şeye sahip olurdum. Başımı sokacağım bir çatı... Bir yatak... Dünyanın en muhteşem manzarası... Bazıları bunu cennet olarak adlandırır."

Önümüzde uzanan bu kumsala yerleşip, burada bir aile kurmakla ilgili söylediklerini hatırladım. "Peki ya arkadaşlık?" dedim ve biraz utanarak ekledim. "Peki ya... aşk?"

Westry sırıttı. "Senin için söylemesi kolay. Senin zaten bir aşkın var."

Ayaklarıma bakıp ayakkabımın ucuyla kumda çukur kazmaya başladım. Kum o kadar sıcaktı ki sıcaklığın ayakkabımdan içeri yayıldığını hissedebiliyordum.

"Pekâlâ," diye devam etti Westry. "Onu bulacağımı sanıyorum. Oralarda bir yerlerde."

"Ya bulamazsan?" diye sordum.

"Bulacağım," diyerek kendinden emin bir şekilde bana gülümsedi.

Başımı hızla başka yöne çevirdim.

"Haydi," dedi, "şimdi de seni dinleyelim."

Sessizlik tuhaf bir hal alana dek çantamdan sarkan bir ipi çekiştirdim. "Pekâlâ, benim anlatabileceğim çok fazla şey yok."

"Eminim vardır," dedi Westry, imalı bir gülümsemeyle. "Herkesin bir hikâyesi vardır."

Başımı iki yana salladım. "Ben Seattle'da doğdum. Kendimi bildim bileli orada yaşadım. Hemşirelik diplomamı aldım ve şimdi de gördüğün gibi buradayım."

"İşte bu kadar," dedi Westry. "Üç cümleye sığdırılan koca bir hayat."

Yanaklarımın kızardığını hissettim. "Üzgünüm," dedim. "Sanırım benim hayatım seninki kadar heyecan verici değil."

Westry anlamaya çalışan gözlerle bana bakarak, "Bence blöf yapıyorsun. Nişanlı olduğun şu adam..." dedi ve parmağımdaki yüzüğü işaret etti. "Neden buraya gelmeden önce onunla evlenmedin?"

Ne cüretle bana böyle bir soru soruyor, diye geçirdim içimden. "Çünkü ben..." Cevabımın sonunu getiremeyerek sessizleştim. Bütün geçerli sebepleri düşünüyordum: Çünkü işleri aceleye getirmek istemedim; çünkü annem Olympic Otel'de büyük bir düğün istiyordu; çünkü... Gelgelelim, hiçbiri ikna edici değildi. Eğer isteseydim, tıpkı Gerard'ın teklif ettiği gibi doğruca Belediye Binası'na gider ve bu işi bir resmiyete dökerdim. Aramızda bir engel olarak duran Güney Pasifik'teki bu bir yıllık maceraya başlamadan önce, Bayan Gerard Godfrey olabilirdim. *Neden yapmadım?*

"Gördün mü?" diye devam etti Westry. "Senin de bir hikâyen var."

"İnan bana, olmayan senaryolar yazıyorsun."

Westry göz kırparak, "Göreceğiz," dedi.

Odaya döndüğümde, Kitty henüz gelmemişti. Bu yüzden akşam yemeğini haber veren yemek zili çaldığında, kışladan tek başına çıktım. Mary'yi kontrol etmek için hızlıca revire uğradığımda, onu yatağında oturmuş, bir pipetle portakal suyu içerken bulduğum için sevinmiştim.

"Selam, Anne," diye mırıldandı Mary yatağından. Hala zayıf olan sesi, canlı ve neşeliydi. Sesinde, o sabah olmayan bir güç seziliyordu.

"Selam," dedim. "Yemekhaneye gidiyorum. Sana bir şeyler getirmemi ister misin? Sulu gıdalardan bıkmış olmalısın."

"Bıktım," diye cevap verdi Mary. "Bir parça ekmek ve biraz tereyağı harika olurdu."

"Ben hallederim," diyerek gülümsedim.

Yemekhaneye giden patikaya yöneldim ve adadaki ilk gecemizde, Kitty ile çiçeklerini kopardığımız amber çiçeğinin yanından geçerek iskele görünene kadar yürümeye devam ettim. Suya batıp çıkan halatlarla karaya bağlanmış olan bir düzine kano, izinli askerlerin kendileriyle denize açılmalarını bekliyordu. Yine de Bora Bora, düşman saldırılarından uzak güvenli bir bölge olmasına rağmen çok az asker bunu yapıyordu.

Biraz daha yaklaştığımda, bir kanodan inmekte olan iki kişi fark ettim. Darmadağınık bukleler, Kitty'den başkasına ait olamazdı, fakat iskeleye çıkmasına yardım eden adam Lance değildi. Onun yerine *Albay Donahue*'nun yüzünü gördüğümde, bir an için derin bir iç çektim. Albay kürekleri kanonun içine yerleştirirken, Kitty ona tatlı tatlı gülümsüyordu. Sonra da kol kola girerek çimenlere doğru yürüdüler. Albay Donahue ona hoşça kal dedikten sonra, Kitty aceleyle kışlanın yolunu tuttu.

Peşinden koşsam mı, diye düşünsem de koşmamaya karar verdim. Ne de olsa bana randevusuyla ilgili gerçeği söylememişti. Bunu büyük ihtimalle onaylamayacağımı düşündüğü için yapmıştı ve *onaylamamıştım* da. Ama onu gizlice gözetlediğimi düşünmesine izin veremezdim. Hayır, canı ne zaman isterse o zaman söyleyecekti. Onun yerine yemekhaneye döndüm ve aşçıdan, Mary için bir tepsi hazırlamasını istedim.

◈

Ertesi sabah kahvaltı masasındayken, "Lance nasıl?" diye sordu Stella, Kitty'ye imalı bir şekilde. *Acaba o da Kitty'yi albay ile birlikte görmüş müydü?*

"İyi," dedi Kitty. Bir lastiği andıran omleti, didikleyerek isteksizce yiyordu. "Bu gece buluşacağız."

Stella, kıskandığını belli eden bir ifadeyle başını iki yana salladı. Bu hareketleri, onunla tanıştığım ilk gün tuhafıma gitmiş olsa da çok geçmeden sadece tarzının bu olduğunu öğrenmiştim. "Tanrım, erkekler konusunda şanslısın," diyerek derin bir iç çekti. "Ben Elliot'tan vazgeçtim. Aklı o kadına takılıp kalmış durumda. Ya kumsalda tek başına fotoğraf çekiyor ya da odasına kapanıp o kadınla ilgili şiirler yazıyor. Şu kadın bambaşka bir şey olmalı. Her neyse, dün gece bir pilotla tanıştım. Adı Will ve hiç de fena değil."

Elinde tepsisiyle masamıza yaklaşan Liz, tepsiyi masaya bıraktı. "Mary'nin durumu iyiye gidiyor mu?"

"Şükürler olsun ki evet," dedim. "Bugün çok daha iyi."

Ardından elinde tuttuğu bir zarfa dikkatlice göz gezdirdi. "Bu mektup, bugün onun için geldi," dedi Liz temkinli bir şekilde. "Gönderenin ismi gözümden kaçmadı. Eski nişanlısının isminin Edward olduğunu söylememiş miydi?"

Başımla onu onayladım. "Bakayım şuna."

Zarfı kaldırıp ışığa tutsam da içinde kayda değer hiçbir şey seçemedim. Fakat gönderen gerçekten de Edward Naughton idi ve mektup, Paris'ten gönderilmişti.

"Anne!" diye çıkıştı Kitty. "Mary'nin mektubunu okumamalısın. Bu özel."

"Eğer onun sağlığını tehlikeye atacağını düşünüyorsam, okuyacağım," dedim. "Dinle, bu adam son anda onunla evlenmekten vazgeçmiş ve dünyanın öbür ucundaki bir adaya kaçmasına neden olabilmişse, şimdi ondan gelen bir mektup Mary'ye neler yapabilir bir hayal et."

Diğer kadınlar başlarını sallayarak beni onaylayınca, Kitty de yumuşadı.

"Bak," dedim. "Bunu okumayacağım, sadece o hazır olana dek saklayacağım. Mary'nin kalbi zayıf durumda. Önce eski gücüne kavuşması gerekiyor. Bu mektubun, sağlığına zarar vermesine izin vermeyeceğim."

"Tamam," dedi Kitty. "Ama söz konusu aşk olduğunda, gerçekten burnunu sokmamalısın."

Bana kendi hayatıyla ilgili bir çeşit uyarıda mı bulunuyor?

Yüzümü buruşturdum ve güvende durması için zarfı elbisemin cebine yerleştirdim. *"Burnumu sokmuyorum,"* dedim doğruca Kitty'ye bakarak. "Bu bir sağlık meselesi."

Kitty tabağını bir kenara itti. "Pekâlâ, kızlar, bu fazla pişmiş yumurtalardan bir lokma daha almaya katlanabileceğimi sanmıyorum. Ben çalışmaya gidiyorum. Başhemşire Hildebrand bugün çok işimiz olduğunu söyledi."

O sabah revire doğru yürürken, Kitty'nin yorumlarından dolayı canım sıkkındı. Fakat başka adadaki bir doktorun telsizle haber gönderdiğini ve yaralı bir pilotun yolda olduğunu öğrendiğimizde, bunu tamamen unutmuştum. Sadece benim hastam olan Westry'yi saymazsak, pilot bizim ilk gerçek hastamız olacaktı.

Pilot, saat onu çeyrek geçe revire vardı. Başında şarapnel yaraları bulunuyordu ve durumu, hayal ettiğimizden çok daha ciddiydi. Pilotu ameliyat odasına getiren Kitty, doktorun hemen yanı başında çalışıyordu. Titremeyen elleriyle, kan içindeki metal parçalarını çıkarıyor ve onları, ameliyat masasının yanındaki bir tabağa bırakıyordu. Liz, kusmak için izin isteyerek ayrılsa da Kitty geri çekilmemişti. Bütün prosedürü öyle bir beceri ve rahatlıkla uygulamıştı ki doktor ondan bir saat daha kalmasını ve hastayla ilgilenmesine yardım etmesini istedi. Kitty de bu teklifi hemen kabul etti.

Mesaimiz bittikten sonra, revirin steril ortamından bir an önce kaçmak ve bungalovun huzurlu ortamında rahatlamak için sabırsızlanarak, kışlanın yolunu tuttum. Küçük bir çantanın içine bir makas, iğne-iplik ve revirin dışındaki çöp bidonunda bulduğum, rengi solmuş bir top sarı kumaşı doldurdum. Perdeler için mükemmel, diye düşünmüştüm, askerler diğer çöplerle birlikte onu da atmadan önce kumaşı yanıma alırken.

Bungalova vardığımda, Westry'nin orada olmadığını gördüm. O yüzden kitabın arasındaki anahtarı alıp kapıyı açtım ve çantamı eski, maun sandalyenin üzerine bıraktım.

Hiç vakit kaybetmeden perdelerin yapımına başladım. Pencerelerin genişliğini ölçüp duvarların boyunu ve enini hesapladım. Sonra yavru bir kertenkeleyi kovup kumaşı yere sererek kesmeye başladım. Onları ütüleyecek bir ütüm yoktu. Fakat sıcak ve nemli hava, nasıl olsa zamanla kırışıklıklarını yok edecekti.

Perdeleri dikerken, bir yandan da Westry'yi düşünüyordum. Hayat dolu, doğal ve içinden geldiği gibi yaşayan birine benziyordu. Bütün bunlar, Gerard'ın o tutarlı ve ölçülü tavırlarından öyle farklıydı ki. *Neden Gerard daha serbest ve hayatın tadını çıkaran biri olamıyor*, diye sordum kendime. İğne ve ipliğimi kumaşa batırırken fark ettim ki Seattle'dayken onunla ilgili duyduğum endişeler, tropiklerde yalnızca daha da artmış gibi görünüyordu. Bilhassa savaştan kaçınmadaki becerisi, vicdanımı sızlatmıştı. *Neden babasının isteklerine karşı gelip onurlu olan şeyi yapmadı?*

Perdeye geçirdiğim sopayı pencerenin üzerine yerleştirirken, yatağın altındaki resmi hatırladım. Resmin konusunu merak ediyordum, fakat ondan daha çok merak ettiğim şey, ressamın kendisiydi.

Kimdi burada o kadar uzun süre yaşayan? Westry gibi ruhunda macera taşıyan bir adam mıydı? Westry'nin kalan günlerini bu adada geçirişini hayal ettim. Belki de Lance ve Kitty ile pazarda karşılaştığımız o kız gibi, yerli bir kızla evlenirdi. *Adı neydi onun? Evet, Atea. Peki ya sonra, mutlu olur muydu? Onun gibi bir kadın, Westry'yi mutlu edebilir miydi?* Kendi kendime sırıttım. *Evet, kuşkusuz bir bakıma mutlu olurdu, ama aynı entelektüel seviyede olurlar mıydı?* Tutku kaybolup gitse de aşk devam ediyordu. Kitty'nin inanmasını istediğim şey de buydu.

Bungalova karanlık çöktüğünde, pencereden dışarı baktım. Gökyüzünde beliren gri, yağmur dolu bulutlar, altlarındaki kara parçası istese de istemese de, onu ıslatmaya hazır görünüyorlardı. Westry'nin bungalova geldiğini görmeyi umarak kumsala bir göz gezdirdim. Tam da o sırada posta kutusunu, daha doğrusu köşedeki gıcırdayan döşemeyi hatırladım. Tahtayı kaldırıp içine göz attığımda beyaz bir zarf dikkatimi çekti.

Zarfı heyecanla yırtarak açtım.

Sevgili Bayan Cleo Hodge,

Herhalde Bayan Cleo Hodge'un kim olduğunu merak ediyorsundur. Pekâlâ, hayatım, o sensin. Bulunma ihtimalimize karşı, birer kod isime ihtiyacımız olduğunu düşündüm. Savaş zamanında yaşadığımızı unutmayalım. İşte bu yüzden sen Cleo olacaksın, ben de Grayson. Ne dersin? Soyadımızı Quackenbush olarak düşünmüştüm, ama o zaman birbirimize her hitap edişimizde gülmekten yerlere yuvarlanacak ve hiçbir iş yapamayacaktık. O yüzden, eğer daha iyi bir önerin yoksa, bundan böyle Hodgelar olacağız.

Sevgilerimle,
Bay Hodge

Not: Çekmeceye bak. Seni bir sürpriz bekliyor.

Kendi kendime kıkırdayarak çekmeceyi açtım ve bir portakalla karşılaştım. Parlak ve pürüzlü kabuğu, maun çekmecenin koyu renkli zemininde harika görünüyordu. Onu burnuma götürüp kokusunu içime çektikten sonra, mektubu ters çevirip Westry'ye bir not yazmaya başladım:

Sevgili Bay Grayson Hodge,

Bugün, beğeneceğini umduğum perdeler üzerinde çalıştım. Sence de bir kilime ihtiyacımız yok mu? Şöyle hoş, oryantal bir şey? Peki ya bir kitaplığa ve yatak dışında oturacak bir şeye ne dersin? Belki de, eğer şanslıysak, kıyıya bir kanepe falan vurur. Bu arada portakal için teşekkürler, harikaydı.

Sevgilerimle,
Bayan Hodge

Not: Hayal gücün olağanüstüymüş. 'Quackenbush' ismini de nereden buldun öyle? Kahkahalarımı zor tuttum.

Notu döşemenin altındaki boşluğa bırakıp kapıyı ardımdan kilitledim. Geldiğimden bu yana başlayan rüzgâr hızını arttırmıştı ve şimdi daha da kararmış olan bulutlar, yağmurlarını her an boşaltmakla tehdit ediyorlardı. Portakalımın parçalarını ufak ufak dişleyerek aceleyle kumsala yöneldim.

Yakınlardaki çalılıklardan gelen bir hışırtı sesiyle aniden irkildim. Duyduğum bu ses, bedenimdeki her kasın, her sinirin adeta taş kesilmesine neden olmuştu. *Neydi bu? Biri beni mi takip ediyor?*

Ormanın sınırına doğru birkaç adım atarak bekledim. İşte yine o ses. *Hışırtılar ve belli belirsiz sesler...* Sessizce yaklaşıp büyük bir palmiye ağacının arkasına gizlendim ve gözlerimi kısarak baktım. Gür orman bitkilerinin gölgesinde iki kişi görünüyordu; bir erkek ve bir de kadın. Derken gözüme bir asker kıyafetinin kolu ve çıplak bir kadın bacağı ilişti. Palmiyeden geri çekilip parmaklarımın ucuna basarak tekrar kumsala yöneldim. Adımlarımı sıklaştırmış bir şekilde yürürken, her fırsatta omzumun üzerinden ardıma bakıyordum.

Odaya vardığımda, Kitty'nin içeride olmadığını görerek hayal kırıklığına uğradım.

Altıncı Bölüm

"Adaya gelişimizden bu yana iki ay geçtiğine inanabiliyor musun?" diye sordu Mary, hayretler içerisinde. Yanakları gül pembesiydi. Yüzüne tekrar renk ve canlılık geldiğini görmek güzeldi. Yatak istirahatını sürdürmek yerine sabah vardiyasında çalışmak için ısrar etmiş, Başhemşire Hildebrand'ın kendisine izin verdiğini söylemişti. Arada bir ellerinde oluşan titremeye rağmen güç kazanmaya devam ediyordu ve o sabah, aşılar için bana yardım etmeye hevesle gönüllü olmuştu.

"Ne demek istediğini anlıyorum," dedim. "Bazen sanki daha dün gelmişiz gibi hissediyorum." Kahvaltıdan sonra askerlere enjekte edeceğimiz minik aşı şişelerini saymak için durakladım. "Yine de daha şimdiden çok fazla şey yaşadık. Kendimi, adaya vardığımız ilk gün uçaktan inen o kız gibi hissetmiyorum."

Mary başıyla onayladı. "Ben de. Geride bıraktığımız hayatı hayalimizde canlandırmak çok zor."

Bir iç çektim. "Gerard'ın sesini neredeyse unuttum. Bu korkunç bir şey, değil mi?"

"Pek sayılmaz," dedi Mary. "Onu hâlâ seviyorsun."

"Evet, elbette," dedim, biraz fazlaca vurgulayarak. Henüz vakit ayırıp da ona yazmadığım için kendimi suçlu hissediyordum.

"Ben de neredeyse Edward'ın sesini unuttum," diye ekledi Mary. "Ama bu kesinlikle korkunç bir şey değil." Mary bu sözlerinin ardından sırıtınca, başımı sallayarak onu onayladım.

O an Mary'den sakladığım mektubu hatırladım. *Artık buna hazır mıdır?* Aşıları paketlerinden çıkarıp tepsilere dizerken, bir şarkı mırıldanıyordu. *O mektup her şeyi mahvedebilir.*

"Kitty nerede?" diye sordu Mary. "Onu bu sabah burada gördüğümü sanmıştım."

"Ah, burada," dedim. "Birlikte gelmiştik."

"Hayır," diye gürledi Başhemşire Hildebrand'ın sesi. "Kendini iyi hissetmediğini söyleyince, onu kışlaya geri yolladım."

Çok tuhaf, diye geçirdim içimden. *Bu sabah gayet iyi görünüyordu.* Yanlış şeyler düşünmemeye çalışıyordum, fakat Kitty adaya ayak bastığımız ilk günden beri çok garip davranır olmuştu. Örneğin, bir yere gideceğini söyleyip başka bir yerden çıkıyor, benimle kahvaltıda ya da öğle yemeğinde buluşacağına söz verip, sonra da ortadan kayboluyordu. Albay Donahue'dan çok nadir bahsediyordu ve ona, kayık gezilerine şahit olduğumdan hâlâ söz etmemiştim. O sayfa çoktan kapanmışa benziyordu. Fakat şimdi de Lance ile çok fazla vakit geçirir olmuştu. Dün neredeyse gece yarısına kadar dışarıda gezip tozmuşlardı. Kitty nihayet gelip yatağına devrildiğinde, uykumdan uyanmış ve uykulu bir halde saate göz atmıştım.

"Etrafta dolanıp duran şu virüse yakalanmış olmalı," dedi Mary. "Berbat bir mide hastalığı."

Kitty'nin midesinden rahatsız olduğuna inanmıyordum. Hayır, başka bir şeyler dönüyordu. Revirdeki mesaimiz doğru düzgün konuşmamıza fırsat vermiyordu, çünkü savaşın yoğun olduğu civardaki adalardan daha fazla yaralı asker gelir olmuştu. Karşılaştığımız yaralar, artık çok daha ağırdı. Bıçak yaraları... Silahla karnından vurulanlar... Ve daha dün, acilen kesilmesi gereken neredeyse kopmuş bir bacak. Yaralılarla yoğun bir şekilde ilgilenmek, bütün günümüzü alıyordu. Mesaimiz sona erdiğinde ise tıpkı fareler gibi gizli yuvalarımıza dağılıveriyorduk. İyi ama Kitty'nin yuvası neredeydi?

Diğer hemşireleri düşündüm. Dinlenme salonunda çok fazla zaman geçirmeye başlayan Stella, bilardo –daha doğrusu bilardo oynayan Will– gibi yeni ilgi alanları edinmişti. Tabii, Liz de büyük bir görev duygusuyla onun peşine takılıyordu. Revirdeki vardiyasından sonra fazla enerjisi kalmayan Mary, kışlaya dönüp kitap okuyor ya da arkadaşlarına mektup yazıyordu. Bense gizlice bungalova kaçıyordum. Westry bazen orada oluyor, bazen de olmuyordu, ama her zaman onu orada bulmayı umuyordum.

"Mektup var!" diye bağırdı hemşirelerden biri revirin kapısından.

Mary'yi aşılarla baş başa bırakıp, mektup ve paketlerle dolu olan tahta sandığa yöneldim. Adaya nadiren posta gelmesine rağmen şimdi önümde adeta bir mektup dağı duruyordu. Sandığı çekerek masaya yaklaştırdığımda, mektuplardan bazıları yere döküldü. O kadar çok posta vardı ki gizli dünyamıza sızan denizaltılar gibiydiler.

Stella'ya beş, Liz'e üç, Kitty'ye ise yalnızca iki mektup gelmişti ve ikisi de annesindendi. O sırada bana gönderilmiş bir mektup gözüme çarptı. Elyazısını görür görmez kalbimde tanıdık bir heyecan hissettim. *Gerard.*

Stella veya başka hemşirelerin yaklaşma ihtimaline karşı gizlediğim mektubu, dikkatlice açtım.

Aşkım,
Burada yapraklar renk değiştiriyor ve seni çok özledim. Neden tekrar gitmek zorundaydın ki?
Seattle'da bir değişiklik yok, tıpkı bıraktığın gibi. Sadece buralar sensiz çok daha ıssız. Sanırım savaşın yalnızlık faktörüyle yakından bir ilgisi var. Herkesin tek konuşabildiği bu. Senin için endişeleniyorum. Pasifik'te büyük bir çarpışma olacağını duydum. Adanızın bundan etkilenmemesi için dua ediyorum. Buradakiler, o adaya dokunulmayacağına inanıyorlar. Haklı olmalarını ümit ediyorum.
Savaş, en iyilerimizi aramızdan aldı. Cabaña Kulüp'ü görsen, tanıyamazsın. Terk edilmiş bir yer gibi. Eli ayağı tutan her erkek ya orduya yazıldı ya da çağrıldı. Ve bilmeni isterim ki babamın beni korumak için yaptığı onca şeyden sonra bile, acaba ben de katılmalı mıyım diye düşünmeden edemiyorum. Bu, yapılacak en doğru şey olurdu. Bir sonraki askeri birlik 15 Ekim'de yola çıkıyor ve muafiyetimi bir kenara bırakıp onlara katılmayı düşünüyorum. Avrupa'ya açılmadan önce California'da iki haftalık bir temel eğitimden geçeceğim.
Lütfen benim için endişelenme. Sana sık sık mektup yazacak ve yeniden bir araya geldiğimiz günün hayalini kuruyor olacağım.
Seni tüm kalbimle seviyor ve tahmin edemeyeceğin kadar çok düşünüyorum.

Seni çok seven,
Gerard

Mektubu kalbimin üzerine bastırarak gözlerimi sıkıca kapadım. Gerard'ın vatan sevgisi beni her ne kadar mutlu etmiş olsa da onun tehlikede olduğunu düşünmekten nefret ediyordum. Derken, mektubun gönderildiği tarih ile bana ulaştığı tarih arasındaki farkı düşünerek irkildim. *Gerard şu an bir savaş meydanında olabilir mi? Peki ya...?*

Bir sandalyeye çöküp gözyaşlarımı diğerlerinden saklamaya çalışırken, sırtımda bir el hissettim. "Sorun ne tatlım," diye sordu Mary usulca.

"Gerard," dedim. "Sanırım orduya katılmış."

Mary, beni teselli etmek için hafifçe sırtıma vurdu. Gözyaşlarım elimdeki buruşmuş kâğıda damlıyor, Gerard'ın o güzel elyazısını dağıtarak siyah birer mürekkep lekesine dönüştürüyordu.

"Sence bir askerin eşi olmak, nasıl olurdu?" diye sordu Kitty, o gece yatmadan önce. Ben beceriksizce kitap okumaya çalışırken, Kitty pembe, pamuk geceliğiyle yatağında oturmuş, sarı buklelerini tarıyordu... ve kendini iyi hissettiği her halinden belliydi.

Kitabı bir kenara koydum. "Şimdiden Lance ile evlenmeyi düşündüğünü söylüyor olamazsın, değil mi?"

Kitty cevap vermeyip saçlarını taramaya devam etti. "Herhalde öyle bir hayat tarzının birçok avantajı olurdu," dedi. "Sürekli seyahat ve macera."

"Kitty, ama onunla daha yeni tanıştın."

Artık konuşmak için yalnızca akşamları vakit bulabiliyorduk. En azından Kitty'nin Lance ile dışarı çıkmadığı akşamlar...

Kitty saç fırçasını komodinin üzerine bırakıp yatağına girdi. Sonra da örtüsünü boynuna kadar çekip benden yana döndü. "Anne," dedi. Sesi çocuksu, meraklı, toy ve heyecanlıydı. "Gerard'ın senin için doğru kişi olduğunu, en başından beri biliyor muydun?"

Soru, beni Seattle'da olduğumdan daha da hazırlıksız yakalamıştı. "Şey, evet, elbette biliyordum," dedim, Gerard'ın mektubunu hatırlayarak. Ona olan bağlılığım, o mektupla birlikte daha da artmıştı. "Biliyordum işte."

Kitty başıyla beni onayladı. "Sanırım ben de aynı şeyleri hissediyorum," dedi ve ben başka soru sormadan önce, başını duvara döndürdü. "İyi geceler."

Westry, bir aydır başka bir adada görevliydi. Nihayet 27 Kasım'da döndüğünde, onunla karşılaşma umuduyla kışlasının yakınlarındaki patikada bekliyor ve amber çiçeği topluyormuş gibi yapıyordum. Günlerden çarşambaydı, Şükran Günü'ne ise sadece bir gün kalmıştı ve kamptaki konuşmalar yalnızca iki şey etrafında dönüyordu: Hindi ve kızılcık sosu.

"Hey, sen, hemşire!" diye bağırdı bir asker, üçüncü katın penceresinden. "Sence hindi yiyecek miyiz?"

"Oradan bakınca aşçıya mı benziyorum?" diye cevap verdim, alaycı bir şekilde.

En fazla on dokuz yaşında olan asker, sırıtarak içeri girdi. Buradaki erkeklerin tarzına ve savaşa alışmam aylarımı almıştı. Artık eskisi gibi çekingen değildim ve bana dişini gösterene diş gösteriyor, yakışıksız laflara aynı şekilde karşılık veriyordum. Annem bu halimi görecek olsa, çılgına dönerdi.

Yirmi dakika süren çiçek toplamanın ardından Westry görünmeyince, buruk bir kalp ve bir çanta dolusu amber çiçeğiyle kışlanın yolunu tuttum.

"Mektup geldi," dedi Kitty yatağa bir zarf atarak. "Annenden."

Omzumu silktim ve Kitty, kapının yanına bıraktığım çiçek dolu çantaya göz atarken, mektubu elbisemin cebine sokuşturdum. "Bunlar muhteşem," dedi. "Haydi, onları suya koyalım."

"Yaşamazlar ki," dedim. "Sabaha kadar solmuş olurlar."

"Biliyorum," dedi. "Ama *şu an* çok güzel görünmüyorlar mı? Tıpkı her zaman oldukları gibi."

Başımı olumlu anlamda salladım. Keşke ben de Kitty gibi anlık güzellikleri görebilseydim. Bu, Tanrı vergisi bir yetenekti.

Kitty bir adım geriledi ve parlak, kırmızı çiçeklerle dolu eğreti vazoya hayranlıkla baktı. Biz akşam yemeğinden dönüp, komodinin üzerine göz atıncaya kadar solmuş olacaklardı. "Az kalsın unutuyordum," dedi Kitty. "Bana da evden bir mektup var. Babamdan."

Zarfın ucunu yırtarak çıkardığı mektubu, gülümseyerek okumaya başladı. Derken kaşları çatıldı ve yüzündeki tebessümün yerini bir dehşet ifadesi aldı. Gözyaşları, yanaklarından yavaşça süzülmeye başladı.

"Ne oldu?" diye sordum yanına koşarak. "Ne yazıyor?"

Kitty, kendini yatağa atarak yüzünü yastığa gömdü.

"Kitty," diye üsteledim, "söylesene."

Yerinden kımıldamayınca, yere düşen mektubu aldım ve babasının kaleminden dökülen kelimeleri kendim okumaya başladım.

Tatlım, bilmelisin ki Bay Gelfman, eylül ayında savaş için Avrupa'ya gitti ve korkarım orada öldürüldü. Bunun, senin için duyması zor bir haber olduğunu biliyorum. Annen sana bundan bahsetmememi istedi, fakat ben bilmen gerektiğini düşündüm.

Mektubu Kitty'nin makyaj masasının çekmecesine tıkıştırdım. *Lanet olası mektuplar*, diye geçirdim içimden. *Neden bu şekilde gelip hayatımıza giriyorlar ki? Mektuplar gelmeye başlamadan önce ne güzel geçinip gidiyorduk.* "Kitty," dedim, yüzümü yüzüne yaslayarak. "Çok üzgünüm."

"Sadece yalnız kalmak istiyorum," dedi usulca.

Yemekhane zilinin çaldığını duyunca, "Sana yemek getireceğim," dedim.

Kitty hıçkırarak, "Aç değilim," diye mırıldandı.

"Yine de getireceğim."

Tabağıma tepeleme patates püresi doldurduktan sonra, aşçının izniyle Kitty için de fazladan bir tabak istedim. Ardından dilimlenmiş havuç ve haşlanmış domuz budundan aldım. Et oldukça kuru görünse de hiç değilse konserve değildi. Bu yüzden bile sevinmeye değerdi.

Stella ve Mary hemşirelerin masasından bana el sallayınca, başımı sallayarak yanlarına yürüdüm. "Odaya götürmek için Kitty'ye ve kendime birer tepsi alıyordum. Kitty bugün evden bir mektup aldı. Kötü bir mektup."

Mary kaşlarını çatarak, "Bunu duyduğuma üzüldüm," dedi. "Yine de birkaç dakikalığına oturamaz mısın? Bütün o patikayı elinde iki tepsiyle birden yürüyemezsin. Tökezlersin. Neden önce kendin yemiyorsun?"

Biraz düşündükten sonra kabul ederek Mary'nin yanına oturdum.

"Bugün kışlada kavga çıkmış diyorlar," dedi Stella sessizce. "Bu ada gerçekten de erkeklerin sinirini bozuyor."

"Hepimizin sinirlerini bozuyor," diye cevapladım, kart eti kör bir bıçakla dilimlemeye çalışırken.

Stella başını sallayarak beni onayladı. "Bugün pazarda Lance'i gördüm. Kolunu o kıza dolamıştı, hani şu yerli kız."

Kitty burada olmadığı için sevinmiştim. Bir gün için yeterince kalp acısı çekmişti. *"Atea'*yı diyorsun," dedim. "Onun bir adı var." Stella'nın, adanın yerli nüfusunu ciddiye almaması sinirlerimi bozuyordu.

"Herhalde ismi oydu," dedi Stella omzunu silkerek. "Lance kesinlikle ondan hoşlanıyor."

Mary kararsız görünüyordu. "Ah, Stell," dedi. "Sırf sigaralarını o kızdan alıyor olması, onunla ilişkisi olduğu anlamına gelmez."

Stella yine omzunu silkerek, "Ben sadece size ne gördüğümü söylüyorum," dedi.

Zavallı Kitty, diye geçirdim içimden. *Ona söylemeyeceğim. Henüz değil. Zamana ihtiyacı var.*

"Pekâlâ, kızlar," diyerek Kitty'nin tepsisini aldım. "Ben Kitty'nin yemeğini götürmeye gidiyorum."

"İyi geceler," dedi Mary.

Stella ise tamam dercesine başını sallayıp dişlerini peksimetine batırdı.

Tepsiye üşüşen sinekleri elimle kovalayarak yürürken, erkeklerin kışlasının önünde bir anlığına durakladım. Boş yere, Westry'yi pencereden dışarıyı seyrederken bulmayı umuyordum. Acaba yatağı ikinci katta mıydı, yoksa dördüncü mü? İkinci katta gezinen gözlerim, binanın ortasındaki açık bir pencereye takıldı. İçeride bir gürültü ve hareketlilik vardı. *Bir kavga.* "Emredersiniz, komutanım!" diye çınladı bir ses. "Lütfen, efendim!" Bu, *Westry*'nin sesiydi.

Tanrım! O, yaralı. Dayak yiyor. Tepsiyi bir bankın üzerine bırakıp kışlanın girişine yürüdüm. Ona yardım etmek zorundaydım. Ama nasıl? Kadınların içeri girmesi yasaktı. Çaresizlik içinde basamaklarda durmuş, tokat, yumruk ve kırılan mobilya seslerini dinliyordum. *Dur. Bu şey, durmak zorunda.*

Bir süre sonra sesler kesildi. Bir kapı çarparak kapandı, ardından sert ayak sesleri önce koridor, sonra da girişe uzanan basamaklar boyunca yankılandı. Kanlı elini sıkıca kavrayarak kapıda beliren Albay Donahue'yu gördüğümde, midemin bulandığını hissettim. Yakınımdaki bir amber çiçeği ağacının arkasına gizlendim ve onun doğruca revire gidişini izledim.

Kalbim deli gibi çarpıyordu. "Westry!" diye seslendim, panik içinde. "Westry!" Bu kez daha yüksek bir sesle ve sesimi açık pencereden içeri duyurmaya çalışarak seslenmiştim.

Ancak sessizlik dışında hiçbir cevap yoktu. Olabilecek en kötü şeyin olmasından korkuyordum.

Çoğu askerin hâlâ yemek yediği yemekhaneye koştum ve Elliot'ı, girişe yakın bir masada otururken buldum. Göz göze geldiğimizde, elimle yanıma gelmesini işaret ettim.

"Ne oldu, Anne?" diye sordu Elliot, yakasına astığı peçeteyi çıkarırken.

"Westry," diye fısıldadım. "Dayak yedi. Albay Donahue onu dövdü. Odasında. Baygın olabilir." Kelimeler ağzımdan ardı ardına dökülüyordu.

Elliot'ın gözleri iri iri açılmıştı. "Hemen gidiyorum," diyerek çift kanatlı kapıyı itti ve patikaya doğru son sürat koşmaya başladı.

Kışlanın önünde uzun süredir bekliyordum. Ya volta atıyor ya da ikinci kata göz gezdirerek pencerenin ardında bir şeyler görmeye çalışıyordum. Derken kapı açıldı ve Elliot dışarı çıktı.

"Oldukça kötü dövülmüş," dedi. "Alnındaki yarığın dikilmesi gerekecek."

"Öyleyse neden aşağı gelmiyor?" diye sordum.

"Gelmeyecek," diye yanıtladı Elliot.

"Anlamıyorum. Albay Donahue, ona bunu neden yaptı?"

"Bundan bahsetmiyor," diyerek albayın çıktığı patikaya baktı. "Ama kötü bir şey olmuş olmalı. Anlaşılan, ters giden şeyler var."

Elimle alnımı ovuşturdum. "Peki, onunla kalabilir misin? İyi olduğundan emin olup, yarasının dikilmesi için onu revire getirmeye çalışır mısın?"

Elliot, evet dercesine başını salladı. "Elimden geleni yapacağım," diyerek tekrar kapıya doğru döndü.

"Teşekkürler," dedim. "Ve Elliot?"

"Efendim?"

"Ona onu özlediğimi söyle."

Elliot sırıttı. "Bu hoşuna gidecek."

Odaya döndüğümde Kitty'nin yemeği soğumuştu, ama bunun bir önemi yoktu. Kitty ise hâlâ yemeyi reddediyordu.

"Senin için yapabileceğim bir şey var mı, tatlım?" dedim, yumuşacık buklelerini okşayarak.

"Hayır," dedi uysalca. "Sadece yalnız kalmaya ihtiyacım var."

"Peki," dedim, biraz incinmiştim. "Anlıyorum."

Güneş çoktan batmıştı, fakat gökyüzündeki ay, büyüleyici bir ışık saçıyordu. Gözlerim, sırt çantama takıldı. *Bungalov.* Olmam gereken yer orasıydı; bunu kalbimde hissedebiliyordum.

"Kitty," dedim usulca, bir yandan da çantama bir kitap koyuyordum. "Ben biraz dışarı çıkıyorum."

Kitty cevap vermedi ama onu suçlayamıyordum.

"Birazdan dönerim," diyerek kapıyı ardımdan kapattım.

Her zamankinden kuvvetli esen rüzgâr, saçlarımı darmadağın ederken, bungalova giden kumlu yolda güçlükle ilerliyordum. Nihayet vardığımda, kapıyı açıp yatağa uzandım. Geçen hafta dolabımızın en üst rafında bulup getirdiğim yeni yorgan, yorgun bedenimi sıcak ve rahat hissettirmişti. Bu defa posta kutusunu kontrol etme gereği duymadım. Westry döndüğünden bu yana, burayı ziyaret edecek kadar vakti olmamıştı. Ve şimdi de yatakhanesine kapanmış, yaralarını sarmakla meşguldü. Albay Donahue'nun gaddarlığını düşündükçe tüylerim ürperiyordu. *Neden ona bu kadar zarar vermişti ki?* Sebebi ne olursa olsun, Westry'nin bunu hak etmediğinden emindim.

Yastığı başımın arkasına yerleştirdim ve cebimden, annemin gönderdiği mektubu çıkardım.

Kıymetlim Anne,

Sana bu kötü haberi vermek zorunda olan kişi ben olduğumdan, bu mektubu kalbim buruk bir şekilde yazıyorum. İnan bana, sana bu haberi vermeli miyim, yoksa sen dönene kadar beklemeli miyim diye uzun süre düşünüp taşındım. Fakat artık bilmen gerektiğine karar verdim.

Babanı terk ediyorum. Durumlar, bir mektupla açıklanamayacak kadar ciddi. Sadece şunu söyleyeceğim; ayrılığımıza rağmen, seni her zaman çok seveceğim. Eve döndüğünde, sana her şeyi açıklayacağım.

Gerard ile evliliğin, benimkinden çok daha aşk dolu olsun. Seni çok seviyorum. Umarım bu haber seni çok üzmemiştir.

Sevgilerle,
Annen

Tuzlu gözyaşları yüzünden gözlerimin yandığını hissedebiliyordum. *Babamı terk ediyor. Zavallı babam. Bunu nasıl yapabilir?* 'Gerard ile evliliğin, benimkinden çok daha aşk dolu olsun.' *Ne kadar boş bir laf bu böyle?*

Kumsalda duyduğum bir sesin ardından, bungalovun kapısı yavaşça gıcırdayarak açıldı. Westry'nin yüzünü görmemle birlikte, kalp atışlarım da normale döndü.

"Burada olmanı umuyordum," dedi Westry gülümseyerek.

"Şu haline bak!" diye bağırdım. Çekingenliğimi bir kenara bırakıp, yanına koşarak yanağını okşadım. "Albay Donahue bunu sana neden yaptı?"

"Dinle," dedi Westry, kararlı bir şekilde, "bir şeyi açıklığa kavuşturmalıyım. Bugün Albay Donahue'yu görmedin."

"Ama ben onu-"

"Hayır," diye diretti Westry. "Görmedin."

"Ama Westry, neden?"

Westry, kendi içinde çelişkili ve dertli görünüyordu. "Lütfen bir daha bundan bahsetme."

Kaşlarımı çattım. "Anlamıyorum."

"Böyle olmak zorunda," dedi. "Bir gün anlayacaksın."

Işık yüzüne vurduğunda, yaralarının ne kadar ciddi olduğunu gördüm.

"Seni revire götürmeme izin vermek zorundasın."

Westry muzip bir ifadeyle gülümsedi. "Burada kendi hemşirem varken, neden bunu yapayım ki?"

Gülümseyerek sırt çantama uzandım. "Pekâlâ, bunun içinde bir ilk yardım çantası olacaktı." İçinde başlıca ilk yardım malzemeleri bulunan küçük, beyaz kutuyu buluncaya kadar çantamı karıştırdım. Sonra yarayı dikmek için gerekli olan malzemeleri alıp, beyaz bir paketi açarak içinden alkollü bir bez çıkardım. "Bu biraz acıtabilir."

Westry'nin elini tutup onu yatağa götürdüm. Tenlerimiz birbirine değdiğinde, içimde yine o tanıdık çarpıntıyı hissetmiştim. *İkimiz de burada otursak ne olur ki?* "Şimdi," dedim, ikimiz de yatağa oturduktan sonra, "kıpırdama."

Elliot haklıydı. Alnındaki yara oldukça derindi ve onu dikebilecek kadar becerikli olduğum konusunda kendime güvenemiyordum. "Kötü görünüyor," diyerek, alkollü bezi hafifçe yarasına bastırdım. Westry acıyla irkilerek geri çekildi ama bir şey söylemedi.

"Biliyorsun, revirde lokal anestezik merhemimiz var," dedim gergin bir ses tonuyla. "Haydi, oraya gidelim. Senin için daha acısız olur."

Tam ayağa kalkıyordum ki Westry elimi tutarak beni geri çekti. "Gitmek istemiyorum," dedi. "Kalmak istiyorum. Tam burada."

Derin bakışları oldukça etkileyici ve hassastı. Başımı olumlu anlamda sallayıp dikiş setini aldım. "Tamam, ama bu biraz acıtabilir."

Ben iğneyi art arda batırırken, Westry gözlerini karşıdaki duvara dikmiş öylece bakıyordu. Yarayı kapatmak için iğneyi üç kez batırmam yetmişti. Dikişi sıkıca tutturduktan sonra, ipin ucunu makasla kestim. "İşte," dedim. "O kadar da kötü değildi, değil mi?"

Westry başını iki yana sallayarak, "Sen doğuştan hünerlisin, Cleo Hodge," diye takıldı. Endişeli bir ifadeyle gözlerimin içine bakınca, önce gülümsedim, sonra da hızla başımı çevirdim.

"Ağlamışsın," dedi. "Neden?"

Annemden gelen mektubu düşündüm. "Sadece evden gelen, sinir bozucu bir mektup."

"Ne diyor?"

Bir an tereddüt ettim. "Mektup annemdendi. Annem" –yeniden ağlamamak için kendimi zor tutuyordum– "babamdan ayrılıyor."

Westry uzanıp beni kendine çekti ve kollarını bana doladı. Başım, bir anda göğsüne yaslanmıştı. Kendimi korunmuş, çevrelenmiş hissediyordum. "Çok üzgünüm," dedi. İkimiz de uzun bir süre tek kelime etmedik. Westry'nin ağzından çıkan o kelimeler, küçücük bungalovun içinde yankılanarak bir süre havada asılı kaldılar.

Başımı kaldırıp Westry'ye baktım. Buradaydı. Şimdi. Hemen şu an. Ve o an, başka hiçbir şeyin önemi yoktu.

Westry'nin elleri, kollarımdan omuzlarıma çıkıp, oradan da boynumda ve yanaklarımda gezindikten sonra, yüzümü kendine çekerek yüzüne yaklaştırdı. İçimde yeni bir kıpırtı hissediyordum. Dudaklarını, nazik ve kusursuz bir şekilde dudaklarımla buluşturdu. Beni biraz daha kendine çektiğinde, kalan direncim de kırılıp yok olmuştu.

Westry beni kollarına almış, özenle kucaklıyordu. 27 Kasım... Bu, yalnızca takvimdeki bir rakamdan ibaret olan oldukça önemsiz bir tarihti. Fakat benim için hayat değiştiren özel bir gündü. Bugün, Westry'yi sevmeye başladığım gündü.

Yedinci Bölüm

Noel Arifesi'nde olduğumuzu hesaba katarsak, güneş hiç de adil olmayan bir şekilde erkenden batmıştı. Annem, şimdi evin girişindeki devasa köknar ağacını süslüyor olurdu. Ağacın kokusunu bile duyabiliyordum. Oysa tüm bunlar bir hayal ürünüydü çünkü görünürdeki tek şey palmiyelerdi ve annem evden ayrılmıştı. En son mektubunda, New York'ta bir daire tuttuğu yazıyordu.

Neşeli bir adam olan babamın, yılın bugünlerinde nasıl olduğunu düşündüm. Noel şarkıları söyleyenlere, kocaman kulplu bardaklarda sıcak elma şarabı dağıtır, Maxine'in poğaça ve kurabiyelerini ağzına tıkıştırırdı. *Maxine*. Bana neden hiç mektup yazmadığını merak ediyordum. Gerçi artık adaya çok nadir mektup gelir olmuştu ve kadınlar, her öğleden sonra posta getiren cipi görmeyi dört gözle beklerlerdi.

Beni en çok endişelendiren şey ise Gerard'dan haber alamayışımdı. Öte yandan Gerard'ın sessizliği, Westry'ye olan hislerimin rahatça çoğalmasına olanak sağladığından, bu durumu bir bakıma hoş karşılıyordum. Yine de her gün onun için endişeleniyor ve onu soğuk bir harp meydanında,

Amerika için savaşırken hayal ediyordum. Benim için savaşırken...

Kitty, bundan hiç bahsetmese de Bay Gelfman'ın ölümünü artık kabullenmişti. Onun yerine, tüm benliğini Lance'e veriyordu. Onunla buluşmak için sık sık gizlice sıvışıyor ve geç saatlere kadar dışarıda kalıyordu. Ama ben kimdim ki onu yargılayacaktım?

Ve işte ansızın Noel Arifesi gelip çatmıştı. O gece küçük kilisede yapılacak olan mum yakma töreninden önce kumsala inecek vakit bulabilmiştim. Böylece Başhemşire Hildebrand'ın, beni yeni gönderilen malzeme kutularını açmam için görevlendirmesine fırsat kalmadan doğruca bungalova kaçtım.

Bungalovu boş bulduğumda hayal kırıklığına uğradım. Son bir ay içinde Westry üç kez göreve gitmişti ve onu çok az görebilmiştim. Döşemenin altındaki posta kutusunu kontrol ettim ve orada beni bekleyen bir zarf bulunca, kendi kendime kıkırdadım.

Canım Cleom,

Mutlu Noeller hayatım. Son zamanlarda çok sık görüşemediğimiz için üzgünüm. Birlik komutanım, bizi adeta bir köle gibi çalıştırıyor. Bu yüzden sadece bu sabah kaçma şansı bulabildim. Aslında seni burada görmeyi ümit ediyordum, ama nerede bende o şans. O yüzden Noel hediyeni buraya bırakıyorum. Belki bir gün, birlikte gerçek bir Noel kutlarız.

Sevgilin,
Grayson

Son satırı bir kez daha okurken, gözlerim yaşlarla dolmuştu. 'Belki bir gün, birlikte gerçek bir Noel kutlarız.' *Kutlar mıyız?* Bu fikir, korkutucu olduğu kadar heyecan vericiydi de. Döşemenin altında bekleyen küçük kutuyu aldım ve üzerindeki kırmızı kurdeleyi hızla çözmeye başladım. Kutu, muhtemelen yemekhaneden çalmış olduğu alüminyum folyoyla güzelce paketlenmişti. Kapağı kaldırınca, ince bir zincirin ucunda asılı olan altın, oval bir madalyonla karşılaştım. Madalyonun içi boştu, fakat arkasındaki yazıda şöyle yazıyordu: *Grayson ve Cleo.*

Gülümsedim ve zinciri gururla boynuma astıktan sonra, çantamdan bir kalemle kâğıt çıkardım.

Canım Grayson,

Kolye için teşekkürler. Çok sevdim. Biliyor musun, 21 yaşına gelene kadar hiç madalyonum olmamıştı ve hep bir tane olsun istemiştim. Onu taşımaktan gurur duyacağım. Aslında, onu bir daha çıkaracağımı düşünmüyorum. İçine ne koyacağımla ilgili kafamda türlü düşünceler var. Karar vermeme yardımcı olman gerekecek.

Seni çok özledim, ama burada olmak acımı biraz olsun dindiriyor. Ayrı olduğumuz zamanlarda bile seni burada bulabiliyorum. Varlığın, bu dört duvar arasında dolaşıyor ve içimi ısıtıyor.

Mutlu Noeller.

Sevgilerimle,
Cleo

O akşam posta arabası Noel Arifesi ayininden hemen önce geldi. Bilhassa annemin o şaşırtıcı, sarsıcı mektubundan sonra, sandığa şüpheyle ve dikkatlice göz gezdirdim. Babamı hiçbir açıklama yapmadan terk etmişti. Hikâyenin muhakkak bundan fazlası da vardı.

"Bugün sana sadece bir tane gelmiş, tatlım," dedi Mary, pembe bir zarfı bana uzatarak.

Pembe. Bir an kalbimin ferahladığını hissettim. Mektup kesinlikle Gerard'dan değildi. Duyduğum bu rahatlık hissinden dolayı kendimden nefret ediyordum. Bunun sebebi, ondan haber almak *istemeyişim* değildi. Hayır, durum bundan çok daha karmaşıktı. Zarfın üzerindeki son derece zarif ve kusursuz elyazısına göz gezdirdikten sonra, gönderenin adresine baktım. *Maxine.* Mektubu elbisemin cebine koyup kapıya yöneldim. Fakat tam o sırada uzaktaki küçük kilisenin ahenkle çalan çanlarını duyunca, masasında evrak işlerine gömülmüş olan Başhemşire Hildebrand'ı görmek için geri döndüm. *Noel Arifesi'nde, bu tuhaf adada bir başına ne yapıyor*, diye geçirdim içimden. Ailesinden hiç söz etmiyordu ve eğer kızların dedikleri doğruysa, mutlu bir geçmişi yoktu. *Yılın bugününde, kendini yalnız hissediyor olmalı.* Nadiren gülümsediği ya da emirler yağdırmadığı sürece ağzını pek açmadığı doğruydu. Ama şimdi Noel'di. Kimse Noel'de yalnız olmamalıydı. *Acaba birileri onu mum yakma törenine davet etmiş midir?*

Başhemşire Hildebrand'a usulca yaklaştım. "Affedersiniz, Başhemşire Hildebrand," diyerek çekingen bir ifadeyle söze başladım. "Ben çıkıyorum. Bugün Noel Arifesi–"

"Bugünün ne olduğunun farkındayım," diyerek lafı ağzıma tıktı.

İtaatkâr bir şekilde başımı sallayarak onayladım. "Ben sadece, şey..."

"Ne diyecekseniz söyleyin, Hemşire Calloway," dedi. "Meşgul olduğumu görmüyor musunuz?"

"Evet, özür dilerim. Sadece bu geceki mum yakma töreninden haberiniz olup olmadığını merak etmiştim. Belki katılmak istersiniz diye düşündüm, hepsi bu."

Başhemşire Hildebrand, bir an için başını dosyalardan kaldırıp bana baktı. Sert, belki biraz da şaşkın bir bakıştı bu.

"Gidin, Hemşire Calloway," dedi sert bir şekilde. "Mesainiz sona erdi."

Hayal kırıklığımı gizlemeye çalışarak başımı olumlu anlamda salladım ve kapıya yöneldim. *Ne önemi var ki?*

Kitty bu gece benimle ayine geleceğine söz vermişti, fakat geri döndüğümde odada değildi. On beş dakika boyunca bekleyip etrafta herhangi bir not bulamadıktan sonra, vazgeçtim ve giyecek bir şey bulmak için dolaba yöneldim. Kitty'nin, vücuduna biraz fazlaca yapışan sarı elbisesinin dolapta olmadığını da o zaman fark ettim. *O elbiseyle nereye gitmiş olabilir ki?* Kendime sade, mavi bir elbise seçmemin ardından Maxine'in mektubunu okumaya başladım.

> *Canım Antoniettem,*
>
> *Nasılsın, hayatım? Seni o kadar özledim ki. Senin yokluğunda ev eskisi gibi değil. Daha sessiz ve cansız.*
>
> *Sen gittiğinden beri çok şey değişti ve korkarım, nereden başlayacağımı bilmiyorum. Ama birbirimize karşı daima dü-*

rüst olduk; o yüzden gerçeği anlatarak başlayacağım. Söyleyeceklerimi sabırla oku, çünkü sonraki birkaç cümleyi kabullenmek çok zor olabilir.

Tatlım, bilmelisin ki, çok uzun bir zamandır babanı seviyorum. Bu, bütün gücümle ve ruhumla savaştığım bir aşktı. Ama aşka karşı savaşamazsın. Artık bunu biliyorum.

Bu aşkın, aileni parçalamasını asla istemedim. Ve bunca yıl boyunca, duygularımı başarılı bir şekilde saklayıp, aptal yerine konduğum zamanlarda bile içime atabildim. Gelgelelim, babanın da bu aşka karşılık verdiğini öğrendiğimde, duygularımı özenle sakladığım o kutunun kapağı bir anda açılıverdi. Ve her şeyi değiştirdi.

Benimle bir daha konuşur musun ya da bana bir zamanlar baktığın gibi bakar mısın, bilemiyorum. Fakat kalbinde beni affedecek gücü bulman için dua ediyorum. Baban ve ben, senin iyiliğinden başka bir şey istemiyoruz.

Savaş sona erdikten sonra, evlenmek için Fransa'ya gideceğiz. Bunun kulağa tuhaf ve beklenmedik geldiğini biliyorum. Zamana bırak, sevgili Antoniette. Zamanla, yeniden bir aile olabilmemiz için dua ediyorum.

Sevgilerle,
Maxine

Kâğıt elimden kayıp, yatağımın üzerine düştü. Gözlerimi öylece dikmiş, Maxine'in elyazısını inceliyordum. *Neden y harflerinin kuyruğunu böyle tuhaf bir biçimde kıvırıyor ki?* Ve şu kenarları kabartmalı mektup kâğıdı ile zarf... onlar annemindi. *Kim olduğunu sanıyor bu? Evin hanımı mı?*

Maxine ve babam... Bu hiç akla yatkın değildi. *Tüm hayatım boyunca birbirlerini sevmişler miydi? Peki ya annem, bunu biliyor muydu? Maxine'e o kadar zalimce davranmasına şaşmamak gerekirdi. Ne de olsa babamın metresi, kendi çatısı altında yaşıyordu. Zavallı annem! Nasıl da fark etmedim? Nasıl bu kadar saf olabildim?*

Kâğıdı alıp buruşturarak bir top haline getirdim ve çöp kutusuna fırlattım. Onu tekrar okumaya ihtiyacım yoktu. Onu bir daha görmek istemiyordum. Odadan çıkarken kapıyı öyle sert bir şekilde kapattım ki adeta kendimden ürktüm.

Madem Kitty gelmiyordu, öyleyse ayine tek başına gidecektim. Noel Arifesi'nde odada oturup, babam ve Maxine'in evde kestane pişirişini düşünemezdim. Başımı iki yana sallayarak koridorun yolunu tuttum. Fakat tam dışarı çıkmak üzereyken, kulağıma çalınan bir sesle olduğum yerde kalakaldım. Üst kattaki odalardan birinde biri bir radyo bulmuş olmalıydı. Çok nadir olsa da kocaman mavi okyanusun öte yanından gelen bir sinyal, Bing Crosby'nin 'O Holy Night'* adlı Noel şarkısını ve o tatlı, güzel, kusursuz sesini buraya taşıyordu. Radyodan ılık bir meltem gibi yayılan şarkıyı dinlerken, dizlerimin gevşediğini hissettim. Şarkı bana huzur vermiş ve Seattle'daki Noelleri hatırlatmıştı. Elma şarabı... Noel şarkıları söyleyen insanlar... Girişteki kocaman köknar ağacı... Şöminenin yanında sigarasını içen babam... Hediyeleri paketlemek için çırpınan annem... Artık her ne kadar canım istemese de Maxine'in tatlıları... Ve tabii ki Gerard. Gerard'ı unutamazdım.

---

* *İng*. Kutsal Gece. (Ed. N.)

"Duygulandırdı, değil mi?"

Stella'nın sesini duymamla birlikte arkamı döndüm.

"Evet," dedim. *Ah, bir bilse...*

Antrenin loş ışığı altında, Stella'nın yüzü daha da yumuşak görünüyordu. *Ada, onu değiştirmiş miydi?* "Bu çok tuhaf geliyor," diye devam etti. "Kar yok. Bir ağaç bile yok. İlk defa ev hasreti çekiyorum. Evi gerçekten özledim."

"Ben de," diyerek koluna girdim. Şarkı sona erip radyo frekansı bozulana kadar orada öylece durup şarkıyı dinledik. Kısacık süren o an, ıssız Pasifik tarafından yutulmuş, sonsuza dek yok olmuştu.

"Ayine gidiyor musun?" diye sordu Stella.

"Evet," dedim. "Kitty'yi almak için gelmiştim. Birlikte gitmeyi planlamıştık."

"Ah, az kalsın sana söylemeyi unutuyordum," dedi Stella.

"Ne söyleyecektin?"

"Kitty sana bir mesaj bırakmamı istemişti. Son derece üzgün olduğunu, ama Lance'in bu gece onun için özel bir Noel randevusu planladığını, bu yüzden katılamayacağını söyledi."

"*Randevu* mu? *Noel Arifesi*'nde mi?"

Stella omzunu silkerek, "Sen benden daha iyi bilirsin. Bu ikisi, birlikte çok fazla zaman geçiriyor gibiler, öyle değil mi?" dedi. "Ne zaman koridorda Kitty'ye rastlasam, Lance ile buluşmaya gittiğini söylüyor. Lance şöyle, Lance böyle... Ama bana soracak olursan, Lance hiç de onun sevgisine layık biri değil. O adam tehlikeli."

"Tehlikeli mi?"

"Evet," dedi Stella. "*Yerli* kızlarla nasıl düşüp kalktığını herkes biliyor. Ayrıca son derece asabi ve çabuk öfkelenen bir mizacı var."

Atea'nın ona nasıl baktığını ve hemen ardından Lance hakkında hissettiklerimi hatırladım. Ama öfke patlamalarına hiç şahit olmamıştım. Gerçekten *tehlikeli* olabilir miydi?

"Pekâlâ," dedim, "Lance aksi biri olabilir, ama bu Kitty'nin tercihi. Daha önce ona erkekleri anlatmaya çalıştım, fakat inan bana işe yaramıyor."

"Sen iyi bir arkadaşsın, Anne," dedi Stella, bana takdir dolu gözlerle bakarak.

Sırlarımı düşündüm. "Olmam gerektiği kadar iyi değilim."

Koridordaki saate göz atan Stella, "Kiliseye benimle gelmek ister misin?" diye sordu. Saat yediyi çeyrek geçiyordu. "Mary ve Liz, çoktan gittiler. Orada hazırlık yapıyorlar. Gidip onlarla buluşabiliriz."

Gülümsedim. "Çok isterim."

Dışarı çıktığımız sırada radyo frekansı yerine gelmişti ve 'Silent Night*' adlı Noel şarkısının bilmediğim dilde bir versiyonu çalmaya başlamıştı. Cılız bir şekilde yayılan şarkı, kulağa tuhaf ve kayıpmış gibi geliyordu. Benim hissettiğim de tam olarak buydu.

Yemekhaneye bitişik olan küçük kiliseye girdiğimde, şaşkınlıktan bir an nefesim kesildi. "Bu ağacı da nereden bulmuşlar?" diye sordum, piyanonun yanında duran küçük çam ağacına bakarak. "Bir çam, hem de tropiklerde?"

Mary sırıtarak, "Bu bizim büyük sırrımız," dedi. "Sosyal Aktiviteler Grubu, bunu aylardır planlıyordu. Pilotlardan biri,

* *İng*. Sessiz Gece. (Çev. N.)

onu geçen hafta malzemelerle birlikte getirdi. Bu adamlar, bir yılbaşı ağacını hak ediyor."

Ben çam ağacına bakarken, solumuzdaki kilise korosu son hazırlıklarını yapmaya başlamıştı. Ağaç, gümüş renkli şeritlerle –bunlar, incecik kesilmiş alüminyum folyolardan yapılmıştı– ve kırmızı elmalarla süslüydü. Hemşirelerden bazıları saç kurdelelerini ödünç vermiş olmalıydılar, çünkü ağacın üzerinde baştan aşağı en az bir düzine beyaz, saten fiyonk vardı.

"Çok güzel," dedim, bir yandan da ağlamamak için gözyaşlarımla savaşıyordum.

Mary kolunu omzuma doladı. "Her şey yolunda mı, Anne?"

Gerçekte bir müzik öğretmeni olan teğmenin topladığı, bir grup gönüllü askerden oluşan koro, 'O Come, All Ye Faithful*' adlı ilahiyi söylemeye başladı. Bir anda tüylerim diken diken olmuştu. Gözlerimi kapadığımda, Gerard'ın sevecen ve güven dolu gözlerle bana gülümsediğini görebiliyordum. Maxine ve babam da bana bakıyor, onları affetmem için adeta bakışlarıyla yalvarıyorlardı. Kitty, uzaktan bana el sallıyordu. Westry de orada, tam ortada duruyordu. Kumsalda durmuş, her şeyi izliyordu. Bekliyordu.

Dizlerimin bağının çözüldüğünü ve bedenimin sağa sola sallandığını hissettim. Mary, beni kenardaki sıralara doğru çekti. "Biraz oturmalısın," dedi, bir ilahi kitabıyla yüzümü yelpazelerken. "İyi görünmüyorsun." Sonra birden seslendi: "Stella! Anne'e biraz su getir!"

Etraf gittikçe bulanıklaşıyordu ve koro, sanki aynı sözleri tekrar tekrar söylüyor gibiydi.

---

* *İng.* Gelin, Bütün Vefakâr Kardeşlerim. 13. yüzyılda yazıldığı varsayılan ilahi. (Ed. N.)

Birinin bana uzattığı bardaktan bir yudum su aldım. "Affedersiniz," dedim kendimi biraz toparladığımda. "Ne oldu, bilmiyorum."

"Çok fazla çalışıyorsun," dedi Mary. "Olan bu. Başhemşire Hildebrand'la bununla ilgili konuşacağım. Şu haline bir bak. Solgun, incecik. Bu akşam yemek yedin mi?"

Başımı iki yana salladım.

Mary bir şekerleme bulup çıkarana kadar çantasını karıştırdı. "İşte," dedi. "Ye şunu."

"Teşekkür ederim."

Askerler, şapkalarını kapıda bırakarak birer birer salonu doldurmaya başlamıştı. Stella, Liz ile beraber hemen yanımızda oturuyordu. Ayinin ortalarına doğru, Kitty gelmiş mi diye etrafıma bakındım. Fakat onun yerine, arka sıralarda oturan Başhemşire Hildebrand'ı fark ettim. Elinde bir mendil vardı, ama benimle göz göze gelir gelmez onu elbisesinin cebine tıkıştırıverdi.

Mumların yakılmasının ve koronun 'Hark! The Herald Angels Sing'i* söylemesinin üzerinden çok geçmemişti ki bir gürültüyü duymamla arkama dönmem bir oldu. Bir kapı çarparak kapandı. Herkes oturduğu yerden arkasına dönmüş bakıyordu. Arka sıramızda oturan bir hemşire, şaşkınlıkla küçük bir çığlık attı

"Neler oluyor?" diye fısıldadım Stella'ya. Kalabalık yüzünden ne olduğunu doğru düzgün göremiyordum.

"İşte bu oluyor," dedi kendini beğenmiş bir şekilde, koridorun ortasını işaret ederek.

---

* *İng.* 'Dinleyin! Müjdeci Melekler Şarkı Söylüyor' adlı bir Noel şarkısı. (Ed. N.)

Çıplak göğüslü, güzel Atea, yanaklarından yaşlar süzülerek bize doğru yürüyordu. En az onu pazarda gördüğümüz günkü kadar çarpıcıydı, fakat bu defa yüzü kederle bulutlanmıştı.

"Nerede o?" diye bağırdı. Bir sağa, bir sola bakıyor, sıralara göz gezdiriyordu. "Neden yok burada?"

Askerlerden biri ayağa kalkıp, Atea'nın kolunu tuttu. "Noel Arifesi ayinini bozduğunuzu görmüyor musunuz, bayan?"

Atea kolunu hızla çekerek, "Dokunma bana!" dedi. "Nerede o? O yalan söylemek. Ben onu bulacak. Ben herkese anlatacak."

Asker, kızın kolunu bu defa daha sıkıca tutup kapıya doğru sürüklemeye çalışınca, Atea bir çığlık attı.

"Dur!" diye bağırdım, kollarımı sallayarak. Kanın beynime sıçradığını hissedebiliyordum, yine de koridora doğru sallanmadan yürümeyi başarabilmiştim. "Bu kadını tanıyorum. Bırakın onunla konuşayım."

Kimse karşı çıkmayınca, Atea'ya doğru yürüdüm ve içten bir şekilde gülümsedim. Ağlamaktan kıpkırmızı olmuş iri, kahverengi gözleri, yüzümde anlayış ve güvenilirlik arıyordu.

"Dışarıda konuşmak ister misin?" diye sordum, sanki binada ikimizden başkası yokmuş gibi.

Atea başını olumlu anlamda salladıktan sonra çift kanatlı kapıya kadar beni takip etti. Birlikte dışarı çıkıp kumsala giden çakıltaşlı patika boyunca sessizce yürüdük. Rüzgâr oldukça sertti, ama ikimiz de umursamıyorduk.

Atea kumsaldaki bir ağaç kütüğünü işaret edince, ikimiz de oturduk.

"Ben korku," dedi Atea.

"*Korkuyorum* mu demek istiyorsun?"

Başını sallayarak onayladı.

"Neden, tatlım? Neden korkuyorsun?"

"Ondan," dedi, basit bir şekilde.

Lance, diye geçirdim içimden. Yanaklarım, öfkeden alev alev yanmaya başlamıştı. Stella haklıydı.

Başımı olumlu anlamda salladım. "O sana ne yaptı, Atea?"

Atea, "Benim canımı yaktı," diyerek bileğindeki ve kolundaki morlukları gösterdi.

"Çok üzüldüm," dedim. "Ama neden bu gece buraya, kiliseye geldin?"

O an gözleri yaşlarla doldu. "Ne yaptığını herkese söylemek ben. O zaman bana bir daha zarar vermemek."

"Atea," dedim, "bu karargâhtan çıkmalısın. Eğer sana zarar vermek istiyorsa, bir yolunu bulacaktır. Buradan gidip uzaklaşmalısın."

Kafası karışmış görünüyordu. "Nereye gidebilirim?"

"Birlikte kalabileceğin biri var mı? Annen? Büyükannen? Teyzen?"

Atea başını iki yana salladı. "Hayır," dedi. "Tita'dan başka kimsem yok."

"Tita da kim?"

"Bora Bora'daki en yaşlı kadın. O hepimizle ilgilenmek."

Anladığımı belirtircesine başımı salladım. Birden kendi problemlerim oldukça önemsiz gelir olmuştu. "Pekâlâ," dedim. "Burada kalamazsın."

Atea'nın gözlerinden kararsız olduğu anlaşılıyordu. "Ama gelince ne yapacağım?"

"'Gelince' demekle neyi kastediyorsun?"

"Gelecek."

Hafifçe kolunu okşadım. "Uzaktaki şu beyaz binayı ve ikinci kattaki, köşedeki pencereyi görüyor musun? Palmiye ağacının hemen yanında."

"Evet," dedi uysalca.

"İşte o benim odam. Bir şeye ihtiyacın olduğunda ya da korktuğun zaman bana seslen. Pencereyi her zaman açık bırakıyoruz. Seni duyarım."

Güven dolu, kocaman gözleriyle yüzüme baktı. "Ya orada yoksan?"

"O zaman kumsalın aşağısına koş," dedim, parmağımı sahile doğrultarak. "Yaklaşık sekiz yüz metre sonra bir bungalov var. Çalılıkların birkaç adım ilerisinde, küçük bir kulübe. Kapısı kilitli, ama basamakların altındaki kitabın içinde bir anahtar bulacaksın. Orayı kimse bilmiyor. Orada güvende olursun."

Atea'nın gözleri büyüdü. "Ressamın evi mi?"

Kafam karışmış bir şekilde başımı iki yana salladım. "Neden bahsettiğini anladığımdan pek emin değilim."

"Evet, ressam. Oraya kimse gitmez. Tita, oranın lanet olduğunu söylüyor."

"*Lanetli* mi demek istiyorsun?"

"Evet."

"Peki, sen lanetli olduğuna inanıyor musun?" diye sordum.

Omzunu silkti. "Belki, ama oraya gitmek zorundaysam, giderim."

"Aferin sana."

Atea gülümsedi.

"İyi olacaksın," dedim. "Her şey yoluna girecek. Bundan eminim."

"Gerçekten mi?" diye soran Atea'nın gözleri, gözlerimde bir cevap arıyordu. Çok güzel, ama bir o kadar da masum ve korkmuş görünüyordu. Onu korumaya yemin etmiştim. Westry ile Lance hakkında konuşacak ve Atea'ya bir daha asla zarar vermeyeceğinden emin olacaktım.

"Gerçekten," diyerek ikna ettim onu.

Atea derin bir nefes alarak gitmek için ayağa kalktı.

"Atea, bir şey daha var," dedim. "Eğer Lance'i görürsen, ona karargâha geldiğinden ya da benimle konuştuğundan söz etmemelisin. Bu yalnızca onu daha çok sinirlendirir."

Aklı karışmış görünüyordu, ama başını sallayarak onayladı.

"İyi geceler," dedim.

"*Taoto maitai*," diyerek ay ışığı altında kayıplara karıştı.

Sekizinci Bölüm

Sabah güneşi öyle parlaktı ki pencereye vuran gün ışığı, perdelerin arasından süzülerek dolap kapağının üzerinde arsızca dans ediyordu. Kitty ve ben de yatağımızdan onları seyrediyorduk.

"Ocak ayında, Seattle'da böyle parlak bir sabahı hayal edebiliyor musun?" diye sordum, Kitty'ye doğru dönerek.

"Hayır," diye cevapladı Kitty, düz bir sesle. "Soğuğu özledim. Bu güneşten bıktım."

"Bundan bıkabilir miyim, bilmiyorum," diyerek doğruldum ve yatağımın ucunda asılı olan sabahlığıma uzandım. "Kitty? Sana bir sır verebilir miyim?"

"Evet."

"Endişeleniyorum."

"Ne için endişeleniyorsun?" Gözlerinden uyku akıyordu, fakat bunun sebebi sabahın erken saatleri değildi. Yüzünden derin bir yorgunluk okunuyordu. Atea'nın söylediklerini Kitty'ye anlattığım o Noel Günü'nden beri, Lance hakkında hiç konuşmamıştık. Onu Lance konusunda uyarmıştım, fakat söylediklerim Kitty'yi hiç de korkutmuşa benzemiyordu. İlişkileri sona ermişti ya da öyle görünüyordu. Kitty, her geçen gün daha da sessizleşip içine kapanıyordu ve bu durum beni çok daha fazla endişelendiriyordu. Lance, Atea'ya yaptığı gibi onu da incitmiş miydi?

"Adanın bizi değiştirdiğinden endişeleniyorum," dedim.

Kitty, bana bakmak yerine doğruca arkamdaki duvara bakıyordu. *"Değiştirdi,"* dedi basit bir şekilde.

"Kitty, ben sadece–" Aniden çalan kapıyla birlikte cümlem yarıda kesildi.

"Kim o?" diye seslendim.

"Benim, Mary."

Sabahlığımın kuşağını sıkıca bağlayıp kapıyı açtım. Mary, al yanaklarıyla adeta ışık saçıyordu. "Günaydın, güzeller," dedi, Kitty ile göz göze gelmek için başını içeri uzatarak. Fakat amacına ulaştığı söylenemezdi.

Mary, sıtmayla olan savaşından sonra gücünü yeniden toplamıştı. Geri kalanlarımız şikâyet edip homurdanırken, o, revirde bir arı gibi çalışıyordu. Ve kendisi henüz açıklamamış olsa da Stella onun Lou adında bir adamla görüştüğünü söylüyordu. Bunun doğru olmasını umuyordum. Mary, mutluluğu hak ediyordu.

Tam o esnada, kalbimde bir sızı hissettim. *Mektup. Mary'ye eski nişanlısından gelen mektup.* Komodinimin altındaki ayakkabı kutusuna baktım. Mary'nin hazır olduğunu hissettiğimde, mektubu ona vereceğime dair kendime söz vermiş ve onu bu kutunun içine saklamıştım. Kapağını açıp elimi kutuya daldırmamla birlikte Gerard'ın mektubu yere düştü. Yanaklarım kıpkırmızı olmuş bir halde mektubu hızla yerine koydum. *Ben bile kendiminkiyle yüzleşemiyorsam, Mary geçmişiyle nasıl yüzleşebilir ki,* diye geçirdim aklımdan.

"Sizi bu geceki küçük bir matineye davet etmek istiyorum," diye devam etti Mary. Gözleri, tıpkı âşık olmuş, daha doğrusu *yeni* bir aşka başlamış birinin gözleri gibi parlıyordu. "Bu gece birkaçımız kumsalda piknik yapmak için toplanacağız. Stella, Liz, diğer birkaç hemşire ve bazı askerler de geliyor. Leatra Kumsalı'na gitmek için saat yedi buçukta bir kamyonete doluşacağız. Sanırım Westry de geliyor, Anne."

Mary'nin imalı bakışına karşılık vermedim. Westry ile üç haftadır konuşmamıştım ve aramızda gittikçe büyüyen bir sessizliğin olduğundan korkuyordum. Hiç şüphesiz, birlik komutanı onu çok meşgul ediyordu. Hem de çok. Ama izinli olduğunu bildiğim günlerde bile onu artık bungalovda görmez olmuştum.

Leatra Kumsalı. Orası bungalova iki adım uzaklıktaydı. Bizim bungalovumuz. Birden göğsümün sıkıştığını hissettim. *Neden endişeleniyorum ki?* Elbette kimse onu bulamazdı. Westry ve benim dışımda hiç kimse, onun orada olduğunu bilmiyordu. Aslına bakarsak, bazen bu küçük kulübe yalnızca bize görünüyormuş gibi hissediyorduk. Hatta birlikte bungalovda olduğumuz en son gün de bundan bahsetmiştik. Normalde sessiz, sakin olan kumsaldan o gün bir askerin geçtiğini gördük. Askerin ıslığının sesi, tüylerimi diken diken etmişti. Bungalovu görecek miydi? Peki ya bizi görecek miydi? İşte o an, bu küçük, gizli dünyamızı ne çok sevdiğimi ve o şekilde kalmasını ne kadar çok istediğimi fark etmiştim.

"Biri geliyor," diye fısıldamıştım Westry'ye panik içinde.

Kumsala bakan pencereden, beyaz kumda sendeleyerek yürüyen adamı izlemiştik. Muhtemelen sarhoştu. Askerler çok fazla içki içiyorlardı ve adanın sıcağı, sarhoşluklarını daha da arttırıyordu.

Bir süre sonra Westry, "Tehlike geçti," demişti. "Bizi görmedi."

İyi, ama *bizi neden görmedi*, diye sordum kendime. Bungalov, kumsaldan çok uzakta değildi ve sadece seyrek palmiye yapraklarının ardında gizleniyordu. Bir parça meraklı olan biri, ikinci bakışta onu görürdü. Öyleyse onu neden başkaları bulmamıştı? Sahilin biraz aşağısında, binlerce askerden oluşan askeri bir karargâha rağmen onca yıl nasıl fark edilmeden kalabilmişti? Bütün bu sorular, bana bungalovun yalnızca bir hayal ürünü olup olmadığını merak ettiriyordu. Bizim hayal ürünümüz, ada güneşinin sadece Westry ve bana gösterdiği bir serap...

"Eee," dedi Mary sabırsızlıkla, "gelecek misiniz?"

Dönüp Kitty'ye baktım. Sanki burada değilmiş gibi ilgisiz görünüyordu. "Geleceğim," dedim, bir an duraksadım, "ama Kitty'nin de benimle gelmesi şartıyla."

Kitty şaşırmış görünüyordu. "Ah, hayır," dedi, başını iki yana sallayarak. "Hayır, gelemem."

"Nedenmiş o?"

Bir açıklama yapmak yerine sadece sessiz kaldı.

Kollarımı kavuşturup zorla gülümsedim. "Gördün mü? İyi bir bahanen bile yok," dedim ve tekrar Mary'ye döndüm. "Geliyoruz."

"Harika," dedi Mary. "Saat yedi buçukta bizimle park alanında buluşun."

Kitty isteksizce bana katıldı. Odadan çıkmadan önce ona uzun uzun ve dikkatle baktım. Onu bu kadar değişik gösteren neydi? Evet, yüzünün rengi kaybolmuştu ve her zaman asi olan saçları, şimdi çok daha asileşmişti. Odadaki küçük, oval aynadaki görüntüsüne dönüp bakmak için durmadı bile. Ve eğer baksaydı, kendisindeki değişimi görebileceğinden bile emin değildim. Sorun sadece saçları değildi, görünüşüydü. Geçen hafta yemekhanedeyken, Stella'nın Liz'e fısıldadığını duymuştum. Kitty'nin, patates püresinden ikinci tabağını aldığını söyleyerek, "Eve yedi kilo fazlayla dönecek," demişti. Kitty şimdi daha da tombul görünüyordu. Ancak güzelliği, dağınık saçlarının, solgun yanaklarının ve o yuvarlak görüntüsünün arasından hâlâ ışıl ışıl parlıyordu. O, her ne olursa olsun güzeldi.

"Çok güzel görünüyorsun," dedim, o akşam kışladan çıktığımız sırada.

"Hayır, görünmüyorum," diye karşı çıktı Kitty. Sesindeki hayal kırıklığı, hoşuma gitmemişti.

"Kes şunu," diye çıkıştım. "Şu keyifsizliğinden kurtulup kendine gelmeni istiyorum artık." Sonra ona döndüm. "Eski arkadaşımı özledim."

Kitty ansızın durdu. Dönüp baktığımda, neden böyle aniden durduğunu anladım. Albay Donahue bize doğru yaklaşmaktaydı. Şapkasını çıkarıp bizi selamladı, ancak tek kelime etmedi. Westry ile yaşanan olayı hatırlayınca, yeniden midemin bulandığını hissettim. O olay, albaydan nefret etmeme sebep olmuştu. Ancak bir "Merhaba, nasılsın, Kitty?" bile demeden Kitty'yi görmezlikten gelmesi, beni iyice öfkelendirmişti. Özellikle de aylar önce adaya vardığımızda, ona gösterdiği ilgiden sonra. Şimdiyse, bir başka hemşireyle görüştüğüne dair söylentiler ağızdan ağza dolaşıyordu; sessiz, sakin, koyu renk saçları ve manken gibi vücudu olan bir hemşireyle... *Kendinden utanmalı*, diye geçirdim içimden.

Albay yeterince uzaklaştıktan sonra, Kitty'ye döndüm. "Bu adamdan hiç hoşlanmıyorum."

Kitty üzülmüş görünüyordu, bu yüzden yanlış bir şey söyleyip söylemediğimi merak ettim. "Öyle demek iste–"

Elimi tutup sıkıca sıktı. "Sorun değil, Anne. Özür dilemene gerek yok. Sadece..." Sanki düşüncelerini toparlıyormuş gibi durakladı, belki de uzaktaki açık bir pencereden biri dinliyor mu diye dikkat ediyordu. Erkeklerin yatakhanesi yakındaydı. "Yok bir şey."

"Keşke bana anlatsaydın," dedim. "Albayın yeni kız arkadaşı için mi üzülüyorsun? Stella onun tam bir budala olduğunu söylüyor. Yoksa Lance yüzünden mi? Kitty, bir şey mi oldu? Seni incitti mi?"

Kitty başını iki yana sallayarak, "Anne, lütfen yapma," dedi.

"Tamam," dedim, "ama kendini hazır hissettiğinde bana anlatacaksın, değil mi?"

Bu kez evet dercesine başını salladı, ama korkarım bu boş bir vaatti.

Hemen ileride, bir grup erkek ve kadının bir kamyonete doluştuğunu gördüm. Stella hemen yanında Will ile duruyordu. Liz, Mary ve onun yeni sevgilisi Lou da oradaydı.

Kitty ile birlikte kamyonete bindik. "Selam," dedim, Mary'nin yanına otururken.

Mary'nin gözlerinin içi gülüyordu. "Geldiğinize çok sevindim. Liz yemekhanedeki aşçılardan biriyle konuşup, bize katılmaya ikna etti. Şu ganimete bir bakın!"

Mary, içi buz, tavuk, patates salatası ve mısır dolu bir kasayı gösterdi. Bir başka soğutucu kutunun içi ise biralarla doluydu. Erkeklerle göz teması kurmamaya çalışarak aracın içine göz gezdirdim. Araçta, tanımadığım çok sayıda hevesli yüz vardı. Lance de oradaydı, sarışın bir hemşirenin yanına oturmuştu. *Adı neydi? Evet, Lela.* Zavallı Atea'yı düşününce içim ürperdi. Lance, onu kullanıp incitmişti. Belki Kitty'ye de aynı şekilde davranmıştı. Lance'in bu hemşireyle konuşma şeklini ve onunla flört edişini, Kitty'nin görmemesini umuyordum.

Onları seyretmek yerine Westry'yi görmek için etrafıma bakındım. *Gelmiş miydi?*

Mary aklımı okumuş olmalıydı. "Görünüşe bakılırsa gelemedi," diye fısıldadı. "Üzgünüm."

Omzumu silktim. "Üzülme," dedim, nişan yüzüğümü çekiştirerek. "Bizim aramızda bir şey yok. Hiçbir şey."

Kamyonet, adanın engebeli yolunda hızla ilerlerken Kitty'ye tutunuyordum. Her çukur, hissettiğim utancı daha da gün yüzüne çıkarıyordu. *Nişanlı bir kadın olarak, nasıl olur da Westry'ye karşı duygusal anlamda bir şeyler hissedebilirim? Onu neredeyse tanımıyorum. Bu ada, kararlarıma ne yaptı böyle?* Kitty, doğruca ileri bakıyordu. Kamyonet birkaç dakika sonra kumsala yanaşıp durduğunda, Kitty dışında herkes ayağa kalktı.

"Kitty," dedim. "Haydi gidelim."

Başını olumlu anlamda salladı ve sanki çok zahmetli bir işmiş gibi isteksizce ayağa kalktı. Lance, Lela'nın kamyonetten inmesine yardım ederek onu kollarına aldı, sonra da kuma bıraktı. Lela kıkırdayarak kırpıştırdığı gözlerini Lance'e çevirdi. Kitty ise hızla başka tarafa doğru döndü. *Onu buraya getirmekle hata mı yaptım*, diye sordum kendime. Benim bile burada olmayı çok istediğim söylenemezdi.

Mary kumsalın yolunu tutup erkeklere örtüleri nereye sereceklerini, aşçı için ateşi nereye yakacaklarını, içecekleri ve radyoyu nereye yerleştireceklerini söylemeye başladı. Shawn adındaki onbaşı gri bir radyo çıkarıp antenini uzatınca, herkesten sevinç nidaları yükselmişti. Kitty bile biraz olsun gülümsemişti. Müziğin gücüne karşı hiçbirimiz duyarsız kalamıyorduk.

"Şimdi," dedi Mary, herkes örtüdeki yerlerini alırken, "bakalım bir sinyal bulabilecek miyim?" Radyo alıcısını bir süre çevirdi ve belli belirsiz bir adam sesi duyunca durdu. Avustralya aksanıyla konuşan adam, savaş haberlerini veriyordu. Öyle hızlı ve gerilimli konuşuyordu ki bedenimin de aynı şekilde karşılık verdiğini hissettim.

"Japon savaş uçakları, bugün kuzey kıyılarına hücum ederek arkalarında ölüm ve yıkım bıraktılar." Daha iyi duyabilmek için hepimiz radyoya doğru eğildik. "Çoğu kadın ve çocuk olmak üzere, yüzlerce ölü olduğu tahmin ediliyor." Mary çabucak kanalı değiştirdi. Birkaç saniye sonra radyoda okyanusun ötesinden gelen çok net bir sinyal duyuldu. Melodi son derece yumuşak, huzur verici ve büyüleyiciydi. "Ne tuhaf," dedi Mary. "Bir Fransız istasyonunu çekiyoruz."

Kelimeler yabancı, melodi hiç de aşina değildi, yine de beni kendine hayran bırakmıştı. Diğerlerinin de aynı şekilde etkilendiği, birbirlerine sokulmalarından belliydi. Stella, Will'e daha da yaklaştı. Lou, Mary'nin elini tutup dansa kaldırdı. Diğer birkaç hemşire de tanımadığım askerlerle eşleşmişlerdi. Liz bile buna katılmıştı. Kitty, yanına oturan bir askere itiraz etmedi. Hatta sırıtarak, bir mısır koçanına iştahla dişlerini geçirdi. Melodi, kalbimde bastırmaya çalıştığım bir özlemi uyandırmıştı. Bu, Westry'ye duyduğum özlemdi. Gözlerimi okyanusa ve bungalova uzanan kumsala çevirdim. Hava kararıyordu. *Yapmamalıyım*, dedim kendi kendime. Hem orada olmayabilirdi de. Ama müzik çalmaya devam ettikçe, bungalovun çekim gücü de artıyordu. Ta ki ben artık karşı koyamayana dek. Ayağa kalkıp sessizce kumsala doğru yürüdüm. *Yarım saatliğine kaçabilirim. Kimse fark etmez. Kimse beni özlemez.*

Hızlıca yürüyor ve kimsenin takip etmediğinden emin olmak için sık sık dönüp arkama bakıyordum. Çalılıkların arasına girip, doğruca bungalovun basamaklarının yolunu tuttum. İşte orada. Bizim bungalovumuz. Görüntüsü bile beni yatıştırmıştı. Eğilerek basamakların altındaki kitabı ve anahtarı bulmaya çalışırken, kapının gıcırdayarak açıldığını duydum. Başımı kaldırıp baktığımda, loş ışıkta duran Westry'yi gördüm.

Yüzüne, belli belirsiz bir gölge vurmuştu. Islak saçları ve iliklenmemiş gömleği, akla yüzmekten yeni döndüğünü getiriyordu. Gülümseyerek, "Bu gece geleceğini umuyordum," dedi. "Ayı gördün mü?"

Başımı evet dercesine sallayarak gökyüzüne baktım. Ufukta asılı olan dolunay turuncuya çalıyordu. Öyle yakın görünüyordu ki neredeyse sahile dokunacak gibiydi.

Bir adım daha yaklaştım. "Daha önce hiç bunun gibi bir şey görmemiştim."

"İçeri gel," dedi Westry elimi tutarak. "Burada senin için bir şey var."

Westry kapıyı kapatınca yatağa oturdum. Kalbimin atışını ve havadaki elektriği hissedebiliyordum. Onun da hissettiğini biliyordum.

"Bak," diyerek bir radyo gösterdi. "Bir sinyal buldum." Radyonun düğmesini çevirdiğinde, yeniden o ses duyuldu. O güzel, büyüleyici, yabancı melodiydi bu.

Westry başını iki yana sallayarak, "Dinle," dedi. "Fransızca."

Gözlerimi kapatıp kendimi müziğin akışına bıraktım.

"Bu şarkının ne olduğunu biliyor musun?"

Bir süre dikkatle dinledikten sonra başımı iki yana salladım. "Hayır, bildiğimi sanmıyorum."

"Bu, 'La Vie en Rose.*'"

Tek kaşımı havaya kaldırdım. "Sen nereden biliyorsun?"

"Savaş için yola çıkmadan çok kısa bir süre önce duymuştum," diye yanıt verdi Westry. "Bir arkadaşım plak şirketinde çalışıyor. Şarkıyı şimdilik kimse bilmiyor; en azından yurttakiler bilmiyor. Albüm çıkarmadan önce radyoda test ediyorlar. Ama bu şarkı çok tutacak. Buraya yazıyorum. Sadece dinle." Yanıma oturdu. Kollarımız birbirine değdiğinde, vücudunun sıcaklığını hissettim.

"Ne diyor?" diye sordum. Westry'nin bakışlarını yüzümde hissettiğimden, doğruca radyoya bakıyordum.

Westry derin bir nefes aldı. "Diyor ki: *Bana sımsıkı sarıl, yaptığın büyünün etkisi geçmeden; Toz pembe bir hayat bu; Beni öptüğünde cennet iç çeker; Ve gözlerim kapalı olsa bile, toz pembe görürüm hayatı; Beni bağrına bastığında, bambaş-*

---
* *Fr.* Toz Pembe Hayat. (Ed. N.)

ka bir dünyaya giderim, güllerin çiçek açtığı; Ve sen konuştuğunda, melekler şarkı söyler."

"Çok güzelmiş," dedim, hâlâ ona bakamıyordum. Titremeye başlayan ellerimi, dizlerimin arasına sıkıştırdım.

Westry ayağa kalktı. "Benimle dans eder misin?"

Başımı olumlu anlamda sallayarak elini tuttum.

Bedenlerimiz müziğin akışına kapılırken, beni kendine yaklaştırıp kollarını belime doladı. Aramızda mükemmel bir uyum vardı. Yanağımı göğsüne dayadım.

"Westry," diye fısıldadım.

"Grayson mı demek istiyorsun?"

Gülümsedim. "Canım Graysonım."

"Efendim, Cleo?"

"Pekâlâ, işte bu. Ben Cleo'yum, sen de Grayson. Ama sadece rol mü yapıyoruz? Bütün bunlar *gerçek* mi? Neden ikimiz bir aradayken," dedim, "her şey çok güzel, çok mükemmel, ama–"

"Neden dışarıdayken," diye sözümü keserek pencereden dışarıyı işaret etti, "farklı?"

"Evet."

"Çünkü öyle," dedi Westry basit bir şekilde. "Bu bizim cennetimiz. Ama orada işler karışık."

"İşte aynen böyle," dedim. "Bu gece neredeyse gelmeyecektim, çünkü benden uzaklaştığından korkuyordum. Albay Donahue ile yaşananların olduğu o gece… Neden ondan hiç söz etmiyorsun?"

Parmağını dudaklarımın üzerine koydu. "Seni koruduğumu söylesem, bana inanır mıydın?"

Kafam karışmış bir halde ona baktım. "Beni korumak mı? Neden?"

"Dışarıda çılgın bir dünya var, Anne. Savaş... Yalanlar... İhanet... Hüzün... Hepsi de dört bir yanımızda." Ardından Westry başımı nazikçe ellerinin arasına aldı. "Bir dahaki sefere uzaklaştığımı düşündüğünde, buraya gel. Bungalova gel ve sana olan aşkımı hisset."

Aşk. *Westry beni seviyor*, diye geçirdim içimden. İşte bütün mesele buydu. Ona iyice sokulduğumda, içimde yükselmekte olan, açlığa benzer bir duygu hissettim. Aşina olmadığım, Gerard ile hiç hissetmediğim bir duyguydu bu. *Tutku. Kitty'nin kastettiği bu muydu?*

Westry aniden bir adım geriledi. "Kendine bir bak," dedi. "Rüya gibisin. Fotoğrafını çekeceğim." Sırt çantasından bir fotoğraf makinesi çıkardı ve duvara yaslanmamı söyledi. "İşte," dedi, flaş patladıktan sonra. "Mükemmel."

"Şimdi sıra sende," diyerek fotoğraf makinesini elinden aldım. "Ben de senin bir fotoğrafını istiyorum. Bu geceyi, bu anı hatırlamak istiyorum."

Westry kabul etti ve tıpkı benim yaptığım gibi duvara yaslandı. Objektifin ardından gözlerine bakıp düğmeye basmadan önce bu anı sonsuza dek hatırlamayı umuyordum.

Fotoğraf makinesini masanın üzerine bıraktıktan sonra, Westry beni kollarına alıp yatağa yatırdı. Bunu öylesine çaba harcamadan yapmıştı ki kendimi onun ellerindeki bir tüy gibi hissetmiştim. Ellerimi kollarında gezdirdim, güçlü ve sertti. Dudakları dudaklarıma değdiğinde, kalp atışlarım daha da hızlandı. Teninin tanıdık kokusunu içime çekerek beni sarhoş etmesine izin verdim. Sonra da gömleğinin düğmelerini tamamen açtım ve elimi göğsünde dolaştırmaya başladım. Dokunuşumla birlikte kasları biraz titreyince, Westry gülümsedi. Elbisemin fermuarına uzandığında, benim de içimde bir şeyler titredi. Beni öyle nazik, sevgi dolu ellerle okşayarak soydu ve öyle tutkuyla öptü ki bu anı benim gibi onun da binlerce kez hayal edip etmediğini merak ettim.

Bedenlerimiz, sanki birbirleri için yaratılmışçasına bir bütün oldu. *Birbiri için yaratılmak...* Her saniyeyi, her nefesi ve her hissi hatırlamaya yemin ederek gözlerimi kapadım. Bittiğinde, birbirimize sokularak sarıldık. Westry'nin sıcacık göğsü, göğsüme yaslanmıştı. Bungalovun dışında dalgalar kıyıya vururken, kalplerimiz uyum içinde atıyordu.

"Westry," diye fısıldadım.

"Efendim, aşkım?"

"Bütün bunlar bittikten sonra ne olacak?"

"Savaştan sonrasını mı kastediyorsun?"

"Evet," dedim. "Eve döndüğümüz zaman."

"Keşke bilseydim," diyerek alnıma bir öpücük kondurdu.

Bir an nişan yüzüğümün soğukluğunu tenimde hissettim ve içgüdüsel olarak geri çekilip, Westry'den uzaklaştım.

"Onu düşünüyorsun, değil mi?"

Bir iç çektim. "Bütün bu olanlar, çok karmaşık."

"Gerçek aşk söz konusu olduğunda, hiçbir şey karmaşık değildir."

Westry için bu kadar basitti işte. Birbirimizi seviyorduk. İşte bu kadar. Fakat ben, Gerard'a bir söz vermiştim. O, şu an bir harp meydanında yaşam savaşı veriyor olabilirdi. Karısı olmam için beni bekleyen Gerard... *Bunu ona nasıl yapabildim?*

Westry'ye baktım. Gözlerinin içine bakarken, kararım daha da netleşmişti. Bu adamı tüm benliğimle seviyordum. Onu hafifçe öpüp başımı omzuna yasladım. Uzun bir süre radyodaki Fransız şarkılarını dinleyerek insanları, mekânları, hatta zamanı unuttuk. Ta ki gözlerim ağırlaşana dek.

Belki dakikalar, belki de saatler geçmişti ki dışarıdan bir dalın çatırdamasını duymamla birlikte yataktan fırladım. Hızla giyinip pencereden dışarı göz atarken, elbisemin fermuarını kapatmakla uğraşıyordum. Kumsalda hayal meyal birini gördüm.

"Sence kimdir?" diye fısıldadım Westry'ye. O da hızla yataktan kalkıp pantolonunu giymiş, kollarını gömleğine geçiriyordu. Kapıyı açmadan önce düğmelerini iliklemedi bile. Westry'yi takip ederken, saatin kaç olduğuna dair bir fikrimin olmadığını fark ettim. Kitty ve diğerleri paniğe kapılmış olmalıydılar.

"Kim var orada?" diye seslendi Westry, uzaktaki bir gölgeye.

"Benim," dedi tanıdık bir ses. "Kitty." Çalılıkların içinden geçtiğimizde, ay ışığı yüzünü ortaya çıkardı. Korktuğunu görebiliyordum. "Anne? *Sen* misin?"

"Evet," dedim, birden saçlarımın dağınık olduğunu fark etmiştim. *Elbisemin fermuarını tamamen kapattım mı? Westry'yi böyle yarı çıplak halde yanımda gördüğünde ne düşünecek?*

"Ah," dedi Kitty, Westry'nin yanımda olduğunu fark edince. "Ben... ben rahatsız etmek istememiştim. Sadece gitmeye hazırlanıyorduk ve seni bulamadık."

"Üzgünüm, Kitty," dedim, biraz utanmıştım. "Zamanın nasıl geçtiğini anlamadım."

Kitty, bulunduğu yerden bungalovu göremediği için sevinmiştim.

"Ben gidiyorum," dedim, Westry'ye dönerek. Tanrım, çok yakışıklıydı. Gitmek istemiyordum. Onunla burada kalmak istiyordum, belki de sonsuza dek. "İyi geceler, Westry."

"İyi geceler, Anne," diye cevap verdi, gizli bir gülümsemeyle.

Kitty ile birlikte kumsalda sessizce yürüyorduk ki nihayet ağzını açtı. "Onu seviyorsun, değil mi?"

"Kitty!"

Kitty elimi tutarak, "Sorun değil," dedi. "Kimi sevdiğin umurumda değil. Ben sadece seni mutlu görmek istiyorum. Mutlu musun?"

Tepemizdeki aya ve sonra tekrar bungalova uzanan kumsala baktım. "Evet," dedim. "Hayatım boyunca şu anki kadar mutlu olmamıştım."

Engebeli dönüş yolu, hiçbirimizi rahatsız ediyormuş gibi görünmüyordu. Ne başını rahatça Will'in kucağına yaslamış olan Stella'yı ne Lou ile derin bir sohbete dalmış olan Mary'yi ne de kendi düşüncelerinde kaybolmuş olan Kitty'yi... Ve özellikle de kalbi gerçek ve mükemmel aşkla dolmuş olan beni. Ama bu aşk, beraberinde bir ağırlık da getirmişti, çünkü bir karar vermeliydim. Ve korkarım, bu kararı pek yakında vermek zorundaydım.

Dokuzuncu Bölüm

Ertesi sabah kahvaltıdayken, "Duydunuz mu?" diye sordu Liz. "Erkekler yola çıkıyor. Neredeyse hepsi. Güneydeki bir adada büyük bir savaş varmış. Bu tehlikeli olacak."

Mary ile göz göze geldik. Gözlerinde, Lou için duyduğu endişeyi görebiliyordum. Onun da Westry için hissettiğim korkuyu görüp göremediğini merak ettim.

"Albay Donahue, onları bu akşam yola çıkarıyor," dedi Kitty, gayet duygusuz bir şekilde. Sanki yalnızca, gazetedeki bir savaş haberini okuyor gibiydi.

"İçinizde kimlerin gittiğini bilen var mı?" diye sordum, duyduğum paniğin sesimden belli olmamasını umuyordum.

"Evet," dedi Stella, mendilini çıkararak. "Git listeye bak." Yemekhanenin dışındaki duyuru panosunu işaret etti. "Orada Will'in adını da gördüm."

"Stella, çok üzüldüm," dedi Liz.

Mary'ye döndüm. "Benimle gelip bakacak mısın?"

Mary tamam dercesine başını salladı. Karamsar bir şekilde dışarı çıkıp panoya doğru yürüdük. İşte oradaydı. Listenin ortalarına doğru siyah mürekkepli kalemle yazılmıştı. Westry

Green. Lou'nun adı da oradaydı. Mary ile sıkıca birbirimize tutunduk.

"Onları bulmalıyız," dedi Mary. "Çok geç olmadan onlara hoşça kal demeliyiz..."

"İnançlı olalım," dedim. "Olumlu düşünelim. Bizden bunu bekliyorlar."

"Anne," diye mırıldandı Mary, "onu kaybetmeye dayanamam."

"Bu şekilde konuşmamalısın, hayatım," diyerek kolunu okşadım. "Bu, kötü şans getirir."

Revirde sabah vardiyasında çalıştığımdan kahvaltıdan sonra erkeklerin kışlasına uğramak için gizlice kaçarken, kendimi suçlu hissetmiyordum. Westry'nin penceresine göz gezdirdim. Oda, dışarıdaki bankın üzerinden görebildiğim kadarıyla boş görünüyordu; yatak düzenli bir şekilde toplanmıştı ve kapının yanındaki askıda ceket yoktu. Çoktan gitmiş miydi? Liz, sabahın erken saatlerinde bir uçak filosunun ayrıldığını söylemişti. *Westry de onlarla birlikte miydi?*

Mary'ye hoşça kal diyerek hızla kumsala inip koşmaya başladım. *Belki de bungalovda, beni bekliyordur*, diye geçirdim içimden. *Yeterince hızlı koşarsam, gitmeden önce onu görebilirim.* Sahil boyunca koşarken ayağıma dolan kum, hiç bu kadar ağır, bu kadar zapt edici olmamıştı. *Beni Westry'den alıkoymaya çalışıyor olabilir mi?* Bir ağaç parçasına takılıp düştükten sonra ayağa kalkıp acıyan dizimi sıkıca tuttum. Ardından yeniden koşmaya başladım. *Koş. Daha hızlı koş.* Her saniye sayılıydı.

Çalıları ayırıp nihayet bungalovun merdivenlerine vardım. Sabah güneşi, bungalovun palmiyeden duvarlarına vuruyor, onu ışığa boğuyordu. Kapının açık olması için, Westry'nin içeride olması için dua ederek kapı tokmağına uzandım. Fakat tokmağı çeviren elim, sert bir klik sesiyle karşılaştı. Kapı kilitliydi. Westry orada değildi. Geç kalmıştım.

Yine de anahtarı alıp içeri girdim ve büyük bir hayal kırıklığıyla masanın yanındaki sandalyeye oturdum. Küçük oda beni anında avutmuştu. Tıpkı Westry'nin söylediği gibi onun varlığını hissedebiliyordum. Söylediklerini kelimesi kelimesine hatırlamak için anılarımı yokladım ve onları, kalbimde gizlenmiş bir şekilde buldum: "Bir dahaki sefere uzaklaştığımı düşündüğünde, buraya gel. Bungalova gel ve sana olan aşkımı hisset." Evet, Westry'nin aşkını hissedebiliyordum. Beni sarıp sarmalıyordu.

Döşemeyi kaldırıp altında bir mektup gördüğümde, kalbim sıcacık oldu.

Canım sevgilim, Cleo,

Şimdi gitmek zorundayım, hayatım. Birlik komutanının söylediğine göre, 'ciddi bir savaş' için Guadalcanal'a* gidiyorum. Kimse orada neyle karşılaşacağını bilmiyor, ben de öyle. Ne de olsa uzun bir süredir bu adada tuzumuz kuruydu. Neredeyse tatilde olduğumuza inanacaktık. Nihayet görevlerimizi yerine getirmenin, buraya ne için geldiysek onu yapmanın zamanı geldi. Savaşmak.

Bu sabah sana hoşça kal demek için revire uğradım. Fakat meşgul olduğun için seni rahatsız etmek istemedim. Birkaç dakika boyunca pencereden senin nasıl çalıştığını izledim.

---
* II. Dünya Savaşı'nda Japonya'nın 3. Ana Savunma Hattı'nın bulunduğu bölge. (Ed. N.)

Tanrım, çok güzeldin. Hareket edişin... Konuşma şeklin... Ben seni sevdiğim kadar kimseyi sevmedim.

Ne kadar süre burada olmayacağım, bilmiyorum. Belki günler... Belki de aylar boyunca. Ama tıpkı benim yaptığım gibi o son gecenin anısını kalbinde taşıman için dua edeceğim. Beni düşünmen, beni beklemen için dua edeceğim. Çünkü geri döneceğim ve yeniden birlikte olacağız. Ve savaş tamamen sona erdiğinde, bir daha asla ayrılmayacağız.

Beni unutma, la vie en rose, sevgilim.

Sonsuza dek senin olan,
Grayson

Gözlerimden akan yaşları sildim ve yukarıdan yeni bir uçak filosunun geçtiğini duymamla birlikte kumsala koşup, gökyüzüne bir öpücük gönderdim.

Westry geri dönecekti. Dönmek zorundaydı.

Günler geçiyor, savaş bölgesinden ise çok az haber geliyordu. Kalan askerler, gergin ve endişeli görünüyorlardı. Belki kendileri de savaşmaya gitmedikleri için suçluluk duyuyor, belki de böyle önemli bir görev için seçilmediklerinden dolayı utanıyorlardı.

Liz'in anlattığına göre, Müttefik Kuvvetleri, Pasifik'te Japonların etrafını kuşatıyordu ve bu, Yeni Zelanda'yı korumak adına önemli bir savaştı. Liz, savaş hakkında hepimizden çok şey biliyordu. Japonların, Yeni Zelanda'yı sömürge altına almayı, her yeri yağmalayıp herkesi öldürmeyi planladıklarını söylemişti. Ve Müttefik Kuvvetleri, Guadalcanal'ı ele geçirirken, düşman birlikleri Güney Pasifik boyunca dağılmışlardı. Bu savaşı kazanmak zorundaydık. Kimse kazanamama olasılığımızı dile getirmese de bu hepimizin aklının bir köşesindeydi.

Her gün, uçaklarla daha fazla yaralı asker getiriliyordu. Sedyelerimize taşınan kan revan içindeki askerlerin bazıları, oldukça şaşkın ve sessizdi. Sanki gördükleri şeyler, onları seslerinden ve akıl sağlıklarından mahrum bırakmış gibiydi. Diğerleriyse öyle ağır yaralanmıştı ki –kopan bacaklar, kollar, göze isabet eden şarapnel parçaları– bizden inleyerek morfin istiyorlardı. Bizler de olabildiğince çabuk bir şekilde, acı içindeki bedenlerine iğneleri enjekte ederek onlara istediklerini veriyorduk.

Aralıksız bir şekilde gelen yaralı askerler, bizi revirde meşgul ediyor ve savaşın planlandığı gibi gidip gitmediğini merak ettiriyordu. Bize son derece duygusuz bir şekilde emirler yağdıran Başhemşire Hildebrand, adeta mekanik biri gibi görünüyordu. "Liz!" diye bağırdı. "Depoya git ve yeni sargı bezleri getir. Neredeyse bittiğini görmüyor musun? Stella! Buraya gel ve şunu ameliyata hazırlamama yardım et. Kitty! Dokuz numaralı yataktaki adamın morfine ihtiyacı var. Hemen şimdi."

Başhemşire Hildebrand, tıpkı bir komutan gibi etrafa emirler yağdırmakta son derece haklıydı. Bu, şimdiye dek yaptığımız en yoğun ve en ciddi işti. Ve bu işe, duygular da karışıyordu. Hemşireler, revire taşınan her askerin başında bir kalabalık oluşturarak tanıdık bir yüz arıyorlardı.

Revirin girişindeki bir pilotun, kollarında kanlı bir asker taşıdığını gördüm. "Sedyenin gelmesini bekleyecek vakit yoktu, o yüzden onu kendim getirdim," dedi. "Uçakta çok kan kaybetti. Onun için ne yapabilirsiniz, bilmiyorum, ama çabuk olun. O, iyi bir adam."

Kapıya bir sedye götürüp pilotun askeri yatırmasına yardım ettim. Askerin kana bulanmış yüzüne ve boynuna rağmen onu anında tanımıştım. *Yüce Tanrım, Will. Stella'nın sevdiği.* "Bundan sonrasını ben hallederim," dedim. "Teşekkürler, teğmen."

"Yolda daha fazlası var," dedi usulca. "Az önce radyoda duydum. Orada durumlar çok kötü. Birçok asker düştü."

Will'i ameliyat odasına götürürken, kalbim korkuyla dolmuştu. Dr. Wheeler, ellerini yıkıyordu. "Doktor!" diye bağırdım. "Buradaki hastanın hemen size ihtiyacı var."

Revirin diğer ucundaki Mary'ye, yanıma gelmesi için işaret ettim.

"Will," dedim, Mary yanıma yaklaştığında. Ameliyat odasını gösterdim. "Çok kötü yaralanmış. Stella nerede?"

Mary başıyla revirin diğer ucunu işaret etti. Stella, Başhemşire Hildebrand ile parçalanmış bir bacak üzerinde çalışıyordu. Dizini yerine oturttukları sırada, asker acıyla inledi. "Ona söylemeliyiz."

"Hayır," dedim. "Stella'ya ihtiyacımız var. Şu an adadaki eli ayağı tutan her hemşireye ihtiyacımız var. Teğmen, daha fazla yaralı askerin geleceğini söyledi. Belki Lou... Belki de Westry. Çalışmaya devam etmek zorundayız. Yas tutmak için duramayız."

Mary ağırbaşlı bir şekilde başını sallayarak beni onayladı. "Onu uzak tutmak için elimden geleni yapacağım."

"Teşekkürler," dedim. "Will'e göz kulak olacağım. Eğer durumunda bir değişiklik olursa, Stella'yı buraya getiririm."

Bir saat sonra yirmi üç asker daha gelmişti. Sonra dokuz tane daha. Ve sonra on bir tane daha. Üçü öldü. Birçoğu ise bizim sağlayamadığımız tedavileri görebilmek amacıyla yurda dönen uçaklara gönderildi.

"Şuraya bak, her yer kan içinde," dedi Liz, mendiliyle gözlerini kurulayarak. Ortamdaki gerginlik, hepimizi olduğu kadar onu da rahatsız etmeye başlamıştı.

"İyi misin?" diye sordum, sırtını sıvazlayarak. "Başhemşire Hildebrand ile konuşup biraz izin almanı deneyebilirim."

Liz, "Hayır," diyerek beyaz üniformasını düzeltti. "Bunu yapabilirim. Yapmak zorundayım."

Başka bir hemşireyle birlikte, yeni getirilen bir hastayla hararetli bir şekilde ilgilenen Kitty'ye baktım. Kullandıkları sargı bezinden, bunun bir kafa yaralanması olduğunu görebiliyordum. Ciddi bir yaralanma. Kitty'nin hızla çalışan parmakları, alkollü bir bezle adamın alnına hafifçe dokunuyordu. Adam, acıyla yüzünü buruşturdu. Kitty, adamın başını sargı beziyle sarmaya başladı, ama bunu yaparken hafifçe sallanıyordu. Yolunda gitmeyen bir şeyler vardı. Sonra tıpkı adaya vardığımız gün, uçak pistinde olduğu gibi aniden dizleri bükülüverdi. Bu defa düşüşünü hafifleten hiçbir şey olmaksızın yere düştü.

Yanına koşarak yüzünü yellemeye başladım. "Kitty, Kitty! Uyan. Bayıldın."

Liz'in uzattığı bir şişe amonyak tuzunu, Kitty'nin burnuna tuttum. Bir süre sonra gözleri yavaşça açıldı.

"Çok üzgünüm," dedi Kitty. "Şu halime bir bakın. Burada gerçekten hali harap adamlar var ve ben ayakta durmayı bile beceremiyorum."

"Dinlenmeye ihtiyacın var," dedim. "Odana gitmene yardım edeyim. Başhemşire Hildebrand anlayışla karşılayacaktır."

"Evet," dedi. "Ama bana eşlik etmene izin veremem. Buradakilerin sana ihtiyacı var. Kendim giderim."

"Pekâlâ," diyerek kabullendim. "Ama dikkatli ol."

Kitty dışarı çıktıktan sonra, askerlerin sıra sıra yattığı yataklara döndüm. Kimi bir ilaç, kimi sargı bezi, kimi ameliyat, kimiyse sadece ölmeyi bekliyordu.

"Stella'ya söylemeliyiz," dedi Mary, omzumun üzerinden. "Doktor, Will'in başaramayabileceğini söylüyor."

Sözlerini başımla onayladım. "Benimle gelecek misin?"

Mary ile birlikte, bir dolabı karıştırmakla meşgul olan Stella'nın yanına gittik. "Lanet olası dolabın yeniden doldurulması gerek," diyerek ayağa kalktı. "Bu kahrolası yerde hiç iyot gördünüz mü acaba?"

"Stella," dedi Mary, "senden biraz oturmanı istiyorum."

"Oturmak mı?" diye sordu, başını şüpheyle iki yana sallayarak. "Neden oturayım ki?"

"Will," dedim, onu bir sandalyeye oturturken. "Yaralı. Ağır yaralı."

Stella küçük bir çığlık atıp eliyle ağzını kapadı. "Hayır, hayır," dedi. "Hayır, inanmıyorum." Önce bana, sonra da Mary'ye baktı. "Nerede?"

Mary ameliyat odasını işaret ederek, "Dr. Wheeler, şu an onun yanında," dedi, "ama kurtulup kurtulamayacağını bilmiyorlar."

Mary ile birlikte, ameliyat odasına koşan Stella'nın peşinden gittik.

"Will!" diye bağırdı Stella. "Will, benim." Tekerlekli sedyenin yanına diz çöküp, kolunu hafifçe Will'in göğsüne doladı. "Benim, Stella."

Will kıpırdamadı. Güçlükle nefes alıyordu. "Doktor, onu kurtaracaksınız, değil mi? Onu kurtarmak zorundasınız."

Tam da o sırada, Will'in gözleri açıldı. Göz kapakları hafifçe titredikten sonra, yeniden kapandı.

"Will!" diye bağırdı Stella. "Will, bana geri dön."

Will tekrar gözlerini açtı. Sonra ağzını açıp zayıf bir şekilde mırıldandı. "Buradayım, Stell. Buradayım."

Dr. Wheeler gözlüğünü çıkararak, "Tanrım," dedi. "Bilinci yerinde. Bu çocuk her şeye rağmen bunu atlatacak."

Stella, akıp giden gözyaşlarını umursamadan Will'in elini ellerinin arasına alıp sıkıca tuttu. "İyileşeceksin. Ah, Will!" diyerek yüzünü Will'in boynuna gömdü.

Mary ve ben, bu duygusal manzara karşısında gözyaşlarımıza hâkim olamıyorduk. Tanrı'ya şükürler olsun ki Will şanslıydı. Peki ya Lou ve Westry? Ya diğer erkekler? Onlar da aynı şansa sahip miydi? Sahip miydik?

Akşam saat on birde vardiya değişimi olana kadar çalışmıştık. Ancak o zaman bile, ben dâhil birçoğumuz gitmek istemiyorduk. *Ya Westry, revirin kapısından içeri girerse? Ya onu kaçırırsam?* Yine de Başhemşire Hildebrand kalmamıza izin vermiyor, "Çok yorgunsunuz ve dikkatsiz davranmaya başladınız," diyordu.

Haklıydı. Liz, bir hastanın ilacını vermeyi unutmuş, ben de bir çavuşun yaralanmasıyla ilgili Dr. Wheeler'a yanlış bilgi vermiştim. Doktorun ilgilenmesi gereken, on dokuz numaralı yataktaki kafa yaralanmasıydı, yedi numaradaki bacak yaralanması değil. On dokuz... Yedi... Yirmi üç... Dört... Yataklar, sayılar, askerler... Hepsi bulanıklaşarak birbirine karışıyordu ve gözlerimi kapadığımda tek görebildiğim, kıpkırmızı bir kandı.

Kışlanın kapısını açtığımda, Kitty revirden ayrıldığından beri onu düşünmediğimi fark ettim. İyi miydi? Aceleyle merdivenleri çıktım ve onu yatağında uyurken buldum.

"Kitty," diye fısıldadım, "nasıl hissediyorsun, tatlım?"

Arkasını dönüp bana baktı. "Ben iyiyim," dedi. "Ama askerler nasıllar? Orada durumlar nasıl?"

"Kötü," diye cevap verdim. "Will geldi, kötü yaralanmış. Ama iyileşeceğini sanıyoruz."

"Güzel. Peki ya Westry? Hiç haber var mı?"

"Henüz hiçbir haber yok," dedim, gözlerimin yeniden dolduğunu hissedebiliyordum.

"Posta geldi. Yatağının üzerine senin için bir mektup bıraktım."

"Teşekkürler," dedim. "İyi geceler, Kitty."

Mektubu alıp pencerenin yanına gittim, böylece Kitty'yi rahatsız etmeden ay ışığında gönderenin adresini okuyabilecektim. Mektup Gerard'dan idi.

Aşkım,
Senden hiç haber alamadım. Bunu söylemekten nefret ediyorum ama dün içimi bir korku kapladı. Bir şeylerin yolunda olmadığını hissettim. Elbette, buna inanmak istemiyorum ama kalbimde bir sızı hissettim. Bir şey mi oldu? Güvende misin? Lütfen bana yaz ve iyi olduğunu söyle.

101. Hava İndirme Tümeni'yle birlikte Fransa'dayım. Evden çok uzakta, senden çok uzaktayım. Burada koşullar oldukça ağır. Gerçi her yerde öyle olduğunu tahmin ediyorum. Sağda solda insanlar ölüyor. Ama benim için yaptığın, kapağında küçük, kırmızı bir kalp olan o kartı cebimde taşıyorum. Onun, bana şans getirdiğine inanıyorum. Sana geri döneceğim, Anne. Söz veriyorum.

Sevgilin,
Gerard

Mektubu ağlayarak yeniden zarfa koydum. Sonra da üzerinde açık mavi, kabartmalı harflerle adımın başharflerinin yazdığı zarfları ve mektup kâğıtlarını aldım, AEC. Anne Elizabeth Calloway. Eve, anneme, babama, Maxine'e, özellikle de Gerard'a birçok mektup yazmaya niyetlensem de mektup kâğıtlarımı çok fazla kullanmamıştım. Ve Gerard'a yazmak için daha fazla vakit ayırmadığımdan dolayı utanıyordum. Ne diyeceğimi bilmememe rağmen oturup bir mektup yazmaya başladım.

Sevgili Gerard,
Gayet iyi olduğumu bilmeni isterim. Buraya postalar oldukça geç ulaşıyor, o yüzden mektubunu ancak şimdi okuyabildim.

Bir yalan düşünmek için duraksadım. Beyaz bir yalan.

Burada çok meşgulüm, öyle olmasa sana daha sık yazardım. Çalışmadığımız zamanlar uyuyoruz, uyumadığımız zamanlar ise çalışıyoruz.

Başka bir yalan.

Sürekli seni düşünüyorum. Seni özledim.

Sevgilerimle,
Anne

"Vakit geçirmek için ne yapmaya ihtiyacımız var, biliyor musunuz?" diye sordu Stella, mayıs ayının başlarındaki bir sabah yemekhanedeyken.

"Neye?" diye sordu Mary, ilgileniyormuş gibi yaparak.

"Örgü örmeye."

"Senin için söylemesi kolay," diye tersledi Mary. "Senin Will'in burada, sağ salim yanında. Ve ihtiyacımız olan şeyin *yün ipliği* olduğunu mu düşünüyorsun?"

Stella incinmiş görünüyordu.

"Affedersin," dedi Mary. "Öyle demek istememiştim."

"Sorun değil," diye cevap verdi Stella. "Sadece, radyodaki haberleri dinleyerek geçirdiğimiz akşamlarda bizi biraz oyalar diye düşünmüştüm."

"Kötü bir fikir değil," diyerek ara girdim.

"Eminim yerliler battaniyeleri kullanabilir," diye ekledi Mary. "Çocukları için. Evet, onlara battaniye yapabiliriz."

"Ben varım," dedi Kitty.

"Ben de," dedi Liz.

"Bu gece mesaimiz bittikten sonra başlayabiliriz," diye önerdi Mary.

Stella gülümsedi. "Güzel. Ben malzemeleri getiririm. Dinlenme odasında buluşabiliriz."

Stella haklıydı. Sonraki birkaç hafta boyunca bizi oyalayıp katlanmamızı sağlayan şey, yün ipliği olmuştu. İlk battaniyeyi bitirdikten sonra ikincisini yaptık. Üçüncü ve dördüncüden sonra, çoktan beşincisini planlamaya başlamıştık: Yeşil ve sarı iplikle örülecek, ortasında da bir palmiye ağacı motifi olacaktı.

"Bunun altında kim uyuyacak, merak ediyorum," dedi Liz, bitirdiğimiz ilk battaniyenin üzerinde elini gezdirirken. "Bir battaniye her ne kadar önemsiz olsa da adanın insanları için bir şeyler yapıyor olmak güzel."

Hepimiz başımızı sallayarak ona katıldık.

"Tüm bu olup bitenler hakkında ne düşündüklerini hiç merak ettiniz mi?" diye devam etti Liz. "Bir gün, denizin ortasındaki huzur dolu cennetleri, azgın bir savaşın merkezi oluveriyor."

"Onlar için korku verici olmalı," diye yanıtladı Mary. "Keşke onlara battaniye vermekten fazlasını yapabilseydik."

"Ama battaniye vermek de bir şeydir," dedi Liz.

Yalnız ve belki de başı dertte olan Atea'yı düşündüm. Battaniyelerden birini kullanabilirdi. Hem kendi kullanmasa bile kullanabilecek olan başkalarını tanırdı.

Örgü şişleri birbirine çarparak çınlayan, daire şeklinde oturmuş hemşirelere baktım. "Battaniyeleri yerli bir kadına götürebilirim, onları kullanabilecek kişiler tanıyorum," dedim. "Yarın onları pazara götüreceğim."

"Başhemşire Hildebrand?"

"Evet?" dedi, başını masasından kaldırmaksızın.

"Öğle yemeğinden sonrası için biraz izin isteyebilir miyim?"

Başhemşire Hildebrand, gözlüklerini burnunun üzerine indirdi. "Ne için izin istiyorsunuz?"

"Şey, hemşirelerle birlikte battaniyeler örüyoruz," diye açıkladım. "Endişeli olduğumuz akşamlar, bizi oyalıyor—"

"Sadede gelin, Hemşire Calloway," dedi sert bir şekilde.

"Evet," dedim, "affedersiniz. Battaniyeleri bugün pazara götürüp, onları kullanabilecek bazı yerlilere vermek istiyordum."

"Battaniyeleri mi?" diye sordu Başhemşire Hildebrand, biraz alay edercesine.

"Evet, bayan," dedim. "Battaniyeleri."

Başını iki yana salladıktan sonra omzunu silkti. "Pekâlâ, bunda bir sakınca görmüyorum. Saat iki buçuğa kadar geri dönmüş olun. Bir sevkiyat alacağız ve herkesin görev başında olması gerekecek."

Gülümsedim. "Teşekkür ederim, Başhemşire Hildebrand, çok teşekkür ederim. Orada olacağım."

Pazaryeri her zamankinden sessiz, sakin ve bir o kadar da ürkütücü görünüyordu. Erkeklerin çoğu savaşa gönderildiğinden mallarını satmak için az sayıda adalı gelmişti. Ama Atea'nın orada olmasını umuyordum. Onunla konuşmam gerekiyordu.

Kilisedeki o unutulmaz Noel Arifesi olayının üzerinden aylar geçmişti. O günden beri Atea'yı görmemiştim ve onun için endişeleniyordum. Battaniyeler, onun iyi olduğundan emin olmak için sadece bir bahaneydi.

"Affedersiniz," dedim, kucağında bir bebekle oturan dişsiz bir kadına. Üzerinde bir yığın muz ve birkaç parça tozlu, egzotik görünümlü yeşilliğin bulunduğu bir masanın ardında oturuyordu. "Atea'yı gördünüz mü?"

Kadın beni şüpheli bakışlarla süzdükten sonra, "O burada değil," dedi, ilgisiz bir şekilde.

"Ah," diyerek battaniyeleri uzattım. "Ben sadece bunları ona vermek istemiştim."

İyi niyetim, kadının tutumunu değiştirmişti. Yumuşayarak birkaç yüz metre ilerideki bir bayırı işaret etti. "O, Tita ile birlikte. Yeşil ev. Sen onu evde bulmak."

"Teşekkürler," diyerek bayıra doğru döndüm. Kamyonun kampa dönmesine bir saatten az bir süre vardı, o yüzden hızla kadının gösterdiği tepeye çıkan patikaya doğru yürüdüm. Fildişi rengi rugan ayakkabılarım çamurla kaplanmıştı, ama umursamıyordum. Koluma konan bir sivrisineği ezdikten sonra ağaçlıkların içine uzanan patikayı takip ettim. Gökyüzünü bir örtü gibi kapatan tropikal ormanın altında etraf daha karanlıktı. Sanki doğanın bir parçasıymış gibi yamaca uyum sağlayan küçük, yeşil evi az kalsın göremeyecektim. *Bu, o ev olmalı*, diye geçirdim içimden.

Tek odalı küçücük evin duvarına bir bisiklet dayalıydı. Ev, sahile vuran tahta parçalarından yapılmış gibi görünüyordu. Kapıyı çalmak üzere elimi kaldırdığım sırada bir tavuk ciyaklayarak beni ürküttü. *Buraya bu şekilde gelmekle aptallık mı ettim?*

Kapıda yaşlı bir kadın belirdi. Gri renkli saçları, tek bir örgü şeklinde örülmüştü.

Çekingen bir şekilde, "Atea'yı görmek için geldim," dedim ve battaniyelerin olduğu sepeti gösterdim.

Kadın olumlu anlamda başını salladıktan sonra Fransızca, belki de Tahiti dilinde, anlamadığım bir şeyler mırıldandı. Sonra kapının ardında ayak sesleri duyuldu.

"Anne!" dedi Atea, yaşlı kadının arkasından başını uzatarak. "Gelmişsin!" Oldukça farklı görünüyordu. Belki de narin vücuduna neredeyse beş beden büyük bir elbise giymiş olduğu içindi. 1895 yılının Sears Roebuck kataloğundan fırlamış gibiydi. Daha önce bir bez parçasıyla gayet rahatça dolaşıyorken, şimdi neden bunu giydiğini merak etmiştim.

"Evet," dedim. "Rahatsız ettiğim için üzgünüm. Ben... ben sadece güvende olduğundan emin olmak istedim. Bir de sana bunları vermeye geldim."

Atea sepeti elimden alıp hayranlıkla baktı. "Çok güzeller. Benim için mi?"

"Evet, senin ve onları kullanabileceğini düşündüğün herkes için," dedim gülümseyerek. "Nasılsın?"

Soruyu cevaplamakta zorlanıyormuş gibi görünüyordu. "İçeri gel," dedi Atea onun yerine. "Bu, Tita."

Yaşlı kadın başını olumlu anlamda salladı.

"Tanıştığımıza memnun oldum, Tita," dedim. "Ben, Anne."

İçeri girip Atea'nın gösterdiği hasır sandalyeye oturdum. Birkaç dakika sonra Tita, içinde sıcak bir şey olan, büyük bir bardak getirdi. "Çay," dedi. "Senin için."

Teşekkür ederek bir yudum aldım. İçecek hem tatlı, hem de baharatlıydı.

"Çok güzel," dedim. "Nedir bu?"

"Kava," dedi Atea. "Seni sakinleştirir."

Başımı sallayarak onayladım. Atea haklıydı. Her yudum, yatıştırıcı ve biraz da baş döndürücü bir etki yaratıyordu. Etrafımdaki her şey gittikçe daha yumuşak bir görüntüye kavuşuyordu. Dakikalar sonra, pürüzlü pencere çerçevesinin sert kenarları cilalanmış görünüyordu ve içeri girdiğimde dikkatimi çeken toprak zemin, yumuşak, oryantal bir halıya benzemeye başlamıştı.

"Bu, o mu?" diye sordu Tita, Atea'ya.

Atea başını evet anlamında salladı.

Tita yanımdaki sandalyeye oturdu. "Ressamın evini bulan sen misin?"

Önce kafam karışsa da sonradan Atea'nın aylar önce kumsalda söylediklerini hatırladım. Westry ile paylaşmayı unuttuğum bir ayrıntıydı bu. "Evet," dedim, "eğer bungalovu kastediyorsanız, öyle."

Tita, yüzünde bilmiş bir ifadeyle Ate'ya baktı. "O bungalov hakkında bilmen gereken bir şey var," dedi yaşlı kadın. Gözleri öyle dikkat çekiciydi ki bakışlarımı başka yöne çeviremiyordum. "Efsaneye göre her kim o kapıdan içeri adım atarsa" –sanki doğru kelimeleri düşünüyormuş gibi duraksadı– "ömür boyu kalp acısı çeker."

"Ne demek istediğinizi anladığımdan emin değilim," diyerek bardağı solumdaki küçük, ahşap masanın üzerine bıraktım. Odanın içinde bir sis belirmiş gibiydi ve çayın içinde ne olduğunu merak etmeye başlamıştım.

"Orada kötü şeyler oluyor," dedi Tita.

Başımı iki yana salladım. Hayır, tamamen yanlış biliyordu. Orada *iyi* şeyler oluyordu. Orası, bizim gizlenme yerimizdi; Westry'yi sevmeye başladığım yerdi. *Bunu nasıl söyleyebilir?*

"Ne gibi?" diye sordum.

"Konuşulamayacak kadar korkutucu şeyler," diye fısıldadı, gözlerini duvardaki çarmıha gerili İsa heykeline çevirerek.

Birden ayağa kalkmamla birlikte oda sanki dönmeye başladı. "Pekâlâ," dedim, sandalyenin kenarına tutunarak sabit durmaya çalışırken. "Çay için teşekkür ederim. Ama gerçekten gitmem gerek." Atea'ya döndüm. "Kendine iyi bak, tatlım. Ve lütfen, yardıma ihtiyacın olursa teklifimi hatırla."

Atea başını olumlu anlamda salladı ve ben kapı koluna uzanırken, temkinli bir şekilde Tita'ya baktı.

"Bir dakika," diyerek arkamı döndüm. "Bungalovun bir zamanlar bir ressama ait olduğunu söylemiştiniz. Peki, kim olduğunu biliyor musunuz acaba?"

Tita, önce Atea'ya, sonra yeniden bana baktı. "Evet," dedi, dalgın bakışlarla. "Adı Paul. Paul Gauguin."

O gece Mary, tam da saldırıların başladığı sırada dinlenme odasında yün ipliklerimizi dağıtıyordu. Kapıdan içeri telaşla dalan erkek kalabalığını duyunca, hepimiz başımızı kaldırıp onlara baktık. "Hemşireler, çabuk gelin!" diye bağırdı içlerinden biri. "Revirde size ihtiyaç var. Bir uçak dolusu yaralı adam geldi. Bu sefer sayıları çok fazla."

Örgü şişimi bırakıp diğer hemşirelerle birlikte revire giden patikaya koştum. Başhemşire Hildebrand, sağa sola emirler yağdırmaktaydı. "Kitty, sen benimle kalıp Doktor Wheeler'a yardım et. Stella, bir numaralı yataktan on bir numaralı yatağa kadar sen ilgileneceksin. Liz, sen on iki numaradan on dokuz numaraya kadar alıyorsun. Mary, Anne, siz ikiniz hastaları karşılayın. İşinizi düzgün yapın. Bu gece çok zor durumlarla karşılaşacağız. Ama burada olmamızın sebebi bu. Hemşireler, gücünüzü toplayın. Bundan sonraki saatlerde buna ihtiyacınız olacak."

Hepimiz yerlerimize dağıldık. Hastalar gelmeye başladığında ise gördüklerimiz daha önce gördüğümüz hiçbir şeye benzemiyordu. Yaralar daha ağır, çığlıklar daha yüksek ve yoğunluk, geçen günlere nazaran çok daha fazlaydı.

Mary ve ben kapıdaydık, insan trafiğini yönetiyor ve haykırarak yardım dilenen hastaları içeri alıyorduk. Kimileri daha zayıf bir şekilde yardım etmemiz için yalvarırken, kimilerinin acı feryatlarına tanıklık etmek dehşet vericiydi. Başından yaralanmış genç bir asker kolumu öyle sert bir şekilde çekiştirdi ki elbisemin kolunu yırttı. "Annemi istiyorum!" diye bağırıyordu. "Anne! Annem nerede?"

Şahit olduğumuz görüntüler yürek parçalayıcıydı. Her şey... Kan, ıstırap, acı ve özellikle de canları yandığı için birer çocuğa dönüşen erkekleri görmek, korkunçtu. Fakat her şeye rağmen çalışmaya devam ediyorduk. Başhemşire Hildebrand'ın emrettiği gibi güç rezervlerimizi kullanıyorduk. Ve gücümüz tükendiğinde daha fazlasını buluyorduk.

Son uçak geldiğinde, saat sabahın iki buçuğunu gösteriyordu. Revire tekerlekli sedyelerle dokuz asker getirildi. Kapıda, Mary'nin çığlığını duydum. Sesindeki dehşetten, attığı çığlığın sebebini anlamıştım.

Yanına koştuğumda sedyede yatan Lou'yu gördüm; cansızdı ve çok kötü bir biçimde yanmıştı.

Kapıdaki asker başını iki yana salladı. "Üzgünüm, bayan," dedi. "Yolda öldü. Onun için elimizden gelen her şeyi yaptık."

"Hayır!" diye bağırdı Mary, bir yandan da başını şiddetle iki yana sallıyordu. "*Hayır!*" Askerin yanına koşarak gömleğine sıkıca yapıştı. "Ona yardım etmeyi denemediniz mi? Hiçbir şey yapmadınız mı?"

"Bayan," dedi asker, "sizi temin ederim ki yapabileceğimiz her şeyi yaptık. Ama yaraları çok ağırdı."

Mary, "Hayır," diyerek dizlerinin üzerine düştü. "Hayır, bu olamaz." Ayağa kalkıp başını Lou'nun göğsüne dayadı ve yüzünü kan içindeki gömleğine gömüp hıçkırıklarla ağlamaya başladı. "Lou, Lou!" diye ağlıyordu. "Hayır, hayır, Lou. Hayır."

Liz koşarak yanıma gelip, "Onu durdurmak zorundayız," dedi. "Bana yardım eder misin?"

"Mary," dedim. "Mary, dur. O gitti, tatlım. Gitmesine izin ver."

"Vermeyeceğim!" diye bağırdı Mary, beni bir yana iterek. Yüzü, Lou'nun kanına bulanmıştı. Bana yardım etmesi için Liz'e işaret ettim.

"Tatlım," dedim, Mary'nin sol kolunu tutarak. Liz de sağ kolunu tutmuştu. "Seni yatağa götüreceğiz."

"Hayır," diye inledi Mary.

"Liz, sakinleştiricileri getir."

Liz, tamam dercesine başını salladıktan sonra bana bir şırınga uzattı. Mary, koluna batırdığım iğneyi duymamıştı bile. Birkaç dakika sonra bedeni gevşemeye başladı.

"İşte," dedim, onu yakındaki bir yatağa yavaşça yatırırken. Yatak çarşafının üzerinde kan izleri vardı. Bir başkasının kanı. Ama çarşafı değiştirecek vakit yoktu. "Uzan, tatlım," diyerek, ıslak bir bezle yüzündeki Lou'nun kanını sildim. "Dinlenmeye çalış."

"Lou," diye mırıldandı Mary halsiz bir şekilde. Sonra da gözleri yavaşça kapandı.

Birkaç dakika boyunca Mary'nin nefes alıp verişini izlerken, bu olanların ne kadar adaletsiz olduğunu düşünüyordum.

Bütün o yaşadıklarından sonra, gerçek aşkı bir kez daha bulmuş ve onu böylesine trajik bir şekilde kaybetmişti. Bu, adil değildi.

Kitty ile birlikte hiç konuşmadan kışlaya yürüdük. Artık savaşı, daha doğrusu savaşın sonuçlarını, çirkinliğini ve zalimliğini görmüştük.

Yataklarımıza devrilip, uzun bir süre tepemizden geçen uçakları dinledik. Westry için dua ederken, Kitty'nin kim için dua ettiğini ya da kimi düşündüğünü merak ediyordum.

"Anne," diye fısıldadı Kitty, gökyüzü bir süreliğine sessiz kaldığında. "Hâlâ uyanık mısın?"

"Evet."

"Sana bir şey söylemem gerek," dedi. "Önemli bir şey."

Yerimden doğruldum. "Nedir?"

Bir iç çekerek bana baktı. Gözleri, anlayamadığım bir şekilde keder ve acıyla doluydu. "Ben hamileyim."

Onuncu Bölüm

Şaşkınlıktan dilimi yutmuş bir halde, doğruca Kitty'nin yatağına koştum. "Ah, Kitty!" diye bağırdım, başımı inanmıyormuşçasına sallayarak.

"Bir süredir biliyordum," dedi Kitty, gözlerinden yaşlar boşanıyordu. "Sana söylemeye o kadar korktum ki."

"Neden korktun, Kitty?"

Derin bir nefes aldı. "Biraz bunu kendime bile itiraf etmekten korktuğum için, biraz da seni hayal kırıklığına uğratacağını bildiğim için."

"*Beni* hayal kırıklığına uğratmak mı?" Parmaklarımı buklelerinin arasından gezdirerek başımı iki yana salladım. "Hayır, ben sadece bu yükü tek başına taşımak zorunda kaldığın için hayal kırıklığına uğradım."

Kitty, yüzünü omzuma gömüp ağlamaya başladı. Öyle şiddetli ağlıyordu ki bedeni kederle sarsılıyordu. "Ne yapacağımı bilmiyorum," diye haykırdı. "Şu halime bak." Bariz bir şekilde şişmiş olan karnını gösterdi. "Aylardır korseyle saklıyorum. Artık bu şekilde devam edemem. Yakında herkes fark edecek. Bebek bir ay içinde gelecek, belki de daha erken."

"Başhemşire Hildebrand ile konuşacağız."

"Hayır!" diye atıldı Kitty. "Hayır, ona gidemeyiz. Lütfen, Anne."

"Bu bizim tek seçeneğimiz," diyerek ona karşı çıktım. "Bu durumda, onca saat çalışamazsın. Ayrıca bebek de yakında geliyor. Bunun için plan yapmalıyız."

Kitty korkmuş ve düşüncelere dalmış görünüyordu. Yüzündeki ifadeden kendisini bekleyen gerçekleri hesaba katmadığını anlayabiliyordum. Evinden binlerce kilometre uzaklıktaki bir adada bir çocuk doğuruyordu, evlenmemişti, utanç içindeydi ve kararsızdı.

"Pekâlâ," dedi Kitty. "Eğer en iyisinin bu olduğunu düşünüyorsan, söyle ona. Ama sen söylerken orada olmaya katlanamam."

Alnını öperek gülümsedim. "Olmak zorunda değilsin, hayatım," dedim. "Ben her şeyi hallederim."

Ertesi gün Başhemşire Hildebrand ile bir dakika bile yalnız kalabilecek zaman bulamamıştım. Fakat mesaimin bitmesine bir saat kala ona depoda rastlamayı başardım.

"Başhemşire Hildebrand," dedim, kapıyı ardımdan sessizce kapatarak. "Sizinle bir şey hakkında konuşabilir miyim?"

"Evet, Anne," dedi, boşaltmakta olduğu sandıktan başını kaldırmamıştı bile. "Çabuk lütfen, geri dönmek zorundayım."

"Teşekkür ederim," dedim. "Kitty hakkında."

Başhemşire Hildebrand, başını olumlu anlamda salladı. "Biliyorum."

"Biliyorum, demekle neyi kastediyorsunuz?"

"Hamileliğini," diye cevapladı duygusuz bir şekilde.

"Evet, ama ben—"

"Anne, çok uzun zamandır hemşirelik yapıyorum. Birçok bebek doğurttum, ayrıca kendi çocuklarım da var. Biliyorum."

Başımla sözlerini onayladıktan sonra çekimser bir tavırla konuşmaya devam ettim. "Yardımınıza ihtiyacı var. Bebek yakında geliyor ve bu şekilde çalışmaya devam edemez."

Başhemşire Hildebrand, ilk defa bana doğru döndü. Yüzü, ondan beklemediğim bir şekilde yumuşamıştı. "Ona buradaki işlerle ilgili endişelenmemesini söyle. Diğerleri soracak olursa, onun yaygın bir hastalığa yakalanıp karantinada olduğunu söylerim. Ona yemek götürmen gerekecek. Bunu yapabilir misin?"

"Evet," diyerek gülümsedim. "Evet, tabii."

"Ve zamanı geldiğinde, bana gelin."

Tamam dercesine başımı salladım. "Peki, bebeğe ne olacak, yani sonra—"

"Bebeği alacak misyoner bir aile tanıyorum," dedi. "Tepenin hemen ardında, adanın diğer tarafında yaşıyorlar. İyi insanlardır. Yarın sabah onlarla konuşurum."

"Teşekkürler Başhemşire Hildebrand," dedim. Bu tavrı karşısında oldukça duygulanmıştım ve gözlerimden yaşlar akıyordu. "Açıkçası sizin bu kadar—"

"Yeter," dedi. Yüzündeki yumuşama şimdi gitmiş, yerini gayet iyi bildiğim o sert ifadeye bırakmıştı. "İşe geri dönme zamanı."

Mary'nin adayı terk ettiği gün, hepimiz için üzücü bir gündü. Özellikle de kışlaya kapanıp kalan ve diğer hemşirelerle birlikte Mary'ye veda etmek için uçak pistine gelemeyen Kitty için.

Ada, Mary'ye belki de hepimize olduğundan daha acımasız davranmıştı. Önce ona sıtma bulaştırıp neredeyse canını almaya kalkışmış, sonra da kalbini kırmıştı.

"Hoşça kal, arkadaşım," dedi Stella, Mary'ye.

"Seni asla unutmayacağız, tatlım," diye araya girdi Liz.

Uçağın açık kapısının önünde duran Mary, içi boş bir kadına benziyordu. Her zamankinden daha zayıftı ve az kalsın hayatına mal olacak olan, kendi açtığı o yaralar yüzünden bilekleri hâlâ sargılıydı.

Çantasından bir mendil çıkarıp kan çanağına dönmüş gözlerini kuruladı. "Hepinizi çok özleyeceğim," dedi Mary. "Buradan ayrılmak bana doğru bir şeymiş gibi gelmiyor. Sizler benim en iyi arkadaşlarım, kız kardeşlerim oldunuz."

Mary'nin elini tuttum. "Sıra sende, tatlım. Evine dön ve kendine iyi bak." Birden, o an cebimde olan Edward'ın mektubunu hatırladım. Onu, Mary'den bu kadar uzun süre saklamayı düşünmemiştim. Artık onu okumaya hazır mıydı? Önemi yok, diye düşündüm. Ne de olsa mektup, ona aitti.

"Sanırım öyle," diyerek çantasına uzandı Mary.

Mary uçağa doğru döndüğünde, diğer hemşireler gözyaşlarını tutmaya çalışıyorlardı.

"Bekle," diye seslendim. Mary, yüzünde şaşkın bir ifadeyle tekrar bana döndü.

Mektubu cebimden çıkarıp, Mary'nin eline tutuşturdum. "Bu mektup sana gelmişti. Umarım onu senden sakladığım için beni affedersin. Sadece seni daha fazla acıdan korumak istemiştim."

Gönderenin adresini gördüğünde, Mary'nin gözleri parladı. "Tanrım," dedi şaşkınlık içerisinde.

"Çok üzgünüm," diyerek geri çekildim.

Mary uzanarak elimi tuttu. "Hayır, üzülme. Seni anlıyorum."

"Seni çok özleyeceğim," dedim, ama bu sözleri söylerken içimden, keşke her şey farklı olabilseydi, diye geçiriyordum. Mary için, Kitty için, hepimiz için. "Savaş bittiğinde Seattle'da beni ziyaret edeceğine söz ver."

"Söz veriyorum," dedi Mary. Böylece Mary ve mektubu hayatımızdan çıkıp gitti... belki de sonsuza dek. Artık ada, eskisine nazaran çok daha ıssızlaşmıştı.

Uzun bir süredir sanki Westry hiç dönmeyecekmiş gibi hissediyordum. Ada onsuz çok farklıydı, özellikle de Mary gittiğinden ve Kitty elden ayaktan kesildiğinden beri. Derken mayıs ayının sonlarına doğru, yine revirde çalıştığımız bir sabah, kampın merkezindeki hoparlörden askerlerin döndüğünün anons edildiğini duyduk.

"Git," dedi Başhemşire Hildebrand bana.

Teşekkür etmek için bile beklemeden patikaya koştum ve uçak pistine varana dek durmadım. Askerler, ağır çantalarıyla ve daha da ağır yürekleriyle, yorgun argın kampa giriyorlardı. Lance, Albay Donahue ve tanıdığım bazı diğer askerler oradaydı. *İyi ama Westry nerede?* Tanıdık bir yüz görmek için etrafıma bakındım. Elliot, görevi biten birkaç diğer askerle birlikte evine dönmüştü. *Westry'nin nerede olduğunu bir başkası bilebilir mi?*

"Westry'yi gördünüz mü?" diye sordum, tanımadığım bir askere.

"Üzgünüm, bayan," dedi. "Onu tanımıyorum."

Başımı olumlu anlamda salladıktan sonra, Westry'nin kışladaki yatakhane arkadaşlarından birini fark ettim. "Ted," dedim, ona doğru yaklaşarak. "Westry nerede? Onu gördün mü?"

Başını iki yana salladı. "Üzgünüm. Dünden beri görmedim."

"Ne demek istiyorsun?"

"Cephede ön saflardaydı ve..."

Kalp atışlarım hızlanmıştı. "Ne diyorsun sen?"

"Bizimle birlikte uçakta değildi."

"Bu ne anlama geliyor?" diye bağırdım. "Buraya dönmeyeceği anlamına mı geliyor? Onu orada öylece bıraktığınız anlamına mı geliyor?"

"Bu gece bir uçak daha gelecek," dedi Ted. "Dua edelim de onun içinde olsun."

Başımı olumlu anlamda salladıktan sonra Ted, şapkasını çıkarıp beni selamladı ve kampa doğru ilerleyen erkeklerin olduğu sıraya girdi. Hepsi de sıcak bir kap yemek ve yumuşak bir yatak için can atıyordu.

Westry'nin aşkımı hissedebilmesini umarak, boynumdaki madalyonu sıkıca tuttum. Geri dönmesini, her şeyden çok arzuluyordum.

Tropiklerde mayıs ayında hiç de alışıldık olmamasına rağmen, o gece soğuk bir hava hâkimdi. Kumsalda yürürken titriyordum. Kitty'nin durumunu göz önünde bulundurursak, bu yaptığım oldukça aptalca bir haraketti. Son birkaç gündür küçük kasılmalar yaşıyor ve beni bunların ciddi bir şey olmadığına ikna etmeye çalışıyordu. Yine de ona sadece bir saatliğine ayrılacağıma söz vermiştim. Kitty'yi yalnız bıraktığım için kendimi suçlu hissetsem de bungalovun vereceği huzura her şeyden çok ihtiyacım vardı.

Kapıyı açtım ve yatak örtüsünü üzerime çekerek yukarıdan geçmekte olan uçakları dinledim. *Geliyor mu? Lütfen, Tanrım, onu geri getir.*

Fakat kumsaldan gelen ayak sesleri yerine duyabildiğim tek ses yağmura aitti; önce sadece birkaç damla, sonra yüzlerce ve binlercesi. Sanki gökyüzü ortadan ikiye ayrılmıştı ve içindekileri, tam da bungalovun çatısına boşaltıyordu.

Kapıyı açtım ve yağmur damlalarını hissetmek için elimi dışarı uzattım. Tenime sert öpücükler gibi konan damlalar, beni dışarı çağırıyordu. Bir adım daha atarak gökyüzüne baktım. Gözlerimi kapatıp ılık yağmur damlalarının yüzümü ve saçlarımı ıslatmasına izin verdim. Çok geçmeden elbisem sırılsıklam olmuştu. Yağmur iç çamaşırlarımdan içeri sızarken, elbisemin düğmelerini çözmeye başladım. Tam da o sırada gözucuyla birini gördüm. Gördüğüm kişi uzakta, bulanık ve belli belirsizdi. Gökyüzünden inen boncuklu bir perdeye benzeyen yağmuru aralayarak korkusuzca ona doğru yaklaştım. Ta ki yüzünü seçene dek... Aylarca savaşmaktan ötürü iyice zayıflamış ve ona sunmak için can attığım aşka susamış bir yüzdü bu.

Bedenlerimiz çarpışıp birbirine yapışırken, çantası kumun üzerine düştü. "Ah, Westry!" diye haykırdım. Karanlığa rağmen yüzündeki sıyrıkları ve yırtık, çamur içindeki üniformasını görebiliyordum.

"Doğruca buraya geldim," dedi Westry.

"Ah, Westry!" diye bağırdım tekrar, dudaklarına yapışarak.

Ellerini elbisemde gezdirerek sanki onu yok etmek istermişçesine çekiştirdi. Kollarına atılarak bacaklarımı vücuduna doladım ve onu ardı ardına öpmeye başladım. Gülümsedi ve beni nazikçe kumun üzerine indirdi.

Westry çantasına uzanarak, "Haydi şu işi usulüne göre yapalım," dedi. "Askerler nasıl duş alır, hiç görmüş müydün?"

Westry, çantadan bir kalıp sabun çıkardı. "İşte biz gemideyken böyle yıkanıyorduk," dedi. "Güvertede, tropikal yağmurun altında."

Ellerimi gömleğinde gezdirerek olabildiğince hızlı bir şekilde düğmelerini çözmeye başladım. Sonra çıplak göğsüne ve boynundan sarkan asker künyesine dokundum.

Westry önce pantolonunu, sonra elbisemi çıkardı. Bir dakika boyunca, ılık yağmurun altında çırılçıplak durduk. Sonra bana doğru yaklaşarak sabunu boynumda gezdirmeye başladı. Sabunu göğüslerime dokundurup tenimi köpüklerle kapladığında, nefesimi tuttum.

Ona biraz daha sokuldum. Tenini, tenimde hissetmeyi seviyordum. Sabunu elime alıp göğsüne, kollarına ve sırtına sürmeye başladım. Yağmur, yaydığım köpükleri aynı hızla alıp götürüyordu. Westry beni kendine çekip öperken, öpücüğündeki yoğunluğu ve açlığı hissedebiliyordum. Beni bungalova götürmek üzere kollarına aldığında, elimdeki sabundan arta kalanlar da kayarak kumun arasına karıştı.

Bungalovdaki örtünün çıplak tenimde uyandırdığı his hoşuma gidiyordu. Bir saat sonra fırtına dinmişti. Yatakta uzanmış, parmağımı Westry'nin yüzünde gezdiriyordum. Kumsala bakan pencereden dışarıyı seyrediyordu. Çenesindeki sakal sıklaşmıştı. Yüzündeki sıyrıkları saydım. Dört – pekâlâ, kulağındaki kesiği de sayarsak beş.

"Oralar nasıldı?" diye fısıldadım.

Westry, "Tam bir cehennemdi," diyerek yerinden doğrulup, yataktaki yastıklara yaslandı.

Tereddüt ettiğini hissetmiştim. "Bu konuda konuşmak istemiyorsun, değil mi?"

"Bu muhteşem anın tadını çıkarmayı yeğlerim," dedikten sonra dudaklarıma yumuşak bir öpücük kondurdu.

Kitty aklıma gelince, yanından ayrılmamın üzerinden saatler geçmiş olabileceğini fark ettim. *O iyi midir?* Onu bu kadar uzun süre yalnız bıraktığım için kendimi suçlu hissetmiştim.

"Giysilerimiz," dedim, biraz paniklemiş bir halde. "Sırılsıklam olmalılar."

Westry ayağa kalkarak battaniyeyi yatağa bıraktı. Güçlü, biçimli ve çıplak vücudunu inceleyerek utangaç bir şekilde kıkırdadım.

"Ben gidip alırım," dedi.

Bir dakika sonra ıslak ve buruşuk elbisemle birlikte geri döndü. Ben elbisemi başımdan geçirirken, o da pantolonunu giyiyordu.

"Biraz kalabilir misin?" diye sordu, parmaklarıyla saçlarımı tararken.

"Keşke kalabilseydim, ama gitmem gerek." Ona Kitty'den bahsetmek istesem de hiçbir şey söylememeye karar verdim. "Kitty'ye saatler önce döneceğimi söylemiştim."

Westry, tamam dercesine başını sallayarak elimi öptü.

Çalıların arasından gelen bir hışırtının ardından, kapıda belli belirsiz bir tıkırtı duyarak ikimiz de pencereye döndük.

Westry temkinli bir şekilde kapıyı açtı. Omzunun üzerinden göz attığımda, dışarıda duran Kitty'yi gördüm. Karnını sıkıca tutmuş, acı içinde kıvranıyordu. "Anne!" diye bir çığlık attı. *Vakit* geldi."

Bizi nasıl bulduğunu düşünmek için durmadım bile. Sorular için vakit yoktu. "Seni revire götürmeliyiz," dedim yanına koşarak.

"Hayır. Diğer hemşirelerin beni böyle görmesine dayanamam. Ayrıca, bunun için çok geç," dedi. "Bebek *şimdi* geliyor."

Ben Kitty'nin bungalovun merdivenlerinden çıkmasına yardım edip onu yatağa yatırırken, Westry'nin ağzı bir karış açık kalmıştı. Kitty, şahit olması bile yürekleri burkan bir acıyla inliyordu. *Lance onu bu şekilde bıraktığı için cezalandırılmalı,* diye geçirdim içimden. Battaniyenin ucuyla Kitty'nin terini silerken, başımı iki yana sallayarak sessizce dua etmeye başladım. *Lütfen, Tanrım, Kitty'nin acısını dindir. Bana ihtiyacım olan gücü ver.*

Kitty, şimdi daha da şiddetli inliyordu. Yolunda olmayan bir şeyler vardı, bunu hissedebiliyordum. Birden Tita'nın o ürkütücü uyarılarını hatırlayarak ürperdim. Sonra bu düşünceleri kafamdan atarak odaklanmaya çalıştım. Dikkatli bir şekilde Kitty'nin bacaklarının altına girdim ve yatağın biraz daha gerisine yaslanmasına yardım ettim. Elbisesini sıyırıp hemşirelik derslerinde doğumla ilgili öğrendiklerimi hatırlamaya çalışırken ellerim titriyordu. Sıcak su... Forseps... Eter... Battaniye... Bir kez daha irkildim. İki elimden başka kullanabileceğim hiçbir şeyim yoktu.

Kanaması vardı, bu gayet açıktı. "Kitty," dedim, çığlık attığı sırada. "Kitty, şimdi ıkınman gerek."

Kitty, acısıyla baş başa kalmış gibi görünüyor, sesimi duymuyordu. Elini tutarak sıktım. "Kitty," dedim tekrar, "dayan lütfen. Güçlü olmalısın."

"Anne, sana yardım edeyim," dedi Westry, nihayet kendine geldiğinde.

Westry yanıma gelerek diz çöktü. Bungalovun gaz lambası, aylarca güneşte kaldığı için kararan tenini aydınlatıyordu. Başından neler geçtiği tahmin bile edilemezdi. Şimdiyse, döner dönmez böyle bir olayla karşılaşmıştı.

Ben bir sonraki kasılma sırasında Kitty ile konuşurken, Westry, matarasındaki suyla mendilini ıslatarak hafifçe Kitty'nin alnına dokundurdu. "Bebeğin kafasını görebiliyorum," dedim. "Çok uzun sürmeyecek."

Kitty minnet dolu gözlerle Westry'ye baktı. Westry, Kitty'nin elini tutarak saçlarını okşuyordu. Çok geçmeden bebek kollarıma kayıverdi.

"Bir kız!" diye bağırdım. "Kitty, bu bir kız."

Westry çakısıyla göbek bağını kesmeme yardım ettikten sonra, bebeği Kitty'nin kollarına verdi. Kitty, yeni doğmuş bebeğine sıkıca sarılarak göğsüne bastırdı.

"Battaniyelere ihtiyacımız var," dedim, Kitty'nin titrediğini fark ederek.

Westry, Kitty'nin üzerini yatak örtüsüyle sıkıca örttükten sonra gömleğinin düğmelerini çözmeye başladı. "İşte," dedi, "bebeği buna saralım." Sonra da haftalarca savaştığı için yırtık pırtık olan ve biraz da kanlı gömleğiyle bebeği özenle kundakladı.

Kitty ve bebek sakinleştikten sonra, Westry ile dışarı çıkıp kuma oturduk. Artık duygularımı daha fazla bastıramıyordum.

"Ağlama," dedi Westry, yumuşak bir sesle. "O bebeği bir doktorun yapabileceğinden çok daha iyi bir şekilde doğurttun."

Başımı olumlu anlamda sallayarak elbisemin koluyla gözyaşlarımı sildim. "Sadece, Kitty için istediğim şey bu değildi. Lance, onu bu durumda bıraktığı için askeri mahkemeye çıkarılmalı."

Westry şaşkın görünüyordu, ama başını sallayarak beni onayladı. "Peki ya bebek? Ona ne olacak?"

"Adadaki misyoner bir çift onu alacak," dedim. "Kitty kabul etti, ama" –başımla bungalovu işaret ettim– "bunun, onun için ne kadar zor olacağını biliyorum."

"Ayağa kalkabilecek kadar iyi olduğunda, onu kampa taşıyacağım," dedi Westry. "Sen de bebeği alırsın."

Başımla onu onaylayarak, "Kimselerin görmemesi için güneş doğmadan önce orada olmalıyız," diye dikkat çektim.

Westry duraklayarak usulca saçlarımı okşadı. "Anne," dedi. "Senden uzakta olmaktan nefret ediyorum."

Gözlerim yaşlarla dolmuştu. "Her günün her saati, senin için endişelenip durdum."

"Çok kötüydü," dedi. "Ve üstesinden gelmemi sağlayan tek şey, sana geri döneceğimi bilmekti."

Başımı çıplak, pürüzsüz ve sıcak göğsüne yasladım. "Geri dönmeseydin ne yapardım, bilmiyorum," dedim. "Nasıl devam edebilirdim, bilmiyorum."

Ellerimi ellerinin arasına aldı ve sol elimi kaldırarak parmağımdaki yüzüğe dokundu. "Artık seni onunla paylaşamam," diye fısıldadı.

"Biliyorum," dedim, nefesini içime çekerek. Yüzüğü parmağımdan çıkarıp cebime attım. "Artık paylaşmak zorunda değilsin. Ben seninim. Tamamen senin."

Westry beni öyle tutkuyla öptü ki Gerard için duyduğum suçluluk duygusu anında silinip gitti. Bungalovdan gelen ve bize yapmamız gereken işi hatırlatan bebek ağlamasını duymasaydım, gün ağarana dek sarmaş dolaş bir şekilde oturabilirdik.

"Onları geri götürsek iyi olacak," dedim Westry'ye, önce yanağını, sonra burnunu ve ardından avucunun içini hafifçe öperek. Daha önce hiç bu kadar gerçek ve sağlam bir aşk hissetmemiştim.

Westry, Kitty'yi bungalovdaki yatak örtüsüne sararak karargâha giden kumsal boyunca taşıdı. Bu, onun gücünde bir adam için bile kolay bir iş değildi. Nihayet kampa vardığımızda, güneş yanığı teninden boncuk boncuk ter damlıyordu. Yürüdüğümüz sırada bebek kucağımda uyuyakalmıştı. Asker yeşiliyle sarılıp sarmalanmasına rağmen tıpkı annesine benziyordu. Kesinlikle Kitty'nin burnuna ve o çıkık elmacıkkemiklerine sahipti. Günün birinde bukilelerle dolu bir kafası olup olmayacağını merak ediyordum. Öyle olmasını umuyordum.

"Şimdi seni revire yatıracağız," dedim, Kitty'ye.

"Ama Anne, hayır, ben–"

"Şişşt," diye fısıldadım. "Endişelenme. Utanılacak hiçbir şeyin yok."

Saat sabahın beşiydi ve revirin diğer kanadında hastalarla ilgilenen birkaç hemşire olsa da onlara görünmemiz olası değildi. Karşılaşma ihtimalimiz olan tek kişi, Başhemşire Hildebrand'dı.

Westry, Kitty'yi içeri taşıdı. Ona gösterdiğim sağ taraftaki küçük, özel odaya girerek onu nazikçe yatağa yatırdı. Bebeği Kitty'nin kollarına bıraktım. Çocuk, adeta bir yapbozun parçası gibi yerine oturmuştu. Kitty önce bana, ardından Westry'ye baktıktan sonra, elini Westry'nin sakalında gezdirdi. "Sana nasıl teşekkür edebilirim?"

"Teşekküre gerek yok," dedi Westry, gülümseyerek. "Ama bu adamın yeni bir gömlek bulmasına yardımcı olabilirsin."

"Ah," diyerek gülümsedi Kitty. "Ama sizce de bebeğim bu yeşilin içinde çok tatlı görünmüyor mu?"

Westry sırıttı ve yatağın yanındaki askılıktan beyaz bir doktor önlüğü aldı. Bu, büyük ihtimalle Doktor Livingston'un önlüklerinden biriydi.

"Sana yakıştı," diyerek göz kırptım.

Kapı tokmağının döndüğünü duyunca, hepimiz birden kapıya baktık. İçeri giren Başhemşire Hildebrand, Westry'yi beyaz bir önlüğün içinde görünce şaşırdı.

"Sen de kimsin?"

"Westry Green, bayan," diye yanıtladı Westry. "Ben sadece, gitmeden önce bu iki –yani bu üç– bayanı, yerlerine bırakıyordum."

"Bundan sonrasını ben hallederim, asker," dedi Başhemşire Hildebrand sert bir şekilde. "Ve sen de önlüğü yıkayıp ütüledikten sonra geri getirebilirsin."

Westry başını sallayarak onayladıktan sonra kapıya yöneldi. "İyi geceler, bayanlar," dedi, bana son bir gülücük yollayarak.

"İyi geceler," dedim. Westry kapıdan çıkarken, Kitty'nin gözlerindeki huzursuzluk gözümden kaçmamıştı.

"Anne, Kitty, siz iyi misiniz?"

"Evet," dedim. "Bebek sağlıklı. Fakat ikisinin de yıkanması gerekiyor."

Başhemşire Hildebrand başını olumlu anlamda sallayarak dolaptan bir leğen çıkardı. "Anne, sen bebeğe ilk banyosunu yaptır."

"Tabii ki," dedim, bebeği Kitty'nin kollarından alarak.

"Ben Mayhewleri arayıp gelmelerini isteyeceğim," diye devam etti Başhemşire Hildebrand. "İşin bittiğinde onu buradaki yedek çarşafla kundaklayabilirsin. Evlerinde, bebek için giysi ve battaniyeleri vardır."

Kitty başını iki yana salladı. "Mayhewler mi?"

"Bebeğini alacak olan çift," diye yanıt verdi Başhemşire Hildebrand.

Kitty'nin yüzünde bir dehşet ifadesi belirdi. "Ama henüz çok erken," dedi. "Ben... ben..."

"Bu, senin isteğin Kitty. Ve yapılması gereken şey de bu," dedi Başhemşire Hildebrand, duygusuz bir şekilde. "Burada bir çocuğa bakamazsın. Bu, ikiniz için de en doğru seçim. Gitmesine ne kadar erken izin verirsen, o kadar kolay olacaktır."

Küçük kızın minicik başını sabunlayıp, köpükleri küçük bir havluyla silerken, Kitty umutsuzca onu yıkayışımı seyrediyordu.

"Onun adı Adella," diye mırıldandı.

"Ona bir isim veremezsin, hayatım," diye sertçe karşılık verdi Başhemşire Hildebrand. "Mayhewler, ona kendi istedikleri ismi vereceklerdir."

"Umurumda değil!" diye çıkıştı Kitty, bakışlarını başka yöne çevirerek. "O, benim için daima Adella olacak."

Bebeğin hassas teninde kalan sabun köpüklerini de duruladım ve onu leğenden çıkarıp bir havlunun üzerine yatırdım. Kuruladıktan sonra Başhemşire Hildebrand'ın söylediği gibi onu özenle bir çarşafa sardım. Sonra da bu minik paketi, Kitty'nin kollarına tutuşturdum.

"Hayır," dedi arkasını dönüp, gözyaşlarını tutarak. "Onu tutamam. Eğer onu tutarsam, gitmesine izin veremeyeceğim. Görmüyor musun, Anne?" Kitty ağlamaya başladı, fakat bu, daha önce gördüğüm ağlayışlarının hiçbirine benzemiyordu. Bu, çok derinlerden gelen bir acıydı.

Kitty'nin hatırına güçlü durmaya çalışarak zar zor yutkundum ve bebeği odadan çıkarıp bir süre dışarıda bekledim. Çok geçmeden koridorda, muhtemelen otuzlu yaşlarının başlarında bir çift belirdi. Kitty'nin boğuk hıçkırıkları, kapalı kapının ardından dışarı sızıyordu.

Başhemşire Hildebrand, çifti işaret ederek başını salladı. "John ve Evelyn Mayhew," dedi zorla gülümseyerek. "Bebeği almaya geldiler."

Çift, sevecen görünüyordu. Kadının hevesli gülümseyişinden bebeği sevgiyle bağrına basacağını görebiliyordum. Bebeğin başını okşadı. "Aç olmalı," diyerek onu kollarımdan aldı. "Arabada bir biberonumuz var." Yeni annesi 'bebeğine' kavuşurken, Başhemşire Hildebrand sessizce, belki de gururla onları izliyordu.

"Onun adı Adella," dedim kadına sessizce, Kitty'nin yerine.

"Güzel isim," dedi, "ama biz onun için başka bir isim düşünmüştük. Yine de bu ismi nüfusuna kaydettireceğim. Böylece daima onun bir parçası olacak."

Başımı olumlu anlamda sallayarak geri çekildim ve bir anda üç kişi olan ailenin, Başhemşire Hildebrand'a teşekkür edip ayrılışını izledim.

"Ben Kitty'nin yanına gidiyorum," diyerek kapı tokmağına uzandım.

"Anne, bekle," dedi Başhemşire Hildebrand, "şimdi değil. Lütfen, onunla önce ben konuşmak istiyorum."

Aklından neler geçtiğinden emin değildim, fakat yüzündeki ciddi ifade, bana bu isteğini kabul etmemi söylüyordu. Sonsuzmuş gibi hissettiren bir süre boyunca kapının önünde bekledim. *İçeride ne yapıyor*, diye geçirdim içimden. *Kitty'ye ne söylüyor?*

Nihayet dayanamayıp kulağımı kapıya dayadım ve Başhemşire Hildebrand'ın hayrete düşüren o cümlesini duydum. "Bir zamanlar ben de senin durumundaydım." Kelimeleri karşısında adeta donup kalmıştım. Kapının tokmağı dönmeye başladığında, sıçrayarak geri çekildim.

Kapı açıldığında Kitty'yi gördüm. Gözleri kuruydu ve yüzünde daha önce hiç görmediğim boş, duygusuz bir ifade vardı.

On Birinci Bölüm

Başhemşire Hildebrand, beni revirdeki görevimden muaf tutmuştu, böylece sonraki günlerde Kitty ile ilgilenebilmiştim. Odada kalıp ona eşlik ediyor olsam da aslında yalnız kalmayı tercih edeceğini biliyordum.

"İskambil oynamaya ne dersin?" diye sordum, komodinimin üzerindeki desteye uzanarak.

"Hayır," dedi Kitty. "Teşekkürler, ama oynamasak daha iyi."

Yemeklerini getiriyor, dergilerle ilgisini çekmeye çalışıyordum. Hâlâ Kitty'nin bir hastalık geçirdiğine inanan Liz, *Vogue* dergisinin son iki sayısını bırakmak için yanımıza uğramıştı. Ancak Kitty onları sadece yatağının üzerine koymuş ve son moda elbiselere göz atmaktansa, karşısındaki duvara bakmayı yeğlemişti.

Onun için bir şeyleri düzeltemeyeceğimi biliyordum. Bunu kendisi atlatmak zorundaydı. Bu yüzden doğumdan iki gün sonra, kumsalda biraz yürüyüp bungalovu ziyaret etmeye karar verdim. Ben biraz hava değişikliği için can atıyordum, Kitty'nin de biraz yalnız kalmaya ihtiyacı vardı.

Tıpkı umduğum gibi Westry de oradaydı. Akşamüzeri güneşinin vurduğu yatağa uzanmış, uyukluyordu.

"Selam," diye fısıldadım yanına uzanarak. Westry gözlerini açıp sıcacık bir şekilde gülümsedi ve beni kendine doğru çekti.

"Bahse varım ki bir başyapıtla beraber uyuduğunu bilmiyordun," dedim sırıtarak.

Westry parmağını yüzümde gezdirerek hayranlıkla bana baktı. "Bunu, bu adaya ayak bastığın günden beri biliyordum. Sen, dünyanın en güzel sanat eserisin."

Gülümseyerek başımı iki yana salladım. "Hayır, şapşal. Ben değil, resim." Yatağın altındaki resme uzandım. "Bu bir *Gauguin*."

Westry çabucak doğrularak, ışıl ışıl gözlerle tuvale baktı. "Sen ciddi misin?"

Evet dercesine başımı salladım.

Westry, sanki inanamıyormuş gibi başını iki yana salladı. "Bu resmin hep bir Postempresyonist tarafından yapıldığını düşünmüştüm. Fakat büyük ihtimalle daha genç, daha az tanınan bir ressam ya da belki de bir ressamın çırağı tarafından. Ama Tanrım, Gauguin mi? Nasıl emin olabiliyorsun?"

"Bana adadaki yaşlı bir kadın söyledi," dedim, gururla gülümseyerek.

Westry, resme daha yakından bakmak için yanıma oturdu. "İmzalı değil."

"Belki de ilk zamanlar eserlerini imzalamıyordu."

"Bu konuda haklı olabilirsin," diyerek kabullendi. "Monet de aynısını yapıyordu."

Başımı sallayarak onayladım. "Ve şu fırça darbelerine bir bak."

"Bu resmin içinde kaybolabilirsin," dedi Westry. Ellerinde tuttuğu hazineye hâlâ hayretle bakıyordu.

"Onu ne yapacağız?" diye sordum, Westry'nin buruşmuş gömleğini düzeltirken.

"Bilmiyorum."

"Savaş sona erdiğinde, buradan giderken onu burada bırakamayız. Bu resmin dev bir dalga tarafından yutulduğunu düşünmeye dayanamıyorum."

Westry, "Ya da nemli hava yüzünden bozulmasına," diyerek beni onayladı. "Bu doğa şartlarına rağmen uzun süre dayanmasına şaşırmadım değil."

Resmi yeniden küçük çengele asıp bir iç çektim. "Belki de tam burada kalması gerekiyordur." Westry'ye dönmeden önce bir süre duvardaki resme baktım. "Sana söylemem gereken başka bir şey var. Bu bungalovla ilgili bir şey."

"Nedir?"

"Şu yaşlı kadın, Tita, beni bu ev hakkında uyardı. Buradan içeri her kim adım atarsa, bir çeşit lanete uğrayacağını söyledi."

Westry sırıttı. "Ve sen de onun dediklerine inandın?"

"Şey, itiraf etmeliyim ki beni korkuttu."

"Anne, ilk karşılaştığımız gün ne konuştuğumuzu hatırlıyor musun? Bana, hayatın özgür iradeyle alakalı olduğuna inandığını söylemiştin." Ardından Westry hafifçe saçlarımı okşadı. "Senin hayatın mutlu, huzurlu ve aşk dolu olacak, çünkü sen kaderini o şekilde çizeceksin."

Elini tutarak, "Haklısın," diye onu onayladım.

"Ayrıca," diye devam etti, "şu dört duvarın getirdiği bütün güzel şeylere bir bak. Aşkımız burada büyüdü. Bir bebek doğdu. Ve yüzyılımızın en büyük sanat eserlerinden birini keşfetmiş olabiliriz. O yaşlı kadının *lanet* diye adlandırdığı şey bunlar mı?"

Birlikte oturup kıyıya vuran dalgaları dinlerken, içimden dua ediyordum. *Tanrım, lütfen haklı olsun.*

Zaman gitgide daralıyordu, artık bunu hepimiz biliyorduk. Mayıs ayı şiddetli bir fırtına gibi esip geçmişti ve Kitty ile beraber, haziranın ortalarında adadan ayrılıyor olacaktık. Aynı zamanlarda Westry ve diğer askerler de bu defa Avrupa'daki bir görev için yola çıkacaklardı. Sanki uzaklardaki bir saatin tik-taklarını duyuyor gibiydim. Bu saat, alıştığımız dünyanın hızla ani bir sona yaklaştığını hatırlatıp duruyordu.

Ben, Gerard ile yüzleşmek zorunda kalacaktım. Kitty ise kızının doğduğu yeri terk edecekti. Böylesine değişmiş kadınlar olarak Seattle'a nasıl dönebilirdik ki? Bir zamanlar evimiz dediğimiz o yabancı yerdeki eski rollerimizi nasıl oynayabilirdik?

"Sanırım ben kalacağım," dedi Kitty, haziranın başlarındaki bir sabah yemekhanedeyken. "Başhemşire Hildebrand'ın yardıma ihtiyacı olabilir. Hem Seattle'da beni bekleyen biri de yok."

Bunu bana laf batırmak amacıyla söylememişti, ama kelimeleri ve ardından gelen uzun duraklayışı, canımı yakmıştı. Doğruydu. Gerard beni bekliyor olacaktı. Haziranda o da evine dönmüş olacaktı.

Kitty'yi kalmaya teşvik eden şeyi merak ediyordum. Adaya ilk ayak bastığı günkü kadından çok farklıydı, önceki kabuğundan adeta sıyrılıp çıkmıştı. İfadesiz, soğuk ve dalgın bir kadına dönüşmüştü. Kendini tamamen işe adamıştı ve her boş dakikasını revirde geçiriyordu.

"Anlamıyorum," dedim, haşlanmış yumurtamı yerken. "Evi özlemedin mi? Her şeyden... Her şeyden sonra, artık bu adayı terk etmek istemiyor musun?"

Kitty pencereden dışarı bakarak uzaktaki zümrüt yeşili yamaçlara göz gezdirdi. Nasıl ki anılar kalbimi sonsuza dek bu adaya bağlayacaksa, Kitty'nin de bir parçasının daima burada olduğunu hissedeceğini biliyordum.

Zorla gülümsedi. "Sanırım zamanı geldiğinde gitmek isteyeceğim," dedi. "Ama şimdi, buna hazır değilim."

Anladığımı belirtmek için başımı salladım.

"Şüphesiz, geçtiğimiz aylar bizim için farklı şekilde sonuçlandı," dedi, sesi pişmanlıkla doluydu. "Ama sen harika bir adamla tanıştın. Hem de onu burada, savaşın tam ortasında buldun."

Tam da o sırada Westry yemekhanenin diğer ucundan bize el salladı. Sonra da kuralları çiğneyerek masamıza yaklaştı. "Adanın en güzel iki bayanına da bakın," dedi, hâlâ boynundan sarkan peçetesiyle. "Nasılsın, sevgilim?" diye sordu, ben peçetesini çıkarıp ona uzatırken.

"Harika," diye yanıt verdim. "Bu sabah bungalovda seni aradım." Sırrımızdan böyle uluorta bahsetmek biraz tuhaf hissettirmişti. Ama Kitty artık bungalovu gördüğünden ve masada yemek yiyen başka kimse olmadığından dolayı sorun yoktu.

"Westry," dedi Kitty, bir anda neşelenerek. Gözlerini kırpıştırarak Westry'ye bakışı, hoşuma gitmemişti. "Revirdeki bir dolapta birkaç döşeme tahtası bulmuştum. Bungalovun gıcırdayan döşemelerini tamir etmede işe yarayabilir diye düşündüm."

Yanaklarım kıpkırmızı olmuştu. *Ne hakla Westry ile bungalovla ilgili konuşabileceğini düşünüyor? Ve Tanrı aşkına, döşemelerin gıcırdadığını da nereden biliyor ya da hatırlıyor?*

"Teşekkürler, Kitty," dedi Westry, hiç istifini bozmadan. "Bugün bir ara uğrayıp bakarım."

"Ama–" Ağzımı açsam da tekrar kapattım.

"Ne oldu?" diye sordu Westry.

"Yok bir şey," diye mırıldandım. "Sadece bu akşam bungalovda buluşmayı önerecektim." Davetin tek alıcısının Westry olduğunu belli etmek için doğruca ona bakıyordum.

"Harika olur," dedi Westry. "Saat beş buçuktan sonra boşum. Tam da günbatımını yakalayabiliriz."

"Güzel," dedim, bir anda kendimi daha iyi hisseder olmuştum.

Westry yanımızdan ayrılmak için arkasını döndüğü sırada, Kitty ayağa kalktı. "Eğer öğleden sonra gelmek istersen, saat sekize kadar çalışıyor olacağım," dedi Westry'ye. Sonra tuhaf bir şekilde bana baktı. "Yani, eğer şu döşeme tahtalarını görmek istersen, demek istedim."

Westry, belli belirsiz bir şekilde başını salladıktan sonra binadan çıktı.

Kitty tekrar konuşana kadar birkaç dakika boyunca sessizce yemeğimizi yedik. "Söylediğim gibi, muhtemelen birkaç ay daha burada kalacağım. Sonrasında kim bilir?" diyerek bakışlarını yeniden pencereye kaydırdı. "Bugünlerde hemşireler için pek çok imkân var. Belki de Avrupa'daki bir görev için kaydolurum."

Ağzının açılıp kapanışını ve dudaklarından çıkan kelimeleri seyrediyordum. *Kim bu karşımdaki kadın?* Dikkatle gözlerine baktığım sırada, bakışlarını başka yöne çevirdi. "Kitty, ben sadece—"

"Başhemşire Hildebrand'a aşılar için yardımcı olacağımı söylemiştim," diyerek sözümü kesti. "Gitsem iyi olacak."

"Evet, doğru, gitsen iyi olur," dedim, ama o çoktan kapıya yönelmişti bile.

"Kitty'de bir tuhaflık var," dedim o akşam, bungalova girip ayakkabılarımı çıkararak yatağa yığılırken.

"Sana da merhaba," dedi Westry, gülümseyerek. Ardından bir buket amber çiçeğini elime tutuşturdu.

"Ah, affedersin," diyerek, hayretle çiçeklere baktım. Karargâhın her tarafında adeta ot gibi biten ve daha yaygın olan kırmızı amber çiçeklerinin tersine bunlar sapsarıydı. Bu çiçekler sıradan değildi. Bildiğim kadarıyla bunlar adadaki tek sarı amber çiçekleriydi ve tam burada, bungalovdan sadece birkaç adım uzakta büyüyorlardı. Çiçekleri sandalyenin üzerine bıraktım ve Kitty'yi düşünerek bir iç çektim.

"Kahvaltıdayken aramızda tuhaf bir konuşma geçti. Onun için endişeleniyorum. Son birkaç ayda öyle çok değişti ki artık onu tanıyamıyorum."

Westry çakısını çıkararak maun masanın üzerindeki kırmızı bir elmayı dikkatle dilimledi. "O *değişti*," dedi. "Onun yaşadıklarını kim yaşasa, değişirdi. Sence ona haksızlık ediyor olabilir misin?"

Başımı sallayarak onayladım. "Muhtemelen haklısın," dedim, bana uzattığı elma dilimini alarak. Taptaze meyvenin tatlı tadı, endişelerimi bir an için hafifletmişti.

"Döşemeler hakkındaki söylediklerine sinirlenmedin, değil mi?"

"Hayır," diyerek yalan söyledim. "Şey, belki biraz." Bir iç çektim. "Bu evin sahibiymiş gibi hissediyor olmam yanlış mı?"

Westry gülerek yatağa, hemen yanıma oturdu. "Hayır, ama benim sahibimmiş gibi hissetmeni tercih ederim."

Şakayla onu ittim. "Hissediyorum. İşte bu yüzden sıradaki sorum şu: Bugün onu görmeye revire gittin mi?"

"Evet," dedi, kıskançlığımı keşfettiği için eğlendiği her halinden belliydi.

"Eee?"

Westry başını iki yana sallayarak, "Bahsettiği döşemelerin hepsi kötü durumda," diye açıkladı.

"Güzel," dedim. "Zaten döşemelerimizi seviyordum."

Westry parmağını ensemde gezdirdi. "Ben de."

"Ayrıca," diye devam ettim, "yeni döşemeler, posta kutumuzu kaybedeceğimiz anlamına gelecekti."

"Öyleyse karar verildi," dedi Westry, bir tokmakla yatağa vuruyormuş gibi yaparak. "Gıcırdayan döşemeler kalıyor." Ardından boynumdaki altın madalyonu eline alıp dikkatlice açtı. "Hâlâ boş mu?"

"Biliyorum," dedim. "İçine koyabileceğim en mükemmel şeyi düşünmeye çalışıyorum, ama henüz aklıma bir fikir gelmedi."

Westry'nin gözleri sağa sola gezinmeye başladı. "Sana burayı, bizi hatırlatan bir şey olması gerek – aşkımızın anılarıyla kalbini ısıtacak bir şey."

Kaşlarımı çatarak madalyonu ellerinden çekip aldım. "Aşkımızın anıları mı? Sanki günlerimiz sayılıymış gibi konuşuyorsun, sanki bu sadece bir–"

"Hayır," dedi, elini dudaklarımın üzerine koyarak. "Ömrümün geri kalanı boyunca seni seveceğim, ama önümüzde beni bekleyen bir görev daha var, bunu biliyorsun. Ben Avrupa'dayken, bu savaş ne kadar uzun sürerse sürsün, beni ve bu bungalovu anılarında bulabileceğinden emin olmak istiyorum. Bu, ayrı olduğumuz zamanlarda sana güç verecek."

Westry ayağa kalktı ve elini masada, örülmüş duvarlarda, perdelerde gezdirerek odayı inceledikten sonra döşemelerin üzerine çömeldi. "Buldum," dedi, eğrilmiş bir döşemenin ucundan küçük bir tahta parçası kopararak. "Bungalovdan bir parça. Bunu her zaman yanında taşıyabilirsin. Ve bununla birlikte ben de orada olacağım."

Westry madalyonu açıp tahta parçasını içine yerleştirirken gözlerim yaşlarla dolmuştu. Sadece küçücük bir tahta parçası. Bu, *mükemmeldi*. "İşte," dedi, madalyonu hafifçe göğsüme bastırarak. "Artık beni daima yanında taşıyacaksın."

Öpücüğüm, ona bu hediyeyi ne kadar beğendiğimi söylemeye yeterdi.

Güneş battıktan hemen sonra, Westry masanın üzerinde bir mum yaktı. Birbirimize sokulup hafifçe esen rüzgârı ve ay ışığında öten cırcır böceklerini dinlerken, ürkütücü bir ses dikkatimizi çekti.

Uzakta bir yerlerde, öfkeli ve kararlı bir adamın sesiyle, çaresiz bir kadının çığlığı yankılanıyordu. Sesler uzaktan, belki de ormanın sık bitki örtüsünün derinliklerinden geliyordu. Önceleri, kulak asmamaya yetecek kadar uzaklıktaydı. Fakat çığlık yaklaştıkça, içgüdüsel olarak Westry'nin koluna yapıştım. "Sence ne bu?"

Westry, "Bilmiyorum," diyerek ayağa kalktı ve çabucak gömleğini giydi. "Ama sanırım kadının başı dertte. Sen burada kal."

"Dikkatli ol," diye fısıldadım. Hangisinin beni daha çok endişelendirdiğini bilmiyordum: Westry'nin oraya bir başına gidiyor olması mı, yoksa bungalovda tek başına kalacak olmam mı?

Westry sessizce kapıdan çıktı ve sesleri dinleyerek çalılıkları yarıp ilerlemeye başladı. Bir başka çığlığın ardından ayak sesleri duyuldu. *Biri kaçıyor*, diye geçirdim içimden.

Ayağa kalkıp ayakkabılarımı giyerken, gözlerim, bungalovda bir çeşit silah arıyordu. *Westry silahını getirmiş miydi?* Bu, pek olası değildi. Askerler, genellikle silahlarını karargâh dışına çıkarmıyorlardı. Güçlükle yutkundum. *Westry orada tek başına. Ya onu korumam gerekirse?* Nihayet, bungalovda oturup öylece bekleyemeyeceğime karar verdim.

Sessizce dışarı çıktım ve bungalovun duvarına dayalı, kalın bir tahta fark ederek onu yanıma aldım. *Ne olur ne olmaz*, diye geçirdim içimden.

Kumsalda sessizce ilerlerken, yakınlarda bir dal parçasının çıtırdadığını duyarak aniden arkama döndüm. *Arkamda mı?* Kalbim, göğsümden dışarı fırlayacakmış gibi çarpıyordu. Karanlıkta gizlenen bir tehlike seziyordum. Buralarda bir yerlerde, bizi bekleyen kötü bir şeyler vardı.

Derken, bir başka çığlık yankılandı. Bu seferki, kumsala yakındı.

"Hayır, hayır, lütfen, lütfen bana zarar verme, lütfen!"

Korkuyla irkildim. Bu sesi tanıyordum. *Yüce Tanrım. Atea. Ona söylediğim gibi buraya, bungalova ulaşmaya mı çalışıyordu?* Lance onu takip etmiş olmalıydı. *Westry nerede?*

Kumsala açılan çalıları araladığımda, sonsuza dek hafızama kazınacak olan o sahneyi gördüm.

Karanlıkta yüzleri seçmek zordu, ama gözlerim karanlığa alıştıkça dehşet daha da gözle görülür bir hale büründü. Atea'yı saçlarından yakalamıştı, bunu görebiliyordum. Derken, bir çelik parçası ay ışığının altında parıldadı. *Tanrım, hayır.* Bir bıçak. Bıçağı kızın boynundan geçirişini ve Atea'nın minik bedeninin kumun üzerine düşüşünü, ses çıkarmadan izledim.

"Hayır," diye mırıldandım, daha fazlasını söyleyecek gücüm yoktu. *Hayır, bu olamaz.*

Kim olduğu belirsiz adam, bıçağı bir top gibi ormanın derinliklerine fırlattıktan sonra, hızla kumsalın aşağısına doğru yürümeye başladı.

Gözyaşlarımı tutmaya çalışarak Atea'nın yanına koştum. "Atea, çok üzgünüm, çok üzgünüm." Kanlar içindeki başını kaldırarak kucağıma yasladım. Güçlükle nefes almaya çalışıyordu.

"O, o," dedi, öksürüğe benzer sesler çıkararak

"Hayır, tatlım," diye fısıldadım. "Konuşmaya çalışma. Hiçbir şey söyleme."

Ağzı kanla dolmuştu. Ölüyordu. Eğer onu zamanında revire götürebilirsek, Doktor Livingston onu kurtarabilirdi. *Onu kurtarmak zorundaydık.*

Atea şişmiş, yusyuvarlak karnını işaret etti. *Hamile,* diye geçirdim içimden. *Aman Tanrım.*

"Westry!" diye bağırdım. "Westry!"

Lance'in gittiği yönden yaklaşan ayak seslerini duyunca, yarım bıraktığı işi bitirmek üzere dönmemesi için dua ettim. "Westry!" diye seslendim bir kez daha.

"Buradayım," dedi Westry. "Benim."

"Ah, Westry!" diye bağırdım. "Ona bir bak. Ona ne yaptığına bir bak. Ona ve bebeğine..."

Atea, sanki bir şeye ya da birine ulaşmaya çalışıyormuş gibi elini havaya kaldırdı.

"Başaramayacak," dedi Westry.

"Ne diyorsun sen?" diye bağırdım çaresizce. "Tabii ki başaracak. Başarmak zorunda. Onu o canavardan koruyacağıma söz verdim ben."

Atea'nın nefes alıp verişi gittikçe azalarak kesik ve düzensiz solumalara dönüştü. "İyileşecek," diyerek, hıçkırıklara boğuldum. "Onu kurtarmak zorundayız."

Westry hafifçe koluma dokundu. "Anne," diye fısıldadı. "Boynu neredeyse ikiye ayrılmış. Onun için yapabileceğimiz en iyi şey, acısını ve ıstırabını sona erdirmek."

Neyi kastettiğini biliyordum, ama bunu gerçekten yapabileceğimden emin değildim. Hemşirelik okulunda öğrendiğim her şeye karşı gelerek, Atea'nın ölmekte olan bedenini hâlâ kollarımda tutuyordum. Westry'nin söylediğinin yalnızca doğru değil, aynı zamanda tek seçenek olduğunu biliyordum.

"Gidip, masanın altındaki çantamı getir," dedim Westry'ye. "Acele et!"

Westry sırt çantamla birlikte döndükten sonra savaş süresince her hemşirenin yanında bulundurduğu morfini çıkardı. İçinde, yüz otuz kiloluk bir adamı yatıştırmaya ve kırk beş kiloluk bir kadını, cennetin kapılarına göndermeye yetecek kadar morfin vardı.

Atea'nın alnını öptüm ve koluna ilk dozu enjekte ederek iğnenin deldiği yeri ovaladım. "İşte," dedim, onun hatırına sesimi titretmemeye çalışarak. "Birazdan acı sona erecek. Kendini rahat bırak."

Atea'nın kesik solumaları, yerini hafif hırıltılara bıraktı. İkinci dozu enjekte ettiğimde, Atea'nın bakışları yıldızlara çevrildi, ardından gözkapakları titreyerek kapandı. Nabzını kontrol ettikten sonra kulağımı kalbine dayadım.

"O öldü," dedim Westry'ye, gözlerimden yaşlar süzülürken. "*Onlar* öldü. Bunu nasıl yapabildi?" diye bağırdım. "Nasıl yapabildi?"

Westry, Atea'nın cansız bedenini yumuşacık kumun üzerine yatırdı ve titreyen bedenimi tutarak ayağa kalkmama yardım etti. "Onu kurtarmalıydım," diye ağladım, Westry'nin göğsüne yaslanarak. "Onu koruyacağıma söz vermiştim. Yapacağıma söz vermiştim."

Westry başını iki yana salladı. "Sen elinden gelenin en iyisini yaptın. O, huzur içinde öldü."

"Nasıl yapabildi?" Tüm benliğimi bir öfkenin kapladığını hissediyordum. "Bunu ona nasıl yapabildi?" Birkaç dakika önce o adamın, muhtemelen Lance'in kaçtığı kumsala doğru döndüm. Sonra da Westry'nin kollarından kurtuldum ve adamın gittiği yöne doğru koşmaya başladım.

Fakat Westry peşimden koşarak bileğimden sertçe yakalayıp beni geri çekince, sendeleyerek soğuk kumun üzerine düştüm. Tekrar ayağa kalkmak için kurtulmaya çalışsam da Westry'nin kuvveti daha fazla hareket etmeme engel oluyordu. "Anne, dur," dedi. "Bunu yapamazsın."

"Yapamam da ne demek?" diye bağırdım, katilin kaçtığı yöne doğru bir avuç kum fırlatarak. "Az önce bir kadını ve çocuğunu öldürdüğünü gördük. Onu bulmak zorundayız, Westry. Onu albaya götürmeliyiz. Bu yaptığının bedelini ödemeli."

Westry yanıma diz çökerek yüzümü okşadı. Yanaklarımdan süzülen gözyaşlarını silerek, "Beni dinle," dedi, yumuşak bir sesle. "Bu gece burada şahit olduklarımız son derece üzücüydü. Ama bu gördüklerimizden hiç kimseye bahsedemeyiz. Bana inanmana ihtiyacım var."

Başımı olumsuzca salladım. "Hayır, bu çok saçma," dedim. "Bir cinayet işlendi, bunu ihbar etmeliyiz. Onu adalet karşısına çıkarabiliriz."

"Yapamayız," diye mırıldandı Westry. Oldukça tuhaf çıkan sesinden çaresizlik akıyordu. "Bu gece burada, bir saldırı gerçekleşti," diyerek durakladı. "Cinayeti işleyen bizdik."

"Hayır, bu doğru değil."

"Ama böyle görülecek," dedi. "Ayrıca bu sır açığa çıkarsa, bizim ve sevdiklerimizin başına gelebilecek çok daha kötü şeyler daha var."

Ne biliyor, diye geçirdim içimden. *Benden ne saklıyor?*

Ayağa kalkarak elbisemdeki kum taneciklerini silkeledim. "Bu çok saçma," dedim. "Ortalıkta başıboş bir katil olduğunu bilirken, nasıl olur da karargâha dönebilirim ki?"

Westry gözlerimin içine baktı. "Bu gece," dedi bungalovu işaret ederek, "beni sevdiğini söyledin; sonsuza dek benimle olmak istediğini söyledin."

Başımı sallayarak onayladım.

"Öyleyse bana güvenecek misin?"

Şaşkınlık içerisinde, ellerimi sağa sola salladım. "Westry, ben sadece, ben–"

"Sadece hiçbir şey söylemeyeceğine dair bana söz ver," dedi. "Bir gün anlayacaksın. Söz veriyorum."

İkimiz de dönerek Atea'ya baktık. Cansızken bile, son derece güzel ve nazik görünüyordu. Derin bir nefes alıp Westry'nin güvenilir yüzüne baktım. Planı her ne kadar şüpheli görünürse görünsün, ona güveniyordum. Eğer bu yaptığımızın doğru olduğunu söylüyorsa, öyle olduğuna inanmak zorundaydım.

"Hiçbir şey söylemeyeceğim," diye fısıldadım.

"Güzel," dedi, yanağımı okşayarak. "Güneş doğana dek onu gömmüş oluruz."

On İkinci Bölüm

Onun o kısa ve güzel hayatına layık bir mezar değildi, ama Atea'yı bungalovun kırk adım arkasındaki bir plumeria ağacının altında ebedi uykusuna yatırmıştık. Şans eseri yanımızda bir küreğimiz vardı. Westry onu bir hafta önce bungalovun tabanındaki bir boşluğu doldurmak amacıyla getirmişti. Westry'nin mezarı kazması bir saat sürmüştü. Uzun bir süre onu seyrettikten sonra, toprağa ardı ardına vuran küreğin sesine daha fazla tahammül edemeyerek sessizce kumsala yürüdüm.

Ayaklarım kuma değer değmez dizlerimin üzerine çöktüm. Hayatım boyunca böylesine bir dehşete şahit olmamıştım. Westry'ye güvenmeyi her ne kadar kabul etmiş olsam da kalbimdeki adalet arzusunu inkâr edemezdim. O sahneyi zihnimde tekrar tekrar canlandırıyor, gözden kaçırdığım bir resim ya da ipucu bulmayı umuyordum. Tam da o sırada bıçağı hatırladım.

Lance olay yerinden ayrılmadan önce onu çalılıklara fırlatmıştı. Ay ışığında ışıldayan çeliğin parıltısını hatırlayınca, kalbim daha da hızlı çarpmaya başladı. *Bıçağı bulabilirsem, en azından bunu onun yaptığını kanıtlayabilirim*, diye geçirdim içimden.

Yeniden bungalova koşarak feneri aldım ve ormanın girişine doğru yürüdüm. Uzaklarda çeşit çeşit hayvanın ulumaları duyuluyor, rüzgâr, çalıları hışırdatıyordu. Bir zamanlar güzel ve huzurlu gibi görünen bu yer, şimdi kötülüğün sığındığı bir limana benziyordu. Geri dönmeyi düşündüğüm sırada, gücümü topladım. *Atea. Atea'yı hatırla.* Kendi kendime başımı sallayarak bir adım attım, sonra bir adım daha. Ayaklarımın altından gelen çıtırtılar, her adımla birlikte artıyor gibiydi.

Feneri patikanın ilerisine doğru tuttum. *Yakınlarda bir yerlerde olmalı. Belki de birkaç adım ötede.* Çok yakınımdan geçen bir yılan yüzünden irkildim ve büyük bir adım atarak geri çekildim. *Devam et, Anne.* Arkamda kalan kumsala bakıp bıçağın gittiği mesafeyi hesaplamaya çalıştım. Solumdaki büyük bir palmiye ağacına dikkatle baktıktan sonra, araştırmalarımı o yöne doğru kaydırdım. *Yakınlarda olmalı.*

Fakat birkaç dakika sonra, ormanın bu korkunç suça ortaklık ederek bıçağı yuttuğundan şüphe eder olmuştum. Palmiye ağacına yaslanıp feneri yere bıraktım. Tam da o sırada feneri bıraktığım yerden gelen bir tıkırtı duydum.

Dizlerimin üzerine çöker çökmez, o tanıdık madeni parıltıyı fark ettim. Kanlı bıçağı, saklandığı topraktan çekip çıkarırken ellerim titriyordu. Bıçağın asker yeşili sapında yazan yazıyı okuyabilmek için feneri daha da yaklaştırdım: *Birlik #432; Sayı #098.*

"Anne? Anne, neredesin?"

Westry'nin sesi çalıların arasından geliyordu. *Yanından ayrılalı ne kadar oldu*, diye sordum kendime. *Bilhassa ona güveneceğime söz verdikten sonra, bıçağı aradığımı görünce ne düşünecek?*

"Anne?" Sesi şimdi daha yakından geliyordu. Elbisemin eteğini tuttum ve açık mavi, keten kumaştan ufak bir parça kopardım. Sonra da bıçağı hızla içine sardım ve ellerimle onu saklamaya yetecek derinlikte bir çukur kazarak, bıçağı içine yerleştirdim. Üzerini toprakla ve bir yığın yaprakla kapattıktan sonra, tam da Westry yaklaştığı sırada ayağa kalktım.

"Ah, işte buradasın," dedi. "Ne yapıyorsun burada? Endişelenmeye başlamıştım."

"Sadece düşünüyordum," dedim, çamurlu ellerimi elbisemin arkasına silerek.

"Haydi," dedi. "Zor bir gece olduğunu biliyorum, ama" – doğru kelimeleri seçmek için durakladı– "bu işi bitirmek zorundayız."

Tamam, dercesine başımı salladım ve Westry'nin peşinden mezarın başına giderek Atea'yı getirmesini bekledim. Kollarında Atea ile birlikte dönen Westry'yi görür görmez, gözyaşlarım yeniden yanaklarımdan süzülmeye başladı.

Westry, Atea'yı çukurun içine yerleştirdikten sonra, ikimiz de hiç konuşmadan uzun uzun ona baktık. Birkaç dakika sonra Westry küreğe uzandığında, kolunu tutarak onu geri çektim. "Henüz değil," dedim.

Yanımdaki plumeria ağacından üç adet pembe çiçek koparıp Atea'nın mezarı başına diz çöktüm. "O, çiçeklere layık," dedim, bakışlarımı Atea'nın yüzünden ayırmaksızın.

Çiçekleri bedenine serpiştirdim ve Westry, Atea'nın üzerini toprakla örtmeye başladığında, yüzümü çevirdim. Bakmaya dayanamıyordum, yine de kendimi bitene kadar orada kalmaya zorladım. Atea'nın mezarı kapandıktan sonra, Westry ile sessizce kampa döndük. Artık dünyamız, belki de sonsuza dek değişmişti.

O sabah sessizce odama girdiğimde, saat üçe yaklaşıyordu. Yırtık, kanlı ve çamurlu elbisemle içeri girerken, Kitty uyanmadığı için sevinmiştim. Elbisemi çıkarıp çöp sepetine attıktan sonra bir gecelik giyerek yavaşça yatağıma girdim. Ama bir türlü uyuyamıyordum. Suç işlemediğimizi biliyordum, fakat o korkunç suçluluk hissinden bir türlü kurtulamıyordum.

Ertesi sabah, kapıya vuran bir yumruk sesiyle uyandım. Şaşkın bir halde yatağımda doğrularak Kitty'nin özenle toplanmış yatağına göz attım. Pencereden giren parlak güneş ışığı gözlerime vurunca, elimle yüzümü kapattım. *Saat kaç?*

Kapı ısrarla çalınmaya devam ediyordu. "Tamam, geliyorum," diye homurdandım, önce bir ayağımı, sonra da diğerini yataktan indirirken. Sendeleyerek kapıya doğru yürüdüm. Dışarıda, hoşnutsuz bir bakışla bana bakan Stella duruyordu.

"Anne, şu haline bir bak," dedi. "Saat on bir buçuk ve sen hâlâ uyuyor musun? Başhemşire Hildebrand çok sinirli. Seni bulmam için beni gönderdi. Mesain saat sekizde başlamıştı."

Komodinimin üzerindeki küçük çalar saate göz attım. "Aman Tanrım," dedim. "Bu saate kadar uyuduğuma inanamıyorum."

Stella pis pis sırıttı. "Çılgın bir gece geçirmiş olmalısın." Beni tepeden tırnağa süzdükten sonra, gözleri ellerime takıldı. "Ne yapıyordun sen? Çamur pastası mı?"

Toprakla dolmuş tırnaklarıma bakarak onları geceliğimin kıvrımlarının arasına sakladım. Bunu yaparken, geceye ait anılar da tekrar su yüzüne çıkmıştı. Cinayet, bıçak, bıçağı saklayışım, Westry'nin ikaz edici sözleri... Kolumdaki diken diken olmuş tüyleri, Stella'nın görmemesini umuyordum.

"Başhemşire Hildebrand'a, giyinir giyinmez orada olacağımı söyle, lütfen," dedim.

"Ve yıkanır yıkanmaz," diyerek sırıttı Stella, arkasını dönüp gitmeden önce.

Başımı sallayarak onayladım. "Stell!" diye seslendim, henüz fazla uzaklaşmamışken.

"Evet?" dedi, tekrar kapıya doğru dönerek.

"Kitty neden beni uyandırmaya gelmedi?"

"Bunu ben de merak ettim." Stella'dan beklenenin aksine, sesinde o her zamanki iğneleyici ton yoktu. "Bu aralar oldukça tuhaf. Sanki o—"

"Sanki o artık benim arkadaşım değilmiş gibi mi?" dedim. Ağzımdan çıkan kelimeler, yorgun kalbime çarpan birer el bombası gibiydiler.

Stella, elini koluma dayadı. "Merak etme, tatlım," dedi. "Sorun her neyse, eminim yakında sone erecektir."

Haklı olmasını umuyordum.

Kitty doğum yaptığından beri, Başhemşire Hildebrand ile aralarında beklenmedik bir arkadaşlık doğmuştu. Çoğu zaman özel projelerde Başhemşire Hildebrand'a yardım etmek için geç saatlere kadar revirde kalıyordu. Özel bir görev ya da ilgilenilmesi gereken bir hasta olduğunda da ismi daima listenin başında yer alıyordu.

Kitty'nin mesleğinde yükseldiğini görmek güzeldi. Ne de olsa hayattan istediği şey, buydu. Ve burada, onun için anlamı olan bir şey yapabiliyordu. Gelgelelim, kendini işine ne kadar çok verirse, etrafından da o kadar uzaklaşmaktaydı.

Şüphesiz bu tarz bir uzaklaşma, Seattle'da kendini daha bariz hissettirirdi. Ama bu savaş bölgesinde, bunu bir kenara itiyor ve savaşın, haberlerin, sefaletin, kişisel problemlerimizi örtmesine izin veriyorduk.

"Liz, iskeledeki bir onbaşından Pasifik'te durumların yeniden kızıştığını duymuş," dedim Kitty'ye, o akşam yemeğinde. Artık savaş haricinde çok nadir konuşur olmuştuk.

"Öyle mi?" diye yanıt verdi, okuduğu kitaptan başını kaldırmadan.

"Sence önümüzde bizi bekleyen yoğun mesailer var mıdır?" diye sordum, sohbetimizin samimiyetsizliğinden nefret ediyordum.

"Sanırım," diyerek esnedi. "Pekâlâ, gitsem iyi olacak. Başhemşire Hildebrand adına bir proje üzerinde çalışıyorum. Revirde olacağım."

Yemekhanenin diğer ucunda, Ted ve diğer birkaç askerle birlikte gülüşen Westry'yi gördüm. *Yalnızca birkaç saat önce yaşadıklarımızdan sonra, nasıl bu kadar sakin, bu kadar neşeli olabiliyor?*

Tepsimi mutfağa taşıdıktan sonra dışarı çıkıp patikada Westry'yi beklemeye başladım.

"Selam," dedi Westry, benimle göz göze geldiğinde. Birlikte limana doğru birkaç adım yürüdük. Diğerlerinin bizi duyamayacağı kadar uzaklaştıktan sonra, "Nasılsın?" diye fısıldadı.

"İyi değilim," dedim. "Dün geceyi hatırlayıp duruyorum ve bunun sadece bir kâbus olması için dua ediyorum. Westry, bana bütün o olanların bir kâbus olduğunu söyle."

Westry, başımı tutup beni kendine yaklaştırdı. "Keşke söyleyebilseydim."

"Lance'i gördün mü?" diye sordum fısıldayarak.

"Hayır," diyerek rahatsızca etrafına bakındı. "Duymadın mı?"

"Neyi?"

"Bu sabah, özel bir görev için bir düzine askerle birlikte yola çıkmış."

"Bana kaçıyormuş gibi geldi," dedim öfkeyle.

Westry rahatsız görünüyordu. "Artık bu konu hakkında konuşmamalıyız," dedi. "Bu çok tehlikeli."

Liz'in paranoyasını hatırlayarak başımı olumlu anlamda salladım. Liz, karargâhın gizli kayıt cihazlarıyla dolu olabileceğine inandığından, sırlarını sadece kışlada ve çoğunlukla banyoda paylaşmayı tercih ediyordu. "Bu gece seni bungalovda görecek miyim?" diye sordum.

Westry, alnını ovuşturdu. "Keşke gelebilseydim, ama bu gece geç saate kadar çalışıyor olacağım. Ayrıca dün geceden sonra... Sanırım biraz yalnız kalmaya ihtiyacım var."

Yalnızlık? Bu kelime, beni bir ok gibi delip geçmişti.

"Ah," dedim, gözle görülür bir şekilde incinmiştim.

Westry, bir gülümsemeyle ortamı neşelendirmeye çalıştı. "Demek istediğim, ikimiz de çok az uykuyla çalışıyoruz, erkenden yatmak mantıklı olurdu."

"Haklısın," dedim, ama hâlâ canım yanıyordu.

Westry, "Ayrıca," diyerek dikkat çekti, "bütün o olanlardan sonra tekrar oraya gitmeye gerçekten hazır mısın?"

Evet, dehşet, gizli dünyamızdan içeri sızmıştı. Ama Westry'nin bungalovdan, bizden vazgeçiyor olduğu hissini bir türlü içimden atamıyordum.

"Bilmiyorum," diye mırıldandım. "Orada güzel şeyler de yaşadığımızı biliyorum ve onu kaybetmek istemiyorum."

"Ben de öyle," dedi Westry.

Bungalova tekrar adım attığımda, tam bir hafta geçmişti ve bunu tek başına yapmıştım. Westry, adanın diğer tarafındaki bir inşaat projesi için diğerlerine katılmıştı. Ne zaman döneceği belirsizdi. Ama günler geçtikçe, bungalovun beni çağırdığını ve kendine çektiğini hissediyordum. Revirdeki hemşirelerin küçük bir radyonun etrafına toplanıp, Pasifik'teki son gelişmeleri dinleyerek geçirdikleri oldukça uzun bir mesai sonrasında, bungalovun çağrılarına daha fazla direnemedim.

Kumsala inmek üzere yola çıktığımda, hava çoktan kararmıştı. Sahile doğru yürürken, madalyonumu sımsıkı tutuyordum. Çalılıkları aralayarak ilerlerken, bungalovun basamaklarında bekleyen birini fark ederek bir adım geriledim.

"Kim var orada?" diye bağırdım.

Biri ayağa kalkıp bana doğru yürümeye başladı. Attığı her adımla birlikte ben de bir adım geriliyordum.

"Kimsin?" diye bağırdım, bir yandan da keşke feneri yanıma alsaydım diye düşünüyordum. Çok geçmeden ay ışığı yüzünü aydınlattı. Bu, Tita'ydı.

"Anne," dedi.

Burada ne yapıyor? Hiç şüphesiz Atea'yı arıyor, diye geçirdim içimden. Kalbim hızla atmaya başladı. *Ona ne söyleyeceğim?*

Yaşlı kadının yüzü yorgun ve kederli görünüyordu.

"İçeri gelmek ister misin?" diye sordum, bungalovu işaret ederek.

Kulübeye bakan gözleri, bana bir zamanlar orada olduğunu anlatıyordu. Belki de çok uzun bir zaman önce. Hayır dercesine başını salladı. "Galiba sana bu evle ilgili söylediklerimi hatırlamıyorsun," diye mırıldandı. "Bu ev lanetli." Kumsalı işaret ederek çalılıkların dışına yürüdü. Beni neyin beklediğinden emin olamayarak onu takip ettim.

"Otur," diyen Tita, Atea'nın hayata tutunmaya çalıştığı noktadan çok da uzakta olmayan bir yeri işaret etti. Dalgalar, kana bulanmış kumu temizlediği için içimden şükrediyordum.

Birkaç dakika sessizce oturduktan sonra, Tita nihayet konuşmaya başladı. "Onun öldüğünü biliyorum."

Ne cevap vereceğimi bilemez bir halde, dalgaları seyretmeye devam ettim. Kıyıya çarpan dalgaların, huzur verici bir şekilde yükselip geri çekilerek kalbimdeki acıyı dindirmelerine izin veriyordum.

"Seni uyarmıştım," dedi Tita, kaşlarını çatarak. "O ev uğursuz. Orası hiç iyi bir yer değil. Ve şimdi benim Atea'mı, bizim Atea'mızı aldı. O özel biriydi, biliyorsun."

Çaresizce tutmaya çalıştığım gözyaşlarım, kendiliğinden gözlerimden akıyordu. "Ah, Tita," diye haykırdım. "Çok üzgünüm."

"Sus," dedi yaşlı kadın, ayağa kalkarak. "Olan oldu. Artık adaleti sağlamak senin görevin."

Ne biliyor? Daha da kötüsü, neyi bildiğini düşünüyor? Westry'nin mezarı kazdığı yerdeki bozulmuş toprağı gördü mü?

Tita ormana doğru ilerlerken, sersemlemiş bir halde onu izledim.

"Tita," dedim. "Lütfen, Tita, bekle. Eğer düşündüğün şey benim, yani bizim—"

"Adalet," dedi, son bir kez bana dönerek, "laneti sonsuza dek bozmanın tek yolu bu."

Orman Tita'yı yutmuş gibi görünene kadar çalılıkların arasında ilerleyişini izledim. Sonra da bir iç çekerek kumun üzerine çöktüm ve küçük bir kızken annemden her azar işittiğimde yaptığım gibi kollarımı dizlerime doladım. Lance adada değildi, en azından şimdilik. Aylardır bir Japon uçak saldırısı da gerçekleşmemişti. Öyleyse neden pusuda bekleyen bir musibet seziyordum? Birkaç yüz adım ileride gömülü olan, Atea'nın kanına bulanmış ve elbisemin kumaşına sarılı bıçağı düşündüm. Orada olduğunu benden başka kimse bilmiyordu. Onu bir delil olarak alabilirdim. Tita'nın beni yapmaya zorladığı gibi adalet arayabilirdim. Fakat Westry'nin söylediklerini nasıl kulak ardı edecektim?

Ayağa kalkıp bungalova yürüdüm ve her zamanki gibi kapıyı açtıktan sonra anahtarı yeniden kitabın arasına sakladım. İçerideki hava ağır ve boğucuydu. Yatağın altındaki resmi hatırlayarak onu almak için çömeldim. Aklımda türlü sorular dönüp duruyordu. *Kim bu resimdekiler? Onlar da bu bungalovda mıydı? Tita'nın sözünü ettiği felaketlerle karşılaştılar mı? Yoksa 'lanet'ten kaçabilecek kadar şanslılar mıydı?*

Masanın üzerinden bir kâğıt parçası ve bir kalem alarak, Westry'ye bir mektup yazmak için oturdum. Kalbim, az sonra yazacaklarım yüzünden deli gibi çarpıyordu:

Canım Graysonım,

Keşke şimdi burada olsaydın ve beni kollarına alıp gördüğüm o dehşetin hatıralarını silseydin. Şahit olduğumuz şeyden sonra, bir daha bu duvarlara asla aynı gözle bakamamaktan korkuyorum.

Benim bir fikrim, bir planım var. Gelecekten yalnızca üzeri kapalı bir şekilde bahsediyoruz. Fakat savaş sona erdikten sonra, tüm bunlar bittikten sonra, askeri rütbelere gidip suçu ihbar edebiliriz. Belki de duyduğun tereddüt zamanla yok olur. Zamanı geldiğinde, bizi her türlü suçlamadan temize çıkaracak bir delilim var. Sevgilim, lütfen zamanı geldiğinde bana söyle.

Ama bir şey daha var. Şimdiye dek sana olan aşkımı biliyorsun ve eğer istediğin buysa, bu adada seninle hayatımı, ebediyeti paylaşmaktan daha çok istediğim bir şey olmadığını bilmeni istiyorum. Demek istediğim o ki sevgilim, eğer benden istediğin buysa, ben seninim.

Sonsuza dek ve daima sevgilerle,
Cleo

Kâğıdı ikiye katlayıp döşemenin altına sıkıştırdım ve derin bir nefes alarak kapı tokmağına uzandım.

İki gün sonra Kitty yatağına uzanmış bir şekilde dergi okuyorken, aniden ürkerek başını kaldırdı. "Cama bir şeyin vurduğunu duydun mu?"

Saat henüz üç buçuktu, fakat bir Japon savaş gemisinin kıyıya iki mil açıkta olduğu tespit edilince, revirde çalışmak yerine kışlaya dönmemiz emredilmişti. Kitty tespihine yapışmış bir halde derginin sayfalarını çevirirken, ben de adaya geldiğimiz ay başladığım bir romanı elime almıştım. Ancak çok geçmeden bir türlü okuyamadığımı fark etmiştim. Ortama hâkim olan korkunun, felç edici bir etkisi vardı.

Başımı iki yana sallayarak, "Ben bir şey duymadım," diye yanıtladım.

Bundan sonra ne olacağını kimse bilmiyordu. Hemşirelerden biri, geminin bir başka istikamete gitmekte olduğunu söylüyordu. Bir diğerinin söylediğine göre, askerlerden biri geminin koordinatlarından yola çıkarak doğruca Bora Bora'ya geldiğini doğrulamıştı. Burada bir savaş mı olacaktı? Bizim adamızda? Buna inanmamak içimizi rahatlatsa da bir saldırı ihtimalinin olduğunu hepimiz biliyorduk. Tek seçeneğimiz, bekleyip görmekti.

"Kışlanın altında bir mahzen var," dedim. "Stella, bir saldırı olması durumunda oraya inebileceğimizi ve– "

Kitty tekrar ürkerek yerinden sıçradı. "İşte, o ses," dedi. "Yine duydum. Penceremize bir şey vurup duruyor."

Zorla gülümsedim. "Endişelendiğini biliyorum, Kitty, ama Japonlar penceremizin altında değiller... en azından şimdilik."

Kitty, gülümsememe karşılık vermedi. Onun yerine ayağa kalkıp pencereye yürüdü. "Gördün mü?" dedi, zafer kazanmış edasıyla sırıtarak. "Bu, Westry. Dikkatimizi çekmeye çalışıyor olmalı."

Dikkatimizi mi? Kitty'nin pencereden Westry'ye el sallayışını izledim. Onu gördüğünde aniden neşelenmesi, hiç hoşuma gitmiyordu. "Gidip bakayım," dedim sahiplenici bir şekilde, sonra da kapıdan çıkıp hızla merdivenleri indim.

"Selam," diye fısıldadım, dışarı çıktığımda.

Westry sırıttı. "Neden fısıldıyorsun?"

"Bilmiyor musun? Ada, saldırı altında olabilir."

Ellerini cebine soktu ve başını sağa yatırıp eğlenir bir gülümsemeyle bana baktı. "Bu halini seviyorum, biliyor musun? Buraya gel de seni bir göreyim."

Bana sarıldığında, karargâh için hiç de uygun görülemeyecek kadar uzun bir süre kollarında kaldım. Ama her nedense şu an bunu önemsemiyordum.

"Kendinden fazla emin görünüyorsun," diyerek sataştım.

Westry omzunu silkti. "Senin de başından benimki gibi bir savaş geçseydi, ufukta görünen bir savaş gemisi huzurunu kaçırmazdı, sanırım."

"Peki ya geliyorlarsa?" dedim. "Ya adaya doğru ilerliyorlarsa?"

"Olabilir," dedi. "Yine de bunu söylemek için çok erken."

Bir iç çektim. "Aylardır bu adadayız ve gidişimize bu kadar az zaman kalmışken, şu olana bak. Ne şans ama."

Westry çenemi okşayıp parmağını yüzümde gezdirirken, tüm bedenimi tatlı bir ürperti kapladı. "Haydi bungalova gidelim," diye fısıldadı, boynuma eğilerek.

"Tüm bu olanların ortasında mı?"

"Neden olmasın?" diye sordu, okşayışı beni hipnotize ediyordu.

"Çünkü kışlada kalmamız emredildi," dedim, güçsüzce karşı çıkarak.

Westry iri, ela gözleriyle bana baktı. "Ama bu, bungalovda birlikte geçireceğimiz son günümüz olabilir..."

İkimiz de bundan sonra ne olacağını bilmiyorduk ve kalbim, şu andan başka bir şeyin önemli olmadığını söylüyordu. Elini tutarak sıktım. "Tamam."

"Eğer şanslıysak," dedi Westry, "kimseye rastlamadan gizlice ormana kaçabiliriz."

Başımı sallayarak onayladım. "Sence orada güvende olur muyuz?"

"Kumsaldan gemiyi görebiliriz. Eğer yeterince yaklaşırsa, geri döneriz ve ben de diğerlerine katılırım."

Albay Donahue'nun kışlada Westry'yi nasıl dövdüğünü hatırlayarak kaşlarımı çattım. Bir an için tereddüt eder olmuştum. "Bu yüzden başın derde girecek mi peki?"

"Muhtemelen," diye yanıt verdi Westry. Akşam güneşi, gözlerini parlatıyordu. "Ama umurumda değil."

Westry elimi tuttuğunda, ikinci kata göz attım. Kitty hâlâ penceredeydi. Göz göze geldiğimizde, anlamasını umarak kumsalı işaret edip el salladım. Ancak hızla yatağına döndü. Gülümsememişti bile.

Westry ile bungalovun kapısını açıp içeri girer girmez rahat bir nefes aldık. "Şu halimize bak. Kaçaklar gibiyiz," dedim.

"Sanırım öyleyiz," diye onayladı Westry, ellerini belime dolayarak.

"Westry?"

"Efendim, hayatım?"

"Birkaç gün önce buradaydım ve şey, çok korktum."

"Neden korktun?"

"Tita buradaydı."

"Tita?"

"Atea'nın birlikte yaşadığı şu yaşlı kadın. Bir çeşit şaman ya da ruhani lider gibi biri. Çok emin değilim, ama Atea'ya neler olduğunu biliyor gibi görünüyor."

"Nereden bilebilir ki?"

"Bilmiyorum," dedim. "Ama bungalovun laneti hakkında beni bir kez daha uyardı. Laneti bozmanın tek yolunun adalet olduğunu söyledi."

Westry kaşlarını çattı. "Bunlara bir an için bile inanma."

"Ona neden inanmayayım? O, bu yeri senden ya da benden daha iyi biliyor."

"Onun ve senin farkına varamadığınız şey şu ki, adalet, beraberinde başka bir şeyi daha getirecek. Taşıyacağımız suçluluk duygusundan çok daha kötü bir şeyi." Westry, eski maun sandalyeye oturdu. İlk defa, gözlerinde bir sırrın ağırlığını görüyordum. Artık onu saklamak istemiyor, ama yine de kararına sadık kalıyordu. "Adalet arayışında bulunamayacağımızı anlamanı nasıl sağlayabilirim? Bunu istemediğini biliyorum, ama böyle olması gerekiyor."

Başımı olumlu anlamda sallayarak elini tuttum. Belki de birlikte geçireceğimiz son gecede onunla tartıştığım için kendimi kötü hissetmiştim. Başımı pencereden uzatıp uzaktaki savaş gemisine baktım. "Hâlâ orada," dedim.

Westry beni kendine doğru çektiğinde, gelecekle ilgili samimi itiraflarımla dolu olan mektubumu hatırladım. *Mektubu okudu mu? O da benimle bir ömür geçirmek istiyor mu?* Gergin bir şekilde iç çektim.

"Westry," diye fısıldadım.

"Evet, aşkım."

"Mektubumu aldın mı?"

"Hayır," dedi. "Buraya günlerdir uğramıyordum." Mektubu almak için döşemeye doğru yürüdüğü sırada, kolunu tutarak onu geri çektim.

"Şimdi değil," dedim biraz utanarak. "Giderken onu cebine koy. Tek başınayken okumanı istiyorum."

"Kötü bir haber mi var?"

"Hayır, hayır," dedim. "Sadece bekle. Göreceksin."

Westry başıyla sözlerimi onaylayarak bedenimi sıkıca kendininkine yasladı. Sonra da masanın üzerindeki küçük radyonun düğmesini çevirdi. Aynı Fransız istasyonu, yine oldukça net bir şekilde çalmaya başlamıştı.

"Haydi, aşkımızdan başka hiçbir şey düşünmeyelim," dedi Westry, çalan müzikle birlikte salınmaya başladığımızda.

"Tamam," diye fısıldadım. Westry'nin bu önerisi adeta bir sihir gibi savaşın, Kitty ile ilgili endişelerimin ve kumsaldaki karanlık cinayetin önünü kesmişti. Bir anlığına bungalov yeniden ve sadece bizimdi.

Güneş battıktan sonra Westry yanağıma küçük bir öpücük kondurarak, "Herhalde artık geri dönme vakti," dedi. Huzursuzluğunu hissedebiliyordum ve bu beni endişelendiriyordu. Onu böyle düşündüren şey, aramızdaki düşmanlar mı, yoksa ikimizin de bildiği ve korktuğu gibi birlikteliğimizin sona erecek olması mıydı, bilmiyordum.

"Herhalde dönmeliyiz," diyerek ona katıldım. Bir yandan da Japonlar kıyıya vardığında, bungalovda olma ihtimalimizi düşünüyordum. *Bungalovun 'laneti' bizi korur muydu?*

Elbisemi düzeltip tokamı saçıma yeniden tutturdum. "Mektubunu unutma," dedim, Westry kapıyı açarken.

"Elbette," diye cevap verdi Westry, sonra da dizlerinin üzerine çöküp elini döşemeden içeri uzattı. "Bir dakika, hangi mektup?" Başını olumsuzca salladı. "Burada mektup falan yok."

"Saçma," diyerek yanına diz çöktüm. "Tabii ki orada. Belki de fazla uzağa itmişimdir." Elimle daha derinleri yokladıktan sonra, aralığın boş olduğunu fark ederek korkuya kapıldım.

"Tanrım, Westry," dedim. "Mektup gitmiş."

"Nasıl yani? Kimse bizim gizli yerimizi bilmiyor. Tabii birilerine söylemediysen."

"Elbette söylemedim," dedim, şaşkın bir halde.

Okyanusun ilerisinde parlayan bir ışık, Westry'nin endişelerini daha büyük bir soruna yöneltti. "Bunu daha sonra düşünmek zorundayız," dedi. "Şimdi seni geri götürmem gerek."

Westry, gıcırdayarak kapanan kapıyı kilitledi. "Ormanın içindeki yoldan döneceğiz," dedi. "Daha güvenli olur."

Tamam dercesine başımı sallayarak Westry'nin elini tuttum. Çalılıkları yararak ilerlerken, mektubu düşünüyordum. *Onu kim, neden almış olabilir?* Artık bu kadar az vaktimiz kalmışken, Westry'nin gerçek duygularını ve savaştan sonra neler umduğumu bilmesini istiyordum. *Ona söyleme fırsatını bulacak mıyım*, diye sorum kendime. *O da aynı şeyleri hissediyor mu?*

Gelgelelim, karargâha vardığımızda artık mektubu düşünmüyordum. Onun yerine aklıma takılan başka bir şey vardı.

"Westry," diye fısıldadım panikle, beni kadınların kaldığı kışlanın girişine götürürken. "Geri dönmemiz gerek!"

Şaşkın görünüyordu. "Neden?"

"Resim," dedim. "Resmi orada bıraktık."

Omzunu silkti. "Onu daha sonra alabiliriz."

"Hayır, hayır," dedim. "Yazdığım mektubu alan her kimse, onu da alabilir."

Westry bir an için endişelenmiş görünse de başını iki yana salladı. "Hayır. Mektubu alan her kimse, resmi de çoktan almış olabilirdi. Ama almadı."

Başımı olumsuzca salladım. "İçimde kötü bir his var," dedim. "Resmin hırsızların eline düştüğünü düşünmeye katlanamıyorum. O, bir müze ya da galeri gibi hayranlıkla seyredilip değerinin bilineceği bir yere ait."

"Ve öyle bir yere gitmesi için elimizden geleni yapacağız," diye rahatlattı beni Westry. "Şu gemi gider gitmez. Söz veriyorum. Senin için gidip onu getireceğim."

"Söz veriyor musun?"

"Evet," dedi, burnumu öperek.

Kışlaya döndüğümüzde, "Dikkatli ol," dedim.

"Sen de."

"Sonunda geldin!" diye fısıldadı Başhemşire Hildebrand koridorda. Fısıltıları bile kulağa bağırış gibi geliyordu. "Ne açıklamanı dinleyecek ne de seni cezalandıracak vaktim var. O yüzden sana sadece mahzene inen son hemşire olduğunu söyleyeceğim. Japonlar geliyor. Albay, kadınların yeraltına inmelerini emretti. Acele etmeliyiz."

Hemşire Hildebrand'ın peşinden merdivenleri inerken, kalbim hızla çarpıyordu. Elimle, elbisemin yakasını yokladım. Kitty'nin Seattle'da verdiği mavi, güllü broşu, bu sabah bir hevesle yakama tutturmuştum. Yerinde olmadığını fark edince aniden durdum.

"Ne bekliyorsun?" diye çıkıştı Başhemşire Hildebrand.

Aklım başımdan gitmiş bir halde, bir merdivenlere bir de dönüp kapıya baktım. "Sadece," dedim, telaş içinde ceplerimi yoklayarak, "bir şey kaybettim. Benim için çok önemli olan bir şey."

"Hayatın da senin için önemli, değil mi?"

Süklüm püklüm bir şekilde başımı salladım.

"Öyleyse gidelim. Mahzene inmemiz gerek."

Nasıl da broşu kaybedecek kadar dikkatsiz olabilirim? Onu kumsalda, bir dalga tarafından kumla birlikte denize taşınırken hayal ettim. Sonra da Kitty'yi düşünerek ürperdim. *Bu, arkadaşlığımızın sona erdiğinin bir işareti mi?*

Kilitli bir kapıdan geçerek Başhemşire Hildebrand'ın peşinden merdivenleri indikten sonra onun bir kilimi kenara çekip yerdeki kapağı açışını izledim. "Önce sen," dedi, aşağıdaki karanlık boşluğu işaret ederek.

Birkaç gaz lambasının titrek ışıklarıyla aydınlanan, karanlık bir boşluğa uzanan merdivenden inmeye başladım. Ayaklarım yere bastığında, gözlerim uzaktaki Liz, Stella ve diğer birkaç hemşireyi seçti.

"Kitty?" diye seslendim. "Burada mısın?"

Tek duyabildiğim sessizlikti. Endişeyle Başhemşire Hildebrand'a döndüm.

"Orada," diyerek, tek bir gaz lambasının aydınlattığı, uzaktaki bir köşeyi işaret etti.

"Kitty," diyerek ona doğru yürüdüm. Küçücük yüzü korkmuş görünüyordu ve asi bukleleri karman çorman haldeydi. Umutsuz bir şekilde duvara karşı oturmuştu.

"Gelmeyeceksin diye endişeleniyordum," dedi Kitty, yanağından süzülen bir damla gözyaşını silerek.

Yanına oturup elini tuttum. "Artık buradayım."

Yukarıda neler olduğunu kimse bilmiyordu. On iki saatmiş gibi hissettiren iki saatin sonunda Başhemşire Hildebrand, su ve konserve fasulyeden oluşan kumanyaları dağıtmasına yardım etmesi için Stella'yı görevlendirdi. Günlerce, hatta haftalarca yetecek kadar kumanyamız vardı. Uzun süre karanlıkta yaşayıp konserve domuz eti yeme ihtimalimizi düşünerek ürperdim.

"İşte," dedi Stella, bana bir matara uzatarak. Bir yudum alıp güçlükle yutkundum. Suyun paslı bir tadı vardı.

Yukarıdan gelen ayak seslerini duyduğumuzda, hepimiz bir anda buz kesildik.

"Hemşireler," diye fısıldadı Başhemşire Hildebrand, duvarda asılı olan bir tüfeği alarak. "Fenerlerinizi söndürün."

Hepimiz söyleneni yaptık ve karanlıkta gittikçe daha da yaklaşan ayak seslerini dinlemeye başladık. Önce bir gürültü, ardından da yerdeki kapağın gıcırdayarak açıldığı duyuldu. Kitty'nin elini daha sıkı sıktım. *Yüce Tanrım. Japonlar burada...*

Fakat yabancı bir dil yerine, mahzende tanıdık bir ses yankılandı. "Hemşireler, tehlike geçti. Gemi, batıya döndü. Artık dışarı çıkabilirsiniz."

Gözerini karşıya dikmiş, boş boş bakan Kitty dışında tüm hemşireler sevinçle bağrıştı. Kitty'nin elini tuttum. "Haydi, tatlım," dedim. "Geçti. Artık gidebiliriz."

Sanki onu bir rüyadan uyandırmışım gibi ürkmüş görünüyordu. Kitty tekrar fenerini yaktığında, gözlerindeki o tanıdık bulanıklığı ve soğukluğu gördüm. "Evet, tabii," diyerek ayağa kalktı ve önümden yürümeye başladı.

"Yarın yola çıkacağımıza inanabiliyor musunuz?" dedi Liz hayretle, ertesi gün kahvaltıdayken.

Yarın. Westry'ye âşık olduğum andan beri, korkuyla bu günü bekliyordum. Adadan ayrılmak, gerçekliğimizi kaybetmemiz ve yeni bir hayatın başlangıcı anlamına geliyordu. Ve korkarım, tahmin ettiğimizden çok daha karmaşık bir hayattı bu.

"Erkekler sabahtan yola çıkacaklar," diye ekledi Stella. Ben nasıl Westry'nin Avrupa'daki savaşa katılacak olmasından hoşlanmıyorsam, Will'in katılıyor olması da onun hoşuna gitmiyordu.

Stella konuşmasına, "Düşünüyordum da," diye devam etti. "Eğer Avrupa'da görev yapmaya gidersem, en azından ona daha yakın olurum. Hani olur da–"

Başımı olumsuzca salladım. Savaş, artık son derece zayıflamış olan Stella'ya büyük zarar vermişti. Buradan ayrılmaya hepimizden çok ihtiyacı vardı. "Avrupa'ya gitmen Will'i korumayacak," dedim. "Evine dön. Onu orada bekle."

Stella başını sallayarak onayladı. "Kitty'ye inanabiliyor musunuz? Fransa'ya, çarpışmanın tam ortasına gideceğini duydum. Normandiya'ya gidecek bir gruba katılacakmış."

Yanaklarımın kızardığını hissettim. Fransa mı? *Neden bana planlarından bahsetmiyor*, diye geçirdim içimden. *Umurumda olmadığını mı düşünüyor?*

"İyi insan lafının üzerine gelirmiş," dedi Stella, kapıyı işaret ederek.

Kitty gülümseyerek yemekhaneye girdi. Yanakları, bir zamanlar olduğu gibi pembe pembeydi. Masamıza yaklaşırken, elinde bir demet sarı amber çiçeği olduğunu gördüm. Çiçekleri görür görmez, yanaklarım kıpkırmızı bir şekilde yanmaya başlamıştı.

"Günaydın, bayanlar," dedi Kitty. "Bugün yemekler nasıl?"

Stella'nın beni delip geçen bakışlarını hissedebiliyordum.

"Güzel," dedi Liz, havadaki gerginlikten habersiz. "Tabii lastik gibi yumurtalardan hoşlanıyorsan."

Kitty kıkırdayarak beyaz bir kurdeleyle bağlanmış çiçekleri masaya bıraktı. "Çok güzeller, değil mi?" diye sordu, steril masa örtüsüyle tam bir tezatlık oluşturan sarı yapraklara hayranlıkla bakarak. Elbette onları anında tanımıştım. Bunlar, bungalovun yanında yetişen amber çiçekleriydi. Öyle olmalıydılar.

"Vay, vay, vay," dedi Stella. "Anlaşılan o ki birilerinin bir hayranı var."

"Ah, Stell," dedi Kitty, utanmış rolü yaparak.

"Öyleyse onları nereden buldun?" diye sordu inatla. Stella'nın susmasını diliyordum. Bu sorunun cevabını bilmek istemiyordum.

Kitty gülümsedikten sonra bizi hayal gücümüzle baş başa bırakarak yemek kuyruğuna yöneldi.

Stella boğazını temizleyerek pis pis sırıttı. "Adaya ayak bastığımız ilk gün seni ne hakkında uyarmıştım?"

Birden ayağa kalkıp kapıya doğru yürümeye başladım.

"Anne," diye seslendi Stella. "Bekle. öyle bir şey demek istemedim. Geri gel."

Kışlaya giden yol boyunca geçtiğimiz birkaç haftayı gözden geçirirken, kalbim deli gibi çarpıyordu. Westry'yi her görüşünde Kitty'nin yüzünün nasıl aydınlandığını ve benden nasıl uzaklaştığını düşündüm. *Tabii ki Kitty, Westry için bir şeyler hissediyor.*

Bir an için olduğum yerde donakaldım. Westry de onunla aynı duyguları paylaşıyor olabilir miydi? Geçmişimizdeki her erkek –tamam, Gerard hariç– Kitty'yi bana tercih etmişti. Dansa ilk kaldırılan o olurdu. Mezuniyet yemeği için o bir düzine davet alırken, ben yalnızca tek bir davet alırdım. Aklım hızla çalışıyordu. *Mektup... Tanrım. Birinin onu almış olması ihtimali, Westry'yi hiç de endişelendirmişe benzemiyordu. Benim ilanıaşkıma ve birlikte bir gelecek kurma hayallerime karşılık vermemek için mektup çalınmış gibi davranmış olabilir miydi?*

Yol üzerindeki bir taşı tekmeledim ve rahatsızlık verici düşünceleri aklımdan kovarak başımı iki yana salladım. *Hayır, yarın buradan ayrılacakken bunları bir saniye daha bile düşünmeyeceğim*, dedim kendi kendime. *Birlikte geçireceğimiz sayılı saatlerimiz kalmışken, olmaz. Böyle saçmalıklar için vakit yok.*

"İşte bu kadar," dedi Kitty, ertesi sabah kahvaltıdan sonra bir iç çekerek. On ay önce güçlükle taşıdığım o kocaman çantaya nazaran şimdi her nasılsa daha küçük görünen çantasının fermuarını kapattı. Tıpkı çanta gibi, Kitty de bir kısmını bu adada kaybetmişti.

"Uçağım bir saat içinde kalkıyor," dedi Kitty soğuk bir sesle. Sonra da bakışları pencerenin ardındaki yamaçlara, sık sık dikkatini çeken o manzaraya çevrildi. O tepelerde neyi aradığını merak ediyordum. "Başhemşire Hildebrand ve ben, yarın Fransa'ya giden bir birlikle buluşacağız. Ve sonra da..." Sesi gittikçe azalarak daha fazla duyulmaz oldu.

Kitty Fransa'da. Bir başına. Tıpkı buraya, Güney Pasifik'e tek başına geleceği düşüncesinden nefret ettiğim gibi bunu düşünmekten de nefret ediyordum. Westry'ye olan hisleri hakkında düşündüklerim önemli değildi. Onu bir zırh gibi kaplayan yaralarının altında bir yerlerde, hâlâ en iyi arkadaşımın olduğunu biliyordum. Ama bu defa onunla gitmek için ısrar etmeyecektim.

"Ah, Kitty!" diye bağırdım, ayağa fırlayarak. *Keşke onunla eskisi gibi anlaşabilseydim.* "Neden böyle olduk biz?"

Kitty omzunu silkerek çantasına uzandı. Sonra da bana uzun uzun baktı. "Sanırım ada kendi bildiğini okudu," diye mırıldandı nihayet.

"Hayır, Kitty, yanlış düşünüyorsun," dedim, sesimdeki paniği duyabiliyordum. Çünkü tüm bu olanlar, bir arkadaşlığın, bir dönemin sonuymuş gibi görünüyordu. Bir arkadaş olarak yaptığım hataları düşündüm. *Onunla daha fazla zaman geçirebilirdim. Hamileliğinin son haftalarında ona daha fazla destek olabilirdim. Ama olmadım mı? En önemlisi de ona bungalov hakkında, her şey hakkında dürüst olmalıydım.* Aramıza çok fazla sırrın girmesine izin vermiştim. Saklamak için asla söz vermediğim sırlardı bunlar. "Kitty," dedim, yalvarırcasına. "Ben değişmedim. Ben hâlâ o aynı, eski Anne'im. Ve senin de kalbinin derinliklerinde hâlâ eski Kitty olduğuna bahse girerim. Anne ve Kitty olmaya devam etmekten daha çok istediğim bir şey yok."

Kitty, artık tanımadığım gözlerle bana baktı. Gözleri yorgun, yaşlanmış ve katılaşmıştı. "Bunu ben de isterdim," dedi usulca, bana arkasını dönerek. "Ama artık yapabileceğimizi sanmıyorum."

Derinlerimden bir yerden yükselen gözyaşlarını hissederek, başımı olumlu anlamda salladım. Gözlerimi dolduran yaşlar, engellenemez bir biçimde yanaklarımdan süzülmeye başlamıştı.

"Hoşça kal, Anne," dedi Kitty, arkasını dönmeksizin. Ses tonu, büyüdüğü evdeki hizmetçilerle ya da bir eczanedeki tezgâhtarla konuştuğu zamanlardaki gibi ciddiydi. İçimden, *"Kitty, hemen kes şunu! Haydi, artık şu saçmalığa bir son verelim,"* diye haykırmak geliyordu. Ama ağzımı açamayacak kadar üzgün, buz kesmiş ve suskun bir şekilde öylece duruyordum. "Sana bol şans dilerim," diyerek kapının kulpuna uzandı Kitty. "Her şey için."

Kapının kapanmasıyla birlikte odayı bir sessizlik kapladı. Yere çöktüm ve saatlermiş gibi hissettiren bir süre boyunca, ellerimle yüzümü kapatıp hıçkırarak ağladım. *Bu şekilde gitmeye, arkadaşlığımızın bittiğini söylemeye ne hakkı var? Nasıl bu kadar soğuk davranabildi?*

Saat on biri gösterdiğinde, yorgun düşen bedenimi ayağa kalkmaya zorladım. Westry'nin uçağı yarım saat içinde, benimkinden hemen sonra kalkacaktı ve uçak pistinde onunla vedalaşacağıma söz vermiştim.

Çantamı kapının yanına bırakıp, aynadaki kırmızı, şişmiş gözlerime baktım. Kendimi zar zor tanıyabilmiştim.

Bir an için Westry'yi bulamayacağımdan korktum. Gözlerimi kısarak asker yeşili içindeki coşkulu erkek kalabalığına baktım. Küçük bir grup adada kalmaya devam edecekti. Ancak Westry'nin de dâhil olduğu çoğunluk, Fransa ve Büyük Britanya gibi yeni bölgelere gitmek üzere görevlendirilmişti. Ve benim gibi şanslı bir azınlık da evlerine dönüyordu.

Gözlerimi kısmış bir halde yüzleri gözden geçirirken, kalabalığın bir ucunda gözlerimiz buluştu.

Hoparlörden yükselen ve hemşirelerin uçağa binmesini emreden sese kulak asmayarak, çantamı Stella ve Liz'in yanına bırakıp doğruca Westry'ye koştum. Beni kollarına alarak öptü.

Westry, "Ağlama, aşkım," diyerek yanağımdan süzülen bir gözyaşını sildi. "Bu bir veda değil."

"Ama öyle," dedim, elimi yeni tıraş olmuş yüzünde gezdirerek. "Orada neler olacağını bilmiyoruz." Bu cümlemin, onun için olduğu kadar benim için de geçerli olduğunu fark ettim.

Westry başıyla onayladı ve çantasından bir demet sarı amber çiçeği çıkararak elime tutuşturdu. Gevşekçe bağlanmış beyaz bir kurdele, çiçekleri bir arada tutuyordu. *Kitty*... "Bu çiçekler," diye kekeledim. "Aynılarını dün Kitty'ye vermiştin, değil mi?"

Westry önce şaşırmış göründü, ardından başını sallayarak onayladı. "Şey, evet," dedi. "Ben—"

Hoparlörlerden bir başka ses yükseldi. "Bütün askerler, uçağa."

"Westry," dedim panikle. "Bana söylemek istediğin bir şey var mı? Kitty hakkında bir şeyler."

Bir an için ayaklarına baktıktan sonra tekrar bana baktı. "Önemli bir şey değil," dedi, "yine de sana söylemem gerekirdi. Birkaç hafta önce onu kumsalda ağlarken bulmuştum. Bungalova gidiyordum ve onu da davet ettim."

Yanaklarım kızardı. *Westry onu bungalovumuza getirdi. Tek başına, bensiz?*

Duyduklarıma inanmayarak başımı iki yana salladım. "Neden bana anlatmadın? Neden bana *anlatmadı?*"

"Üzgünüm, Anne," dedi Westry. "Gerçekten önem vermemiştim."

Arkamı dönüp beni eve götürecek olan uçağa baktım. Stella uçağın yanında durmuş, telaş içinde bana kollarını sallıyordu.

"Anne!" diye bağırdı. "Gitme vakti!"

Son bir kez Westry'ye baktım. Rüzgâr, saçlarını darmadağın etmişti. Bungalovda yüzlerce defa yaptığım gibi ellerimi sapsarı saçlarının arasında gezdirmek, teninin kokusunun içime çekmek ve kendimi ona vermek istiyordum. Ama bu defa, içimden bir his bana hayır diyordu.

"Hoşça kal," diye fısıldadım kulağına, yanağımı son bir kez yanağına değdirerek. Elini tutup çiçekleri avucuna yerleştirdikten sonra, hızla uçağa koştum.

"Anne, bekle!" diye bağırdı Westry. "Bekle, resim. Resmi aldın mı?"

Birden donup kaldım. "Ne demek, aldım mı? Onu senin alacağını sanıyordum."

"Üzgünüm, Anne," dedi Westry, paniğe kapılmış görünüyordu. "Oraya geri dönmeyi planlıyordum, ama vakit olmadı. Ben..." Birliği çoktan uçağa binmişti ve birlik komutanının ona doğru yürüdüğünü görebiliyordum. Kumsala doğru döndüm. Yeterince hızlı koşarsam, uçak kalkmadan önce bungalova gidip resmi getirmeyi başarabilir miydim?

"Lütfen," dedim, uçağın merdivenlerinde bekleyen Stella'ya yalvarırcasına. "Lütfen pilota sadece on beş dakikaya ihtiyacım olduğunu söyle. Karargâhta bir şeyim kaldı. Söz veriyorum, çabuk olacağım."

Pilot, Stella'nın arkasında beliriverdi. "Üzgünüm, bayan, hiç vakit yok," dedi. "Hemen uçağa binmeniz gerek."

Basamakları tırmanırken bacaklarım kayışla bağlıymış gibi hissediyordum. Yardımcı pilot uçağın kapısını kapatmadan hemen önce gözlerim Westry'nin gözleriyle buluştu. Uçağın bir canavar gibi kükreyen motoru yüzünden onu duyamıyordum, ama dudaklarını okuyabiliyordum.

"Çok üzgünüm," diyordu. "Geri geleceğim. Lütfen endişelenme, Anne. Ben—"

Ben Westry'nin son kelimelerini anlayamadan önce kapı çarparak kapandı. Ne önemi var ki, diye düşündüm kendi kendime, bir mendille gözlerimi kurularken. Bungalovda bulduğumuz o büyü artık kaybolmuştu ve uçak hızlanırken, sihrin de yavaş yavaş dağıldığını hissedebiliyordum. Haritadaki küçücük bir noktaya benzeyene dek adanın gittikçe küçülüşünü izledim. Birçok şeyin yaşandığı ve birçok şeyin geride bırakıldığı bir nokta...

Stella, bana doğru eğildi. "Adayı özleyecek misin?"

Başımı olumlu anlamda salladım. "Evet," dedim dürüstçe.

"Sence bir daha geri gelir misin?" diye sordu Stella. "Will ve ben, ziyaret amaçlı adaya dönmeyi konuşmuştuk. Savaş bittikten sonra, tabii."

Cevap vermeden önce bir kez daha camdan dışarı baktım. Turkuvaz rengi denizde yüzen zümrüt yeşili noktadan gözlerimi alamıyordum. "Hayır," dedim. "Bir daha geleceğimi sanmıyorum."

Göğsümdeki madalyonu sıkıca tuttum. İçinde, bungalovdan bir parça olduğu için mutluydum. Onunla birlikte, daima buraya dönebilecektim. En azından hayallerimde...

On Üçüncü Bölüm

"Seni özledik, evlat," dedi babam, arabaya bindiğim sırada. Arka koltukta Maxine'i görmediğim için memnun olmuştum. İkisinin ilişkisini, ait olduğum aile birimini yok eden o itirafı kabullenmem için aylar geçmesine rağmen, bu olanlara hâlâ bir anlam veremiyordum.

Babam motoru çalıştırıp yola çıkarken, Buick'in yumuşak, deri koltuğuna yaslanarak bir iç çektim. Burada cipler, çakıltaşlarıyla kaplı yollar ve yol çukurlar yoktu.

"Evde olmak güzel," diyerek, Seattle'ın ılıman havasından derin bir nefes çektim. Birçok uçuştan ve dört günlük deniz yolculuğundan oluşan dönüş seyahati, oldukça rahatsız geçmişti. Ama aynı zamanda bana düşünmek ve zihnimi kurcalayan yarım kalmış işleri gözden geçirmek için de zaman vermişti. Yine de uçaktan inip Seattle Havaalanı'na ayak bastığımda, tüm bedenim kararsızlık içinde titriyordu.

"Gerard eve döndü," dedi babam, biraz temkinli bir şekilde. Sanki ağzımı arıyormuş gibi bir hali vardı.

Westry'ye dokunan ve hâlâ onu sevmekte olan ellerime baktım. İhanetin ellerine.

"Beni görmek istiyor mu?" diye sordum.

"Tabii ki istiyor, hayatım," dedi babam. "Belki de asıl soru, *sen onu görmek istiyor musun?*"

Babam kalbimden geçenleri okuyabiliyordu. Her zaman okurdu. "Bilmiyorum, baba," diye mırıldanarak ağlamaya başladım. "Artık ne istediğimi bilmiyorum."

"Buraya gel, tatlım," diyerek tek kolunu bana doladı. Babamın sarılışı, bana her şeye rağmen iyi olacağımı söylüyordu. Tek dileğim, buna inanabilmekti.

Savaş ve geçen onca zaman, Windermere'a el sürmemiş gibi görünüyordu. Buna rağmen bütün o tanıdık malikânelerin önünden geçerken, dış görünüşlerin aldatıcı olduğunu biliyordum. Örneğin, Larson evinin çimleri hâlâ güzel; gösterişli, büyük vazoların, heykellerin ve fıskiyelerin bulunduğu bahçesi hâlâ muhteşemdi. Yine de acının her duvarına, her köşesine yapışıp kalmış olduğunu biliyordum. İkizler eve dönmeyecekti. Terry, Marsilya yakınlarındaki bir savaşta; Larry ise iki gün sonra bir uçak kazasında ölmüştü. Halbuki annesini avutmak için eve dönüş yolundaydı.

Kapılarının ardında daha büyük bir hikâye olduğunu bilmeme rağmen Godfrey malikânesi de eski görünüşünü koruyordu. Önünden geçtiğimiz sırada nişan partisini, Kitty'nin yüzünü ve dışarıdaki kaldırımda oturup gelecekle ilgili planlar yapışımızı hatırlayarak derin bir iç çektim. *Olacakları bilseydik, yine de gider miydik?*

Anılar canımı yakınca, hızla başımı çevirdim.

"Gerard, cuma günü geldi," dedi babam. "Sıhhi izinle eve biraz erken gönderilmiş."

Bir anda kaskatı kesildim. "*Sıhhi* izin mi?"

"Evet," dedi. "Kolundan ve omzundan vurulmuş. Sol kolunu bir daha asla oynatamayabilir. Ancak savaşın genel olarak açtığı yaraları düşünürsek, bu o kadar da büyük bir trajedi değil."

O anda tüm bedenimi bir duygu seli kapladı. Babam haklıydı. İnsanlar sakat kalıyor, ölüyordu. Gerard'ın yarası, onlarla kıyaslanamazdı bile. Ama her nedense, bana hiç ummadığım kadar acı vermişti.

"Ağlama, hayatım," diyerek saçımı okşadı babam. "O iyi olacak."

"Biliyorum," dedim, ağlamaya devam ederek. "Öyle olacağını biliyorum. Sadece– "

"Bunu kabullenmesi zor," dedi babam. "Biliyorum."

"Bu savaş," dedim, "her şeyi, hepimizi değiştirdi."

"Bu doğru," diye onayladı babam, araba o tanıdık olduğum garaj yoluna girerken. Elbette her şey aynen bıraktığım gibiydi. Ama öyle olmadığını biliyordum. Ve onları bir daha asla eski haline döndüremeyeceğimi de...

Yatak odamın kapısının belli belirsiz bir şekilde çalındığını duydum. *Neredeyim ben?* Yerimde doğrulup kendimi toparlamaya çalıştım. Eski, dantel perdeler... Büyük ve rahat yatak... Evet, evdeydim. *Ama saat kaç? Günlerden ne?* Pencerenin ardındaki karanlık, bana saatin geç olduğunu söylüyordu. *Peki, ne kadar geç? Ne zamandır uyuyorum?* Yağmur, adeta çatıyı dövüyordu. Gözlerimi kapatıp tropiklerdeki yağmur fırtınalarını, özellikle de Westry ile kumsalda, sağanağın altında yıkanışımızı hatırladım. Hâlâ bana sarılışını hissedebiliyor, sabunlu tenini koklayabiliyordum. Gözlerimi sıkıca kapadım. *Sadece bir rüya mıydı?*

Battaniyeyi sıkıca üzerime çektim ve bu kez biraz daha sertçe tıkırdayan kapıyı duymazlıktan geldim. Maxine ile yüz yüze gelemezdim. Henüz değil. *Git,* dedim içimden. *Lütfen git. Beni anılarımla baş başa bırak.*

Birkaç dakika sonra kapının altından bir kâğıt, ahşap zeminde kaydı. Bir süre varlığını görmezlikten gelerek boş gözlerle ona baktım. Fakat bakışlarımı kaçıramadığım parlak bir ışık gibiydi. Nihayet ayağa kalkıp kâğıdı elime aldım.

Bej rengi mektup kâğıdına baktım ve aşina olduğum o elyazısını okumadan önce derin bir nefes aldım.

Sevgili Antoniette,
Canının yandığını biliyorum. Lütfen, seni avutmama izin ver.

Maxine

Parmaklarımı soğuk kapı tokmağına sardım ve kapıyı, koridorda bekleyen Maxine'i görmeye yetecek kadar yavaşça araladım. Saçları her zamanki gibi toplanmıştı. İnce belini, düzgünce ütülenmiş bir önlük sarıyordu. Elinde sandviçlerle dolu bir tepsi vardı. Cam bir vazoya, tek bir pembe gül yerleştirilmişti ve fildişi rengindeki kupadan buhar tütüyordu. Yeşil çayın kokusunu alabiliyordum.

Kapı tokmağını bırakarak, "Ah, Maxine!" diye bağırdım.

Maxine, tepsiyi komodinimin üzerine bırakıp bana sarıldı. Önce yavaşça süzülen gözyaşları, sonrasında bir volkan gibi patlayarak gözlerimden boşalmaya başladılar. Kalbimden, ruhumdan dökülen bu yaşlar öyle hiddetliydi ki bir an durup durmayacaklarını merak ettim.

"Dök içini," diye fısıldadı Maxine. "Tutma kendini."

Gözyaşlarım dindiğinde, bana bir mendille çay fincanını uzattı. Yatağımın başlığına yaslanıp dizlerimi göğsüme, pembe, pamuk geceliğimin altına çektim.

"Eğer konuşmak istemiyorsan," dedi yumuşak bir sesle, "konuşmak zorunda değilsin."

İlk kez gözlerinin içine bakınca, bakışlarındaki kederi gördüm.

"Gönderdiğim o mektup için çok üzgünüm," diye devam etti Maxine. "Onu asla göndermemeliydim. Sana babanın söylemesine izin vermeliydim. Bu, benim haddime değildi."

Maxine'in elini tuttum. Parmakları soğuktu. "Bana karşı daima dürüst oldun," dedim. "Onu göndermekle doğru olanı yaptın."

"Beni affedecek misin?" Ağır aksanı her nasılsa onu daha uysal, daha hassas gösteriyordu. "Beni bir zamanlar sevdiğin gibi sevecek misin?"

"Seni sevmekten hiç vazgeçmedim, Maxine."

Sanki ihtiyaç duyduğu tek cevap buymuş gibi gözleri parıldadı. "Şimdi," dedi, "sandviçlerini ye ve bana Güney Pasifik'ten bahset. Anlatılmayı bekleyen bir hikâye olduğunu seziyorum."

Bir sandviç alıp bütün hikâyeyi anlatmaya hevesli bir şekilde başımı salladım. Hepsini olmasa da en azından bir kısmını.

Ertesi gün yağmur dinmişti ve hava açıktı. Dağılan bulutların arasından beliren Seattle'ın haziran güneşiyle birlikte kendimi biraz daha hafiflemiş hissediyordum.

"Günaydın, Antoniette," diye neşeyle cıvıldadı Maxine, mutfaktan. "Kahvaltın masada."

Gülümsedim ve kahvaltı masasındaki babama katılarak tabağıma göz gezdirdim: Taze meyveler, tereyağlı kızarmış ekmek ve bir omlet. Adadaki yemeklerle kıyaslayınca tam bir ziyafetti.

Maxine önlüğünü asıp bize katılınca, babam, burnunu Maxine'in yanağına sürterek gülümsedi. Her ne kadar aşklarını kabul etmiş olsam da buna alışmak için zamana ihtiyacım olduğunu fark etmiştim. *Peki ya annem bu durumu nasıl karşılıyor?*

"Baba," dedim, temkinli bir şekilde, "annemden hiç haber alıyor musun?"

Maxine çatalını masaya bıraktı. Ortam aniden tatsızlaşmıştı. "Evet," dedi babam. "Annen New York'ta, tatlım. Bunu biliyorsun, tabii. Duyduğuma göre, sana mektup yazmış." Cebinden bir kâğıt çıkardı. "Sana, onu bu numaradan aramanı söylememi istemişti. Gidip onu görmeni istiyor." Durakladı. "Hazır olduğun zaman."

Buruşmuş kâğıdı katlayıp tabağımın yanına bıraktım. Hiç şüphesiz annem yine alışveriş yapıyor, defilelere katılıyordu. *Ama mutlu muydu?*

"Bu sabah Gerard aradı," dedi babam, konuyu değiştirmeye hevesli bir halde.

"Öyle mi?"

"Bu öğleden sonra uğramak istiyor."

Ellerim, içgüdüsel bir şekilde madalyonuma uzandı. Ne karar vermem gerektiğini anlamak için bir ipucu arıyordum sadece.

"Tabii," dedim, Maxine'in onayını almak için ona bakarak. "Onunla görüşeceğim."

Maxine'in gülümseyişi, bana doğru kararı verdiğimi söylüyordu. Mantıklı hareket etmek için atılması gereken ilk adım, Gerard ile yüzleşmek ve birlikte planladığımız hayatı kabullenmekti. Elimi, bir zamanlar nişan yüzüğümün durduğu yerde gezdirerek bir iç çektim.

"Güzel," dedi babam gazetesinin ardından. "Ona saat iki gibi gelmesini söylemiştim."

Gerard'ın arabasının garaj yoluna girdiğini ve ardından verandadan gelen ayak seslerini işittim. Adeta donup kalmıştım. *Ona ne diyeceğim? Nasıl davranacağım?*

Maxine başını kapıdan uzatarak merdivenleri işaret etti. "O burada, Antoniette," dedi yumuşak bir sesle. "Hazır mısın?"

Saçlarımı düzeltip merdivenlere doğru yürüdüm. "Evet," dedim, kendimi toparlayarak.

Bir adım, sonra bir adım daha. Salonda babamla konuşan Gerard'ın sesini duyabiliyordum. Bana bu kadar yakın oluşu, kalbimin hiç ummadığım bir şekilde çarpmasına neden olmuştu. *Üçüncü adım. Dördüncü adım.* Sesler kesildi. *Beşinci adım, altıncı...* Ve işte orada, merdivenlerin dibinde duruyor ve bana öyle aşk dolu, öyle istekli bakıyordu ki bakışlarımı ondan alamıyordum.

"Anne!"

"Gerard!" Sesim biraz çatallı çıkmıştı. Gerard'ın sol kolu, bej rengi bir askıdaydı.

"Pekâlâ, orada öylece duracak mısın, yoksa gelip bu yaralı askeri öpecek misin?"

Gülümseyerek son birkaç basamaktan aşağı süzüldüm. Gerard beni kucakladıktan sonra yanağına hafif bir öpücük kondurdum. Bunu, içgüdüsel olarak yapmıştım.

Babam boğazını temizleyerek Maxine'e başını salladı. "Biz sizi baş başa bırakalım," dedi gülümseyerek. "Konuşacaklarınız vardır."

Babamlar çıktıktan sonra Gerard, sağlam koluyla çift kanatlı kapıyı kapattı ve elimden tutup beni salondaki kanepeye götürdü. "Seni ne kadar özlediğimi anlatamam," dedi yanıma oturarak.

Onun ne kadar yakışıklı olduğunu unutmuştum; son derece yakışıklıydı. Suratımı asarak, "Sık sık yazamadığım için üzgünüm," dedim.

"Sorun değil," dedi Gerard sevgi dolu bir sesle. "Meşgul olduğunu biliyordum."

Asıl sebebi bilseydi, o zaman da böyle hoşgörülü olur muydu, diye merak ettim.

"Kolun," diyerek hafifçe omzuna dokunduktan sonra, elimi hızla geri çektim. "Ah, Gerard. Babam onu bir daha asla kullanamayabileceğini söylüyor."

Gerard omzunu silkti. "Orada ölmeliydim," diyerek kucağına baktı. "Etrafımdaki herkes vuruldu. Benim dışımda hepsi. Benim neden öldürülmediğimi hiç anlayamıyorum."

Benim gibi, Gerard'ın da o asil kalbinde oldukça ağır bir yük taşıdığını görebiliyordum.

Gerard ellerimi tuttu ve sonra bir an duraksayarak yüzüksüz sol elimi havaya kaldırdı.

"Gerard, ben–"

Başını iki yana salladı. "Açıklama yapmana gerek yok," dedi. "Sırf burada olduğunu, geri döndüğünü görmek, şimdilik yeter."

Başımı omzuna yasladım.

Eylül 1944

"Evleniyor olduğuma inanabiliyor musun?" dedim Maxine'e, annemin savaş çıkmadan önce Fransa'dan getirttiği beyaz, ipek gelinliğe hayranlıkla bakarken.

Maxine gelinliğin üst kısmına bir toplu iğne tutturarak, "Çok güzel görünüyorsun, Antoniette," dedi. "Sadece terzinin şuradan biraz daraltması gerekecek. Kilo mu verdin sen?"

Omzumu silktim. "Sadece biraz stres, hepsi bu."

"Canını sıkan bir şey mi var, hayatım? Bana anlatabileceğini biliyorsun."

Maxine'in sorusunu cevaplayamadan önce telefon çaldı. "Ben bakarım," diyerek, mutfağa inen merdivenlere koşturdum. "Bu Gerard olmalı."

"Alo," dedim neşeyle, biraz nefes nefese kalmıştım. "Ne giydiğimi tahmin bile edemezsin."

Hattan cızırtılı bir ses yükseldi. "Anne?" dedi, tanıdık bir kadın sesi. "Anne, sen misin?"

"Evet, benim," diye yanıtladım. "Siz kimsiniz?"

"Benim, Mary."

"Mary! Tanrım, nasılsın?"

"İyiyim," dedi. "Çok fazla vaktim yok, o yüzden kısa kesmek zorundayım. Korkarım bazı kötü haberlerim var."

Kanımın çekildiğini hissedebiliyordum. *Mary. Kötü haber.* "Nedir?"

"Ben Paris'teyim," dedi Mary. "Edward'dan dolayı buradayım, ama o başka konu. Muhtemelen şehrin kurtuluşunu duymuşsundur."

"Evet," dedim, eski arkadaşımla konuşuyor olduğum için hâlâ çok şaşkındım.

"Bu bir rüya, Anne. Müttefikler burada. Bir süredir bunun hiç olmayacağını düşünüyorduk." Durakladı. "Bilmeni istediğim şey şu ki bugün askeri hastanede Kitty'yi gördüm ve..."

Özellikle düğün tarihim yaklaştıkça, Kitty'yi çok sık düşünür olmuştum. Ve şimdi onun adını anmak, kalbimdeki eski bir yarayı yeniden açmıştı.

"Mary, o iyi mi?"

"Evet," diye onayladı Mary. "O iyi. Ama Anne... Anne, sorun Westry."

Oda bir anda dönmeye başlayınca oturdum ve gelinliğin üzerindeki iğnenin etime battığını hissettim.

"Anne, orada mısın?"

"Evet," dedim zayıf bir sesle. "Buradayım."

"O, yaralı," diye devam etti Mary. "Vurulmuş. Kenti kuşatan Dördüncü Piyade Bölüğü'ndeymiş. Ama savaş sırasında tüm taburu saldırıya uğramış. Çoğu ölmüş. Westry, bir şekilde hayata tutunmuş."

"Tanrım, Mary, durumu ne kadar kötü?"

"Tam olarak bilmiyorum," dedi, "ama görünüşe göre... Şey, Anne, iyi değil."

"Bilinci yerinde mi?"

Hat yeniden cızırdamaya başladı. "Mary, orada mısın?"

"Evet, buradayım," diyen sesi, bir dakika öncesine nazaran daha parazitli ve daha uzaktan geliyordu. Bağlantının bir anda kesilebileceğini biliyordum. "Gelmen gerek. Çok geç olmadan önce onu görmelisin."

"Ama nasıl?" diye bağırdım panik içinde. "Biliyorsun ki seyahat yasağı var, bilhassa Avrupa'ya."

"Bir yolunu biliyorum," dedi Mary. "Kalemin kâğıdın var mı?"

Mutfak çekmecesini elimle yoklayarak bir not defteri çıkardım. Üzerinde annemin elyazısı vardı ve bu, onu ne kadar çok özlediğimi fark ettirmişti. Bir yıldan fazla süredir evdeydim, fakat hâlâ New York'a gidip onu ziyaret etmemiştim. "Hazırım," dedim.

"Şu kodu not et," dedi Mary. "A5691G9NQ."

"Bu ne anlama geliyor?"

"Bu bir yurtdışı seyahat kodu," diye açıkladı Mary. "Bunu dört gün içinde New York'tan Paris'e giden bir gemiye binmek için kullanabilirsin. Ve buraya vardığında, benim daireme gel: Saint Germaine, numara 49."

Adresi not defterine karalayıp başımı olumsuzca salladım. "Bunun gerçekten işe yarayacağını düşünüyor musun?"

"Evet," dedi. "Ve herhangi bir sorunla karşılaşacak olursan, Edward Naughton'ın adını ver."

Sanki telefon bağlantısına ve Mary'ye tutunmaya çalışıyormuşçasına ahizeye sıkıca yapıştım. "Teşekkür ederim, Mary." Ancak hat, cızırtılar tarafından yutulmuştu. Mary gitmişti.

"Gerard, sana bir şey söylemem gerek," dedim o akşam yemeğinde. Tabağımı bir kenara ittim. Izgara somon ve patatesten oluşan akşam yemeği bile ilgimi çekmemişti.

Gerard, "Yemeğine neredeyse hiç dokunmadın," diyerek kaşlarını çattı.

Masanın karşısında, gri takım elbisesinin içinde son derece şık görünüyordu. Savaş, Cabaña Kulüp'ü adeta bir hayalet kasabaya dönüştürmüştü. Artık insanların uğultusu ve sigara dumanının oluşturduğu o tanıdık bulut yoktu. Bir saksafoncu, sahnede tek başına saksafon çalıyordu. Burada olmak, bir bakıma ihanet etmek hissi yaşatıyordu. Savaşta hayatını kaybedenlere, hastanede can çekişenlere yapılan bir ihanet... Bütün bunları düşünerek güçlükle yutkundum.

"Ne söyleyeceksin, aşkım?" diye devam etti Gerard, beyaz, bez bir peçeteyle dudaklarının kenarına hafifçe dokunarak.

Derin bir nefes aldım. "Güney Pasifik'teyken, bir adamla tanıştım. Ben–ben..."

Gerard gözlerini sıkıca kapadı. "Anlatma bana," dedi, başını iki yana sallayarak. "Lütfen anlatma."

Başımı olumlu anlamda salladım. "Anlıyorum. Ama evlenmeden önce yapmam gereken bir şey var."

"Nedir?"

"Gitmem gerek," dedim. "Sadece bir süre için."

Gerard, canı yanmış görünse de karşı çıkmadı. "Peki, geri döndüğünde, tekrar eskisi gibi olacak mısın?

Gözlerinin içine baktım. "İşte bu yüzden gitmem gerek," dedim. "Bunu anlamam gerek."

Gerard o an bakışlarını kaçırdı. Sözlerim canını acıtmıştı ve bundan nefret ediyordum. Sol kolu, cansız bir şekilde gövdesinden sarkıyordu. Dışarı çıktığımız zamanlar, o askıyı takmaktan hoşlanmıyordu. "Anne," dedi, boğazını temizleyerek. Sesi biraz titreyince, gücünü toplamak için biraz durakladı. Gerard asla ağlamazdı. "Eğer gereken buysa... Eğer senin tüm kalbini tekrar kazanmam için bir şansa varsa, bekleyeceğim."

On Dördüncü Bölüm

Ertesi sabah, babam beni tren istasyonuna götürdü. New York'a kadar oldukça uzun bir yolculuk olacaktı, ama tek yolu buydu. Mary'nin bahsettiği gemiye binmeden önce bir günlüğüne annemde kalacaktım. Ben varana dek Westry'nin dayanması için dua ediyordum. Ona söylemem gereken ve ondan duymam gereken o kadar çok şey vardı ki. *Kalbimden bir türlü gitmek bilmeyen o aşk zerresi, onun kalbinde de kalmış mıydı?*

"Annen seni gördüğüne çok sevinecek," dedi babam. Ne zaman annemden bahsetse, böyle mahcup görünüyordu. İlişkileri göz önüne alındığında, 'çok mutlu' ve 'anne' kelimelerini aynı cümle içinde kullanması ise hiç adil görünmüyordu. Yine de bu ayrıntıları görmezlikten gelmeyi seçtim.

"Adresi yanına aldın, değil mi?" diye sordu.

"Evet," dedim, ardından içinde biletimin ve annemin adresinin olduğu çantamı gösterdim.

"Güzel," dedi. "Tren istasyonundan bir taksi tutup doğruca annenin dairesine git. Dikkatli ol, evlat."

Gülümsedim. "Baba, neredeyse bir yıl boyunca bir savaş bölgesinde yaşadığımı unutuyorsun. Sanırım şehirde başımın çaresine bakabilirim."

Babam gülümseyerek karşılık verdi. "Elbette bakabilirsin, hayatım. Döneceğin zaman beni arayıp haber ver ki seni almak için burada olayım."

Trene binmeden önce babamı yanağından öptüm. Biletimi alan kondüktör, bana küçük bir kompartıman gösterdi. Önümüzdeki iki günü, tek başına ülkenin diğer ucuna yolculuk ederek burada geçirecektim.

Grand Central Terminali'ne girdiğimizde, saat geç olmuştu. Tren rayların üzerinde süzülürken, şehrin ışıkları pırıl pırıl parlıyordu. Seattle'dan oldukça farklı olan bu büyük, çarpıcı şehirde annemin bir hayat kurduğunu hayal etmek zordu.

Trenden inip, valizimi sürükleyerek insan kalabalığı arasında yürümeye başladım. Çok çocuklu bir kadını, maymunlu bir adamı ve şapkasını çıkararak beni selamlayan, sonra da anlayamadığım bir şeyler mırıldanan gri saçlı bir adamı itekleyerek ilerlemeye çalıştım.

Cadde kenarında sayısız taksi beklemekteydi. Elimi kaldırarak koyu tenli bir taksicinin dikkatini çekince, başını olumlu anlamda sallayıp arka koltuğu işaret etti.

Kapıyı açtım ve oturmadan önce valizimi içeri sokuşturdum. İçerisi sigarayla küf kokuyordu. "Ben" –elimdeki kâğıda bakmak için durakladım– "Elli Yedinci Cadde'ye gideceğim."

Taksici dalgın bir şekilde, tamam dercesine başını salladı.

Camdan dışarıyı seyrederken gözlerim bulanıklaşıyordu. Her yerde yeşil, kırmızı, pembe, sarı ışıklar yanıp sönüyordu. Bembeyaz üniformalı izindeki denizcilerin kollarında sarışın, esmer, uzun, kısa kadınlar geziyordu. Savaş henüz sona ermemişti, ama rüzgâr tersine dönmüştü. Seattle'ın kenar mahallelerinden, New York'un hayat dolu sokaklarına kadar bunu hissetmek mümkündü

Dışarıdaki binalar, film kareleri gibi ardı ardına hızla geçerken, hem yabancı hem de kasvetli bir resim oluşturuyordu. Nihayet taksici, iki yanında ağaçların sıralandığı bir caddede durdu.

"İşte geldik, bayan," dedi. Ücretimi ödedikten sonra, valizimi aşağı indirerek parlak, kırmızı bir kapısı olan tuğla konağı işaret etti.

"Teşekkür ederim," diyerek merdivenlere yöneldim. Zile basmamın üzerinden çok geçmemişti ki annem kapıda beliriverdi. Saatin neredeyse on biri göstermesine rağmen makyajlıydı ve üzerinde, omuzları açıkta bırakan kırmızı bir elbise vardı. Dengesizce tuttuğu martini bardağı, elinde çalkalanıp duruyordu.

"Anne!" diye bağırdı, ardından yeni manikürlü eliyle beni kendine doğru çekti. Bardağından fırlayan bir zeytin, yere düşerek yuvarlandı.

Annem sallanarak bir adım gerileyince, çantamı yere atıp onu tutmak için uzandım. "Dur sana bir bakayım," dedi, doğal olamayacak kadar neşeli bir ses tonuyla. Gözleri dalarak bir süre beni inceledikten sonra, tasvip edercesine başını salladı. "Güney Pasifik sana yaramış, hayatım. Beş kilo vermiş olmalısın."

Gülümsedim. "Şey, ben–"

"İçeri gel! İçeri gel!" dedi ve kırmızı elbisesini hışırdatarak kapıdan geri çekildi.

Valizimi salona sürükleyerek annemi takip ettim. Tavandan bu küçük salon için fazla büyük ve gösterişli, kristal bir avize sarkıyordu. "Burası Windermere gibi değil," diyerek omzunu silkti, "ama artık benim evim. Şehir hayatını sevmeye başlıyorum."

Beni parke döşemelerin ve Victoria dönemini yansıtan bir koltuğun bulunduğu ön odaya aldı. "Tabii," dedi, "evi baştan aşağı yeniletiyorum. Leon bu konuda bana yardımcı oluyor." Bu ismi, sanki onu tanımamı bekliyormuş gibi söylemişti.

"Leon mu?"

"İç mimarım," diyerek, içkisinden büyük bir yudum daha aldı. Ne annemin Seattle'dayken martiniden hoşlandığını ne de köprücük kemiklerinin göğsünden dışarı bu kadar fırladığını hatırlıyordum. "Leon, bu oda için leylak renginde ısrar ediyor ama ben emin değilim. Camgöbeği çok daha hoşuma giderdi. Sen ne dersin, hayatım?"

"Camgöbeği bu oda için biraz cüretkâr olabilir," dedim dürüstçe.

"Benim istediğim görüntü tam da bu, tatlım," dedi elini yanındaki duvarda gezdirerek. "Cüretkâr. Baban çok klasikti." Bardağındaki son yudumu da kafasına diktikten sonra kıkırdadı. "Artık klasik olmak zorunda değilim."

Onunla babam hakkında tartışmamayı yeğleyerek başımı olumlu anlamda salladım.

Annem başını iki yana salladı. "Ben de konuşup duruyorum," dedi, sehpanın üzerindeki çıngırağa uzanarak. "Yorgunluktan ölüyor olmalısın, hayatım. Minnie'yi çağırayım."

Çanı salladıktan kısa bir süre sonra, benden daha yaşlı olmayan, ufak tefek bir kadın beliriverdi. "Minnie, Anne'e odasını göster," dedi annem.

Minnie tiz bir sesle, "Peki, hanımefendi," diyerek valizimi aldı.

"İyi geceler, bir tanem," dedi annem, yanağımı okşayarak. "Çok kalamayacağını biliyorum. Ama yarın gitmeden önce seninle keyif dolu bir sabah geçireceğim. Haydi, şimdi git ve biraz dinlen, tatlım."

"İyi geceler," dedim ve annem tekrar büfenin yolunu tutup bir cin şişesine uzanırken, Minnie'nin peşinden merdivenlere yöneldim.

Ertesi sabah, üçüncü kat penceremden duyulan bir korna sesiyle uyandım. Yastığı yüzüme kapatıp yeniden uykuya dalmayı umsam da o kadar şanslı değildim. Saate bir göz attım. Daha 6:40'ı gösteriyordu, yine de kalkıp giyindim. Annem bekliyor olmalıydı ve gemiye binmeden önce onunla mümkün olduğunca çok vakit geçirmek istiyordum.

Alt kat pencerelerinden içeri süzülen gün ışığı, gece gördüğümden çok daha kasvetli bir evi gözler önüne seriyordu. Duvarlarda ne bir fotoğraf ne de tablolar vardı. Oysa annem, tabloları severdi.

Mutfağın kapısında beliren Minnie, utangaç bir şekilde, "Günaydın, hanımefendi," dedi. "Size kahve mi, yoksa çay mı getireyim?"

"Çay iyi olurdu, Minnie, teşekkür ederim," diyerek gülümsedim.

Çok geçmeden Minnie bir tepsiye koyduğu bir tabak meyve, bir kruvasan, haşlanmış yumurta ve bir fincan çayla birlikte döndü.

Tepsiye göz gezdirdim. "Annemi beklemem gerekmez mi?"

Minnie, ne diyeceğini bilemiyormuş gibi görünüyordu. "Konusu açılmışken," dedi. "Şey, yani, şey–"

"Minnie, ne oldu?"

"Bay Schwartz, dün gece buradaydı," dedi gergin bir şekilde. Yüzümde, anlayış gösterdiğime ya da onayladığıma dair bir belirti arıyordu.

"Leon'u mu kastediyorsun?"

"Evet, hanımefendi," diye cevap verdi. "Siz yattıktan sonra geldi."

"Ah," diye yanıtladım. "Peki, annem hâlâ uyuyor mu?"

"Evet."

"Minnie, o hâlâ burada mı?"

Başını yere eğerek başparmağının tırnağını kemirmeye başladı.

"Burada, değil mi?"

Minnie, bu sırrı biriyle paylaştığı için rahatlamışa benziyordu. "Bay Schwartz kalmaya geldiği zamanlar Bayan Calloway'yi genellikle saat on ikiye, bazen bire kadar görmem."

Yaşadığım hayal kırıklığını belli etmemek için elimden geleni yapıp, başımı olumlu anlamda salladım. "Öyleyse kahvaltımı burada yapacağım," dedim, tepsiye uzanarak. "Teşekkür ederim."

"Ah, Bayan – Bayan Anne," diye kekeledi Minnie, gergin bir şekilde. "Bayan Calloway'ye size bunları anlattığımı söylemeyeceksiniz, değil mi?"

Onu rahatlatmak için tombul eline hafifçe vurdum. "Tabii ki hayır," dedim. "Bu bizim sırrımız olacak."

Bir saat sonra apartmandan çıkıp caddeye adım attım. Gemiye binmek üzere rıhtımın yolunu tutmadan önce beş saatim daha vardı. Nereye gideceğimi bilemez bir halde bir taksi çevirdim.

"Nereye gidiyoruz, bayan?" diye sordu taksici.

"Bilmiyorum," dedim. "Şehirde geçireceğim yalnızca birkaç saatim var. Bir öneriniz var mı?"

Taksici gülümseyince, altın bir dişi göründü. "Komik. Bu civarda herkes nereye gideceğini harfiyen biliyor gibi görünür."

Annemin dairesine bakarak omzumu silktim. "Ben de nereye gideceğimi bildiğimi düşünüyordum. Her şeyi planladığımı sanmıştım, ama…"

Taksicinin yüzünde endişeli bir ifade belirdi. "Bakın, bayan," dedi, "sizi incitmek istememiştim."

Başımı iki yana salladım. "İncitmediniz."

"Hey," diyerek ceketinin cebinden katlanmış bir broşür çıkardı. "Sanattan hoşlanır mısınız?"

Bungalovda bıraktığım resmi düşündüm. O an yanımda olmasını öyle çok istemiştim ki… "Evet," dedim. "Hoşlanırım."

"Öyleyse sizi Met'e götüreyim."

"Met?"

Taksici, sanki bir çocuğa bakıyormuş gibi bana baktı. "Metropolitan Sanat Müzesi."

"Tamam," diyerek gülümsedim. "Harika."

"Umarım aradığınızı bulursunuz," dedi taksici, bir göz kırparak.

"Ben de öyle umarım," dedim ve ona cüzdanımdan üç adet buruşmuş kâğıt para uzattım.

Çok geçmeden girişinde kocaman, fildişi rengi sütunların dizili olduğu, muazzam taş binanın önündeydim. Merdivenleri tırmanıp çift kanatlı kapıdan girdim ve doğruca ilerideki danışmaya yöneldim.

"Affedersiniz, hanımefendi," dedim. "Acaba burada Fransız ressamlarına ait tablolarınız var mı?"

Hemen hemen annemin yaşlarında olan kadın, gözlerini kitabından ayırmayarak başını evet dercesine salladı. "Elbette, var, bayan. Hepsi üçüncü katın doğu kanadında bulunuyor."

"Teşekkür ederim," diyerek yakındaki asansöre yöneldim. Burada Gauguin'in herhangi bir resmini bulabileceğimi düşünmenin aptalca olduğunu biliyordum. Yine de bungalovdaki o küçük resmin, diğer eserleriyle bir benzerlik taşıyıp taşımadığını bilmek için can atıyordum. *Tita, bungalovun asıl sahibi hakkında haklı olabilir mi*, diye geçirdim içimden. *Peki ya onun laneti hakkında?*

Üçüncü katta asansörden indim. Annesinin elinden sıkıca tutmuş, kırmızı balonlu küçük bir çocuk ve bir güvenlik görevlisinin dışında kat bomboştu.

Tablodan tabloya gezinerek, altlarındaki levhaları okumaya başladım: Monet, Cezanne ve ismini bilmediğim diğerleri... Nihayet tüm salonu karış karış gezdikten sonra bozguna uğramış bir halde asansörün yanındaki bir banka oturdum.

"Affedersiniz, bayan." Sesin geldiği yöne bakınca, güvenlik görevlisinin yanıma geldiğini gördüm. Gözlüklerini burnunun üzerine indirerek, "Aradığınızı bulmanıza yardımcı olabilir miyim?" diye sordu.

Gülümsedim. "Ah, önemli bir şey değil. Bir ressamın eserini burada bulabileceğime dair gülünç bir fikre kapılmıştım. Ama yanılmışım."

Başını sağa doğru yatırdı. "Hangi ressam?"

"Ah, eserlerinin çoğunu Güney Pasifik'te yapmış olan Fransız bir ressam. Sanırım onu Fransa'da araştırsam daha iyi olur."

"Adı nedir?"

"Paul Gauguin," diyerek ayağa kalktım ve asansörü çağırmak için düğmeye bastım.

"Pekâlâ, evet," dedi adam, "burada bazı eserleri var."

"Var mı?" Asansörün zili çaldı ve ardından kapısı açıldı. Bir adım gerileyince yeniden kapandı.

"Evet," dedi, birkaç adım ilerideki bir kapıyı göstererek. Kapının kolundan sarı bir asma kilit sarkıyordu. "Müzenin bu kanadı, tamirat yüzünden kapalı. Ama madem bu kadar ilgileniyorsunuz, sanırım bir seferliğine kapıyı açabilirim."

Yüzüm sevinçle ışıldadı. "Yapabilir misiniz?"

"İşte anahtarlar burada," dedi, pantolonunun cebine hafifçe vurarak.

Güvenlik görevlisini takip ederek kilitli kapıya doğru yürüdüm. Görevli kilide pirinç bir anahtar yerleştirerek kapıyı benim için açtı. "İstediğiniz kadar kalın," dedi gururla. "Ben hemen dışarıda olacağım."

"Teşekkür ederim," dedim. "Çok, ama çok teşekkür ederim."

Dikkat çekmeden içeri girdim ve kapıyı yavaşça kapattım. Oda dışarıdaki salona nazaran küçüktü ama duvarlar tablolarla kaynıyordu. Önce nereden başlayacağımı bilemedim —sağdaki manzara resimlerinden mi, yoksa soldaki portrelerden mi— fakat sonra, karşı duvardaki kumsal manzaralı bir tablo dikkatimi çekti. Nedense oldukça *tanıdık* görünüyordu. Bu kumsalı, bir zamanlar bungalovda yaşamış olan ressamın çizmiş olabileceğini beklemek biraz fazlaydı. Ancak tabloya yaklaştıkça, bu fikir o kadar da ihtimal dışı görünmemeye başlamıştı.

Resimde, sazdan çatısı olan bir bungalovun yanında sarı bir amber çiçeği ağacı görünüyordu. *Bizim bungalovumuz.* Kumsalda adalı bir kadın geziniyordu. Bu tablo, bungalovdaki resmin manzarasına eşlik ediyor gibiydi; birbiri ardına çekilmiş iki fotoğraf karesi gibiydiler.

Bir adım gerileyerek bir levha ya da tablonun orijinaline, tarihine, özellikle de ressamına dair bir ayrıntı aradım. Ama duvar bomboştu.

Kapıyı açıp koridora uzanarak görevlinin dikkatini çekmeye çalıştım. "Affedersiniz, bayım," diye fısıldadım.

Başını olumlu anlamda sallayıp yanıma yaklaştı. "Evet?"

"Rahatsız ettiğim için üzgünüm, ama bu odanın tamirat nedeniyle kapalı olduğunu söylemiştiniz. Acaba resimlerin yanındaki bazı levhaların kaldırılıp kaldırılmadığını biliyor musunuz? Hakkında bilgi edinmek istediğim bir resim var da..."

Adam gülümseyerek, "Yardımcı olabilir miyim, bir bakalım," dedi.

İçeri girdiğimizde, tabloyu işaret ettim. "İşte bu."

"Bu resmi biliyorum," dedi. "Çok özel bir tablodur."

"Kimin tablosu?"

"Bay Paul Gauguin," diyerek gülümsedi. "Onu ön plandaki adalı kadın tasvirinden ve imzasından tanıyabilirsiniz."

Hayranlık içerisinde, başımı iki yana salladım. "İmza mı?"

"İşte tam burada," dedi, sol alt köşeyi işaret ederek. Ressamın imzasını atmak için kullandığı sarı boya, amber çiçeklerine karışmıştı.

Elbette bu Gauguin, diye geçirdim içimden. *Keşke Westry burada olsaydı.*

Güvenlik görevlisi, "Bir tane de burada var," diyerek, birkaç adım ötedeki daha büyük bir tabloyu işaret etti. Resimde, saçına taktığı plumeria ile çıplak göğüslü bir kadın görünüyordu. Benzerliği fark ettiğimde, bir an nefesim kesildi. *Atea... Resimdeki kadın, Atea'nın aynısı.*

Beni adeta büyüleyen kumsal manzaralı tabloya geri döndüm. "Bu resmi ne zaman yaptığını biliyor musunuz acaba?"

"Tahiti'de olduğu zamanlar," dedi, "1890'lı yılların başında."

"Tahiti mi?"

"Evet, ya da o civarlarda," diye yanıtladı. "Söylentiye göre, vaktini o civardaki adalarda geçirirmiş. Hatta eserlerinden bazıları, bazen oradaki yerlilerle takas yapan bir kaptanla birlikte geliyor. Bir paket sigara karşılığında, paha biçilemez bir resim." Başını iki yana salladı. "Düşünebiliyor musunuz?"

Adadan ayrıldığım gün duyduğum paniğin aynısını hissederek evet dercesine başımı salladım. O resmin sonsuza dek kaybolabileceğini biliyordum. "Adadaki yaşamı hakkında herhangi bir şey biliyor musunuz?"

"Sadece münzevi bir hayat sürdüğünü biliyorum," dedi. "Küçük kulübelerde yaşayıp yarı yaşında kadınlarla birlikte olur, sık sık da talihsizliklerle karşılaşırmış. Tek başına, frengiye bağlı kalp krizinden ölmüş. Bana soracak olursanız, o kadar da mutlu bir hayat değil."

Başımı sallayarak onayladım. *İşte şimdi hepsi anlaşılıyor. Bungalov. Resim. Tita'nın uyarısı. Lanet.*

Onu takdir edercesine güvenlik görevlisine baktım. "Nasıl oluyor da Gauguin hakkında bu kadar çok şey biliyorsunuz?"

"Hırsızlar buralara pek uğramıyor," diyerek göz kırptı. "Burada bolca boş vaktim oluyor. Ayrıca o, ressamların içinde en beğendiğimdir. Bu odaya bir başına kapatılmayı hak etmiyor. O da dışarıda Monet'ler, Van Gogh'lar ile birlikte olmalı."

Kendimi adaya ışınlamayı ve Westry ile orada bıraktığımız resmi alıp getirmeyi dileyerek başımı salladım. Onu müzeye getirir ve tam buraya, diğerinin hemen yanına asılmasını isterdim. Böylece bir tablonun anlatmaya başladığı, diğerinin ise bitirebildiği hikâye tamamlanmış olurdu.

Daireye döndüğümde, "Bu sabah uyuyakaldığım için üzgünüm, tatlım," dedi annem. Bir kanepede oturuyordu ve alnında bir buz torbası vardı. "Başım felaket ağrıyor."

Çünkü bütün gece uyumayıp, Bay Schwartz denen bir adamla içtin, demek istedim. Ama onun yerine nazikçe gülümsedim. "Oyalanacak bir şeyler buldum, anne."

"Güzel," dedi. "Korkarım seni rıhtıma götüremeyecek kadar hastayım. Yarım saat içinde seni alması için bir şoför ayarladım. Tam vaktinde orada olacaksın."

Başımla onu onayladım. "Anne." Konuşmaya başlamadan önce bir an duraksayıp, söyleyeceklerimi düşündüm. "Seninle olanlar hakkında konuşmadık. Yani, Maxine ve babam hakkında."

Benimle göz göze gelmek istemiyormuş gibi bakışlarını kaçırdı.

"Anne," diye devam ettim, "sen iyi misin? Biliyorum, bu çok acı verici olmalı."

Minnie'nin sehpaya bıraktığı tepsiden bana bir çörek uzatarak üzüntüsünü bastırmaya çalıştıysa da annemin ne kadar kederli olduğunu hissedebiliyordum.

"Anne?"

Bir iç çekerek, "Zamanla iyi olacağım," dedi. "Elimden geldiğince günlerimi dolduruyorum. Hem artık erkek kıtlığı da yok."

Utanmış bir halde bakışlarımı kaçırdım.

"Evliliğimin bozulması, hayatımın en büyük başarısızlığıydı."

"Ah, anne—"

"Hayır," diyerek beni susturdu. "Bunu dinlemeni istiyorum."

Ne dinlemek istediğimden tam olarak emin olmasam da tamam dercesine başımı salladım.

"Babanı seviyordum. Onu her zaman sevdim," diye devam etti annem. "Ama uzun zaman önce onun beni sevmediğini fark ettim. Aslında hiç sevmemişti. Pekâlâ, bir kocanın karısını sevmesi *gerektiği* gibi sevmemişti, diyelim." Bir iç çekerek boş ellerini önüne uzattı. "Yani," dedi, pişmanlık dolu ses tonunu değiştirip, gerçekçi bir tonla konuşarak. "Bu sana bir ders olsun, hayatım. Evleneceğin adamın" —duraklayarak gözlerimin içine baktı— "seni sevdiğinden, seni *gerçekten* sevdiğinden emin ol."

"Olacağım."

Annem, arkasındaki yastığa yaslandı. "Fransa'ya seyahat etme sebebinden bahsetmedin, tatlım."

Bu kez anneme farklı ve anlayışlı bir gözle baktım. "Aşk hakkında söylediklerin, anne... İşte tam da bu yüzden gidiyorum. Emin olmaya ihtiyacım var."

On Beşinci Bölüm

Tıpkı Mary'nin söylediği gibi yurtdışı seyahat kodu işe yaramıştı. Rıhtımdayken ellerim titremiş, genç ve kuşkucu bir asker de bana fazlasıyla şüpheyle bakmıştı. Ancak Edward Naughton'ın adını verdiğimde, üzerine kamara bilgilerimin yazılı olduğu bir kâğıt uzatıp eliyle gemiye geçmemi işaret etti.

Yorucu yolculuğun son gününde deniz tutması yüzünden rengim solmuş bir haldeyken, bu zahmeti boşuna çekip çekmediğimi merak ediyordum. Ben Westry'yi görmeye gidiyor olsam bile o beni görmek isteyecek miydi? Bora Bora'daki gergin vedalaşmamızın üzerinden bir yıldan fazla bir süre geçmişti ve o günden beri Westry ne aramış ne de bir mektup yazmıştı. Avrupa'daki savaşın şiddeti göz önünde bulundurulduğunda, bu dediğim elbette zordu, ama en azından deneyebilirdi. Denememişti bile.

"Kıyıya yanaşıyoruz," diye bağırdı koridordaki bir görevli. "Tüm yolcular, eşyalarınızı toplayın."

Küçük pencereden dışarı baktım. Puslu havanın ardında, uzakta bekleyen hareketsiz Le Havre Limanı görünüyordu.

Kısa bir tren yolculuğu sonrasında Paris'e varmış olacaktım. Kalbim aniden tereddütle doldu. *Ne yapıyorum ben burada? Bir yıl oldu. Çok uzun bir yıl. Sadece uzun süre önce biten bir rüyanın peşinden mi koşuyorum?* Valizime uzanarak bu düşünceleri kafamdan kovdum. *Bunca yol geldim. Öyleyse bu işin sonunu getirip göreceğim.*

Mary'nin sokağında, Saint Germaine'de durmuş, saksı çiçekleri ve bitkilerle süslenmiş küçük balkonları olan, yüksek ve taş binaya bakıyordum. İçeride mum ışıkları titreşip duruyordu. Şehrin işgali sırasında Mary'nin burada ne tür bir hayat yaşadığını, Edward'ı ve hikâyelerinin nasıl geliştiğini merak ediyordum. *Mektup her şeyi değiştirdi mi? Edward, onu yeniden kazandı mı? Mutlu bir son mu yaşadılar?* Saat neredeyse ondu, ama kafe ve restoranları dolduran şehrin sakinleriyle kol kola dolaşan âşıkları görmek içimi ısıtmıştı. Yine de şehrin yaşadığı dehşetin hatıraları hâlâ seçiliyordu. Bir çöp konteynerinin yanında kısmen yanmış ve ortasından yırtılmış bir Nazi bayrağı duruyordu. Karşı caddedeki bir fırının yeşil tentesi, alevler yüzünden kapkara olmuştu ve pencerelerinden biri, üzerine tahtalar çakılarak kapatılmıştı. Kapısından sarı bir Davud'un Kalkanı* sarkıyordu.

Mary'nin apartmanına girdim ve daire numarasını bir kez daha kontrol ettikten sonra usulca kapıya vurdum. Çok geçmeden yaklaşan ayak seslerini ve kapı sürgüsünün açıldığını duydum.

"Anne!" diye bir çığlık attı Mary. "Gelmişsin!"

---

* Genel olarak Museviliğin ve Yahudi kimliğinin bir sembolü olarak kabul edilir. (Ed. N.)

Eski arkadaşımla kucaklaşırken gözlerim yaşlarla doldu. "Kendimi çimdiklemem gerek," dedim. *"Burada* olduğuma inanmak çok zor."

"Çok yorgun olmalısın."

Derin bir nefes aldım. "Mary, bilmek zorundayım. Westry nasıl? Son zamanlarda onu hiç gördün mü? O...?"

Mary başını önüne eğdi. "Birkaç gündür hastaneye gitmiyorum," dedi usulca. "Ama Anne, sana şunu söyleyebilirim ki yaraları çok ağır. Vurulmuş. Hem de birçok kez."

Aniden havanın ağırlaştığını ve zehirli bir hale büründüğünü hissettim. Yaşlar gözlerimi yakıyordu. "Onu kaybetmeye dayanamam, Mary."

Eski dostum, kolunu bana doladı. "Gel, seni biraz rahatlatalım," dedi. "Gözyaşlarını yarına sakla."

Onu takip ederek salona girdim. Mary, iki lamba yaktı ve altın kaplama süslemeleri olan bir koltuğa oturarak yanını işaret etti. Bütün duvarlar, duvar kâğıtlarıyla kaplıydı.

"Güzel ev," diye mırıldandım, hâlâ Westry'yi düşünüyordum.

Mary omzunu silkti. Annesinin gece elbisesini giymiş küçük bir kız gibi o da bu daireye ait görünmüyordu. "Burada çok kalmayacağım," dedi, daha fazla ayrıntı vermeksizin. "Sandviç ister misin? Ya da kruvasan?" Sol eline baktığımda, parmağında yüzük olmadığını fark ettim. İçgüdüsel olarak sağ elimle tek taş pırlantamı kapatırken, adadayken onu nasıl sakladığımı hatırladım.

"Ben iyiyim," dedim, "teşekkür ederim." *Mary'de farklı olan ne var?* Saman rengi saçlarını her zamanki gibi toplamıştı. Gülümseyişi, çarpık dişlerini hâlâ gizliyordu. Fakat gözleri... Evet, gözleri değişmişti. Gözlerine derin bir üzüntü yerleşmişti ve ben, hikâyeyi öğrenmek için can atıyordum.

"Ya Edward?" İsim, gecenin ağır atmosferinde yankılandı ve dudaklarımdan çıkar çıkmaz, sorumu geri alabilmeyi diledim.

"Edward diye biri yok," dedi Mary, ifadesiz bir şekilde. Sonra da bakışlarını pencereye, Paris'in parıldayan ışıklarına ve uzaklardaki büyük Seine Nehri'ne çevirdi. "Artık yok." Biraz daha durakladıktan sonra, yeniden bana döndü. "Bak, eğer senin için de uygunsa bunlardan bahsetmemeyi yeğlerim."

Başımı hızlıca sallayarak onayladım. "Burada neler yaşadığını tahmin edemiyorum. Yani işgal sırasında..."

Mary, elini seyrek saçlarının arasından geçirdi. "Tek kelimeyle korkunçtu, Anne," dedi. "Bir Amerikalı olarak hâlâ burada olduğum için şanslıyım. Neyse ki üniversitede öğrendiğim Fransızcanın bana çok yardımı dokundu. Edward'ın ayarladığı..." Sanki Edward'ın adını anmak, onu sinirlendiriyormuş gibi durakladı. "Onun ayarladığı bazı belgeler, kimliğimi saklamamı sağladı. Direnişçilere yaptığım yardımlar göz önünde tutulursa, yakalanmamış olmam tam bir mucize."

"Mary, ne kadar da korkunç. Çok cesursun."

Bakışları üzgün ve soğuk görünüyordu. "Naziler her yeri kontrol ediyorlardı," diye devam etti. "Yanlış bir şey söyleyecek olsan, yanlış şekilde aksırıp tıksırsan, anında sorguya çekiliyordun. Ve o zavallı Yahudi aileler, evlerinden çıkarıldılar." Duraklayarak kapıyı işaret etti. "Bu binada üç tane vardı. Koridorun hemen aşağısında, dört kişilik bir aile. Onları kurtarmayı denedik" – ellerini havaya kaldırdı – "ama çok geç kalmıştık. Bir daha dönecekler mi, Tanrı bilir."

Güçlükle gözlerimi kırpıştırdım. "Ah, Mary."

Anlatması çok acı veren bir başka anıyı kovmak istiyormuşçasına başını iki yana salladı. Sonra elbisesinin cebinden bir mendil çıkardı. "Affedersin," dedi Mary. "Seninle bunları konuşabileceğimi sanmıştım, ama bütün bu olanlar çok acı verici."

Elini tuttuğumda, bileğindeki küçük, pembe yara izini fark ettim. Bora Bora'daki anılar, hızla geri gelmişti. "Lütfen," dedim. "Geçmişten konuşmayalım."

Mary bir iç çekti. "Korkarım hep benimle olacaklar."

"Ama şehir kurtarıldı," dedim, olumlu bir taraf arayarak.

"Evet," diye yanıtladı Mary. "Bir mucize. Bir ara bizimle birlikte tamamen yanıp kül olacağını düşünmüştük."

"Mary," dedim, temkinli bir şekilde, "nasıl oldu da buraya geldin? Buraya gelme sebebin... Bora Bora'dan ayrılmadan önce sana verdiğim mektup muydu?"

Kucağında birleştirdiği ellerini ovaladı. "Keşke cevap o kadar basit olsaydı," dedi özlem dolu bir sesle. "Hayır, buraya gelmekle aptallık ettim."

Bir an için onu yaşayacağı üzüntülerden korumak adına, mektubu Mary'ye vermemiş olmayı diledim. Öte yandan mektup olmasaydı Mary, Paris'te olmayacaktı, diye düşündüm. O zaman Westry'yi bulup beni arayamayacaktı. Hikâyelerimizin nasıl kesiştiğine hayret ederken, kendi hikâyemin olduğu kadar onunkinin de mutlu bitmesini arzuluyordum.

"Peki, buradan sonra nereye gideceksin?" diye sordum. Yüzünde, iyi olacağına dair bir işaret arıyordum; gözünde bir parıltı, hafif bir tebessüm, herhangi bir şey...

Ama onun yerine usulca pencereden dışarı baktı Mary. "Buna henüz karar vermedim."

Dışarıda Paris'in ışıkları parıldıyordu. Westry'yi düşününce, içimi bir sevinç kapladı. O da orada, bir yerlerdeydi.

"Yarın benimle hastaneye gelecek misin? Onu göreceğim için son derece gerginim. Yani bunca... bunca zamandan sonra."

Mary'nin gözlerindeki sis, bir an için kayboldu. "Tabii geleceğim," dedi. "Biliyorsun musun, Stella da burada."

"Öyle mi?"

"Evet," diye devam etti. "Geçen aydan beri burada."

"Peki, ya Will?"

"O da burada. Yaklaşık bir ay içinde evlenecekler."

"Bu harika," diyerek gülümsedim. "Onu görmeyi çok isterim."

"Will ile birlikte birkaç günlüğüne güneye seyahate çıktılar," dedi. "Seni göremediği için üzülecektir."

"Hastaneye gitmek için sabah kaçta çıkmamız gerekiyor?"

Mary, tekrar pencereden dışarı göz attı. "Ziyaret saatleri, saat dokuzda başlıyor. Sabah ilk iş, bir taksi çağırırız. Odan koridorun sonunda – soldan ikinci kapı. Çok yorgun olmalısın. Git, biraz dinlen." Gülümsemek için elinden geleni yaptıysa da dudaklarının kenarları taş kesmiş gibiydi. Sanki keder yüzünden felç olmuştu.

"Teşekkür ederim, Mary," dedim, valizimi alarak.

Yatak odasına giden maun panellerle kaplı koridora dönmeden önce, son bir kez salona baktım. Mary, ellerini kucağında birleştirerek koltukta hareketsiz bir şekilde oturmuş, Seine Nehri'ne ve özgür Paris'in parıltılarına bakıyordu.

Burada, bu duvarların arasında bir şeyler olmuştu. Evet, kelimelerle anlatılamayacak şeyler. Bunu hissedebiliyordum.

İkimiz de uzakta beliren hastanenin devasa cephesine bakarken, Mary'nin elini sıkıca sıktım. Gökyüzünde pırıl pırıl parlayan güneşe rağmen binanın çevresi gölgelerle kaplıydı.

Yutkundum. "Bu bina neden bu kadar..."

"Korkunç mu görünüyor?"

"Evet," dedim, gözlerimi kısıp en üst kata bakarken.

"Çünkü müttefikler gelmeden önce burası korkunç bir yerdi," dedi Mary.

Mary, eskiden Beaujon Hastanesi olarak bilinen ve Paris'in en büyük hastanesi olan bu on iki katlı, gri binanın, bir zamanlar Nazilerin elinde olduğunu anlattı. Bina ele geçirildikten sonra, bir cerrah olan Tümgeneral Paul Hawley, Almanların Yahudi ve Polonyalılar üzerindeki tüyler ürpertici deneylerinde kullandıkları odalar dolusu tıbbi malzemeyi boşaltarak binayı temizlemiş ve şimdiki haline dönüştürmüştü. Binanın en üst katına çizilmiş olan kızıl haç, bana göre bir haçtan çok bombardıman uçağını andırıyordu.

Mary, birkaç kat yukarıdaki bir pencereyi işaret etti. "Şurayı görüyor musun? Yedinci kattaki açık pencereyi?"

Başımı olumlu anlamda salladım.

"Orada Polonyalı bir kadın ile bebeğini bulmuştum," dedi sessizce. "Açlıktan ölmüşlerdi. Nazi doktorları, onları bir deneyde kullanmışlardı. Bir pencerenin ardından onları seyrediyor, bütün süreci belgeliyorlardı. O kâğıtları okudum. Kadının ölmesi dokuz gün sürmüştü. Bebeğinin ise on bir."

Bir ürperti sarmıştı bedenimi.

"Ama dehşet sona erdi," dedi Mary. "Tümgeneral Pawley, burayı altüst etti. Son iki hafta içinde, hastaneye neredeyse bin hasta kabul edildi ve daha fazlasını bekliyoruz."

Gözlerimi yedinci kattan alamıyordum.

"Anne?"

"Efendim," diye mırıldandım zayıf bir sesle.

"Buna hazır mısın?"

"Öyle olduğumu umuyorum."

Birlikte merdivenleri çıkıp binaya girdik. Karanlık koridorlarda, soğuk ve kasvetli bir hava hâkimdi. Duvarlar ovalanarak temizlenmiş, yerler cilalanmış olabilirdi, ama dehşetin kokusu hâlâ buradaydı.

Mary, asansörün dokuzuncu kat düğmesine basınca yükselmeye başladık. Paneldeki ışıklı rakamlar değiştikçe, kafamda türlü türlü düşünceler dönüp duruyordu. Birinci kat, ikinci kat... *Beni tanıyabilecek kadar kendinde midir?* Üçüncü kat... *Beni hâlâ seviyor mu?* Dördüncü kat... *Peki, ya bundan sonra ne olacak?*

"Ah, Mary," dedim, sıkıca koluna yapışarak. "O kadar korkuyorum ki."

Mary, ne beni cesaretlendirmek için bir şey söyledi ne de korkularımı anlıyormuş gibi göründü. "Buraya gelmekle doğru olanı yaptın," dedi. "Her ne olursa olsun, bir sonuca varmış olacaksın."

Bir iç çektim. "Kitty ile hiç konuşuyor musun?"

Mary, bir an için rahatsız olmuş göründü. Yüzündeki ifadeden geçmişimizi ve adadaki sorunlarımızı öğrendiğini anlamıştım.

"Konusu açılmışken," dedi gergin bir şekilde. "Sana söylemem gereken bir şey var. Seni aradığımdan beri–"

Asansör beşinci katta aniden durdu ve bir doktor ile iki hemşire içeri girerek konuşmamızı yarıda kestiler.

Dokuzuncu katta asansörden çıktığımızda, gördüğüm manzara karşısında nefesim kesilmişti. Belki üç yüz, belki de daha fazla sayıda yaralı adam, üzerlerine koyu yeşil, yün battaniyeler örtülmüş bir vaziyette, portatif karyolaların üzerinde yatıyordu.

"Burası oldukça yoğun bir kat," dedi Mary. "Burada birçok ciddi vaka var."

Kalbim deli gibi çarpıyordu. "O nerede?" dedim, çılgına dönmüş bir halde etrafıma bakınırken. "Mary, beni ona götür."

Yaklaşık benim yaşlarımda bir hemşire, bize doğru yaklaştı. Gayet soğuk bir şekilde, Mary'yi başıyla selamladı. "Bugün izinli olduğunu sanıyordum."

"Öyleyim," dedi Mary. "Arkadaşım için buradayım. Bay Green'i ziyaret etmek istiyor."

Hemşire bana şöyle bir baktıktan sonra, tekrar Mary'ye döndü. "*Westry* Green mi?"

Onun adını başka bir kadının ağzından duymak, baştan aşağı ürpermeme neden olmuştu.

"Evet," dedi Mary. "*Westry* Green."

Hemşire bana döndü. "Ya siz kimsiniz?" diye sordu gözlerini kısarak.

"Anne," diye mırıldandım. "Anne Calloway."

"Pekâlâ," dedi hemşire, Mary'ye imalı bir bakış atarak. Ardından arkasındaki bir oda dolusu adama göz attı. "Bundan pek emin değilim..." Bir iç çekti. "Bir bakayım."

Hemşire bizi duyamayacak kadar uzaklaştığında, Mary'ye döndüm. "Anlamıyorum. Neden bu kadar tuhaf davrandı?"

Mary'nin bakışları odada, pencereden dışarıda, benim yüzüm dışında herhangi bir yerde geziniyordu.

"Mary," dedim yalvarırcasına. "Neler oluyor?"

Mary, "Haydi, biraz oturalım," diyerek, kolumdan tuttu ve beni birkaç adım ötemizdeki banka götürdü. Başımın üzerindeki bir saat, yelkovanının her hareketiyle benimle alay ediyordu.

"Seni aradığımda, bunların hiçbirinden haberim yoktu," dedi Mary. "Bilmediğim şey şuydu ki Westry–"

Ahşap zeminde tıkırdayarak yaklaşan ayak seslerini duyunca, ikimiz de o yöne baktık. Tanıdık bir yüzün yaklaştığını gören gözlerim, iri iri açılmıştı. "Kitty!" diye bağırdım, ayağa fırlayarak. Geçmişte yaşananlara rağmen eski dostumun kollarına koşarak, onu kucaklamak isteğine karşı gelemiyordum.

Ancak Kitty ile göz göze geldiğimde, aniden durdum. Bunlar Kitty'nin değil, bir yabancının gözleriydi. "Merhaba," dedi gayet soğuk bir şekilde.

Mary ayağa kalkarak yanıma geldi. "Kitty," dedi, "Anne, Westry'yi görmek için çok uzun bir yoldan geldi. Onu Westry'ye götürebiliriz diye umuyorum."

Kitty'nin suratı asıldı. "Korkarım bu mümkün değil."

Yanmaya başlayan gözlerimi güçlükle kırpıştırarak, başımı iki yana salladım. "Neden, Kitty?" diye haykırdım. "Çok mu kötü yaralı? Yoksa bilinci yerinde değil mi?"

Kitty nişan yüzüğüme baktığında, keşke onu çıkarmayı akıl etseydim, diye geçirdim içimden. Az önce bizi karşılayan hemşire, yeniden belirerek Kitty'nin yanına geldi. *Benden ne saklıyorlar?*

"Kitty," dedim yalvarırcasına, "sorun ne?"

"Üzgünüm, Anne," dedi soğuk bir şekilde. "İçin aslı şu ki, Westry seni görmek istemiyor."

Oda bir anda dönmeye başlamıştı. Ayakta durabilmek için Mary'nin koluna yapıştım. *Tanrım... Seattle'dan buraya onca yol geldim ve şimdi ona sadece birkaç adım uzaklıktayken, beni görmek istemiyor, öyle mi?*

"Anlamıyorum," diye kekeledim, midemin bulanmaya başladığını hissediyordum. "Ben sadece–"

Kitty ellerini kavuşturarak arkasını döndü. "Tekrar, çok üzgünüm, Anne," dedi uzaklaşırken. "Her şey gönlünce olsun."

Kitty'nin koridorda ilerleyişini, sonra da sağa dönerek bir perdenin ardında kayboluşunu izledim.

"Haydi, gidelim, Anne," diye fısıldadı Mary, elimi tutarak. "Çok üzgünüm, tatlım. Seni buraya getirmek benim hatamdı. Açıklamam gerekirdi–"

"Neyi açıklayacaktın?" diye bağırdım. "Âşık olduğum tek adamı görmemin, en iyi arkadaşım tarafından engelleneceğini mi?" Koridorda yankılanan kelimelerimi dinlerken, ne kadar doğru olduklarına ben de şaşırmıştım. Gerard ile nişanlı olabilirdim, ama kalbimdeki kişi daima Westry olacaktı. Elimi hızla çekerek Mary'den kurtardım. "Hayır," dedim, kararlı bir şekilde.

Mary'yi geride bırakıp, yaralı adamlarla dolu olan odaya daldım. Asansörün yanındayken boğuk bir şekilde duyulan sesler, şimdi artarak iniltileri, gevezelikleri, ağlamaları, kahkahaları yayıyordu. Kattaki insan duygularının çeşitliliği, delirtici boyutlardaydı.

Yatakların arasında hızla ilerliyor, birbiri ardına yüzleri gözden geçiriyordum. Kimisi bana özlemle, kimisiyse sadece boş gözlerle bakıyordu. *Nerede o? Onu bulup gözlerinin içine bakarsam, fikri değişir mi? Beni hâlâ seviyor mu? Kitty'nin aramıza girmesine izin vermeyeceğim.* Bir oda dolusu adamın arasında zikzak çizerken, kalbim deli gibi çarpıyordu. Her bir köşeyi döndüğümde, adadayken kalbimi çalan o tanıdık, ela gözleri görmek için dua ediyordum.

Ancak dakikalar sonra her koridoru didik didik etmeme rağmen Westry'den bir iz bulamamıştım. Telaş içinde etrafıma bakınırken, Kitty'nin perdeyle ayrılmış bir odaya süzüldüğünü hatırladım. İçeride olabilir mi? Madalyonumu sıkıca tutarak odanın diğer ucuna yürüdüm ve gri-beyaz çizgili perdenin önünde durdum. *Westry'yi benden ayıran tek şey, bu kumaş parçası olabilir mi?*

Perdeyi, içeriye bir göz atmama yetecek kadar aralarken ellerim titriyordu. İçeride, her birinde bir askerin yattığı dört adet hastane karyolası vardı. En uçtaki yatakta yatan adamın yüzünü tanıdığımda, derin bir iç çektim.

Westry.

Yüzünü görür görmez, dizlerimin bağı çözülmüştü. Kirli sakalı çenesini çevreliyordu ve şimdi daha zayıftı. Ama tıpkı onu kalbime kazıdığım günkü kadar yakışıklı ve bir o kadar mükemmeldi. Perdeyi biraz daha açmıştım ki Westry'nin yatağına doğru yaklaşan Kitty'yi görerek durdum. Kitty bir sandalye çekip oturduktan sonra, Westry'nin yüzünü ıslak bir bezle hafifçe sildi ve sevgiyle yüzünü okşadı. Öylece seyrediyordum. Westry gülümseyerek ona bakınca, yanaklarımın yandığını hissettim.

Birinin belimden çekiştirdiğini hissetmemin ardından, Mary'nin sesini duydum. "Anne," dedi, "bunu kendine yapma. Bırak gitsin."

Başımı olumsuzca salladım. "Ama Westry, o benimdi!" diye haykırdım, perdeyi bırakıp yüzümü Mary'nin omzuna gömerek. "Kitty bunu nasıl yapabildi? Nasıl yapabildi, Mary?"

Mary çenemi kaldırıp, tozpembe bir mendille hafifçe yanaklarıma dokundu. "Çok üzgünüm, tatlım," dedi. "Haydi, gidelim."

Mary'nin peşinden asansöre doğru ilerlerken aniden durarak çantamdan bir kâğıt ve kalem çıkardım.

Ben banka oturup kâğıda bir şeyler karalarken, Mary şaşırmış görünüyordu. "Ne yapıyorsun?"

Birkaç dakika sonra ayağa kalkarak ikiye katladığım kâğıdı ona uzattım. "Yarın, ben gittikten sonra, bunu Westry'ye verir misin?"

Mary kuşkuyla ona verdiğim kâğıda baktı.

"Kitty, buraya göndermeye çalıştığım her mektuba engel olacaktır," diye devam ettim. "Tek umudum sensin."

Mary elindeki kâğıda dikkatle baktı. "Ona hâlâ bir şeyler söylemek istediğinden emin misin?"

Başımla sözlerini onayladım. "Bunu okumasını istiyorum."

"Öyleyse bunu alması için gereken neyse yapacağım," dedi, fakat sesinde beni endişelendiren bir gerginlik hissediliyordu. "Yarın, sabah vardiyasında çalışıyor olacağım. O zaman bunu ona vermeyi deneyebilirim."

Mary'nin yüzünde bana güven verecek bir işaret arayarak, "Söz mü?" diye sordum.

"Evet," dedi yumuşak bir sesle. Bitkinlik, sesinin içine işlemişti. "Elimden geleni yapacağım."

Seattle, Westry'yi aklımdan çıkarmaya yetmemişti. Paris'teki o kötü günden bu yana, bir aydan fazla zaman geçmişti. Fakat evdeki yaşamımda beni oyalayan şeylere ve yalnızca haftalar kalmış olan düğünüme rağmen, onu ne aklımdan ne de kalbimden çıkarabilmiştim. Her telefon çaldığında yerimden sıçrıyor, her sabah hevesle postacıyı bekleyerek pencerenin önünde oturuyordum. Herhalde Mary'nin ona verdiği notu okuduktan sonra bir şeyler yazacak ya da arayacaktı. *Neden yazmamıştı?*

Maxine ile birlikte şehre inmek için hazırlandığımız sakin bir salı sabahı, kapı zilinin çaldığını duydum. Çantamı aniden bırakınca, rujum yere düşerek kanepenin altına yuvarlandı.

"Ben bakarım," diye seslendim Maxine'e. Ön kapıyı açtığımda, bir postacıyla karşılaştım.

"Günaydın, bayan," dedi. "Bayan Calloway?"

"Evet," dedim. "Benim."

Bana küçük bir zarf uzattı. "Sizin için bir telgraf var," dedi sırıtarak. "Paris'ten. Şuraya bir imza alabilir miyim?"

Yüreğim hafiflemiş bir halde postacının gösterdiği yeri imzaladıktan sonra odama çıkan merdivenlere koştum. Kapıyı kapattım ve zarfı yırtarak açtım. İçinde, daktiloyla yazılmış beş satırlık, sarı bir kâğıt vardı. Kâğıdı ışığa tutarak derin bir nefes aldım.

```
Seyahatten erken döndüm STOP
Mary öldü STOP
18 Eylül sabahı kendini asmış STOP
Edward, onun kalbini tamir edilemez bir
şekilde kırdı STOP
        Avrupa'dan sevgi ve iyi dileklerimle,
                                Stella STOP
```

Üzerimdeki şok perdesi kalkana kadar kelimeleri sindirmek istercesine uzunca bir süre elimdeki kâğıda baktım. *"Hayır!"* diye bir çığlık attım. *Hayır, hayır, Mary. Olamaz.* Sonra Mary'nin gözlerindeki hüznü ve tereddüdü hatırladım. Herhangi bir kadının dayanabileceğinden çok daha fazla acı çekmişti, ama *bu şekilde* bir son vermek de neyin nesiydi? *Bunu nasıl yapabildi?* Gözlerimden yaşlar süzülürken, kâğıdı buruşturup yere fırlattım.

Çok geçmeden kalp atışlarım daha da hızlandı. *Yüce Tanrım, Stella onun ne zaman kendini astığını söylemişti?* Buruşmuş kâğıdı yerden aldım. *18 Eylül. Hayır. Hayır, bu olamaz.*

Dehşet içinde gözlerimi duvara diktim. Mary, hastaneyi ziyaret ettiğimiz günün ertesi günü mesaisine hiç gitmemişti. Yazdığım o notu Westry'ye iletme şansı bulmadan önce ölmüştü.

"Hazır mısın?" İki hafta sonra, düğün günümüzün sabahında, Gerard kapıda bekliyordu. Geleneklere burun kıvırmış ve beni alıp, törenden önce kiliseye götürmek için ısrar etmişti. Belki de başka türlü gelmeyeceğimden endişe ediyordu.

Smokininin içinde, gösterişli bir şekilde kapıda bekleyen Gerard'a baktım. Yakasında iftiharla tutturulmuş, harika, beyaz bir gül vardı. Annemin kelimeleri kulağımda çınladı: *Evleneceğin adamın seni sevdiğinden, seni gerçekten sevdiğinden emin ol.*

Paris'teki hastanede, Westry ve Kitty'nin yakınlaştığı o anı düşündüm. *Beni bekleyeceğini, beni hâlâ sevdiğini zannederken ne kadar da safmışım*, diye geçirdim içimden. *Ve artık o notu almış olup olmamasının ne önemi var?* Değerini bilen gözlerle, Gerard'a baktım. *Beni seviyor. Beni daima sevecek. Bu, bir ömür boyu yeter.*

"Evet," diyerek acımı, geçmişimin izlerini içime gömdüm ve Gerard'ın uzattığı elini tuttum. "Hazırım."

Ayağa kalktığımda, altın madalyonum boynumda sallanarak bir kez daha kalbimin üzerine yerleşmişti.

On Altıncı Bölüm

"Böylece sen de büyükbabamla evlendin," dedi Jennifer. Sesi, beni şimdiki zamana geri getirmişti. Pencerenin ardında batan güneş, ufukta sadece pembe bir çizgi bırakmıştı.

Elimdeki mendille gözyaşımı silerek gülümsedim. "Elbette, büyükbabanla evlendim. Yoksa öyle yaptığıma sevinmedin mi? Ne de olsa, başka türlü burada olamazdın."

Jennifer, bu cevaptan memnun olmuşa benzemiyordu. "Yani, varlığımı aşk yarana mı borçluyum?"

"Saçma," dedim, onu avutmaya çalışarak. "Büyükbabanı seviyordum."

"Ama Westry'yi sevdiğin gibi değil."

Başımı sallayarak onu onayladım. "Aşkın bin bir türlü hali var. Hayatım boyunca bunu anladım." Gerard'ı – güçlü, güvenilir Gerard'ı düşündüm. Burnunu yanağıma sürtüşünü, sabahları beni gazete, az pişmiş yumurta ve kızarmış ekmekle karşılayışını özlüyordum. Ben ona yalnızca bir parçamı verirken, o tüm kalbini bana vererek bütün hayatını bana adamıştı. Benim kalbimdeyse, içinde sönmeyen bir mumun yandığı, kilitli bir oda vardı.

"Ah, büyükanne," dedi Jennifer, başını omzuma yaslayarak. "Bu hikâyeyi neden bana daha önce anlatmadın? Bunca yıl onu kendine saklamak, çok yalnız hissettirmiş olmalı."

Madalyonuma dokundum. "Hayır, tatlım," dedim. "Asla yalnız değildim. Biriyle aşkını paylaştığın zaman bu bir süreliğine de olsa, onu daima kalbinde taşırsın." Madalyonu açıp bungalovun döşemesine ait küçük tahta parçasını avucuma düşürdüm. Jennifer hayranlıkla avucuma baktı.

"Hayır," dedim, bir kez daha, "asla yalnız değildim."

Jennifer kaşlarını çattı. "Peki ya Kitty? Westry? Onları bulmayı hiç denemedin mi?"

"Hayır," dedim. "Büyükbabanla evlendiğim gün, bütün bunlara boş vermeye yemin etmiştim. Bunu yapmak zorundaydım. Büyükbaban, bunu hak ediyordu."

"Peki ya bungalov, resim? Tita'ya verdiğin söz ne olacak? Tita'nın adaleti sağlamak hakkında söylediklerini hatırlasana."

Üzerime ağır bir yorgunluğun çöktüğünü hissettim. "Unutmadım," dedim dürüstçe.

Jennifer başını kararlılıkla sallayarak, "Seninle birlikte geliyorum," dedi.

"Benimle mi geliyorsun?"

"Bora Bora'ya."

Gülümsedim. "Ah, hayatım, çok tatlısın, ama ben gerçekten oraya gitmeyi hiç–"

"Evet," dedi Jennifer, kaygılarımı görmezlikten gelerek. Gözleri, heyecandan çılgına dönmüş gibiydi. "Birlikte gideceğiz."

Başımı iki yana salladım. Hikâyeyi anlatmak, eski yaralarımı tekrar açmıştı ve açıldıkları ilk gün kadar acı veriyorlardı. "Bunu yapabileceğimi sanmıyorum."

Jennifer gözlerimin içine baktı. "Anlamıyor musun, büyükanne? Görmüyor musun? Bunu yapmak zorundasın."

❦

Uçak, Tahiti adalarının üzerinde alçalırken titreyip sallanıyordu. "Her zamankinden biraz fazla türbülans yaşıyoruz," dedi Avustralya aksanlı, erkek bir uçuş görevlisi. "Sıkı tutunun. Kaptan, az sonra bizi sağ salim indirecek."

Gözlerimi kapattım ve yıllar önce, yanımda Kitty ile Bora Bora'ya yaptığım o uçuşu hatırladım. Başhemşire Hildebrand, bizleri tehlikelerle dolu ada hakkında uyarırken, onu korkuyla dinleyen bir kabin dolusu hevesli hemşireyi hatırladım. Kitty'nin hafifçe koluma dokunarak onunla geldiğim için bana teşekkür edişini ve bundan memnun olacağıma söz verişini hatırlayarak bir iç çektim. *Eğer yapabilseydim, tüm bunları geri alır mıydım?*

Uçak hızla sarsılınca, Jennifer bana döndü. "Endişelenme, büyükanne," dedi sevgi dolu bir sesle.

Jennifer'ın elini sıkıca tutarak genç çiftlerle dolu kabine göz gezdirdim. Bunlar muhtemelen balayında olan çiftlerdi. Sağımızda oturan bir çift, pencereden dışarı bakıp altımızdaki adayı seyrederken, genç adam gelininin saçını nazikçe okşayıp elini öptü. Onları kıskanmadan edemiyordum. *Bu adayı bu şekilde, savaş zamanının karmaşası olmadan buldukları için ne de şanslılar.* Yeniden yirmi bir yaşında olmayı istedim. Yanımda Westry'nin oturmasını ve her şeye bu noktadan yeniden başlamayı...

"Hazır mısın?" diye sordu Jennifer, beni düşüncelerimden çekip çıkararak. Uçak yere inmişti. Çabucak ayağa kalktım ve torunumu takip ederek yolcuların çoktan inmeye başladığı açık kapıya doğru ilerledim.

Bir hostes, gömleğime mor bir orkide tutturdu. Çiçeğin rengi öyle koyuydu ki spreyle boyanıp boyanmadığını merak etmiştim. "Bora Bora'ya hoş geldiniz, bayan," dedi. "Bu adayı seveceksiniz."

"Bu adayı her zaman sevmişimdir," diyerek gülümsedim ve sıcak, nemli havadan derin bir nefes çektim. Yetmiş yıl önce küçük bir uçak pistinin bulunduğu yerde, şimdi hareketli bir havaalanı vardı. Zümrüt yeşili tepeler, evlerle doluydu. Her şey değişmişti, ancak havada hâlâ çiçek kokuları hâkimdi ve uzakta parıldayan turkuvaz rengi su, beni kıyısına çağırıyordu. İşte o zaman anladım: Kalbim, eve dönmüştü.

"Elimi tut, büyükanne," dedi Jennifer, beni tutmak için elini uzatarak.

Yıllardır hissetmediğim kadar güçlü ve sağlam hissediyordum kendimi. Başımı iki yana salladım. "Bunu yapabilirim," dedim, uçağın merdivenlerinden inmeye başlayarak. *Evet*, dedim kendi kendime, *bunu yapabilirim*.

Bir servis aracı, bizi havaalanından sadece bir buçuk kilometre uzaklıktaki Outrigger adlı otelimize bıraktı. Jennifer, anahtar kartını yuvasından geçirdikten sonra, birlikte klimalı odaya girip bavullarımızı yere bıraktık.

"Şu manzaraya bak!" diye bir çığlık kopardı Jennifer, pencereyi işaret ederek. Kumsalın ve kıyıya vuran dalgaların oluşturduğu baş döndürücü manzara, çift kanatlı camlı kapılarla çerçevelenmişti. Tam da o esnada tanıdık bir şey dikkatimi çekti.

"Tanrım," diyerek pencereye yanaştım. "Kumun şekli... Bu çok tuhaf."

"Nedir o?" diye sordu Jennifer, yanıma koşarak. "Ne görüyorsun?"

"Pekâlâ, yanılıyor olabilirim, ama sanırım bu otel eski karargâhın üzerine inşa edilmiş!" diye bağırdım. "Bu kumsalı, kıyıyla nasıl birleştiğini, ışıl ışıl suların altındaki bu kayalıkları tanıyorum." Bir an Başhemşire Hildebrand'ı, Kitty'yi ya da –bir iç çektim– denizden çıkıp bana doğru yürüyen Westry'yi görmeyi umarak başımı iki yana salladım. "Yeniden burada olmak, bu çok..." Kapıları açıp balkona çıktım. Jennifer, peşimden gelmedi.

"Biraz yalnız kal, büyükanne," dedi usulca. "Ben içeride olacağım."

Balkondaki hasır sandalyeye oturarak zihnimi ve kalbimi, aşina olduğum dalgaların büyüsüne bıraktım.

Bir saat sonra odaya girdiğimde, Jennifer'ı yataklardan birinde uykuya dalmış halde buldum. Gömme dolaptan yedek bir battaniye çıkarıp yavaşça üzerini örttükten sonra, masanın üzerindeki kâğıt destesine uzandım. Nereye gitmem gerektiğini biliyordum.

Tatlım,
  Biraz yürüyüşe çıkıyorum. Seni uyandırmak istemedim.
Akşam yemeğinden önce dönerim.

Sevgiler,
Büyükannen

Hasır şapkamı alıp otelden çıktım. Bikinili kadınların, kızgın güneşin altında uzanıp güneşlendikleri havuzu ve çiftlerin meyveli kokteyllerini yudumladıkları barı geçtikten sonra, nihayet kumsala varmıştım. Kıyı boyunca dizilmiş tek tük evlerin dışında kumsal, onu bıraktığım günkü kadar sakin ve el değmemişti.

Bir anda yeniden yirmi bir yaşındaydım. Üzerimde hemşire önlüğüyle revirdeki uzun bir mesainin ardından gizlice kumsala kaçmıştım. Takip edilmediğimden emin olmak için omzumun üzerinden geriye bakıp duruyordum ve kalbim, *onu* görme beklentisiyle deli gibi çarpıyordu.

Kumsal boyunca güçlükle ilerliyordum. Ayaklarımın altındaki kum, artık daha ağır hissettiriyordu. Alnımdan süzülen bir damla teri sildim ve kırış kırış olmuş yüzümü güneşin acımasız ışınlarından korumak amacıyla şapkamı biraz daha aşağı çektim. Sonra biraz duraklayıp, palmiyelerle sıralı kıyıya bir göz gezdirdim. *Nerede bu? Herhalde birkaç adım uzaklıktadır?*

İlerlemeye devam edip her adımda çalılıklara göz gezdirirken, kuşlar tepemde cıvıldıyordu. *Burada olmalı. Buralarda bir yerde.*

Yirmi dakika sonra, nefes nefese kalmış bir halde gölgelik bir alana çöktüm ve kalbimin derinliklerinden gelen, derin bir iç çektim. *Elbette bungalov gitmişti. Nasıl olur da onun hâlâ burada beni beklediğini düşünecek kadar aptal olabilirim?*

"Affedersiniz, bayan?"

Yakınlarımda duyduğum erkek sesine doğru döndüm.

"Bayan, iyi misiniz?"

En büyük oğlumdan çok da yaşlı olmayan, belki de altmışlarında bir adam, yine aynı yaşlarda bir kadınla birlikte bana doğru yaklaşıyordu. Kadın mavi, askılı bir elbise giymişti ve koyu renk saçlarını, bir tokayla gevşekçe toplamıştı.

"Ah, evet," dedim, kendimi toparlayarak.

"Ben Greg, bu da eşim Loraine," dedi adam. "Şuradaki yamaçta oturuyoruz."

"Ben Anne," diye yanıtladım. "Anne Call–" Dilimin sürçmesine hayret ederek duraksadım. Ömrümün büyük çoğunluğunu Anne Godfrey olarak geçirmeme rağmen adada ismimi yanlış söylemiştim.

"Anne Calloway," diyerek cümlemi tamamladım.

Loraine önce kocasına, sonra da bana baktı. "Anne *Calloway* mi?"

"Evet," dedim, sesinin bu kadar tanıdık gelmesine şaşırmıştım. "Affedersiniz, daha önce karşılaşmış mıydık?"

Kadın, hayır anlamında başını salladı ve büyük bir şaşkınlıkla kocasına baktı. "Hayır," dedi yanıma diz çökerek. "Ama çok uzun zamandır sizinle tanışmayı umuyorduk."

"Anlamadım," dedim.

"Buna inanabiliyor musun?" Loraine başını hayretle sallayarak Greg'e baktıktan sonra, yeniden bana döndü. "Savaş esnasında bu adadaydınız, öyle değil mi?"

Başımla sözlerini onayladım.

"Buralarda eski bir bungalov var," diye devam etti. "Onu görmüştünüz, değil mi?"

"Evet," dedim. "Ama bunu nereden biliyorsunuz?"

Önce kocasına, sonra da bana baktı. "O, her zaman geleceğinizi söylerdi."

"Kim?"

"Bay Green," dedi.

Kalp atışlarımın hızlandığını hissederek başımı iki yana salladım. Kucağımdaki ellerimi birbirine kenetledim. "Anlamadım. Bungalovu biliyor musunuz? Ve" –yutkundum– "Westry'yi?"

Kadın başını olumlu anlamda salladı. Kocasıysa ayağa kalkıp ardımdaki kıyı boyunu işaret etti.

"Hemen şu yolun gerisinde, evimizin yakınlarında," dedi. "Burada olduğunuz zamanlardan bu yana, çalılar epey büyüdü. Onu gözden kaçırmış olmalısınız."

Çabucak ayağa kalktım. Bacaklarımdaki tutukluk, bana artık yirmi bir yaşında olmadığımı hatırlatıyordu. "Beni oraya götürür müsünüz?"

"Evet," dedi adam gülümseyerek.

Birkaç dakika boyunca sessizce yürüdük. Arada biri ya da ikisi de ilgiyle bana göz atsalar da bakışlarına karşılık vermiyordum. Onun yerine dalga seslerinin düşüncelerimi bastırmasına izin veriyordum. *Bungalov ve Westry hakkında sakladıkları sırları bilmek istiyor muyum?*

Greg aniden durarak palmiyelerle kaplı ormanı işaret etti. "İşte tam orada," dedi.

"Teşekkür ederim," dedim ve ilerideki açıklık bir alana gelinceye kadar çalıları yararak ilerlemeye başladım.

"Bayan Calloway, bekleyin," diye seslendi Greg kumsaldan.

Arkamı dönerek ona baktım.

"Oranın bir zamanlar olduğu gibi olmadığını bilmelisiniz."

Başımı olumlu anlamda salladım ve çelimsiz kollarıma dolanmak istiyormuşçasına uzanan sarmaşıkları ayırarak kendime yol açmaya çalıştım. Önce sağıma, sonra da soluma baktım. *Nerede bu?* Tam da o sırada, gözüme aşırı büyümüş bir amber çiçeği ağacı çarptı. Henüz çiçek açmamıştı, ancak yapraklarının arasından sarı tomurcuklar fışkırıyordu. Kalbim hızla çarpmaya başladı. *Yakında olmalı.*

Önüme çıkan bir başka sarmaşığı ittikten sonra, nihayet onu gördüm. Zar zor olsa da hâlâ ayakta duruyordu. Sazdan çatısı zayıflamış, yer yer çökmüştü. Örülmüş duvarları iyice incelmişti ve bir kısmındaki duvarlar tamamen gitmişti. Ön kapısı ise yerinde değildi. Yıllar önce Westry ile bu küçük kulübeyi keşfedişimizi hatırlayarak derin bir iç çektim. Şimdiyse ne haldeydi.

Ön basamaklar çöktüğü için kendimi bir metre yükseklikteki girişe çekmek zorunda kaldım. Bu, benim yaşımdaki biri için hiç de kolay değildi. Nihayet içeri girdiğimde, kollarım ağrıyordu. Çıkardığım sesler içerideki bir kuşu ürküttü ve ciyaklayarak camı olmayan pencereden hızla dışarı kaçmasına neden oldu.

Ayağa kalkarak pantolonumdaki tozları silkeledikten sonra hayranlıkla etrafıma bakındım. Örtüsü darmadağın olmuş yatak, maun masa ve sandalye, yırtık pırtık olup kopçalarından düşmüş olsa da yaptığım perdeler –her şey– hâlâ burada, yerli yerindeydi. Bir zamanlar resmin asılı olduğu duvara baktım. *Acaba Westry ile bıraktığımız gibi çuval bezine sarılmış bir halde, yatağın altında mıydı?*

Derin bir nefes alarak dizlerimin üzerine çöktüm ve elimle yatağın altını yokladım. Dışarı fırlayan bir kertenkele, birden sıçramama neden oldu. Çok geçmeden yeniden sakinleştim ve yatağın altına daha fazla ışık girmesi için yatak örtüsünü kaldırdım. Biraz ileride, tek başına bir çuval bezi duruyordu. Ancak resim gitmişti.

Ayağa kalkıp yetmiş yıllık duyguların ağırlığıyla sandalyeye çöktüm. Tabii ki gitmişti. *Hâlâ burada olacağını düşünmekle ne büyük aptallık ettim*, diye geçirdim içimden.

Tekrar ayağa kalktığımda, ahşap döşeme ayağımın altında çatırdadı. Bir zamanlar Westry ile kullandığımız posta kutusunu hatırlayarak gülümsedim. İçinde bekleyen bir mektup olabileceğini düşünmek, aptallık olurdu. Yine de gözyaşlarımı tutarak çömeldim ve eski döşemeyi kaldırarak içine göz gezdirdim. Sonra da elimi aşağıdaki küçük, karanlık boşluğa sokup içini yokladım. Ta ki parmak uçlarım sert bir cisme değene dek.

Bir kitap... Hayır, bir çeşit günlüktü bu. Deri kaplı defteri elime alıp onu yılların tozundan kurtarmak için hızla sayfalarını çevirdim. Hava gittikçe kararıyordu ve çok geçmeden güneşin batacağını biliyordum. Gözlerimi kısarak ilk sayfayı okumak için kapağını açtım:

Anne'e mektuplar, Westry'den...

Tanrım, diye geçirdim içimden. *Geri dönmüş. Tıpkı söz verdiği gibi...*

Ardından gelecek kelimeleri okumaya ve onları kalbime kazımaya can atar bir şekilde sabırsızlıkla ikinci sayfayı çevirdim. Tam o sırada, dışarıdan gelen bir ses duydum.

"Bayan Calloway?"

Greg'in sesi dışarıda yankılandı. Günlüğü gönülsüzce kapatıp çantama soktum. "Evet," dedim ayağa kalkarak. "Buradayım."

Kapıya çıktığımda, Greg ve karısı bungalova doğru yaklaşıyorlardı. "Ah, güzel," dedi Greg. "Sizi uzun süre burada bir başınıza bırakmak istemedik. Aşağı inmenize yardım edeyim."

Güçlü kollarını nazikçe belime sarıp beni yere indirdi.

Loraine, bungalova şöyle bir baktıktan sonra bana döndü. "Aradığınız şeyi buldunuz mu?"

Küçük kulübeye tekrar göz attım. "Hayır," dedim. "Ama başka bir şey buldum. Çok daha iyi bir şey."

Sanki bu yerle ve benim hikâyemle ilgili benden daha fazla şey biliyormuşçasına ihtiyatla gülümsedi kadın. "Balkonumuzda birer çay içmek için bizimle gelmek ister miydiniz? Evimiz kumsalın hemen yukarısında."

Bu tekliflerini başımla onayladım. "Teşekkür ederim. Çok isterim."

༄

Loraine, mavi-beyaz bir çaydanlıkla fincanıma çay doldurdu. "Krema ve şeker?"

"Evet, teşekkür ederim," dedim.

Evleri oldukça hoştu. Kumsalın yanı başında kocaman bir verandası olan, sadece iki yatak odalı bir yapıydı. Onlar için uygundu.

"Otuz beş yıldır burada yaşıyoruz," dedi Greg. "Loraine ve ben, New York'ta çalışıyorduk. Fakat altmışlı yılların sonlarında buraya yaptığımız bir seyahatten sonra, şehir hayatına geri dönemeyeceğimizi anladık."

"Bu yüzden burada kaldık," diye araya girdi Loraine. "Birkaç kilometre öteye bir restoran açtık."

Elbette, onlara imrenmiştim. Çünkü bu, Westry ile sahip olabileceğimiz ve daima arzuladığım hayatın ta kendisiydi.

Çayımdan bir yudum alarak beyaz porselen fincanı tabağına bıraktım. "Westry'yi tanıdığınızdan söz etmiştiniz," dedim usulca. Cümlenin nereye gidebileceğinden korkuyordum.

Greg, önce Loraine'e, ardından bana baktı. "Evet," dedi. "Onu yıllardan beri tanıyorduk."

Tanrım. Geçmiş zamanda konuşuyorlar. "Tanıyordunuz mu?" diye sordum.

"Evet," diye devam etti Loraine. "Her yıl buraya gelirdi. Bunu, senelik kutsal yolculuğu olarak adlandırırdı."

"Kutsal yolculuk mu?"

Greg gülümsedi. "Sizi bulmak umuduyla yapılan, kutsal bir yolculuk."

Çayımın içinde dönen kremanın, tıpkı hislerim gibi karmakarışık oluşunu izledim. Greg'in kelimelerini sindirmek için bir süre durakladım. Ardından Kitty ve Westry'yi, o gün Paris'teki hastanede nasıl bıraktığımı hatırlayarak başımı olumsuzca salladım.

"Anlayamıyorum," dedim, bir yandan da doğru olduğuna inandığım hikâyeyle, bana anlattıkları hikâyeyi karşılaştırmaya çalışıyordum.

Greg çayından bir yudum aldı. "Bize hikâyenizi anlattı," dedi. "Savaş sırasında, bu adada nasıl birbirinize âşık olduğunuzu ve savaşın sizi nasıl birbirinizden ayırdığını."

Başımı iki yana salladım. "İyi ama neden beni Seattle'da bulmayı denemedi? Neden bana hiç yazmadı?"

"Bunu yapmaya haddi olmadığını düşünüyordu," diye açıkladı Loraine. "Orada bir hayatınız, bir aileniz olduğunu biliyordu. Yine de kalbinde bir yerlerde, bir gün geri döneceğinize ve bungalovda onu bekliyor olacağınıza inanıyordu. Tıpkı anılarında yaptığınız gibi."

Çantama eğilerek kahverengi, deri kaplı defteri çıkardım. Onu elimde tutarken, tüm bedenimin bir duygu seline kapıldığını hissediyordum. "Bunu buldum," dedim. "Bana yazdığı mektuplar."

"Evet," diye devam etti Loraine. "Her yıl sizin için bir yenisini yazardı. Onları bulacağınızı umarak bungalova bırakırdı." Ellerini kavuşturarak başını özlem dolu bir şekilde salladı. "Bu yaptığı son derece romantikti. Onun durumundaki bir adamın, her yıl böylesine zor bir yolculuk yaptığını izledikçe, Greg ve ben onun için çok üzülürdük." Kocasının elini tutup sevgiyle okşadı. "Bunu görmek bizi çok duygulandırırdı."

Sandalyemde doğruldum. "'Onun durumundaki bir adam,' demekle neyi kastediyorsunuz?"

Greg'in gözleri kısıldı. "Bilmiyor musunuz?"

"Neyi bilmiyor muyum?"

Loraine, Greg'e bir bakış attıktan sonra, sanki korkunç bir sır verecekmiş gibi bana doğru eğildi. "Tatlım," dedi, "Bay Green tekerlekli sandalyedeydi. Savaş sırasında felce uğramıştı."

İçimdeki acıyı bastırmak için elimi kalbime götürdüm. *Felce uğramıştı...* Gözlerimi kapattım ve Westry'nin hastanedeki görüntüsünü, yattığı yerden Kitty'ye bakışını hatırladım. Kitty ile filizlenen aşkları yüzünden değil de gururu yüzünden mi beni görmeyi reddetmişti?

"Bütün bunları duymak çok zor olmalı, biliyorum," dedi Loraine. "Çok fazla konuştuysak affedin. Sadece, yıllarca o değerli adamın hikâyesine şahit olduk ve günün birinde, bu hikâyenin nasıl sonuçlanacağını görebilmeyi umduk. Burada olduğunuzu görmek gerçekten harika, Anne. Westry'nin hatırına, Greg ile birlikte bir gün geleceğinizi ümit edip durduk, fakat onca yıldan sonra umudumuzu kesmiştik."

Bütün bu söylenenleri anlamlandırmaya çalışarak ellerimin arasındaki deftere baktım. "Peki ya Westry? O şimdi nerede?"

Loraine, bir an dertlenmiş gibi göründü. "Tam olarak bilmiyoruz," dedi. "Yaklaşık beş yıl önce, buraya gelmeyi kesti. Korkuyoruz ki o–"

Greg, sanki onu susturmaya çalışıyormuş gibi Loraine'in kolunu tuttu. "Bulduğunuz şu defter," dedi, "niçin onu okumuyorsunuz? Belki bir ipucu bulursunuz."

"Teşekkür ederim," diyerek ayağa kalktım. "Her şey için çok ama çok teşekkür ederim. Artık gitmem gerek. Torunum beni bekliyor."

Loraine ayağa kalktı. "Otelinize kadar size eşlik etmemize izin verin, Bayan Calloway."

Hayır dercesine başımı salladım. "Kendim gidebilirim. Yine de teşekkür ederim." Merdivenleri inerek kumsala uzanan patikanın yolunu tuttum. Ağrıyan bacaklarımı olabildiğince hızlı hareket ettirerek yürürken, çok geç kalmamış olmak için dua ediyordum.

On Yedinci Bölüm

Balkondaki hasır sandalyede rahatıma bakarken, sabah güneşi pırıl pırıl parlıyordu. Yürüyüş için dışarı çıkan Jennifer, bir saat içinde dönerdi. Westry'nin günlüğünü açtım ve üzerinde su lekeleri bulunan ilk sayfayı çevirerek tanıdık elyazısının üzerinde gözlerimi gezdirmeye başladım:

23 Ağustos 1959

Canım Cleom,
Bu, birbirimizi adada en son görüşümüzden beri -uğuldayan uçakların seni bir yere, beniyse bambaşka bir yere götürdüğü o son günden beri- sana yazdığım ilk mektup. Neredeyse yirmi yıl geçmesine rağmen seni ne aklımdan ne de kalbimden çıkarabildim. Ve seni ya da sana ait anıları bulabilmek ümidiyle bungalova geri döndüm. Bugün 23 Ağustos, yani uzun zaman önce ilk kez karşılaştığımız gün. Bu eski evin, onca yıla rağmen iyi dayandığını duymak seni mutlu edecektir. Her şey bıraktığımız gibi. Perdeler, esen meltemde hâlâ tatlı tatlı salınıyor.

Masa ve sandalye, aynı yerinde duruyor. Yatak da öyle. Sen hariç, her şey...

Aşkım, burada olmanı öyle çok isterdim ki... Seni eskisi gibi kollarıma alabilmeyi nasıl da isterdim. Oralarda bir yerlerde, kendi hayatını yaşadığını biliyor ve o hayatı bozmak istemiyorum. Fakat kalbim senin hasretinle yanıp tutuşuyor. Daima da öyle olacak. Bu yüzden, her yılın bu günü, yollarımızın tekrar kesişebileceği ümidiyle buraya dönecek ve bu günlüğü, posta kutumuza bırakacağım. Hevesle mektubunu ve seni bekleyeceğim.

Sevgilin,
Grayson

Günlüğü kucağıma bırakarak neredeyse elli yıl sonra elime ulaşan mektuba hayretle baktım. *Beni hâlâ seviyor. Tanrım, beni hâlâ seviyor. Tıpkı benim onu 1959 yılında ve bugün sevdiğim gibi.* Westry, bungalovun bıraktığımız gibi olduğunu yazmıştı. Öyleyse neden resimden söz etmemiş? Bir sonraki sayfayı çevirerek okumaya devam ettim:

23 Ağustos 1960

Canım Cleom,
İtiraf ediyorum ki posta kutumuzu açıp bu günlüğü alırken kalbim heyecanla çarpıyordu. Senden bir mektup veya daha da iyisi, seni burada, beni beklerken görmeyi umuyordum. Gerçi bunca yıl bekledim, bir yıl daha beklesem ne olur? Sabırlı olacağım. Söz veriyorum, aşkım.

Geçen zamanla birlikte düşünmek için bolca fırsatım oldu. Paris'teki hastaneden sana yolladığım mektupları neden cevaplamadığını ya da neden beni görmek için oraya gelmedi-

ğini merak edip durdum. Kitty evlendiğini söylese de ilk zamanlar buna inanmadım. Yaşadığımız o büyük aşktan sonra nasıl evlenebilirdin ki?

Buna karşın, bu durumu yavaş yavaş kabullendim. Fakat bir gün geri döneceğine ve yeniden bir araya geleceğimize dair umudumu hâlâ sürdürüyorum. Hayatıma devam etmek zorunda olduğumu biliyorum, ancak yeniden seninle olana kadar bir yanım asla dolu dolu yaşıyor olmayacak.

Gelecek yıla kadar hoşça kal, aşkım,
Grayson

Günlüğü sıkıca kapadım. Gelişmekte olan hikâye, beni daha fazla okuyamayacağım kadar rahatsız etmişti. Kitty, hastanede bana yalan söylemişti. Westry'nin mektuplarının bana ulaşmasına engel olmuştu. *Bunu neden yaptı? Westry'nin mektuplarını almış olsaydım, her şey daha farklı olur muydu?*

Kapıda, Jennifer'ın sesini duymamla birlikte otel odasına doğru döndüm. "Güzel bir sabah, büyükanne," dedi. "Biraz yürüyüşe çıkmalısın."

Ayağa kalktım ve günlüğü çantama yerleştirdikten sonra, Genevieve Thorpe'un mektubunu çıkardım.

"Sanırım artık onu aramalıyız," dedim Jennifer'a. Yıllardır hiç olmadığım kadar kendimden emindim.

Telefonun tuşlarına basıp numarayı çevirdikten sonra beklemeye başladım. Jennifer yatağa, hemen yanıma oturmuştu. Üçüncü çalışına rağmen hâlâ telefonu açan olmamıştı.

Telefona, anlamadığım Fransızca bir şeyler söyleyen bir kadın sesi cevap verdi. "Merhaba," dedim. "Ben, Anne Call–Anne Godfrey. Bayan Genevieve Thorpe'u aramıştım."

Kadının sesi, mükemmel bir Fransızcadan, mükemmel bir İngilizceye dönüştü. "Ah, evet, merhaba, Anne, ben Genevieve."

"Buradayım," dedim, beklediğimden biraz daha fazla tereddüt ederek. "Burada, Bora Bora'dayım."

"Aman Tanrım," dedi. "Ne güzel bir sürpriz! O mektubu, seninle yüz yüze görüşmek şöyle dursun, senden bir haber alacağımdan bile emin olamayarak yollamıştım. Gitmeden önce görüşmemiz mümkün mü acaba?"

"Evet," dedim. "Zaten ben de bu yüzden gelmiştim."

"Bugün görüşsek, senin için çok mu erken olur?"

"Hayır," diye cevap verdim, "Harika olur. Outrigger Oteli'nde kalıyoruz. Bir şeyler içmek için bizimle buluşmak ister misin?"

"Çok isterim," dedi. "Yıllardır bu anı bekliyordum."

"Sanırım ben de öyle," dedim. "Bu akşam görüşürüz."

Bir hata yapmadığımı umarak telefonu kapattım.

"Sadece iki kişi misiniz?" diye sordu, bizleri karşılayan görevli, Jennifer ile restorana girdiğimizde.

"Hayır," dedim. "Bir misafirimiz olacak." Tam da o sırada restoranın diğer ucundaki barda oturan bir kadın ayağa kalkarak bize el salladı. Pembemsi yanakları ve altın bir tokayla tutturduğu açık kahverengi saçlarıyla, narin yapılı, göz alıcı bir kadındı.

"Merhaba," dedi, bize doğru yürürken. Oğullarımdan daha yaşlı olamazdı, muhtemelen altmışlı yaşlarındaydı. "Sen, Anne olmalısın."

"Evet," diye yanıtladım. Elini sıkarken hissettiğim o tanıdık duyguyu anlamlandırmaya çalışıyordum. "Ve bu da torunum, Jennifer."

"İkinize de merhaba," diyerek bizi samimi bir şekilde karşıladı. "Ben Genevieve."

"Tanıştığımıza çok memnun oldum," dedim. "Oturalım mı?" Taşıdığı kocaman, mavi çizgili, bez çantanın içinde ne olduğunu merak etmiştim.

"İyi olur," dedi Genevieve.

Görevli, bizleri pencere kenarındaki bir masaya oturttu. Garson geldiğinde, bir şişe beyaz şarap sipariş ettim.

Genevieve gülümsedi. "Burada olduğuna inanamıyorum," dedi, başını iki yana sallayarak. "Öyle efsanevi bir kişilik olarak görülüyordun ki. Demek istediğim, savaş esnasında burada görev alan hemşire kayıtlarında ismin geçiyordu, ama yine de hayali bir kişilik gibiydin."

Garson kadehlerimize şarap doldururken, masaya bir sessizlik çöktü. Kadehimden bir yudum aldım. Boğazımdan aşağı kayan şarap, içimi ısıtmıştı. Genevieve, "Sanırım buradan sekiz yüz metre ilerideki bungalovdan haberiniz var," diyerek Jennifer'a döndü. "Küçük bir kulübe. Onu gözden kaçırmak çok kolay."

Başımı olumlu anlamda sallayarak, "Orayı biliyorum," diye yanıt verdim.

"Bu çok tuhaf," diyerek şarabından bir yudum aldı ve düşünceli bir şekilde arkasına yaslandı. "Yerliler, o evin yakınlarına bile gitmezler. Oranın lanetli olduğunu söylerler. Hayatım boyunca bilhassa küçük bir kızken, o kulübeden uzak durdum. Ailemle kumsalda piknik yaptığımız bir gün, erkek kardeşimle beraber tesadüfen o kulübeyi bulmuştuk, fakat ikimiz de içeri adım atmaya cesaret edememiştik." Omzunu silkti. "Gelgelelim, günün birinde merakıma yenik düştüm. Bundan yaklaşık yirmi beş yıl önce, pencerelerinden birine tırmanarak içeriye göz gezdirdim. İnanır mısınız, bir hafta sonra, kocamın biriyle aşk yaşadığını ve annemin meme kanserinden ölmek üzere olduğunu öğrendim."

"Çok üzüldüm," dedi Jennifer, hepimizin kadehine biraz daha şarap doldururken.

"O halde bungalovun lanetine inanıyorsun?" diye sordum.

Genevieve, kadehindeki şarabı şöyle bir döndürdü. "Bilmiyorum," dedi. "Bir yanım inanıyor, bir yanımsa orada çok daha iyi şeylerin bulunduğunu hissediyor. Bunu oradayken hissetmiştim." Yüzünü buruşturdu. "Bu sana hiç mantıklı geliyor mu?"

"Geliyor," dedim. "O bungalov hakkında ben de aynı şeyi hissediyorum. Orada tek başına çok fazla zaman geçirdim."

Genevieve çantasından küçük, beyaz bir zarf çıkarttı.

"İşte," dedi gülümseyerek. "Bunu, bungalovun bir köşesinde, yerde buldum. Sana ait olduğuna inanıyorum."

Zarfı açmadan önce derin bir nefes aldım. İçini yoklayan parmaklarım, sert ve soğuk bir şeye değiyordu. Gümüş takının ışıltısı, batmakta olan güneşi yansıtıyordu. Broşum... Bu, Kitty'nin hediye ettiği broştu. Nefesimi tutarak arkasındaki zamanla kaybolmuş yazıyı okudum. Gözlerimi dolduran yaşlar, etrafı bulanık görmeme neden oluyordu.

"Bu adadan şimdiye dek bir düzine Anne geçmiş olmalı," dedim, şaşkın bir halde. "Bunun bana ait olduğunu nereden bildin?"

"Araştırdım," diye cevap verdi Genevieve gülümseyerek.

"Peki, araştırmaların sırasında," diyerek durakladım, "acaba Westry'ye rastladın mı?" Jennifer'a baktım. "Westry Green'e?"

Genevieve başını olumlu anlamda salladı. "Evet, aslına bakarsak bungalovdaki masanın çekmecesinde onun bir kitabını buldum."

"Kitap mı?"

"Evet," diye devam etti. "Sadece 1930'lu yıllardan kalma, eski bir roman. İç kapağında, onun ismi yazıyordu."

Westry'nin, bungalovla olan bağlarımızı saklı tutma umudunu hatırlayarak gülümsedim.

"Çok vaktimi aldı," diye devam etti Genevieve, "ama onu buldum. Uzun yıllar önce, üzerinde çalıştığım projeyi almadan önce konuşmuştuk. O zamandan beri ona ulaşmaya çalıştıysam da başaramadım." Bir iç çekti. "Telefon numarası değişmiş ve kimse ona ne olduğunu bilmiyor."

Önüme bakarak kucağımdaki fildişi rengi peçeteyi dörde katladım.

"Üzgünüm," dedi. "Demek istediğim bu değildi."

"Size ne söyledi?" diye lafa daldı Jennifer, ortamı biraz olsun hafifletmek için. "Yani konuştuğunuz zaman?"

Genevieve gülümsedi ve sanki ayrıntıları hatırlamaya çalışıyormuşçasına tavana göz gezdirdi. "Anlattıkları, bir romanın sayfalarından çıkmış gibiydi," diye cevap verdi. "Bir zamanlar seni çok sevdiğini ve hâlâ sevmeye devam ettiğini söyledi."

"Neden beni hiç aramamış ya da yazmamış?" diye sordum, başımı olumsuzca sallayarak.

Genevieve omzunu silkti. "Sanırım kendine göre nedenleri vardı. Bay Green, sıra dışı biriydi. Gerçi bütün ressamlar öyle, sanırım."

Şaşkınlık içerisinde kaşlarımı çattım. "*Ressamlar* mı?"

"Evet," diye yanıtladı Genevieve. "Tabii eserlerinden hiçbirini görmedim, fakat kendine ait oldukça etkileyici bir koleksiyonu olduğunu, daha doğrusu bir zamanlar öyle bir koleksiyona sahip olduğunu biliyorum. Resimler, heykeller... Savaştan sonra Avrupa'da sanat eğitimi almış ve Orta Batı'da bir yere yerleşerek üniversite düzeyinde sanat dersleri vermeye başlamış."

"Genevieve," diye araya girdim, "onun *bir zamanlar* etkileyici bir koleksiyona sahip olduğunu söylemekle ne demek istiyorsun?"

"Hepsini çeşitli galerilere bağışlamış," diye yanıtladı Genevieve. "Sanatın kapalı kapılar ardında saklanması gereken bir şey değil, görülüp paylaşılması gereken bir şey olduğunu söylediğini hatırlıyorum."

Gülümsedim. "Bu, kulağa tanıdığım Westry gibi geliyor."

Jennifer, boğazını temizledi. "Genevieve, Westry'nin heykeller yaptığından söz ettiniz," dedi, onayımı almak için bana bakarak. "Ne tür heykeller olduğunu biliyor musunuz? Kil? Bronz?"

Aklının nereye kaydığını biliyordum. Ada, insanın gerçek olmayan bağlantılar kurmasına sebep oluyordu.

"Emin değilim," diyerek omzunu silkti Genevieve. "Eserleri hakkında çok az konuşurdu. Ayrıca tamamen yanılıyor da olabilirim. Bütün bunlar çok uzun zaman önceydi. Hafızam biraz zayıfladı."

Jennifer ve ben, Genevieve'in çantasından sarı bir not defteri çıkararak masaya koyuşunu izledik.

"Anne, sana birkaç soru sormamın sakıncası var mı?" diye sordu, temkinli bir şekilde.

"Tabii ki hayır," dedim. Bir yandan da sağ elimle, diğer elimde titreyip duran su bardağını sabit tutmaya çalışıyordum.

"Mektubumda bahsettiğim gibi uzun zaman önce bu adada genç bir kadın öldürülmüş," diye söze başladı Genevieve. "Bu hikâyeye bir son vermeye ve adaleti sağlamaya çalışıyorum."

Jennifer ile birbirimize baktık.

"Burada hemşirelik yaptığını ve bu trajedinin yaşandığı gece izinde olduğunu biliyorum." Genevieve, bana doğru eğildi. "Anne, o gece dikkat çekici bir şey gördün ya da duydun mu? Bu cinayetin etrafında adeta bir sır perdesi var. Sanki ada, onu geride hiçbir iz bırakmadan yutmuş. Sen, adalet için benim son umudum olabilirsin."

"Evet," dedim. "Bir şey biliyorum."

Genevieve not defterini açtı. "Biliyor musun?"

Bu sırrı saklama konusunda Westry'nin beni ikna edişini düşünerek ellerimi kucağımda birleştirdim. Bu olayı yıllarca analiz edip, zihnimde evirip çevirdikten sonra bile, Westry'nin niyetinin ne olduğunu ya da kimi koruduğunu anlayamamıştım. Belki de bu sırrı gün yüzüne çıkarmak, bana aradığım cevapları verecekti.

"Atea," dedim. "Onun adı Atea'ydı."

Genevieve'in gözleri iri iri açıldı. "Evet," dedi.

Jennifer, bana cesaret vermek için masanın altından elimi sıkıyordu.

"O, güzel bir kadındı," diye devam ettim. "Onu çok fazla tanımıyordum, ama adeta adanın güzelliğini ve iyiliğini yansıtıyordu."

Genevieve, başını olumlu anlamda sallayıp kalemini masaya bıraktı. "Adada yaşayanların çoğu, onun ölümünü asla kabullenmiyor," dedi. "Bugün bile. Hatırlayabilecek kadar yaşlı olanlar, bu olaydan, adalarında beliren büyük bir şeytan olarak bahsediyorlar. İşte bu yüzden, Atea için, adadaki herkes için, adaleti sağlamayı kendime görev edindim."

"Sana yardım edebilirim," dedim. "Ama seni başka bir yere götürmem gerek. Seni, aradığın adalete ulaştırabilecek bir ipucu biliyorum."

Pencerenin ardında batmakta olan güneş, morun turuncuya çaldığı bir renk almıştı. "Bugünlük çok geç oldu," dedim. "Fakat yarın sabah bizimle, otelin önündeki kumsalda buluşabilir misin?"

"Tabii," dedi Genevieve, minnetle gülümseyerek. "İstediğiniz saatte orada olabilirim."

"Dokuz buçuğa ne dersin?"

"Harika," dedi. "Orada olmak için sabırsızlanıyorum."

O akşam balkonda oturmuş, dalgaların hafifçe kıyıya vuruşunu izliyordum. Jennifer'ın çantasındaki telefonunun çaldığını duydum. Deniz, tepedeki hilalin ışığı altında parlıyordu. "Tatlım," diye seslendim, çift kanatlı kapıdan içeriye doğru, "telefonun çalıyor."

Jennifer, yeşil bir pijamayla balkona fırlayıp çantasını karıştırmaya başladı. "Bu çok tuhaf," dedi. "Telefonumun burada çekeceğini hiç sanmıyordum."

"Alo?" diyerek telefonu açtı. İstemeyerek de olsa bu tek taraflı konuşmaya kulak misafiri oluyordum. "Şaka yapıyorsunuz," dedi Jennifer. Sonra da sonsuza dek sürecekmiş gibi hissettiren, uzun bir süre boyunca karşı tarafı dinledi. "Ah," diyerek, sanki bir an rahatsız olmuş gibi durakladıktan sonra gülümsedi. "Size gerçekten çok minnettarım. Teşekkür ederim. Çok teşekkür ederim. Seattle'a döndüğümde sizi arayacağım."

Jennifer telefonu kapatır kapatmaz yanımdaki hasır sandalyeye oturdu. "Arayan, arşivlerde çalışan kadındı," dedi, şaşkına dönmüş bir halde. "Onu bulmuşlar. Heykeltıraşı bulmuşlar."

O sabah Genevieve ile konuştuklarımızı hatırlayarak güçlükle gözlerimi kırpıştırdım. *Bu mümkün olabilir mi?* "O, o değil... değil mi?" diye sordum. Bunu kabullenmekten nefret ediyordum, ama Jennifer'ın hayal gücü beni de umutlandırmıştı.

"Üzgünüm, büyükanne," dedi Jennifer. "Hayır. Westry değil."

Başımı olumlu anlamda salladım. "Tabii," dedim, hikâyeleri bu şekilde birbirine bağladığım için kendimi çocuk gibi hissediyordum.

Jennifer, tepemizden geçen bir deniz kuşunu gözleriyle takip etti. Nihayet kuş gözden kaybolduğunda, "Heykeltıraş dört yıl önce ölmüş," diye ekledi.

"Üzüldüm, tatlım," diyerek elini okşadım.

Jennifer gülümsemeye çalışarak, "Sorun değil," diye karşılık verdi. "En azından artık gizem çözüldü... Yani, bir bakıma çözüldü. Artık onun kim olduğunu bildiğime göre ailesiyle konuşabilirim."

"Bu doğru," dedim. "Keşke bir şişe şampanyamız olsaydı."

"Neden?"

"Buna kadeh kaldırmamız için."

Jennifer, kafası karışmış bir halde bana baktı.

"Tatlım," dedim, "nihayet aradığın adamı buldun."

Jennifer, başını omzuma yasladı. "Sen de seninkini bulacaksın," dedi. "İçimde, bütün bunların iyi sonuçlanacağına dair bir his var."

"Belki," diye yanıtladım. Sesimdeki kuşkuyu duymamasını umuyordum, çünkü kalbim, bana çok geç kaldığımı söylüyordu.

Ertesi gün kahvaltıdan sonra Genevieve, tıpkı planladığımız gibi bizimle kumsalda buluştu. "Günaydın," dedi, neşeli bir gülümsemeyle yanımıza yaklaşırken. Sırtında bir sırt çantası vardı ve kıvırcık saçları, büyük, beyaz güneş şapkasının altından dışarı fışkırıyordu.

"Bugün benimle buluştuğunuz için çok teşekkür ederim," dedi, otelden epeyce uzaklaştıktan sonra. "Aradığım cevaplara yakın olmanın, ne kadar heyecan verici olduğunu anlatamam."

"Umarım, bendeki cevaplar doğrudur," dedim sessizce. Kendimi, beni bekleyen şeye hazırlıyordum. "Bana cinayet hakkında bildiklerini anlatsana."

"Pekâlâ," dedi Genevieve, sırt çantasını düzelterek. "Ben sadece adada yaşayanların bildiği ya da bildiklerine inandığı şeyleri biliyorum. Cinayeti işleyen adam, adadaki birçok yerli kadının ve Amerikalı bir hemşirenin hamileliğinden sorumluymuş."

Kitty.

Başımı olumlu anlamda salladım. "O adamı görmedim," dedim sessizce, önümüzde uzanan beyaz kumsala bakarak. "Etraf çok karanlıktı. Ama bunu yapmış olabilecek tek adam, Lance idi."

"Lance mi?"

"Evet," dedim. "O vakitler, en iyi arkadaşımın görüştüğü adamdı. Kendisi yerli kadınlarla düşüp kalkmaya devam ederken, arkadaşımı feci bir durumda bıraktı: Hamile ve yalnız."

Genevieve aniden durarak bana döndü. "Anne, anlayamıyorum," dedi. "Mademki tüm bunları biliyordun, neden anlatmadın? Neden onu ihbar etmedin?"

Bir iç çekerek ellerimi sıkıca birbirine kenetledim. "Kulağa nasıl geldiğini biliyorum ama durum bundan da karışık." Bungalova yaklaşmıştık, o yüzden kıyıya vurmuş bir ağaç gövdesini işaret ettim. "Haydi, biraz oturalım. Sana bildiklerimi anlatayım."

Yıllarca dalgalarla savaşmaktan, artık grileşmiş ve yumuşamış olan ağacın üzerine oturduk. "Şurası," dedim arkamızı işaret ederek, "Atea'nın boğazının kesildiğini gördüğüm yer."

Genevieve eliyle ağzını kapadı.

"Katil uzaklaşana kadar karanlıkta bekledikten hemen sonra Atea'nın yanına koştum. Yaşam savaşı verip nefes almaya çalışırken, onu kollarıma aldım." Başımı iki yana salladım. "Onun için yapabileceğim hiçbir şey yoktu. Ölüyordu. Çok geçmeden Westry çıkageldi. İkimizin de aklına çantamdaki morfin gelmişti. Hemşireler, yanlarında daima bir miktar morfin bulundururlardı. Bu, onun acısına son verebilirdi; ikimiz de bunu biliyorduk. Önceleri bunu yapmak istemedim, ama

Atea'nın nefes almaya çalıştığını görüp ciğerlerinin nasıl hırıldadığını duydukça, bunun tek yol olduğunu anlamıştım. Morfin, acısına da, yaşamına da bir son vermeye yetmişti. O benim kollarımda öldü."

Genevieve hafifçe koluma dokundu. "Sen, doğru olanı yapmışsın," dedi. "O durumda kim olsa, aynısını yapardı."

Gözümden akan bir damla yaşı sildim. "Bunca yıldır ben de kendime aynısını söyleyip durdum, fakat kalbimde bir yerlerde daha fazlasını yapabileceğimi biliyordum."

"Cinayeti ihbar etmek gibi mi?" diye sordu Genevieve.

"Evet."

"Bana neden yapmadığını anlat."

Başımı olumlu anlamda sallayarak konuşmaya devam ettim. "Sessiz kalmak, Westry'nin fikriydi. Bunun kendi iyiliğimiz için olduğunu, cinayetle ilgili bizim suçlanacağımızı söyledi. Ancak asıl nedenin bu olduğunu sanmıyorum. Önemli bir sebep olmadıkça, Westry adaletten asla kaçmazdı." Gözlerimi kumsala dikerek Westry'nin o gece ne kadar kendinden emin ve kararlı olduğunu hatırladım. Westry, benim bilmediğim bir şey biliyordu. "Birini korumaktan söz ediyordu," diye devam ettim. "Eğer karargâhtaki yetkililere gidersek, korkunç bir şey olabileceğinden korkuyordu. Ona güvendim."

"Sence böyle söylemekle neyi kastetmiş olabilir?"

"Bilmiyorum," dedim, ellerimi iki yana açarak. "İnan bana, yetmiş yıldır o geceyi düşünüp duruyorum. Fakat Westry'nin endişelerini anlamaya, yetmiş yıl öncekinden bir adım yaklaşmış değilim."

Genevieve bir iç çekti.

"Ancak," diye devam ettim, "dün gece de söylediğim gibi sana göstereceğim bir şey var. Bir ipucu. Gerçekler yıllar sonra gün yüzüne çıkmaya hazır olduğunda, işe yarayabileceğini umarak cinayet gecesi onu bir yere gizlemiştim. Artık zamanı gelmiş olabilir."

Benim ardımdan, Genevieve ve Jennifer da ayağa kalktılar.

"Seni ona götürmemi ister misin?" diye sordum.

"Evet," dedi Genevieve hevesle.

Çalılıkları yararak ormanın derinliklerine doğru ilerlerken, Jennifer ayakta durmama yardım ediyordu. *Şu halime bak*, diye geçirdim içimden. *Bu yaşımda balta girmemiş ormanlarda dolanıyorum.* Ama şu an yaşın bir önemi yoktu. Gerçeğin dışında hiçbir şeyin önemi yoktu ve ben, onu bulmaya kararlıydım.

Gözlerimi ileriye dikerek yönümü bulmaya çalıştım. "Evet," dedim, kendi kendime başımı sallayarak. "Tam şurada olmalı."

Elbette, etraf eskisinden çok farklı görünüyordu. Ancak uzaktaki büyük palmiye ağacını gördüğümde, yaklaştığımızı anlamıştım. Jennifer ve Genevieve'i geride bırakıp yaşlı palmiye ağacının köküne varana kadar hızlı adımlarla ilerledim. Sonra da dizlerimin üzerine çöktüm ve ellerimi nemli toprağa daldırarak olabildiğince fazla toprak kazmaya başladım. *Burada olmalı.*

"Yardım edebilir miyim?" diye sordu Genevieve, çıplak ellerimle biriktirdiğim toprak yığınının başına dikilerek.

Başımı iki yana sallayarak, "Sadece birkaç dakika daha, sonrasında onu bulmuş olacağım," diye yanıt verdim. Ellerim ve kollarım, toprakla kaplanmıştı. Tırnaklarımın içine dolan toprak, belki yıllar önce olsaydı beni rahatsız edebilirdi, ama şimdi umurumda bile değildi. Adalete hiç bu kadar yakın olmamıştım. Kokusunu alabiliyordum. Ve çok geçmeden onu hissettim de.

Elim toprağın birkaç karış altındaki sert bir şeye değdiğinde, onu çıkarmak için bir delik açmaya başladım.

"Büyükanne, iyi misin?" diye fısıldadı Jennifer, yanıma diz çökerek.

"Evet," diyerek, çok uzun zaman önce sakladığım kumaş parçasını elime aldım. Bir zamanlar elbisemin eteği olan, şimdiyse nem ve böcekler yüzünden paramparça olmuş kumaşı açarak bıçağı çıkardım.

"Cinayet silahı," dedim Genevieve'e. "Katil bunu ormana fırlattıktan sonra arayıp bulmuş, sonra da zamanı geldiğinde tekrar bulmak umuduyla buraya gömmüştüm."

Genevieve, bir adli tıp uzmanı gibi çantasından küçük bir poşet çıkararak bıçağı dikkatlice içine yerleştirdi. Sonra da ellerimi silmem için bana bir ıslak mendil uzattı. "Zamanı geldi," dedi usulca. "Teşekkür ederim."

"Bana teşekkür etme," dedim, ağırbaşlı bir şekilde. "Sadece Atea'ya, hak ettiği adaleti sağla."

"Sağlayacağım," diyen Genevieve, poşetin içindeki bıçağı inceledi. "Bu yazılar –birlik ve sayı numaraları– bunların bir anlamı olmalı."

"Bir anlamı var," dedim. "Onlar seni Lance'e götürecek."

"Güzel," diyerek poşeti çantasına yerleştirdi. "Ordunun tarih kurumunun yardımıyla bunu araştırabilirim. Orada savaşla ilgili her şeyin bir kaydı var. Zaten seni de böyle bulmuştum."

Sessizce kumsala geri döndüğümüz sırada, kendi kendime gülümsüyordum. Gerçeği özgürlüğüne kavuşturmak, kendimi iyi hissettirmişti, bu yüzden hafiflemiş hissediyordum.

Genevieve'in sırt çantasındaki cep telefonu çaldığında, Jennifer ile izin isteyip deniz kıyısına yürüdük. Ellerimi tuzlu suya batırarak toprak kalıntılarını ve bıçağa yapışıp kalmış olan kötülükleri temizledim.

"Seninle gurur duyuyorum, büyükanne," dedi Jennifer, yanıma diz çökerek. "Bu yaptığın, fazlasıyla cesaret isteyen bir şeydi."

"Teşekkür ederim, hayatım," diyerek ellerimi pantolonuma silip kuruladım. "Bunu yıllar önce yapmalıydım."

Tekrar Genevieve'in yanına döndüğümüzde, hâlâ telefonla konuşuyordu. "Evet, tatlım," dedi telefondakine. "Sana söz veriyorum, işim bittikten sonra eve döneceğim ve birlikte, o sözünü ettiğimiz akşam yemeğini yiyebileceğiz." Durakladı. "Ben de seni seviyorum, Adella."

Bir anda tüylerim diken diken olmuştu. *Bu isim*, diye geçirdim içimden. *Bu ismi o günden beri hiç duymamıştım.* Jennifer'a baktım. Yüzündeki ifade, onun da benimle aynı şeyi düşündüğünü söylüyordu.

"Affedersin," dedim Genevieve'e bir süre sonra. Artık otele iyice yaklaşmıştık ve yüzen tatilcilerin, su sıçratma sesleriyle karışık yankılanan kahkahalarını duyabiliyordum. "Az önce istemeden *Adella* dediğine kulak misafiri oldum."

"Ah," dedi Genevieve, "evet, o benim kızım."

"Çok güzel bir isim," dedim. "Öyle sık duyduğumuz isimlerden değil."

"Doğru," dedi. "Aslına bakarsak, hayatım boyunca başka bir Adella ile karşılaşmadım. Bu, benim ikinci adım. Bilirsin işte, henüz bir bebekken evlat edinilmişim. Söylenenlere göre bu, öz annemin bana verdiği isimmiş."

Kalbimde kabaran duyguları saklayamayarak bakışlarımı başka yöne çevirdim.

"Annem ve babam, kendilerini bu ismi korumaya mecbur hissetmişler," diyerek, bir an düşüncelere daldı. "Kendi kızım doğduğunda ise başka bir isim düşünmedim bile."

"Anne," dedi Genevieve, endişeli bir ifadeyle. "Bir şey mi oldu?"

"Hayır," dedim, kendimi toparlayarak. "İyiyim. Sadece, öz annenle hiç karşılaşıp karşılaşmadığını ya da onu bulmayı deneyip denemediğini merak ediyordum."

"İnan bana, denedim. Annem ve babam, bana onun hakkında hiçbir şey söylemezlerdi." Genevieve bir an düşüncelere dalıp gitmiş gibi göründü, sonra dudaklarında bir gülümseme belirdi. "Bir keresinde öğretmenim, annemin mutlaka Fransız olması gerektiğini, çünkü Fransızlar gibi harika bir burnum olduğunu söylemişti. Ama bunu asla bilemeyeceğim. Kayıtlar, uzun zaman önce ortadan kaldırılmış."

Kitty'nin kızı, diye geçirdim içimden. *Burada, gözlerimin önünde. Bungalovda, doğumuna yardım ettiğim ilk bebek...*

"Pekâlâ," dedi Genevieve, ellerini kavuşturarak. Artık parçaları bir araya getirmiş olduğumdan gözlerinde Kitty'nin gözlerini görebiliyordum. "Şu halime bir bakın, sizi bu kavurucu güneşin altında tutmuş, kendimi anlatıp duruyorum. Birlikte duygusal bir sabah geçirdik. Bırakayım da biraz dinlenin. Yarın bıçağın üzerindeki seri numaralarla ilgili bulduklarımı anlatmak için yanınıza uğramama ne dersiniz? Bu öğleden sonraya kadar bir şeyler öğrenmiş olurum."

Başımla onu onaylayarak, "Bu çok iyi olur," diye karşılık verdim. Ancak başım fırıl fırıl dönüyordu.

"Öyleyse konuşacak çok şeyimiz olacak."

"Öyle," dedim, başıboş bir saç buklesini Genevieve'in kulağının arkasına yerleştirerek. Tıpkı bir zamanlar Kitty'ye yaptığım gibi...

On Sekizinci Bölüm

"Ben biraz kumsala ineceğim," dedi Jennifer ertesi sabah. Yeni yıkadığı saçları, hindistancevizli şampuan kokuyordu. "Bir şey ister misin? Bir kruvasan? Ya da kahve?"

Gülümsedim. "Böyle iyiyim, tatlım."

Jennifer ardından kapıyı kapattığında, Westry'nin günlüğünü çıkarıp mektuplarını okumaya devam ettim. Sararmış sayfaların arasına dalarak bensiz sürdürdüğü hayatı ve kalbinden silmediği aşkı okudum. Her geçen yılla birlikte daha da güçlenip netleşen o aşk... Beş yıl öncesine ait o son sayfaya geldiğimde ise kalbimde bir sızı hissettim:

23 Ağustos 2006

Canım Cleom,

İşte yine buradayım. Bir başka yıl, bir başka Ağustos... Artık burada ve sensiz olmak için çok yaşlıyım. Bu yıl, bana pek iyi davranmadı. Tek umudum, her neredeysen sana çok daha iyi davranmış olması.

O gece bungalovda, radyoda çalan şarkıyı hatırlıyor musun, 'La Vie en Rose?' Sözleri şöyle devam ediyordu, 'Kalbini ve ruhunu bana ver; Ve hayat bize daima toz pembe olsun.' Sanırım bu şarkı, benim hayatımı anlatıyor. Yanımda olmasan da, bana dokunmasan da, hâlâ ve daima benimlesin. Bana bir kez vermiş olduğun kalbini ve ruhunu, asla bırakmayacağım.

Bir daha karşılaşıp karşılaşmasak da önemli olan tek şey bu... La Vie en Rose, sevgilim.

Sonsuza kadar senin olan,
Grayson

Genevieve, saat üçte oteldeki odamıza geldi. Jennifer onu içeriye aldıktan sonra, çantasını masaya bıraktı. "Ne bulduğuma hayatta inanmayacaksınız."

"Ne buldun?" diye sordum hevesle.

Genevieve yatağa, yanıma oturdu. "Bıçağın üzerindeki rakamlar," dedi. "Onları araştırdım." Şaşkınlık içerisinde başını iki yana salladı. "O bıçak, Lance'e ait değil, Anne."

"Tanrım," dedim, başımı iki yana sallayarak. "Öyleyse kimin?"

Genevieve, çantasından not defterini çıkarıp ilk sayfayı açtı. "Bu size son derece şaşırtıcı gelebilir," dedi. "Ama bıçak, tüm karargâhın komutanı olan Albay Matthew Donahue'ya ait." Bir açıklama yapmamı bekliyormuş gibi bana baktı. "Bir yanlışlık olmalı."

Her şeyi yanlış anlamışım, diye geçirdim içimden. "Yanlışlık yok," diye araya girdim, yerimde doğrularak. Gözümün önüne, geçmişten kareler gelmeye başlamıştı; yatağında ağlayan Kitty, Noel ayininin olduğu gece, perişan ve sinirden çılgına dönmüş bir halde çıkagelen Atea, yüzü gözü kan revan içindeki Westry. *Tabii ki Lance değildi.* Bunu şimdi görebiliyordum. Bütün bu yaşananların ardındaki kişi, albayın ta kendisiydi.

Genevieve şaşırmış görünüyordu. "Saygıdeğer bir komutanın böylesine vahşi bir cinayet işleyebileceğine kimse inanmaz." Çantasından not defterini çıkarmak için durakladı. "Emin olmamızın ve bunu kanıtlayabilmemizin tek yolu, albayın ilişki yaşadığı Amerikalı hemşireyi bulup onunla konuşmak. Belki de tüm bunların eksik parçası odur. Bıçak, parmak izi alınamayacak kadar aşınmış ve olayı hatırlayabilecek kadar yaşlı olan yerliler de konuşmuyorlar. İnan bana, bunu denedim." Hayal kırıklığına uğramış bir halde omzunu silkti. "O hemşireye telefonla ulaşabilme şansımız nedir? Pek yok, ha?"

"Belki," dedim ve az sonra söyleyeceklerimi düşünmek için durakladım. "O kadını tanıyorum."

Genevieve'in gözleri iri iri açıldı. "Tanıyor musun?"

"Evet," dedim. "Yani, tanırdım, diyelim. Çok eski bir arkadaşımdı. Aslına bakarsak, *en iyi* arkadaşımdı. Bu adaya birlikte gelmiştik." Duraklayarak Genevieve'in Kitty'e çok benzeyen yüzünü inceledim. Artık onlar için çok mu geç olmuştu?

"Adı ne?"

"Kitty. Kitty Morgan." Bir iç çektim. "Tabii, ona ne olduğunu bilmiyorum. Onunla en son konuştuğumuzda... Her neyse, çok uzun bir zamandır konuşmadık."

Genevieve'in gözleri ışıldadı. "Bu ismi biliyorum, Kitty. Evet. Revirin nöbet listesi kayıtlarından onun bilgilerini aldığımı hatırlıyorum. Hatta telefon numarasını da almıştım, gerçi hiç aramadım. O zamanlar aramak için bir sebebim yoktu." Not defterinin sayfalarını karıştırarak bir sayfada durdu. "Evet, işte burada," diye devam etti. "Kitty Morgan Hampton. Şu an California'da yaşıyor. Yani en azından iki yıl önce orada yaşıyormuş. Anne, onu sen arar mısın?"

Birden bedenimin baştan aşağı uyuştuğunu hissettim. "Ben mi?"

"Evet," dedi Genevieve, sabırsızlıkla bana bakarak.

"Ama bu senin projen," dedim. "Onu sen aramalısın."

Genevieve başını iki yana sallayarak, "Bir yabancıyla konuşmaktansa, seninle konuşma olasılığı daha yüksek," diye açıkladı.

Ah, bir bilsen...

Adadaki son ayımızda Kitty'nin bana nasıl soğuk davrandığını, Westry'ye karşı olan tutumunu, nasıl aramıza girip bizi sonsuza dek birbirimizden kopardığını düşündüm. Hayır, onunla konuşamazdım.

Jennifer'ın çenesini omzumda hissettim. "Zaman, insanı değiştirir," diye fısıldadı. "Bir zamanlar onu seviyordun. Hikâyeyi bir de ondan dinlemek istemez misin?"

Onu seviyordum, evet. Belki de hâlâ seviyordum. Onca yıldan sonra bile anıları beni etkileyip duygulandırıyordu. "Pekâlâ," diyerek kabullendim. "Arayacağım."

Jennifer telefonu bana uzattıktan sonra, Genevieve'in defterinde yazan numarayı tereddütle çevirdim.

"Alo?" Kitty'nin sesi şimdi daha rahatsız ediciydi, ama ses tonu değişmemişti. Bir süre konuşamayarak öylece donakaldım.

"Alo?" dedi Kitty, bir kez daha. "Eğer bir tele pazarlamacıysan–"

"Kitty?" diyebildim nihayet, tiz bir ciyaklamayla.

"Evet?"

"Kitty," diyen sesim çatallaşıyor, gözyaşlarım yanaklarımdan süzülüyordu. "Kitty, ben Anne."

"Anne?"

"Evet!" dedim, ağlayarak. "Anne Calloway, Godfrey."

"Tanrım, Anne," dedi Kitty. "Gerçekten sen misin?"

"Evet, gerçekten benim."

Jennifer'ın uzattığı mendile sessizce burnumu silerken, hattın diğer ucunda Kitty'nin de aynısını yaptığını duydum.

"Anne, ben... ben..." Sesi titriyordu. "Nereden başlayacağımı bilmiyorum. Nasılsın?"

"Bu çok tuhaf," dedim. "Onca yıldan sonra bu soruyu nasıl cevaplayacağımı bilmiyorum. Nereden başlayayım?"

"Pekâlâ," dedi Kitty, yumuşak bir sesle. Paris'teyken beni derinden sarsan sesindeki o sertlik, şimdi kaybolmuştu. Yıllar, Kitty'nin ses tonunu ve belki de kalbini yumuşatmıştı. "Ben özür dilemekle başlayabilirim."

"Kitty, ben–"

"Hayır, bitirmeme izin ver," dedi. "Ben iyi değilim, Anne. Bunu sana bir daha söyleyemeyebilirim, o yüzden şimdi dile getirmeliyim." Sanki düşüncelerini toplamaya çalışıyormuş gibi durakladı. "Sana yıllar önce ulaşmalıydım. Neden yapmadığımı bilmiyorum. Çok utanıyorum."

"Ah, Kitty," dedim, gözyaşlarımın dökülmesine engel olmak için bir başka mendille gözlerimin altına bastırıyordum.

"Adada ve Paris'te sana öyle davrandığım için çok pişmanım," diye devam etti Kitty. "Doğumdan sonra çok tuhaflaşmıştım. Anlamadığım, karanlık bir boşluğa düşmüştüm. Şimdi, bunun depresyon olduğunu biliyorum. Kızımın söylediğine göre buna doğum sonrası depresyon diyorlarmış. Ama ben–"

Masanın yanındaki sandalyeye oturmuş, sessizce beni seyreden Genevieve'e baktım. Sayamayacağım kadar çok yönden Kitty'yi andırıyordu: Güzel, hayat dolu, atılgan... "Kitty, bir kızın mı var?" diye sordum.

"Şey, evet, üç kızım var – yani dört..." Sesi, bir anda canlılığını yitirdi. "İyi bir adamla evlendim; bunu bilmek seni mutlu edecektir, biliyorum. O bir bahriyeliydi. Onunla savaştan sonra Paris'te tanıştım. Birlikte California'ya taşındık. Güzel bir hayatım var." Hat, bir süre sessizleşti. "Ya senin hayatın, Anne? Senin hayatın da güzel mi? Sürekli seni düşünüp durdum."

"Evet," dedim sessizce. "Neredeyse her yönden güzel bir hayatım var."

Kitty bir iç çekti. "Anne, sana söylemem gereken bir şey var. Westry hakkında."

Nasıl oluyor da Westry'nin adı beni hâlâ bu kadar heyecanlandırabiliyor? Bana bu kadar acı verebiliyor? Gözlerimi sıkıca kapadım.

"Paris'teyken hiç durmadan senden bahsediyordu," dedi Kitty. "Sürekli seni soruyor, geleceğini umuyordu."

"Gelmiştim," dedim. "Muhakkak hatırlıyorsundur."

"Evet, seni kıskanmıştım." Kitty'nin utancını, Pasifik'in bir ucundan hissedebiliyordum.

"Bu yüzden mi mektuplarının bana ulaşmasına engel oldun?"

Kitty aniden irkildi. "Biliyor muydun?"

"Yeni öğrendim."

"Anne, kendimden utanıyorum," dedi Kitty, gözyaşlarına boğularak. "Yaptıklarımla hayatının akışını değiştirmiş olabileceğim düşüncesine dayanamıyorum."

İçimde kabaran öfke duygusu bir anda dindi. "Seni affediyorum," dedim. "Az önce zamanımızın dolduğuyla ilgili söylediklerin... bunu ben de hissediyorum."

"Broşum hâlâ duruyor," dedi, biraz durakladıktan sonra. "Cabaña Kulüp'te sana verdiğim broş. Mücevher kutumda. Anne, sık sık ona bakıp seni düşünüyorum."

Kitty'nin, arkadaşlığımızın bir sembolü olan broşu verdiği anı hatırlayarak gözlerimi kapattım. Parlak, mavi bir kâğıtla kaplanıp altın sarısı bir kurdeleyle bağlanmış olan küçük kutu, anında gözümün önünde canlandı. Etrafımız, Cabaña Kulüp'ün duman bulutuyla sarılıydı. Keşke o broş, bağımızın kopmamasını sağlayabilseydi. Belki de sağlamıştı. Cebimden çıkardığım broşu evirip çevirerek üzerindeki işlemeleri inceledim.

"Benimki de duruyor, Kitty. Şu an yanımda."

"Seni tekrar görmeyi öyle çok isterim ki," dedi Kitty. "Neredesin? Seattle'da mı?"

"Hayır," dedim. "Bora Bora'dayım."

"*Bora Bora* mı?"

"Evet, adada işlenen cinayeti araştıran bir bayanla birlikteyim."

Kitty, bir süre sessiz kaldı. "Atea'yı kastediyorsun, değil mi?"

"Evet," dedim. "Hatırlıyorsun."

"Elbette hatırlıyorum."

Ona, bu hikâyeyi nereden bildiğini sormamaya karar verdim. Artık bunun bir önemi yoktu. "Sana birkaç soru sormak istiyordum," dedim, temkinli bir şekilde. "Tabii, eğer bir sakıncası yoksa."

"Elbette."

"Bebeğinin babasının kim olduğundan hiç söz etmemiştik," diye devam ettim. "Ben hep onun Lance olduğunu sanmıştım. Fakat şimdi elimizdeki kanıtlar gösteriyor ki Atea'nın cinayetiyle bağlantılı olan kişi–"

"Albay mı?"

"Evet," dedim. "Biliyor muydun?"

"Biliyordum. Westry de biliyordu."

"Anlayamadım."

"Westry, beni koruyordu, Anne," dedi Kitty. "Beni korumak için bildiklerini söylemiyordu. Cinayetten önce benim durumumu öğrenmişti. Hatta senden bile önce... Albayla bizi birlikte görmüş ve kumsalda bir konuşmamıza kulak misafiri olmuş. Westry, aynı zamanda albayın adadaki diğer kadınlarla benzer ilişkiler yaşadığını da biliyormuş. Çok dik kafalı ve saftım. Westry beni albay konusunda uyarmıştı, ama onu dinlemedim."

Kışladaki o korkunç dayağı hatırladım. "Westry'yi tehdit ediyordu, değil mi?"

"Evet," diye devam etti Kitty. "Eğer Westry müdahale etmeye ya da anakaradaki üstlerine bildirmeye kalkışırsa, bana korkunç şeyler yapacağını söylemişti."

"Tanrım, Kitty!" diye bağırdım. "Yani Atea'nın cinayetiyle ilgili sessiz kalarak Westry *seni* koruyordu, öyle mi?"

"Evet," dedi. "Şimdi geriye dönüp bakıyorum da sanırım düşündüğümden de çok tehlikedeymişim. Westry, beni tüm bunlardan kurtardı."

Bir iç çektim. "Bu yüzden, ona karşı bir şeyler hissetmeye başladın, değil mi?"

"Sanırım öyle," dedi Kitty dürüstçe. "Hayatım boyunca erkekler tarafından kötü davranıldıktan sonra, dürüst bir adam benimle ilgileniyor, beni koruyordu. Gelgelelim, o da en yakın arkadaşıma âşıktı."

Kitty'nin Westry'ye nasıl baktığını hatırlayarak pencereden kumsala göz gezdirdim. Westry'ye âşık olduğu için onu suçlayamıyordum.

"Her neyse," diye devam etti Kitty, "Atea öldürüldü, çünkü hamile kalmıştı ve diğer kadınlar gibi sessiz kalmayı reddetmişti."

"Diğer kadınlar mı?"

"Evet," dedi Kitty. "En az iki tane daha vardı. Biri, neredeyse on dört yaşındaydı." Rahatsızlık verici açıklamalarının ardından bir süre durakladı. "Bunu çok daha önce ortaya çıkarmalıydım, ama yaşamıma devam etmek zorundaydım. Albayın ölümünü duyduktan sonra ise nasıl olsa cehennemde yanacağı sonucuna vardım."

"Ne zaman öldü?"

"1963'te, kalp krizinden," diye yanıt verdi Kitty. "San Francisco'daki bir otel odasında, tek başına."

Yerimde doğrularak önce Jennifer'a, sonra da Genevieve'e baktım. "Bu, adaletin hâlâ sağlanamayacağı anlamına gelmez," dedim. "O, madalyalı bir savaş gazisiydi. Ordunun, onun ölümünden sonra statüsünü geri almasını sağlayacağız. Bunun için elimden geleni yapacağım."

Genevieve, bana katıldığını belirtircesine başını salladı. *Bütün bu kötülüğün merkezindeki ismin öz babası olduğunu öğrendiğinde, neler hissedecek?* Az sonra ikisi için de her şeyi değiştirecek olan sözlerimi söylemeden önce derin bir nefes aldım.

"Kitty," diyerek, Genevieve'e telefona gelmesini işaret ettim. "Burada konuşmanı istediğim biri var. Adı, Genevieve. Bence siz ikinizin, bildiğinizden çok daha fazla ortak noktası var. Mesela, kızı... Sanırım ikiniz biraz konuşmalısınız."

Genevieve bana şaşkın bir bakış atsa da telefonu eline alarak gülümsedi. "Bayan Hampton?"

Yataktan uzaklaşarak Jennifer'a beni takip etmesini işaret ettim. Anlayışla başını salladı ve birlikte dışarı çıkıp kapıyı ardımızdan sessizce kapattık.

"Bütün bu yaşananların en güzel yanı bu olsa gerek," dedi Jennifer, koridorda bana gülümseyerek.

Kol kola merdivenlerden inip açık havadaki lobiye çıktık. Ardından birlikte oturup sertçe kıyıya çarpan dalgaları izlemeye başladık. Dalgalara hazırlıksız yakalananlar, sırılsıklam olmuş havlularıyla kaçarak dört bir yana dağılıyorlardı. Hayretle ve hayranlıkla manzarayı seyrediyordum. Sanki ada, nihayet adaletin geldiğini biliyor ve kıyılarını bütün kötülüklerden arındırıyordu.

Parmağımı madalyonumun zincirinde gezdirirken, Tita'nın söylediklerinin doğru olup olamayacağını merak ediyordum. *Sözünü ettiği lanet, artık kalkacak mı?* Bunu sadece zaman gösterecekti.

On Dokuzuncu Bölüm

Salonda çalan telefonu duyarak kendi kendime sızlandım. Telefona cevap vermek, ayağa kalkıp yatağımdan çıkmak ve her adımda kemiklerimin sızladığını hissetmek anlamına geliyordu. Ancak ısrarla çalan telefon, beni ayağa kalkmaya ikna etmişti. Bir adım, bir adım daha... Ağrıyan bacaklarıma rağmen salona vardım ve telefonu tam da zamanında açarak nefes nefese kalmış bir şekilde yanıt verdim.

"Büyükanne, benim," diye cıvıldadı Jennifer. "Bugün, büyük gün."

Adadan döndüğümüzden beri, üç aydan fazla zaman geçmişti. Seyahat, beklediğimden çok daha fazla olumlu sonuç vermişti. Ancak dönüşümüzden sonra içine düştüğüm bu duygusal çöküntüye hazırlıklı değildim. Genevieve, Atea, Kitty ve belki de ada için barışı sağlarken, kendi kalbimde büyük bir depremle oradan ayrılmıştım. Westry'nin fısıltıları ve eski mektuplardan oluşan bir günlük dışında, tutunacak hiçbir şeyim yoktu.

"Büyükanne?"

"Buradayım, tatlım," dedim. "Sadece bugün kendimi pek iyi hissetmiyorum."

"Ama yine de geliyorsun, değil mi?"

"Ah, tatlım," diyerek kanepeye gömüldükten sonra, buz kesmiş ayaklarımı bir battaniyeyle örttüm. "Gelebileceğimi sanmıyorum."

Jennifer'ın sessizliği bir anda yüreğimi burkmuştu. *Yolculuğumda bana eşlik edip şefkatle destek olmuşken, onu bu gününde nasıl yalnız bırakabilirim?*

"Bensiz yapabilirsin, değil mi, tatlım?" diye sordum, ağrıyan sırtımı ovalayarak. Jennifer'ın bir hafta önce teslim ettiği final projesi, üniversitenin halkla ilişkiler grubunun olduğu kadar gazetelerin de kulağına gitmişti.

"Ah, büyükanne," dedi. "Kendini iyi hissetmiyorken senden bunu istemenin fazla olduğunu biliyorum, ama gelsen çok mutlu olurdum. Bir sürü kişi orada olacak ve onların karşısına tek başına çıkma düşüncesine bile dayanamıyorum. O kadar heyecanlıyım ki. Orada olman beni çok rahatlatırdı. Seni bir saat içinde alabilirim. Aracı yakına park ederiz, böylece çok yürümek zorunda kalmazsın."

Bacaklarımı zorla uzatarak ayağa kalktım. *Bunu yapabilirim. Jennifer için.* "Pekâlâ," dedim, derin bir nefes alarak, "öyleyse geleceğim. Senin için, hayatım."

"Ah, büyükanne, teşekkür ederim!" diye bağırdı Jennifer. "Hemen geliyorum."

Telefonu kapatıp sehpanın üzerindeki Genevieve'in mektubunu aldım. Dün elime ulaşan bu mektubu, şimdiye kadar bir düzine kez okumuştum.

Sevgili Anne,
Bora Bora'ya geldiğin için sana teşekkür etmek istedim. Ziyaretin ada için, benim için, Atea için birçok şeyi değiştirdi. Umarım senin için de öyle olmuştur.

İyi haberlerim var: Orduyla temasa geçtim ve tüm detayları anlattım. Albay Donahue hakkında bir soruşturma açmayı kabul ettiler. O adamla olan bağımı düşününce, tüm bunlar çok tuhaf hissettiriyor. Ancak beni, Atea ve doğmamış kardeşim adına yaptığım adalet arayışından alıkoymuyor.

Albay öldüğü için ordu kendisine soruşturma açamıyor. Fakat görüştüğüm kişinin söylediğine göre adadaki resmi görevlilerle birlikte çalışarak olayla ilgili bilgi topluyorlar. Büyük bir olasılıkla, albayın bütün askeri kayıtlardaki rütbe ve onur nişanları geri alınacak.

Adadaki görevliler, şehirde bir yere Atea için bir anıt, bir abide dikmekten bahsediyorlar. Bu sence de harika değil mi, Anne? Tabii zamanı geldiğinde, tören için seni burada görmeyi çok isteriz. Senin cesaretin olmasaydı, bunların hiçbiri olmazdı.

Ah, neredeyse unutuyordum. Önümüzdeki ay ilk defa, California'da Kitty ile buluşacağım. Yanında kalmam için beni davet etti. Adella'yı da götürüyorum. Kendimi çimdiklemem gerek, bunların gerçek olduğuna inanamıyorum. Ama son derece gerçek.

Seni daima içtenlikle, sevgiyle ve minnetle hatırlayacağım.

Sevgilerle,
Genevieve

Kampüste sessizlik hâkimdi. Topuklarım, yeni dinen sağanak yüzünden parlayan, tuğla taşlı yolda gürültüyle tıkırdıyordu. Uzaklardaki bir saatin çanı ahenkle vurmaya başladı: Öğle vaktiydi.

"Çok az kaldı," diyen Jennifer, yorulup yorulmadığımı anlamak için sık sık yüzüme bakıyordu.

"Ben iyiyim, hayatım," diyerek rahatlattım onu. Sonbaharın kuru soğuk havası, kendimi iyi hissettiriyor ve bana hiç ummadığım bir şekilde enerji veriyordu. "Sen yolu göster."

Yaprakları turuncunun kırmızıya çaldığı bir dizi akağacın yanından yürümeye devam ettik. Yanımızdaki görkemli, tuğla bina, adeta esas duruşta dikilmekteydi. Elbette onu görür görmez tanımıştım. Gerard, bankadan emekli olduktan sonra, burada maliye dersleri verirdi. Bilhassa sonbahar aylarında, onunla kampüste yürüyüşler yapmayı ne de çok severdim.

"Bu taraftan," dedi Jennifer. Sarmaşıklarla kaplı bir binaya doğru kıvrılan dar patikaya yaklaştığımız sırada koluma girdi. Altından geçmem için bir dalı tutup havaya kaldırdı. Gerard'la kampüste olduğum zamanlar, binanın arkasındaki bu yoldan hiç yürümemiştim. Bir kez bile.

"İşte orada," diyerek gururla ileriyi işaret etti Jennifer.

Heykeli net bir şekilde görebilmek için gözlerimi kıstım. Jennifer'ı neden bu kadar büyülediğini görebiliyordum. Heykel, adeta bir hikâye anlatıyordu. Merakım uyanmış bir halde ona biraz daha yaklaştım ve birbirine sokulmuş olan bronz çifti inceledim. *Kalbim neden bu kadar hızlı atıyor?* Erkek, kadına hasretle bakarken, kadının bakışları sol tarafa, uzaklarda bir yerlere uzanıyordu.

"Çok güzel," dedim, heykele daha yakında bakarak. Adam elinde büyük, kilitli bir kutu taşıyordu ve ayaklarının dibinde dağılmış birkaç parça eşya vardı: Bir ressam tuvali, kırık bir şişe ve bir kitap. Dizlerimin üzerine çökerken ellerim titriyordu. İşte o an, kalbim her şeyi *biliyordu*.

Jennifer, sessizce birkaç adım geride duruyordu. *Sözünü ettiği bütün o insanlar, tören nerede?* Parmaklarımı heykelin dibindeki soğuk, yağmurda ıslanmış bronz kitapta gezdirdikten sonra, kapağının köşesinden tuttum. *Bu mümkün olabilir mi?* Kitabın ağır köşesini yavaşça kaldırdım ve içindeki paslı, çelik anahtara bakakaldım. Kalbim, bir anda daha da hızlı çarpmaya başlamıştı.

Jennifer'a, yanıma gelmesini işaret ettim. "Bunu tek başına yapamam," dedim, yanağımdan süzülen bir gözyaşını silerek.

İçindekileri korumak için sımsıkı kapatılmış olan kutunun kilidine anahtarı yerleştirirken, Jennifer bana destek oluyordu. Kilide mükemmel bir şekilde oturan anahtarı sağa çevirdim, fakat öylece sıkışıp kaldı.

"Hava yüzünden paslanmış olmalı," dedim. "Tekrar deneyeyim."

Anahtarı çıkarıp bir kez daha kilide yerleştirerek hafifçe salladım. Belli belirsiz bir *klik* sesinin ardından, kutu inadından vazgeçerek açıldı.

Kapağı kaldırıp içine bakarken, Jennifer merakla bekliyordu. Kutunun içinde mavi, kadife bir kılıf vardı. Onu bronz mezarından çıkararak yakındaki bir banka yürüdüm. Jennifer, yanıma gelerek oturdu.

"Açacak mısın?" diye fısıldadı.

Yaşlı gözlerle ona döndüm. "Biliyordun, değil mi?"

Jennifer usulca gülümseyerek başını olumlu anlamda salladı. "Bora Bora'dayken arşivlerdeki kadın aradığında, bana heykeltıraşın adının Grayson Hodge olduğunu söylemişti, fakat onu tanımamıştım. Hatırlamam gerekirdi, ama eve geldikten birkaç hafta sonrasına kadar anlamadım." Duraklayarak gözlerimin içine baktı. "Eserlerinde bu takma adı kullanıyordu. Senden saklamak istemezdim, ama bunu kendi gözlerinle görmen gerekiyordu."

Kılıfı dikkatlice açıp içindeki kahverengi ambalaj kâğıdını yırttım.

Jennifer şaşkınlıkla irkildi. "Bu o resim mi? Bungalovdaki?"

Hayranlık içerisinde başımı sallayarak onayladım. Yaşlı Gauguin, onu tutar tutmaz ellerimi ısıtmıştı. Sanki bunca yıldır, Bora Bora'nın güneşini içinde saklamış gibiydi. Renkleri hâlâ canlıydı ve kompozisyonu, ilk gördüğüm günkü kadar beni duygulandırmıştı. Bir an için yeniden adadaydım; sıcak havayı yanaklarımda, kumu ayağımda ve Westry'nin aşkını etrafımda hissediyordum.

"Onu bulmuş!" diye bağırdım. "Tıpkı söz verdiği gibi." *Elbette sözünü tutmuştu.* "Ve bunca yıldır burada, burnumun dibinde beni beklemesine rağmen bir kez olsun dönüp bakmadım bile." Minnet dolu gözlerle Jennifer'a döndüm. "Teşekkür ederim, tatlım," diyerek önce heykele, sonra yeniden resme baktım. "Bu bir armağan."

Jennifer, sabırsızca yakındaki bir binaya baktıktan sonra, tekrar bana döndü. "Büyükanne," diye fısıldadı, "hazır mısın?"

"Neye hazır mıyım?"

"Onu *görmeye.*"

Kalbim bir anda deli gibi atmaya başlamıştı. "Ama sen, sen demiştin ki..."

"Öldüğünü mü söylemiştim?" Başını iki yana salladı. "Evet, maalesef Utah'ta yaşayan doksan yaşındaki Grayson Hodge ölmüş. Fakat Westry Green yaşıyor."

Westry. Burada mı? Bu gerçek olabilir mi?

"Bilmiyorum," dedim, gözyaşlarımı tutarak. "Peki ya projen?"

Jennifer gülümsedi. "Projem güzel sonuçlandı."

Kendimi kararsız hissediyordum. "Yıllardır bu günü hayal edip durdum ve şimdi gelmişken, ben..."

"Korkuyor musun?"

"Evet," diye mırıldandım, bir tutam saçımı –ya da ondan geriye ne kaldıysa– düzelterek. *Neden bir elbise giyip biraz ruj sürmedim ki sanki?*

Kendime güvenemediğimi hisseden Jennifer, başını iki yana salladı. "Westry yalnızca benim gördüğüm şeyi görecek; senin doğal *güzelliğini*."

Gözlerimi kurulamam için bana bir mendil uzattı. "Şimdi, sen burada bekle. Ben ön tarafa gidip onlara hazır olduğumuzu söyleyeceğim."

"Yani," dedim kekeleyerek, "o çoktan burada mı?"

Jennifer, "Evet," diyerek gururla gülümsedi. "Oğlu, onu bu sabah getirdi. New York'tan buraya epey yol geldiler."

Jennifer bana gülümseyerek patikaya döndü ve eski binanın ardında gözden kayboldu. Yalnız kaldığımda, heykeldeki adamın gözlerine baktım. Bronz da olsalar, tıpkı Westry'nin gözlerine benziyordu. Yıllarca bu kampüs yolunda yürüdüğümü düşünerek derin bir nefes aldım. Westry'nin yoluma bıraktığı ipucunu fark etmek için bir kez dursaydım, onu bulabilirdim.

Uzaktan gelen çakıltaşı seslerini duyunca, bakışlarımı yola çevirdim. İleride beliren bir adam, bir serçe sürüsünün ürkerek yakındaki bir ağaca doğru kanat çırpmasına neden oldu. Tekerlekli sandalyede bile, aşina olduğum görüntüsünden bir şey kaybetmemişti. Göz göze geldiğimizde, arkasındaki orta yaşlı adamı elini sallayarak uzaklaştırdı. Sonra da tekerlekleri tutarak, saçlarının beyazından ve yüzündeki kırışıklıklardan beklenmeyecek bir güçle sandalyesini itmeye başladı. Gözlerini üzerimden ayırmıyor, beni adeta bakışlarıyla zapt ediyordu.

Oturduğum bankın önünde durup ellerini bana uzattı ve buz kesmiş parmaklarımı, sıcak, güçlü avuçlarının içine aldı. "Merhaba, Cleo," dedi, yüzüme dokunarak. Yanağımı hafifçe okşadıktan sonra, parmakları madalyonuma dokundu.

"Merhaba, Grayson," diyerek, yanaklarımdan süzülen gözyaşlarını sildim.

"Biraz geciktin, hayatım," dedi Westry ve tanıştığımız ilk gün beni cezbeden o aynı haylaz gülümsemeyle sırıttı.

Yüzünü inceledim. "Anlamadığım için, etrafıma bakmadığım için beni affedebilecek misin? Ben–"

Westry hafifçe dudaklarıma dokunarak beni sakinleştiren bir şekilde gülümsedi. *Beni her zaman sakinleştirebilirdi.* "Biraz geç kaldın," dedi yumuşak bir sesle. "Ama çok geç değil." Bir anda, o yeniden yirmi beş, bense yirmi yaşındaydım. Yaş ortadan kalmıştı. Zaman, uzaklarda bir yerlerde kaybolup gitmişti.

Westry kadife ceketini ilikleyerek tekerlekli sandalyesinin frenini çekti. Sonra da yavaşça koltuğunun ucuna yaklaştı ve ayağa kalkma pozisyonu aldı.

Şaşkınlıkla irkildim. "Ama ben düşünmüştüm ki..."

Westry gülümsedi. "Yoksa biraz dolaşıp, bir sonbahar turu atarız diye mi düşünmüştün?" Sandalyesinin yanından çıkardığı gri bir bastonu sol eline alarak sağ elini bana uzattı. "Hazır mısın?"

"Evet," dedim, yüzüm sevinçle parlıyordu. Kendinden emin bir şekilde yanımda duran Westry'ye hayranlıkla baktım. Resmi kolumun altına sıkıştırdıktan sonra, bana uzattığı elini tuttum. Rüya görmediğimden emin olmak için gözlerimi kırpıştırıp duruyordum.

Nereye gideceğimizi bile düşünmeksizin, kampüs yolundan aşağı yürümeye başladık. Fakat bunların hiçbir önemi yoktu. Çünkü hikâyemiz mutlu bir şekilde bitmişti. Bu, Bora Bora'daki rüzgârların fısıldayacağı, bungalovun yıkık dökük kalıntılarında gezinecek ve sonsuza dek kalbimde yaşayacak olan hikâyeydi.

Westry gelmişti. Lanet sona ermişti. Birlikte yavaşça ama emin adımlarla yürüyorduk. Ona biraz daha sokularak koluna girdim. Yakındaki bir ağaç dalından düşen şarap rengi iki yaprak, sonbahar rüzgârıyla bir süre farklı yollarda dans etti ve sonra yavaşça yere süzülerek ıslak zeminde yan yana yerlerini aldı.

Benim Ada Notlarım:

Benim Ada Notlarım:

Benim Ada Notlarım:

Benim Ada Notlarım: